有人
非死不可

THE

MISSING ONES

Patricia Gibney

派翠西亞・吉布妮 ———著 吳宗璘 ———譯

獻給艾斯琳、奧拉，以及卡荷
你們是我的生命，我的世界。

序曲

一九七六年一月三十一日

他們挖的那個洞並不深，還不到九十公分。乳白色的麵粉袋包住了小小屍身，本是純白色、如今早已髒污的圍裙繫帶，將屍體捆紮得十分緊實。其實那一袋並不重，抬起來不成問題，但他們還是一路拖拉前行。其中一人把那坨東西踢入洞內，而且還伸腳進去踩壓了好幾下，完全看不出對死者的尊重。沒有禱告，沒有最後的祝福，只有鏟起濕答答的泥巴、迅速蓋埋那方白布的動作，它被一團墨黑所遮擋，是完全見不到微光的那種低垂夜色。在那棵春日綻放白花、夏日結果纍纍的蘋果樹下，立有兩坨小塚，其中一個結構緊實，而另一個則是新鮮鬆軟。

三張小臉蛋從三樓窗戶向外張望，眼瞳因憂懼而一片黯然，他們跪在某張床鋪上面，膝下墊的是粗羽枕頭。

樓下那些人收拾工具，轉身離去，而他們三人依然盯著那棵蘋果樹，現在，有了弦月映光，樹形格外顯眼。他們目睹了某起事件，超過了他們的小腦袋所能理解的範圍。大家都在發抖，但並不是因為天寒。

中間那個小孩動也不動，開了口。

「接下來會輪到我們之中的哪一個？」

第一天

二〇一四年十二月三十日

1

蘇珊．蘇利文正準備要去見讓她怕得要死的那個人。

走路，對，走路對她是好事。走到外面，迎向天光，遠離自家的窒悶氣息與自己的紛亂思緒。她把iPod耳機塞好，戴上深色毛帽，拉緊棕色粗呢外套，進入刺骨寒雪之中。

她心跳飛快。她想要騙誰呢？她根本無法轉移注意力，難以擺脫過往的惡夢，因為它在白天的時候如影隨形，之後又宛若陰邪迅捷的蝙蝠侵入她的夜晚，害她飽受摧殘。她聯絡過拉格慕林警局的某位警探，但一直沒有得到回應，要是有警察，就可以成為她的安全網。她對真相渴望至極，當她已經窮盡所有的正常管道之後，她決定要自己處理。也許這種做法可以幫助她驅除惡靈。她忍不住打哆嗦，加快行走速度，腳步不斷滑移，她什麼都不在乎了，因為她一定要知道，現在正是時候。

她在風中低著頭，舉步維艱，穿過了市中心，她努力加快腳步，這已經是雪地行走的速度極限。她推開鑄鐵大門，出於下意識動作劃了十字聖號，同時仰望教堂的雙尖塔。有人已經在水泥台階撒了一坨坨的鹽巴，在她腳下發出了嘎吱聲響。積雪漸融，烏雲後方露出了一抹低掛的冬陽。她推開巨門，凍僵的雙腳在橡膠地毯上重踩了好幾下，關門的回音消失之後，她進入了這個寂靜空間。

她摘掉耳機，直接讓它在肩頭懸晃。雖然她已經走了一個小時的路，卻依然冷得要死。東向冷風灌入她衣服之間的縫隙，而單薄的體脂無法保護五十一歲的骨頭。她揉臉，伸出手指按摩凹陷雙眼，眨去不斷冒出的淚水。她想要在昏暗的光線中重新定焦，側邊聖壇的燭光將陰影投射在馬賽克牆面。微弱陽光從高置於苦路圖上方的彩繪玻璃透入，漸次黯淡，蘇珊緩緩穿越這片幽黑迷離，聞到了空氣中瀰漫的焚香氣味。

她低著頭，側身進入前排的長型座椅，撞到了跪凳。她又劃了一次十字聖號，心想自己做了這些事、經歷過這一切之後，怎麼還有殘留的宗教信念？她孤處於寂靜之中，覺得對方安排在教堂見面還真是諷刺。她當初答應是因為覺得在白天的這個時候一定會有許多人，很安全。但四周卻空蕩蕩，這種天氣害大家都不想出門。

門開了，又再次關上，一陣颯颯冷風進入中央走道，蘇珊知道是他。恐懼感讓她全身僵麻，她根本沒有辦法回頭，只能死盯前方的神龕蠟燭，直到視線糊成一片。

緩慢又堅定的腳步聲，迴盪在走道。當他跪下的時候，她後面的座椅發出咯吱噪音。她的四周盈滿了冷空氣，他的那股獨特氣味正與焚香爭搶競出。她不再續跪，起身改採坐姿，只聽到他短促激烈的吐氣聲。雖然他沒有碰觸她，但她已經感受到他的存在。突然之間，她驚覺自己錯了，他來到這裡，並不會回答她的問題，根本不可能給予她渴望許久的結果。

他發出沙啞低語：「妳當初不該多管閒事。」

她無法開口。她的呼吸變得急促，心跳撞擊胸肋的聲響在耳膜裡不斷迴盪。她雙手緊握成拳，細薄皮膚下的關節已經泛白。她想要跑，逃離這裡，躲得越遠越好，但她早已用光了所有氣力，她知道這次輪到她了。

她的淚水差點從眼角奪眶而出，他的手扣住她的脖子，戴著手套的五指在她鬆弛肌膚上下移動。她揮舞雙手，想要抓住他，但是卻被他甩開。他摸到了iPod的耳機線，她發覺他正拿著它捲纏她的脖子。她聞到了他的刺鼻鬍後水，現在她完全明白了，她死期將至，但永遠不會知道真相。

她在硬木座椅上拚命扭動，想要脫身，雙手奮力扣住他戴了手套的十指，反而讓纏脖的耳機線卡得更緊。她想要大口吸氣，卻發現自己力不從心，她開始尿失禁，熱燙液體流過大腿之間。他拉得更緊了。她癱軟無力，雙臂低垂，畢竟他太過強壯。

那股緊迫力道讓她的生息越來越微弱，詭異的是，這種遠遠超過多年心理折磨的身體痛楚，她反而坦然以對。他的手猛扯了一次、兩次，她的眼前突然一陣黑，熄滅了燭焰，身體癱軟，所有的恐懼就此解脫。在痛苦的最後時分，她任由幽黑引路，帶引她進入某個充滿光亮的安適之地，讓她體驗到在世時從來不曾享受過的平和。點點微星光芒刺眼，隨後，一陣黑色浪潮貫流了她的垂死身軀。

✦

教堂鐘聲響了十二下，那男人鬆手，將她的屍體推到地面。

他安靜疾速離去，又一陣寒風吹進了教堂的中央走道。

2

「十三。」開口的是探長洛蒂．帕克。

警探波伊德接口，「十二。」

「不對，是十三。你有沒有看到傑克丹尼後面的那瓶伏特加？位置沒擺好。」

她喜歡數東西，波伊德說那是一種執戀，而洛蒂則稱之為無聊。不過，她知道這是她歸返童年的某種現象。她一直無法面對童年的某個嚴重創傷，面對自己不了解的事物與狀況，就靠著數數字轉移焦點，不過，現在純粹只是嗜好而已。

波伊德回她：「妳得戴眼鏡啦。」

「三十四，」洛蒂說道，「下面的酒櫃。」

波伊德說道：「我放棄。」

洛蒂大笑，「沒用的傢伙。」

他們坐在丹尼酒吧的櫃檯，四周還有一小群中午用餐的客人。他們後方大火爐炭火熾旺，熱氣幾乎都朝他們直撲而來，讓她開始感受到些許暖意。主廚站在切肉台，忙著攪動醬汁盤上的那一層厚厚油脂，旁邊是他的今日招牌特餐——乾癟烤牛肉。洛蒂點的是雞肉巧巴達三明治，波伊德也點了一樣的東西。某個瘦弱的義大利女孩背對著他們，動作慢條斯理，盯著小型吐司機裡的麵包漸漸轉為焦色。

波伊德開口：「他們一定是趁在烤麵包的時候才開始拔雞毛。」

洛蒂說道：「你就是想害我吃不下就是了。」

波伊德回她：「等妳的食物真的送上來再說吧。」

忘了拆除的聖誕燈在酒吧上頭閃動。牆上還有以透明膠帶黏貼的海報，宣傳這個週末的表演樂團：「餘波」。洛蒂曾經聽過十六歲的女兒克洛伊提過他們。

某面花框巨鏡上頭用白粉筆寫了幾個大字，昨晚的特價優惠內容——十歐喝三杯。

洛蒂嘆道：「現在這種時候，就算十歐只能來一杯，我也願意掏錢。」

波伊德還來不及回話，洛蒂放在酒吧檯面的手機突然開始震動，顯示的來電者姓名是警司克禮根。

洛蒂開口：「大事不妙。」

瘦弱的義大利女孩轉身，手裡拿著兩份雞肉巧巴達三明治。

但洛蒂與波伊德早就不見人影。

✦

「怎麼有人要置這女人於死地？」警司邁爾斯．克禮根與警探們站在教堂外頭，忍不住問了下屬這句話。

洛蒂心想，當然是有人下毒手啊。但她很清楚最好不要講出自己的心聲。她好累，漫漫無盡的疲累。她痛恨寒冬，這種季節害她整個人無精打采。她需要去度假。不可能，她窮死了。天，她固然討厭聖誕節，但更痛恨後續的悲慘餘波。

她與波伊德雖然飢腸轆轆，還是立刻衝去犯罪現場，也就是在一九三〇年代興建的拉格慕林宏偉大教堂。警司克禮根在結冰的台階上對他們簡述案情，警局接到報案電話——教堂裡發現了一具屍體。他立刻啟動辦案模式，圍起了封鎖線。如果真的是謀殺案，洛蒂知道她很難擺脫他。她才是拉格慕林鎮的探長，負責辦案的人是她，而不是克禮根。不過，現在她必須先擱下警壇政治，關注眼前的這起案件。

洛蒂的警司像連珠炮一樣開始發號施令。她把及肩長髮塞入外套的帽兜裡，意興闌珊拉起拉鍊，不意瞄到站在克禮根後方的馬克·波伊德正在偷笑，她懶得理他。洛蒂希望這不是謀殺案，很可能是哪個遊民因為低溫症而猝死。最近實在太冷了，要是有人因為自然因素慘遭奪命，她也不覺得有什麼好意外的。她注意到現在商店門口角落堆積了許多紙箱與捲筒睡袋。

克禮根講完了，意思就是他們得趕快去幹活。

洛蒂穿過了前門警察的活動區域，大步走向位於教堂中央走道的第二層封鎖地帶。她彎身，穿過封鎖線，朝屍體走去。身著粗呢外套的女屍卡在前排跪凳與長型座椅之間，散發出一股淡淡的氣味。她發現死者的脖子纏有耳機線，地板上還有一小灘液體。

洛蒂好想為死者披蓋白布。天，她真想大喊，這是一名女子，不是一般物品。她是誰？為什麼會來到這裡？身後會有誰追念？她突然有股衝動，想要靠過去為死者闔眼，但終究按捺下來，這不是她的任務。

她站在淒冷的教堂裡，此刻天光瀰漫，她沒理會克禮根，開始打電話呼叫專家立刻到場，自己則守住內圍封鎖線，等待犯罪鑑識小組到來。

「法醫正在路上，」克禮根說道，「恐怕得花她三十分鐘左右的時間吧，要看路況而定，我們等她的驗屍結果。」

洛蒂瞄了他一眼，看來一想到有機會辦謀殺案就讓他精神大振。她猜他心中正在構思絕對免不了的記者會演講內容，不過，這是她的案子，他不該插足她的犯罪現場。

祭壇欄杆後方站著警員茱利安．歐多納尤，她身旁有位神父，摟住某位激烈顫抖婦女的肩頭。洛蒂穿過黃銅門柵，朝他們走過去。

「午安，我是探長洛蒂．帕克，有幾個問題需要請教一下。」

那女子開始嗚咽。

神父問道：「一定要現在嗎？」

洛蒂判斷對方的年紀應該比自己小一點。明年六月她就要滿四十四歲，她推測他應該是三十八、九歲。黑色長褲，寬鬆羊毛內搭白色挺領襯衫，百分百的神父模樣。

「我不會佔用太久時間，」她說道，「對我來說，這是最好的問案時機，現在的記憶依然相當清晰。」

「我了解，」他回道，「但我們嚇壞了，所以我想妳也問不出什麼有利線索。」他起身，伸手致意。「我是喬．博克神父，這位是負責打掃教堂的蓋文太太。」

這位神父的堅實力道讓她嚇了一跳，她也感受到他手部的溫熱。他個頭高大，這個特徵也列入了她的第一印象。深藍色的眼眸，因為燭光映影而盈耀光芒。

他開口：「是蓋文太太發現了屍體。」

洛蒂從外套的內裡口袋取出筆記本，翻開內頁。她通常是使用手機，但在這種神聖之地，拿出那種東西似乎不太妥當。清潔工抬頭，開始嚎啕大哭。

「噓，噓……」博克神父在哄慰她，簡直把她當成了小孩。他坐下來，輕輕撫揉蓋文太太的肩膀。「這位善良探長只是希望妳可以解釋一下事發經過。」

善良？洛蒂暗自嘀咕，她絕對不會拿這種字眼形容自己。她坐在他們兩人前頭的位置，鋪棉外套限制了她的旋身空間，她也只能盡量扭過去，腰肉被牛仔褲勒得好緊。她心想：天哪，我一定要戒斷垃圾食物。

清潔工抬頭，洛蒂猜她應該是六十歲上下。面容慘白驚恐，更加凸顯了面容的溝紋。

「蓋文太太，可否請妳詳述今天進入教堂之後所發生的一切？」

洛蒂心想，這問題夠單純了吧，但對蓋文太太卻並非如此，她的反應是大哭。

洛蒂注意到博克神父的憐憫神情——妳今天是不可能從蓋文太太口中問出任何話了。不過，這名崩潰女子卻證明他們兩人都猜錯了，她開了口，低沉的聲音在顫抖。

「我的工作是十點彌撒結束後、在十二點的時候過來打掃，通常我是從側邊開始，」她指向自己的右側，「不過，我看到中間走道前方的地板有件外套，所以我想應該先從那裡開始清理。就在那個時候，我才驚覺那不只是一件衣服，哦我的聖母瑪利亞啊……」

她連劃了三次十字聖號，想要拿一坨皺巴巴的面紙抹去淚水，洛蒂心想，現在聖母瑪利亞也根本幫不上忙。

「妳有碰屍體嗎？」

「天，沒啊，當然沒有！」蓋文太太回道，「她眼睛還睜得大大的，那個……有那東西纏住她脖子。我以前也看過屍體，但從來沒有遇過這樣的死屍。上帝啊，神父，抱歉，我知道那是死人。」

「妳那時候做了什麼？」

「我尖叫，丟了拖把與水桶，直接奔向祭衣房，正好在這裡遇到了博克神父。」他開口說道，「我聽到尖叫聲，立刻衝出來查看發生了什麼事。」

「兩位有沒有看到附近有任何人？」

博克神父回她：「完全沒看到人。」

蓋文太太又開始掉淚。

「我知道妳的心情很不好受。」洛蒂說道，「歐多納尤警員會幫妳做筆錄，安排妳回家，我們之後會再跟妳聯絡，妳盡量休息一下。」

開口的是博克神父：「探長，我會負責照顧她。」

「我現在得要問你了。」

「我住在教堂後面的神父宿舍，妳隨時可以在那裡找到我。」

清潔工把頭靠在他的肩上。

「我必須陪伴蓋文太太。」

「好，」洛蒂大發慈悲心，她覺得這名激動女子在一瞬間蒼老了許多。「我之後再找你。」博克神父點頭，攙扶蓋文太太，帶引她走過大理石地板、從祭壇後方的某道門出去了，歐多納尤警員繼續跟在後頭。

犯罪現場鑑識小組成員到了，一陣冷風也隨之飄送進來，警司克禮根立刻衝上前去打招呼。犯罪鑑識小組的組長吉姆．麥克葛林率先伸手，隨即略過寒暄，直接指導下屬開始工作。

洛蒂盯著他們好幾分鐘之後，開始在座位區附近走動，在麥克葛林許可的範圍之內，近距離觀察屍體。

「看來是中年女子，因為天氣才會有那身穿著打扮。」洛蒂對一直站在身旁、宛若固執鼴鼠的波伊德開口，她又退回到祭壇欄杆那裡，一方面是為了取得理想的觀看角度，但主因還是要拉開自己與波伊德之間的距離。

他在自言自語：「所以問題不是低溫症了。」

教堂原本的寧和氣氛，卻被現在的緊張態勢所破壞殆盡，不禁讓洛蒂為之一顫，她繼續觀察鑑識小組進行採證。

「這間教堂是我們最可怕的惡夢，」吉姆．麥克葛林開口，「天知道每天有多少人經常來此造訪，每個人都留下了痕跡。」

「兇手很高明，挑選這個地方。」警司克禮根接話，但沒有人理會他。

高跟鞋踩踏在主廊的聲響，讓洛蒂立刻抬頭張望。朝他們直奔而來的是一名個頭迷你的女子，她身穿黑色羽絨外套，更顯身形嬌小。她手中的車鑰匙哐啷了一會兒，然後，彷彿突然想起自己進入的不是一般場所，趕緊把它丟入黑色手提包。

警司向她打招呼，她握手致意。

「我是法醫珍．多爾。」這女子的語氣俐落又專業。

克禮根問道：「認識探長洛蒂．帕克嗎？」

「嗯，我會盡快處理。」法醫已經開始對洛蒂講話，「我想要馬上展開解剖驗屍，只要能夠確定結果，就可以讓妳立刻展開調查。」

這位女子對付克禮根的方式讓洛蒂大感驚豔。在他還來不及廢話之前、就把他晾到一旁。珍．多爾身高還不到一百五十八公分，而站在不穿高跟鞋就有一百七十三公分的洛蒂身旁，更凸顯了她的嬌小。今天洛蒂穿的是舒適的雪靴，牛仔褲的褲腳隨便塞在靴口。

法醫戴上手套、穿上亮白色連身衣與鞋套之後，開始進行初步驗屍。她的手指放在死者脖子的下方，仔細檢視纏頸的耳機線，抬起她的頭部，注意死者的雙眼、嘴巴，以及頭顱。鑑識小組的人員將屍體翻身，空氣中瞬間瀰漫一股臭氣。洛蒂這才發覺地板上的那一坨東西是尿糞，死者離世前的最後一刻出現失禁。

洛蒂問道：「知道死亡時間嗎？」

「我的初步判斷是死了兩個小時。等到我完成解剖之後。就可以向妳確定。」珍．多爾脫下手套，露出了她的纖纖小手。「吉姆，等到你工作完成之後，可以把屍體移送到圖拉摩爾殯儀館。」

要是當初衛生局局長沒把殯儀館遷到圖拉摩爾醫院該有多好。洛蒂的抱怨也不止一次了，開車得半個小時，又是拉格慕林施政的一大疏失。

克禮根開口：「等到妳可以宣布死因的時候，請立刻告訴我。」

洛蒂超想翻白眼。大家都看得出來這名被害人是被勒死，法醫只需要正式宣告這是謀殺，這女人絕對不可能是意外自縊或自殺。

珍·多爾把連身衣丟入紙袋，離開現場的速度一如來時匆匆，只留下高跟鞋踩踏聲響的回音。

「我先回警局，」克禮根說道，「洛蒂探長，立刻成立偵辦小組。」他邁步穿越大理石地板，跟在法醫後頭離去。

犯罪鑑識小組又在被害人四周工作了約一個小時之後，才開始擴大採證範圍。他們已經把屍體裝入屍袋，拉上拉鍊，放置在一旁等候的輪床上面，對於以大型橡膠袋承裝的屍體來說，這已經展現了最大的尊嚴。他們離開教堂，木門發出吱嘎聲響，救護車警笛大鳴，實無必要，因為載運的病患已死，此刻毋須匆忙趕往他處。

3

洛蒂拉起外套兜帽，緊緊貼住雙耳。她站在覆滿白雪的教堂階梯上頭，遠離後頭的忙碌鑑識工作，他們將會搜遍每一個角落，每一吋的大理石都不會放過。

她深吸一口冷冽空氣，抬頭凝望。第一團雪花落在她的鼻頭，隨即融化。被白底藍字封鎖線圍起的鑄鐵大門之外，是這座依然懶洋洋的中部大城拉格慕林。這座曾經欣欣向榮的工業城就與她自己一樣，每日甦醒時都百般不願。居民渾噩度日，等到幽暗天色籠罩窗外之後，就寢入眠，等到下一個平凡之日破曉之際，再悠悠醒轉過來。洛蒂喜歡這裡的平淡，但她也很清楚自己所居住的這個城鎮，就與其他地方一樣，也有不為人知的深藏秘密。

拉格慕林的活力似乎與經濟狀況同步進入衰亡。年輕人飛向澳洲與加拿大的海岸城市、投靠那些早就已經離開的幸運兒。當爸媽的人總是在哀嘆連購買生活必需品的錢都不夠，更別說買iPhone當聖誕節禮物了。洛蒂心想：哦，又一個聖誕節過去了，能擺脫真好。

環狀道路雖然距離這裡有兩公里之遠，但是地面似乎因為車流在震晃，所以商家也不可能會有逛街遊客的生意。她抬頭凝望眼前的這些樹木，早已被覆滿白雪的沉重樹梢壓得喘不過氣，她掃視地面，心中已經有了預感，不可能找出任何證據。泥地封凍，軟雪一觸地就立刻變硬，晨彌撒信眾的足跡早已被另一層冰雪所覆蓋。警員們拿著長柄鉗在地上四處搜尋，她也只能祝福他們好運。

波伊德開口：「十四。」

他剛點燃的香菸霧氣將她重重包圍，因為他已經進犯到她的周邊空間，又來了，她退到一旁。他立刻站到她剛才的空位，彼此的袖子還互擦了一下。波伊德身材高瘦，她母親曾經一臉不以為然對波伊德下了這樣的註腳——充滿權力欲的男人。那雙棕色、帶有淡褐色斑點的眼眸，是那張迷人臉龐的一大亮點，緊實肌肉，看不到任何鬍碴。他四十五歲，今天的打扮是純白色襯衫搭配灰西裝，外加厚重的兜帽外套。

她問道：「十四個什麼？」

「耶穌苦路固有十四站，」波伊德回道，「我猜剛才妳應該有在數算，所以我搶先一步說出答案。」

洛蒂嗆他：「你有夠無聊。」

他們兩人之間有過一段故事，一想到那段醉後的回憶就讓她好生尷尬，隨著時間過去已經逐漸散逸，但她心裡依然有疙瘩。此外，他們之間還有別的糾葛——她拿到了波伊德一心追求的探長職位。其實他在大多數的時候都不以為意，但她知道他一直很享受領導辦案的感覺。波伊德，你也只好認了吧。能夠升官，讓她欣喜若狂，因為這表示她不需要每日為了前往阿斯隆而單程通勤六十公里。她在那裡工作多年，讓她一直很抓狂，但她不知道如果回來拉格慕林，與波伊德當同事的話，會不會更讓她抓狂。不過，往好處想，她再也不需要靠著愛管事的母親幫忙照顧小孩。

波伊德耍幼稚，對空吐出煙圈，她避開了他帶著淺笑的好奇臉龐。

他說道：「是妳自己先開始的。」他抽完最後一口菸，步下台階，朝對面的警局走去。

洛蒂忍不住笑了，她也開始往前走，步履小心翼翼，跟著高瘦的波伊德，外頭有一半的警察，千萬不能在他們面前一屁股慘摔在地。

警局櫃檯有好些人在排隊，執勤警官正在努力維持秩序，洛蒂匆匆經過他們身邊，衝到樓上的辦公室。

好幾支電話同時在響，鈴聲淒厲。誰說好事傳得快？那壞事呢？根本是以光速在流傳。

她聞到辦公室的濁氣，東張西望了一會兒。她的辦公桌慘不忍睹，而波伊德的桌面卻像是電視大廚的廚房，完全找不到任何麵粉，哦，所有的檔案與原子筆的位置都井然有序，顯然這傢伙有強迫症。

洛蒂低聲碎唸：「愛整理的神經病。」

由於警局正在進行整修工程，所以她必須與其他三名警探共用一室——馬克・波伊德、瑪莉亞・林區、賴利・克爾比。市內電話、手機、影印機、吵鬧的充油型暖爐，還有需要上廁所的每一個警員一定得借道而過，讓這間辦公室總是一片混亂。她想念能讓自己靜心思考的個人辦公室，警局工程能越早完工當然是越好。

當她坐在自己辦公桌前的時候，心想至少這地方很熱鬧，彷彿剛才在教堂的那段過程剝除了一層層的疲憊與厭倦，讓準備辦案的每一個人都破繭而出，很好。

洛蒂對波伊德下令：「找出她的身分。」

「妳說的是『維克[1]』？」

「不是，我說教宗。對啦，我要問被害人。」她討厭他使用美劇《犯罪現場》影集裡的語彙。

波伊德自顧自微笑，她知道這一次佔上風的人是他。

「我看你已經知道她是誰了。」她把桌上的檔案全部移到另外一頭，想要找出鍵盤在哪裡。

「蘇珊・蘇利文，五十一歲，單身，獨自居住在帕爾克葛林，距離這裡十分鐘車程，確切時間要看塞車狀況而定，步行的話大約是半個小時。過去這兩年都在郡治廳工作，都市計畫部門，資深執行專員，我也不知道那是在幹嘛。本來住都柏林，後來才調到這裡。」

「你怎麼這麼快找到資料？」

「麥克葛林在她的iPod後面找到了她用修正液寫下的名字。」

「所以呢？」

「我就上Google查了一下。在郡治廳網站找到了工作資料，又在選舉人名冊發現了她的地址。」

「她有沒有帶手機？」洛蒂繼續在辦公桌上四處翻找，她需要靠地圖與羅盤才能找到東西。

波伊德回道：「沒有。」

[1] 被害人victim的縮寫。

「派克爾比與林區去搜查她家。我們的要務之一就是找到手機，以及可以確認她今日行蹤的人。」她終於在腳邊的垃圾桶上頭找到了自己的無線鍵盤。

「好。」

「有沒有緊急聯絡人？」

「似乎是未婚。我會繼續追查，看看是不是能夠找到還在世的雙親或是其他家人。」

洛蒂登入自己的電腦，雖然她心情亢奮，但想到因為辦案得衍生的那段過程就忍不住暗罵髒話。他們原本就有一堆案件在忙——拖了許久的法庭審案、觀光客紛爭——而且明天的除夕夜照例會有諸多深夜糾紛。

她想到自己的家人，三個十幾歲的小孩，獨自在家。又來了，也許她該打電話回去確定他們安全無恙。靠，她得要去買菜，應該要記在手機的應用程式裡面才對。她餓壞了，在已經滿溢出來的抽屜裡挖出了一包過期的餅乾，先給了波伊德，他婉拒了她的好意。她自己開始大啃，同時將蓋文太太與博克神父的第一次問案紀錄輸入電腦。

波伊德問道：「妳吃東西的時候一定要嘴巴張得那麼大？」

「波伊德？」

「怎樣？」

「給我閉嘴！」

她又朝嘴裡塞了一片餅乾，嚼得滋滋作響。

波伊德回她：「妳節制一點吧。」

「帕克探長，到我辦公室來！」

一聽到警司克禮根的聲音，洛蒂忍不住嚇了一大跳。大門發出的砰響連影印機文件蓋板都隨之震晃，讓波伊德也抬起頭來。

「靠，這到底是怎樣……？」

她挺直上身，拉了一下發熱背心挖口的袖身，把牛仔褲沾到的餅乾屑清理乾淨。接下來，將一綹散亂的髮絲撥到耳後，跟著上司穿越布滿梯子與油漆桶的障礙通道。職業安全局也是睜一隻眼閉一隻眼，但他們真的沒什麼好抱怨的，再怎麼樣也強過以前的辦公室。

她進去他的辦公室之後，關上了門。這是警局第一個完工的地方，新家具與剛粉刷的油漆氣味立刻撲鼻而來。

「坐下。」

她乖乖照做。

洛蒂盯著五十多歲的克禮根坐在辦公桌前，撫摸他的酒糟鼻，大肚腩的肥肉卡入了桌緣。她還記得他曾經健康苗條的那個時候，總是對每個人大聲嚷嚷各種健康生活觀念，當時的他還沒有被現實生活摧折。他身體前彎，忙著簽署某份表格，洛蒂看到了他頭頂地中海禿的油亮映光。

克禮根抬頭，大吼大叫：「那是怎麼回事？」

*你是老大，你應該要知道才是。*洛蒂心想，不知道這男人懂不懂該怎麼用正常音量講話，也許幹這一行就是會嗓門大。

「長官，我不明白你在說什麼。」

她真希望自己還穿著外套，這時候就可以把下巴埋進鋪棉襯墊裡。

「長官，我不明白你在說什麼，」他模仿她剛講的話，「靠，妳和波伊德，維持個五分鐘的和氣也不行嗎？過沒多久之後，這起謀殺案就會正式成案，但你們兩個卻像是他媽的五歲小孩一樣吵吵鬧鬧。」

「我認為我們對待彼此的態度一直很和氣。」

「大家都知道你們在吵架，趕快給我和解。現在有什麼線索？」

洛蒂回道：「已知被害人的姓名、地址，以及工作地點，目前正在想辦法追查是否有親人。」

「還有呢？」

「她在郡治廳工作。克爾比與林區警探已經封鎖她的住家，等待犯罪鑑識小組過去。」

他依然盯著她不放。

她嘆氣。

「長官，就這麼多了。等到我準備好案情偵查室之後，我會立刻前往郡治廳辦公室，想辦法先勾勒出被害人的基本背景。」

「我根本不需要什麼鬼背景，我要破案，立刻破案。再過一個小時，靠，《愛爾蘭電台》的卡賀爾．莫洛尼就要來訪問我，然後他媽的妳想要勾勒什麼背景！」克禮根怒氣沖沖，而洛蒂卻將真正的情緒深埋心中、以淡然目光予以回應，這是她在警界服務二十四年所鍛鍊出的某種表情。

「準備案情偵查室，組織團隊，找人處理工作分派表，將細節用電郵寄給我。明早召開小組會議，我會參加。」

「早上六點鐘？」

他點頭，「要是妳知道了什麼新消息，要立刻向我通報。探長，趕快展開行動。」

她聽令照辦。

一個小時之後，洛蒂對大家的表現很滿意，每個人都很清楚自己該做些什麼。第一線警員開始挨家挨戶問案，有進展，也該繼續追查蘇珊・蘇利文的背景了。

她隱入了茫茫大雪之中。

4

郡治廳的行政部門，是拉格慕林市中心的某棟全新超高檔建築，距離警局只需步行五分鐘而已。今天，結冰的人行道害洛蒂花了十分鐘才到達。

她凝望眼前這棟巨面玻璃建物，簡直像是容納許多魚群的龐大水族館。仰望這四個樓層，可以看到有人坐在辦公桌前工作，還有的在爬樓梯或是在走廊上活動，大家在玻璃缸裡面四處漂移，她猜這就是政府所謂的公部門透明度吧。她穿越旋轉門，進入比較暖和的室內空間。

櫃檯小姐正在講電話，洛蒂不知道該找誰？或者，蘇珊．蘇利文不在人世的消息已經洩露出去了？

年輕的黑髮女孩結束電話，面露微笑。

「有什麼需要我效勞的地方嗎？」

「我想要找蘇珊．蘇利文的主管，麻煩了。」洛蒂也不自覺對那女孩回笑了一下。

「那就是詹姆斯．布朗先生了，可否請教是哪位？」

她拿出警證，「我是探長洛蒂．帕克。」

看來郡治廳今日的消息流通速度緩慢，他們應該沒有聽到有關蘇珊．蘇利文殞命的事。

櫃檯小姐打了電話之後，將電梯的方向告知洛蒂。

「麻煩到四樓，布朗先生會在門口迎接您。」

✦

有位美國靈魂樂歌手也叫詹姆斯．布朗，但兩人的模樣天差地遠。首先，這位歌手已經在二〇〇六年過世，其次，他是黑人。而這位詹姆斯．布朗元氣飽滿，白皙臉龐，一頭往後貼梳的紅髮與他的紅色領帶甚是相襯。他身穿完美的細紋西裝，個頭矮小，洛蒂估計大約是一百六十公分左右。

她自我介紹之後，主動伸手致意。

布朗與她握手，小手的力道十分堅實。他帶引她進入他的辦公室，從圓形辦公桌後方拉出椅子，兩人坐了下來。

「探長，有什麼需要我效勞的地方？」

難道郡治廳的人心想他媽的我這麼忙你幹嘛來煩我的時候，就會講出這種制式問句？他一臉緊張兮兮，但還是掛著假笑。

「想請教你有關蘇珊．蘇利文的事。」

他的反應只是挑眉，某側臉頰突然泛紅，一直漲到眼下部位。

洛蒂問道：「她今天應該要上班嗎？」

布朗開始滑桌上的平板電腦。

他點開螢幕的某個圖示，「探長，有什麼問題嗎？」

洛蒂沒接話。

「她從十二月二十三日開始就休年假，」他繼續說道，「要等到一月三日才會回來上班。可否請問這與什麼案件有關嗎？」布朗的聲音略帶驚恐，而洛蒂依然對他的問題置之不理。

她問道：「她的工作職責是？」

他的回答又臭又長，她最後總算知道死者處理規劃案申請，並提出核可或駁回的建議。

他說道：「爭議案就交由郡治長定奪。」

洛蒂看了一下自己的筆記，「所以郡治長是傑瑞・鄧恩？」

「對。」

「你認識她的親友嗎？」

「就我記憶所及她沒有親人，我覺得蘇珊的唯一知己就是自己。她個性很封閉，不跟同事打交道，在員工餐廳裡的時候總是一個人，不參加社交活動，就連同仁們的聖誕派對也不出席。容我直說，她是個怪人，她自己也會立刻承認這一點。不過，她工作表現相當傑出。」

洛蒂發現布朗提到蘇珊的時候一直使用現在式，也該是要宣布噩耗了。

「有人在今天稍早發現了蘇珊・蘇利文的屍體，」她不知道自己接下來的這句話會不會讓他出現什麼特殊反應，「死因可疑。」

在法醫正式公告之前，她不能宣布這是一起謀殺案。布朗聽到消息之後，臉色煞白。

「死了？蘇珊？喔天哪，好可怕，真是太可怕了。」他的額頭不斷滲出豆大汗珠，聲音拉高八度，全身顫抖不止。洛蒂希望他千萬不要昏倒才好，因為她可不想費勁扶他起身。

「發生什麼事？她是怎麼死的？」

「我現在不能透露。不過，是否有人對蘇利文小姐存有殺機？你覺得有這個可能嗎？」

「什麼？沒有！當然不可能。」

「我可以找其他認識蘇珊的人問案嗎？能夠讓我深入了解她生活樣貌的人？」

她是很想再加一句：可別像你擠也擠不出幾句話。也不知道為什麼，她覺得這傢伙不是很誠實。

「真是嚇壞我了，我現在無法好好思考。蘇珊……是非常注重隱私的人，也許妳可以詢問她的秘書碧亞．威爾許。」

洛蒂回道：「我應該要找她問話。」

布朗的雙頰恢復了一些血色，他的語調變得比較低沉，也不再出現顫抖，他拿出了白色純棉手帕、來回擦拭前額。

「就是現在，」洛蒂說道，「不知您可否幫忙安排一下？相信您能夠諒解，時間寶貴。」

他站起來，「我去通知她。」

「謝謝，我之後還是會回頭找您問案。還有，這是我的名片，上面有我的詳細聯絡方式，如果您想起了什麼線索，覺得應該要讓我知道，請立刻通知我。」

「探長，我一定配合。」

「那就麻煩您了。」她等候他走到前面引路。

他穿過走廊，到了另一間辦公室，格局與他自己的完全一模一樣。

「我去找碧亞。對了，這間是蘇珊的辦公室。」

等到他離開之後，洛蒂坐在辦公桌前面四處張望。這裡像是波伊德的空間，井然有序，檔案與迴紋針都置於定位，桌面只有電話與電腦。翻頁式桌曆的日期停在十二月二十三日，當日格言是此生種下的因就是來世修成的果。她心想，難道是蘇珊生前做了什麼或是沒做什麼？才導致這樣的後果？

某位宛若鳥兒般嬌弱的女子進來了，臉上掛著淚痕，她伸出顫抖雙手，撫平自己的海軍藍排釦洋裝，洛蒂立刻請她入座。

「我是碧亞．威爾許，蘇利文小姐的秘書。布朗先生已經把這可怕的消息告訴我了。蘇利文小姐公務繁重，我才剛剛打掃完她的辦公室，整理好檔案，準備等她回來上班，這真是太可怕了。」

她開始大哭。

洛蒂猜這位女子應該是快要退休，六十出頭，身材弱不禁風。

「有沒有人想要對蘇利文小姐不利？想得出來嗎？」

「我不知道。」

「我想要了解蘇利文小姐這個人與她生活的基本狀況，尤其是最近這一段時間。我需要妳的協助，要是妳能夠介紹其他人幫忙也很好。我要知道她最近見了哪些人、去了哪些地方、她的興趣與愛好、她的仇敵，還有她可能惹到的所有對象。」

洛蒂停頓了一會兒，碧亞抬頭，等她繼續說下去。

「可以幫我這個忙嗎？」

「探長，我會全力以赴。但我擔心自己所知十分有限。如果妳問我，她是個十分封閉的人，我知道的事幾乎也都是聽來的。」

洛蒂開始做筆記，但其實能寫下來的內容也不多。光是要了解蘇珊・蘇利文就困難重重，更重要的還在後頭，為什麼遇害？兇手是誰？

✦

詹姆斯・布朗撫弄額頭，抹去額頭淺紋裡的積汗。他不敢相信蘇珊死了。從這位探長的模糊措辭判斷，他知道她一定是慘遭謀殺。

「啊，天哪。」

他總覺得蘇珊會永遠在他的身邊，每當過往那段共同經歷把他壓垮的時候，她一定會拾起他所有的碎片。

他對著牆面喃喃低語：「蘇珊……」

他直視蘭花白色澤的牆面，目光漸漸變得模糊，終於閉上雙眼。蘇珊意外死亡，是不是因為他們開始挖出埋藏許久的秘密？

他努力釐清思緒。他必須要保護自己，先前為了防範這種狀況，他早已擬定了某項計畫，現在也該是付諸行動的時候了。面對這種情勢，他有心理準備，但他覺得蘇珊並沒有任何提防。

他心思縝密，早已料到他與蘇珊的對手是一群狼狽為奸的危險人物，所以他已經把一開始的所有文字紀錄都保留了下來。他打開某個抽屜的鎖，拿出了一個薄薄的檔案。把它裝入信封之後，在信封外面寫了註記。然後，又把它裝入一個更大的信封，寫了地址，封口，把它塞進待寄郵件文件籃。收件者應該知道不需要打開最裡面的信封，直接按照信封外面的指示、把它寄回來。要是被打開了——嗯，對方應該也不太清楚那是什麼吧？他慢慢平撫驚慌心情，取出手機。

現在他除了撥打這通電話之外，也無計可施。

他拿起手機，以顫抖的手指按下某個號碼。他說話的聲音強而有力，掩蓋了胸膛裡的痛苦之情，但就連他說話的時候，過往記憶也完全不肯讓步。

他說道：「我們必須見一面。」

✦

一九七一年

當那個一頭濃密黑髮、盛怒臉龐的高大男人走進來的時候，彌撒輔祭們正忙著換回日常服裝。最小的那個男孩皮膚最白，髮色也最金亮，整個人就像隻兩腿的細瘦小獵犬。他抬頭，雙眼睜得好大，彷彿在說，拜託不要看我，他身穿本是白色卻已經褪為灰色、皺巴巴的直扣式襯衫，將破爛毛衣套在外面。

有隻瘦骨嶙峋、靜脈暴凸的手，指著他不動。

「你過來。」

「你，給我進去聖器室，我有任務交代。」

男孩覺得自己的八歲身軀開始萎縮，他的上唇在顫抖。

「可……可是我得要回去，」他結結巴巴，「等一下修女會找我。」

小男生張大眼睛，鹹淚已經聚積在金黃色睫毛的邊角。他心中的恐懼不斷擴張，眼前這個男人的體型似乎變得越來越巨大。他眼前一片霧濕，看到了一根彎捲的修長食指，正在示意他過去。他依然僵直不動，先前他已經穿好了一隻鞋子，還有另外一隻在後方長椅的下方。他的米色襪子皺堆在腳踝處，因為鬆緊帶早就因為洗滌次數過多而斷裂突出，儼然像是插在沙地裡的白色枝條一樣。那男人靠過來，只跨了一步，偌大的陰影面積就立刻蓋住了男孩，他已經被幽黑世界所包圍。

男人伸手、緊捏他的臂膀，把他拖到了木門後頭。他以眼神哀求其他男孩幫忙，但他們卻依然待在原地、趕緊以顫抖的雙臂穿好衣服，迅速逃離。

天花板的各個角落飾有黃金天使，彷彿他們飛到了那裡，就此困住而再也無法下來。那些可愛臉龐之間散布著雪白大理石的滴水嘴獸，他們的表情好疲憊。男孩拚命躲在房間中央的桃花心木大桌後面，對他來說，那深色木材彷彿散發出一股直透體內的深沉壓迫感。

「待在這裡的是誰啊？膽小鬼？難道你是沒事就唉唉叫的小女孩？」

男孩知道不會有人聽見或衝過來幫忙，他以前也曾經進來過這個地方。

那男人走向位於角落的椅子，旁邊牆面掛架的那排黑色祭衣也隨之發出窸窣聲響。小男孩顫抖得好厲害，因為那男人開始端詳他，彷彿農夫在市場挑選上好牛隻一樣。

「過來。」

那男孩動也不動。

「我說了，快過來。」

他不敢有意見，直接走過去，宛若走鋼索一樣逐步前進，因為只有一隻腳穿鞋而步履蹣跚。

對方一把掰開男孩的赤裸膝蓋，雙手緊抓不放，長袍也瞬間往後掀飛，男孩尖叫。

「閉嘴！你這個只穿一隻鞋的男孩給我乖一點，聽我的吩咐！」

「拜－拜託，不要傷害我……」男孩低聲哀求，淚珠串流而下，他什麼都看不清楚，已經接近昏厥狀態。

他的腦袋突然陷入空白深淵，他開始大吐特吐。

恐懼感與早餐的水煮蛋在他的胃底纏鬥不休，最後，宛若一陣潮浪洶湧而起，從口中爆裂，嘔出噴射狀的黃色黏液。

那男人跳了起來，一手依然揪住男孩的頭髮，另一手狠狠痛毆他的肋骨，逼得他摔進那一排黑色祭衣。男孩在另一頭的牆面緩緩滑了下來，宛若一坨軟癱的肉，滿是疑惑驚恐。

接下來的拳頭又急又猛，全落在他的太陽穴，讓他的耳廓發腫，對方到底在痛罵什麼，他已經聽不清楚了。

他哭得越來越大聲，淒啼宛若雷鳴。

然後，他尿濕了褲子。

而位於雪白大理石天花板凹陷處的那些天使，似乎也同感恐懼，瑟縮得更深了。

5

傑爾街的卡佛蒂酒吧距離郡治廳只有兩百公尺。洛蒂喝了有大塊雞肉與馬鈴薯的濃湯，暖意從腳趾傳到全身。波伊德大口啃咬可供兩人食用的特餐三明治，已經吃光了一半。不過這人不正常，他是大胃王，但全身上下完全沒有贅肉。洛蒂心想，真是瘦得沒天理。

現在時間接近傍晚，有好些不畏天寒的死硬派坐在酒吧啜飲健力士啤酒、對著皺巴巴的報紙挑選賽馬。牆上掛著寬螢幕電視，關掉了聲音，播放的是英國賽事，當地無雪。

洛蒂開口：「碧亞．威爾許覺得蘇珊可能是女同志。」

「妳自己呢？有沒有想過和女人交往？」波伊德完全沒發現他的上唇沾了涼拌高麗菜，宛若臨時黏上去的鬍子。

「我也希望啊。如果是這樣的話，也許我就不會有六個月前躺在你床上的那段可怕回憶。」

「哈，妳還真幽默。」他笑不出來。

洛蒂一直想要淡忘他們那次酒後亂性的場景。她百般不想承認，但她的確很享受當晚他相伴在旁的那股體熱——這是她記得的部分。事發之後，他們再也沒有討論過那件事。

「但我說真的，亞當也不希望看妳孤單一個人。」

「你根本不知道亞當在想什麼，所以給我閉嘴。」她很氣惱自己，居然被波伊德給激怒了。

他果然安靜下來，繼續吃三明治，以開玩笑的語氣悄悄講了一句「賤婊子」。

「我聽到嘍。」

「本來就是講給妳聽的。」

「反正呢，碧亞說那比較像是辦公室八卦，純粹因為蘇珊一向獨來獨往，大家喜歡為那些低調的人編故事。」

「妳剛那段話什麼意思？妳像是再也不去望彌撒的天主教徒？曾經是過來人，後來就過著無性生活？」

「你明明知道我本來就不是女同志，更不是什麼日後過著無性生活的過來人。」

「自從亞當過世之後，妳一直沒有性生活。」

洛蒂看得出來，波伊德一說出那些話，立刻就後悔了。她沒說話，現在就算是講出諷刺的話予以反擊，他也高興不起來，何況她現在也想不出什麼犀利的回應。反正他是沒辦法接話了，至少現在是如此。

她開了口：「湯很好喝。」

「妳轉換話題。」

「波伊德，」洛蒂開口，「我剛才已經把蘇珊私人秘書碧亞・威爾許告訴我的話都講給你聽了。就她所知，蘇珊本來就出身拉格慕林，在都柏林工作多年之後，兩年前才調職回來。碧亞也說沒有人能夠親近她，她是以事業為重的女人，日以繼夜不斷努力，已經是嫁給了這份工作。在男人的世界裡，她就是得這麼拚才能爬到這樣的位置。這是碧亞說的，可不是我講的話。」

波伊德說道：「不過她一定有工作之外的某種生活吧。」

「你有嗎？」

「有什麼？」

「工作之外的生活。」洛蒂問完之後，喝光了湯。

「其實沒有，妳也一樣。」

「我要講的都講完了。」

「妳明明聽得懂我的意思。」

「夏洛克先生，趕快吃完你的三明治。我們還得趕去帕爾克葛林，看看林區與克爾比在蘇利文家裡是否挖出值得追下去的線索。」

「妳是不是要去郡治廳找那個頭頭問案？」

洛蒂問道：「誰？」

「郡治長。」

「傑瑞．鄧恩要明天早上才有空。」

「我看妳是興趣缺缺。」

「隨便你怎麼說。」

「這種話我也不是隨便挑人說。」

洛蒂吼他：「你別那麼幼稚了好嗎！」

不過，還真的是被波伊德給猜中了，她真的興趣不高。兩人拆分了帳單之後，離開酒吧。

他們在路上匆匆前行，兩人互相依偎，抵擋寒意，呼出的氣往上飄升、融結在一起。

街燈映照冰雪的反光，在商店櫥窗投射出赭黃色暈。冷死了，冰寒天氣是今日的聊天主題。那些愚勇外出的人從他們身邊疾走而過，每個人的臉都埋在圍巾與帽子裡頭，不想讓皮膚受到刮骨惡風的摧殘。

洛蒂挨在波伊德身邊，加緊腳步，走過濕滑人行道，她覺得極地寒風已經直接竄入衣內。終於到了警局，波伊德發車，洛蒂坐進去，拚命搓揉毫無血色的十指。

她說道：「開暖氣啊。」

「不要碎碎唸啦。」他嗆回去，立刻踩油門，差點打滑撞牆。

她心想，幸好他有警察身分護身。車子開始前行，她眺望窗外被純白假象所圍裹的這座城鎮，逐漸沒入向晚的幽色之中。

✦

蘇珊·蘇利文住在某間三臥的獨棟房屋，是一間位於「市區高檔區段」邊郊的偏僻住宅區，就算以前真有這種高貴地段，現在也早已光輝盡失。

他們駛入之後，發現這裡氣氛寧和。好幾個小孩一身禦寒打扮，在冰凍的馬路上騎著聖誕節剛拿到的腳踏車，五彩繽紛帽子底下的那一雙雙眼眸，頻頻在偷瞄蘇利文大門外停放的那兩輛警車。

兩名制服員警負責站崗。屋內車道停放的那輛車滿是純白積雪，從厚度看來已有一個禮拜沒有移動。白底藍字的封鎖線鬆垮垮掛在前門外頭，以文字示警「保持距離」，但看起來卻沒有任何的威嚇力，外人也就只能憑藉這唯一的線索注意到這裡狀況不太對勁。洛蒂好想回到車內，立刻返家。

警探瑪莉亞．林區站在門口等候他們。

洛蒂問道：「是不是有什麼消息要告訴我們？」

有時候，她實在不知道該怎麼評斷瑪莉亞．林區這個人，布滿雀斑的鼻子，充滿好奇的眼眸，長髮紮為馬尾的幼稚造型，總是穿得很漂亮。她看起來像十八歲，但其實已經在警界服務十五年之久，現在將近三十五歲了。熱情洋溢但節制有度。她知道林區野心勃勃，而洛蒂也不想落入同為女性相互競爭的圈套，但她必須承認，對於她底下這名女警探所擁有的安穩家庭，她的確是有些吃味。據說她先生會煮菜、吸地板，還會在上班前送兩個小孩上學啊什麼的。

「真的是一團亂，我不知道那女人怎麼能住在那種垃圾堆裡面。」林區說完之後，伸手拍了拍熨燙過的海軍藍長褲所沾到的灰塵。

洛蒂挑眉，「我看過她的辦公室，也詢問了她的同事們，這和我對她的印象根本完全不符。」

她與波伊德一起進入玄關，屋內感覺好侷促。兩名犯罪鑑識小組成員正忙著工作，警探克爾比的渾圓屁股翹得老高，他正忙著仔細翻找廚房垃圾桶。

「這裡除了垃圾之外，什麼都沒有。」克爾比講話含混不清，嘴裡含著一大根雪茄，毛燥亂髮宛若從頭上冒出的一大坨天線。

他對洛蒂笑嘻嘻，她則是臭著一張臉。賴利．克爾比離婚，現在正與當地的某個二十多歲女演員打得火熱，她心想，算他走運，至少，他現在再也不會對她擠眉弄眼亂放電。話雖這麼說，但克爾比其實擁有警界可愛壞男孩的稱號。

她下令：「不准抽雪茄。」

他面紅耳赤，立刻把雪茄放入胸前口袋，嘴巴唸唸有詞，打開了冰箱，檢查裡面放了哪些東西。

「一定要確定查訪所有鄰居，」洛蒂繼續發號施令，「我們必須要查出蘇利文最後現蹤是什麼時候的事。」

洛蒂終於知道剛才林區講的話是什麼意思。骯髒的碗盤在水槽裡堆得老高、桌上有盆只削了一半的馬鈴薯、破掉的鍋子、果醬瓶裡插著一把刀，邊緣已經長了一圈白黴。而且，在這一片狼藉的正中央，還擺放了一碗吃剩的乾糊麥片粥。

很難判斷這女子到底是吃了午餐還是晚餐，或者是兩餐一起解決。地板也很骯髒，到處都是麵包屑與灰塵。

「客廳更可怕，」林區說道，「過來看看吧。」

洛蒂離開廚房，目光順著同事的指尖走過去，站在客廳入口。「我靠。」

波伊德插話：「嚇死人。」

林區也接口：「的確。」

數百份報紙塞滿了客廳所有的空隙，地板、扶手椅、沙發還有電視上方。某些已經泛黃，還有的似乎是被老鼠啃咬，整個空間布滿了灰塵。洛蒂拿起最靠近門口那一疊的某份報紙，十二月二十九日，原來蘇利文在外頭一直掩飾得很好。

洛蒂開始在心中默默數算到底有多少報紙。「這裡是一座垃圾山，」她說道，「至少堆放了兩年份的報紙。」

林區在她背後開口：「這女人問題嚴重。」

洛蒂搖頭，「這場景實在讓我無法和她辦公室的整潔畫面連結在一起，簡直像是有兩種人格一樣。」

波伊德問道：「妳們確定是這棟房子沒錯？」

她們同時對他怒目相向。

「只是問一下罷了。」他一臉無精打采，走上階梯，低矮的天花板逼得他必須彎頸前行。

「繼續搜，」洛蒂交代林區，「我們必須找出她的手機，就能取得她的聯絡人名單，也許可以找出是誰起了殺機，我還是沒看到桌上型電腦或筆電。」

「我會留意，犯罪鑑識小組差不多快收工了。」警探瑪莉亞·林區又進去擁擠的廚房。

洛蒂跟著波伊德上樓，他正在浴室裡。「這裡什麼樣的藥丸都有，從治療屁股痛到手肘痛應有盡有。」

他的語氣就與她媽媽一模一樣。她推開他，仔細檢查藥櫃。她心想，蘇利文應該要被列在自殺觀察名單才是，她看到了一盒盒的百憂解、贊安諾，還有替馬西泮。

「看來她好一陣子沒吃藥了。」她真想偷拿一些贊安諾藏在口袋裡。天，這些分量可以讓她撐至少三個月。

他問道：「因為裡面還剩下很多藥？」

「對，裡面還有奧施康定。」

「那是什麼？」

「嗎啡。」洛蒂想起了亞當過世前的家中藥櫃。她仔細檢查處方箋，在手機裡記錄藥局名稱，準備等一下繼續追蹤。她環顧浴室，一片髒兮兮。她從波伊德身邊擠過去，進入臥室。

她大叫：「快過來。」

他站到她身邊，「真是不可思議。」

洛蒂問道：「這女人到底在想什麼？過著什麼樣的生活啊？」

臥室光潔，一塵不染，井然有序。床鋪的整齊程度宛若軍營，一片純白乾淨。沒有任何化妝品的梳妝台，亮晶晶的原木地板，就這樣了。

「地板上幾乎可以看到我自己的倒影。」她說完之後，打開了梳妝台最上方的抽屜，裡面的一切堆疊得整整齊齊，展現完美的軍紀準確度。她又關上了抽屜，褻瀆死者的遺物，還是交給別人處理吧，她不會動手的。就連亞當死後，她也不曾碰過他的東西。她開口：「這女人真是矛盾。」

波伊德檢查另一間臥房，「而且她一個人住。」

洛蒂轉頭，果然空蕩蕩，四面白牆加上原木地板。她滿是不解，搖搖頭，蘇珊・蘇利文真是個謎樣人物。

波伊德手裡夾著菸，到外頭找她，

她下樓之後，又回頭凝望了一會兒，有某個地方兜不起來。她是不是漏掉了什麼？但現在很難做出結論。

她得要到外頭透透氣。

◆

波伊德也到了外頭，手裡夾著菸。

「現在要去哪？」他順便吐了一大口煙圈，洛蒂開心地猛吸他的二手菸，打了哈欠。

「我最好趕快回家餵小孩吃東西。」

「他們都十幾歲了，當然可以照料自己，」他說道，「妳需要好好照顧自己。」

這是不需要回答的陳述句，是事實沒錯。

「我必須要消化案情。我想研究一下目前掌握的這些事實，看看能否釐清一切，我需要空間。」

「回家就有了嗎？」

「幹嘛這麼沒禮貌。」

她覺得他逼得好緊，不只是身體距離，就連心理層次也是，害她焦躁不安。其實，她很想要好好享受被他摟住的舒服感覺，但她也知道只要他一碰她，她會立刻悍然拒絕。歡迎來到冷若冰霜的洛蒂．帕克世界，現在的天氣正是她的心情寫照。

「今天晚上，我們也沒有什麼可做的了。我打算散散步，明天早上見了。記得小組會議是早上六點，克禮根也會到場，所以千萬不要遲到。」她心想，自己這段話真是多餘，波伊德從來不遲到。

她在冰滑的人行道步履維艱，朝家的方向前進，形單影隻。

6

這棟鄰接蔪新郡治廳、興建於十九世紀的典獄長住所，曾經是老城監獄的一部分。目前守在主建物封鎖線的那些警察，並不知道裡頭可連通老城監獄。

這棟住所深處的地牢被保存下來，當作會議室使用，但沒什麼人敢下去。謠傳死囚在伏法前的最後時刻都被關在那裡，據說牆面會因為罪犯陰魂的吐納而跟著起伏。

聚集在此處某間地下穴室的那群人，並沒有因為這棟建物的這段過往而受到任何影響。他們站成一圈，宛若在等待暫緩執行的囚徒。

「今天下午，都市計畫部門的成員，蘇珊．蘇利文遇害身亡，死因可疑。」在場的那位官員說道，「令人遺憾，其實，應該說是相當不幸的消息。對我們來說，未來的情勢會變得相當嚴峻。警方很可能會仔細搜查她的檔案。各位必須小心，在他們的調查過程之中，你們的名字可能會被搬上檯面，必須配合偵訊。」

他停頓了一會兒，望著眼前的那三名男子。

他繼續補充：「要是我們的交易曝光的話，很可能會被當成嫌疑犯。」

「至少她知道的部分已經隨著她一起入土了，」開發商說道，「不過，辦案的方向就會轉移到我們身上。」

銀行經理發抖得好厲害。其實，自從他們進入地窖之後，溫度開始陡降，外頭的夜氣似乎已經透牆而入。

銀行經理開口說道：「還得要考慮詹姆斯．布朗的問題。」

「既然少了蘇利文，也就只剩下他的證詞對我們不利而已，」官員回道，「不過，你說得對，由於警方接下來可能展開問訊，我們也必須提前準備相應計畫。大家一定要維持各自運作的假象，如此一來，他們應該就不可能猜到我們到底在做什麼。」他猛力搓揉雙手，想要暖和十指。

「別傻了，」開發商說道，「他們十分機靈，我們必須要更勝一籌。如果是探長洛蒂．帕克指揮辦案，我可以向各位保證，我們一定得小心為上。」

銀行經理問道：「你認識她嗎？」

「我聽說過這號人物。幾年前，她破了那一起遊客謀殺案。當時她飽受威嚇，但還是執意辦下去，最後抓到了兇嫌，她就像是咬到骨頭、就再也不肯鬆口的狗。」

那名神父不發一語，官員知道對方工於心計，正在默默評估情勢。

被羊毛大衣包裹的眾人變得更加瑟縮，目光開始互探。

「諸位，這牽涉到數百萬歐元，我們必須要十分謹慎。還有，我們再也不能到這裡聚會，千萬小心。」官員結束會議，打開地窖的門。他瞄了一下外頭，單管路燈照亮了荒涼的私人停車場。

他們一個接著一個、慢慢離開了。

現在，大家彼此提防。

他們之中的某人很可能就是兇手。

7

詹姆斯・布朗把自己的黑色豐田Avensis停在自宅屋外的庭院，關掉車燈，拔出鑰匙，車內的光源逐漸昏暗，他靜坐原處，聆聽引擎的冷卻聲響。

通常，他十分享受下班回家的時刻，尤其是春季時分。能夠親近鄉村的寧和氣氛，聽到樹木的聲音、望見小花園後方的草地無拘無束向天伸展。讓他的心中又盈滿了幸福，這樣的景象，在他心中灌注了其他地方幾乎找不到的自由感。不過，現在卻變得不一樣了。今晚他心情哀戚又憤怒。難過，是因為蘇珊；生氣，是因為他打電話的那個對象態度冷落。他之所以會主動聯絡，是因為想知道對方是否知道有關蘇珊之死的任何消息。不過，正當他打算開口的時候，那男人卻掛了他電話。也許，他就是找錯人了，根本不該打給這傢伙。

他雙手緊握方向盤，低頭猛撞拳頭。他必須提醒自己，蘇珊走了，這都要怪在他頭上。這些年來，都是靠她出手相救，讓他得以遠離惡魔，如今他卻辜負了她。

他覺得車內很安全，不想離開。也想起了他與蘇珊小時候經常互相依偎，她在他耳畔輕聲細語，要堅強，驕傲地挺直胸膛，而他卻像隻不知所措的小貓在她懷中嚶嚶抽噎。他回憶起蘇珊還是小孩的時候，如何教導他整理床鋪符合規範、折疊衣服、撿拾地板上的塵屑保持光潔。他相信她後來一定培養出清潔臥室的偏執習性。又有誰能怪她呢？他想到他們親眼目睹、而且就此絕口不停的一切，他想起了她的過往，還有她對他一直這麼好，不禁為她流下無聲的淚水。現在，姑且不論其他因素，光是為了蘇珊，他就必須自立自強。

終於，在氣溫降至冰寒的時候，他逼自己下車。從車後座拿了手提箱，走入已是白雪皚皚的庭院，嗶一聲鎖好座車。月相即將生變，這樣的光亮比他想像中的更加慘澹。

一道幽影落在他面前，他瞇眼望天，原本以為是某道烏雲掩月。不過，瀰漫霜氣的星空卻沒有任何雲朵。有人挺立在他的面前，滑雪面罩蓋住了臉，只看見一對漆黑雙眸。

詹姆斯跌坐在自己的公事包上頭，這時才想起手機放在裡面，但已經太遲了。

「你……你……想要幹什麼？」他舌頭打結，恐懼的淚水從鼻梁滑落而下，宛若鼻涕淌流。

對方聲音低沉，宛若可怖蜂鳴。「你就是愛多管閒事。」

詹姆斯來回轉頭，心想自己為什麼會沒發現對方停的車？現在，他才瞄到右方橡樹後面的金屬閃光。這男人是誰？他怎麼會知道可以把車藏在那裡？

他該怎麼辦？他已經無法思考。

「什麼？為什麼這麼說？」詹姆斯喃喃低語，雙腳在冰雪地面來回摩擦，仰望籠罩眼前的巨大身影，對方戴了手套的掌心裡有支光亮的手電筒，讓他睜不開雙眼。

「你和你的朋友一直在給別人找麻煩，已經不是第一次了。」

「我的朋友？」詹姆斯雖然這麼問，但他早就知道對方指的是蘇珊。

那男人哈哈大笑，抓住他的手肘、逼他走向步道。天空開始密布烏雲，大片雪花落下，詹姆斯發覺喉嚨裡哽了一坨痰，呼吸也變得急促。

「你想要幹什麼？」詹姆斯的恐懼立刻轉為驚駭，腦袋緊縮，宛若鑽入殼內的蝸牛。要不是因為聲音陷在胸臆中出不來，他一定會大聲呼救。但就算如此，也不會有任何人聽到，方圓三公里之內並沒有其他住戶。

也許他應該要逃跑吧？不可能。這名襲擊者身材比他高大壯碩，而且似乎相當孔武有力，相形之下，詹姆斯簡直像是被困在捕蠅罐裡的小蟲子。

恐慌襲身，讓他的整個胸膛為之抽緊，踉蹌了好幾步。他沒辦法繼續走下去，覺得自己似乎只剩下一隻鞋子。那男人也停下腳步，從口袋裡抽出了一條長繩，他已經耐心盡失。

詹姆斯向前仆倒，讓那男人嚇了一大跳，鬆開了他的手肘，摔倒在地，手電筒也掉入一團積雪之中。詹姆斯衝向家門，拚命在口袋裡找鑰匙，後頭傳來冰雪吱嘎聲響，正當他把鑰匙插入門鎖的時候，有隻手臂扣住他的脖子，死掐不放，他被往後一拉，整個人貼住對方堅實的胸口。

詹姆斯拚命抵抗，想要鬆開對方夾住自己脖子的手，但是他的後腦勺卻被手肘狠敲，疼痛欲裂。

「你當初不該搞出那種事！」

他覺得自己聽過這個聲音，拚命回想到底是誰，但就是認不出來。他立刻轉身想要逃跑，卻發現對方已經以繩子勾住他的頸項，粗糙尼龍纖維刮破了皮膚，這可能是他的最後機會。

他手臂往後一伸，碰到了那男人的腹部，但是卻被震彈回來。痛楚流竄過他的手肘、一路到達肩部。繩子鬆開了，他跌倒在地，趕緊轉身，好不容易跪撐起來。跑啊，他必須要趕快逃跑，但是他卻無法站立，就在這時候，他開始大叫，是來自喉嚨深處的恐懼縱聲狂吼。

「救我！快救我！」他的聲音彷彿像是別人在林間叫喊的回音。

繩子越抽越緊，他想要以十指插入冰封泥地、抵擋那股拉力。他企圖再次喊叫，但繩索已經鎖死，陷入他的肉裡，幾乎要讓他無法呼吸。他能怎麼辦？他心想：談判，我必須讓他開口說話。他不再抵抗，但對方的倒抽力道卻更加猛烈。

那男人開口：「給我過來。」

他把詹姆斯從屋前拉到了橡樹下方，它的枝椏在屋宅的白色外牆上投射出如魔幽影。樹下有兩張作為夏日乘涼用的鐵鑄椅，現在已經累積了許多不合節令的小雪堆。

對方稍微鬆開了繩索，詹姆斯問道：「你要幹什麼？」

那人把繩索的其中一頭拋向空中，繞住了某根位於乾枯樹幹中段的樹枝。詹姆斯祈禱此刻能有烏雲蔽月，讓整座花園陷入一片漆黑。現在，他的眼睛已經適應了幽暗夜色，看到了太多的東西，腦中充滿了荒謬思緒與閃動的不規則畫面，

其中一個是他母親的影像，他一生中怎麼也想不起來的容顏。他心想：我要死了，對方馬上就要殺死他，而我卻一籌莫展。他全身不斷抽搐顫抖，他需要蘇珊，她總是想得出對策。那男人轉身，詹姆斯盯著那戴了面罩的臉，直視那雙隨著靜默舞曲、跳著邪惡華爾滋的眼眸，他想起來了。那是他永遠忘不掉的眼睛，讓他記得一輩子的雙眼。

「是你……蘇珊……你……」他說道，「我認識你，我記得……」

詹姆斯掙扎力道軟弱，他想要掙脫束縛，但每一次的動作卻反而讓尼龍繩越扭越緊。現在，他想起來了，是不是太遲了？他努力擠出字句，想要拖延對方。

「那……燭光之夜……皮帶……」

「你自以為聰明，但未必能聰明一世吧？以前有個女孩為你撐腰，現在已經沒了。」那聲音清朗銳利，簡直可以鑿破冰面、化為無數碎屑。

詹姆斯拚命拉扯那根繩子，想要把手指塞進去，那股緊綳拉力讓他開始反胃，已經無法呼吸。他想要掙脫，雙腿亂踢，不斷被空中落雪澆淋。他得要活下去，他需要想辦法，他還有下半輩子要過。他決定放手一搏，讓對手猝不及防，乾脆就保持死癱姿勢。這樣一來，看那男人要怎麼把他拉上去？

「給我站到椅子上面。」那男人下令，大手一揮，抹去了一坨積雪。

詹姆斯站著不動，宛若被催眠了一樣，那條繩索已經在他脖子上勒出深溝，而對方的體熱已經讓他的感官難以承受，他已經嚐到了喉底的鹹腥氣味。有兩隻手臂扣住他的身體，把他抬到了某張花園涼椅上頭。四隻椅腳立刻陷入雪地，晃搖了一會兒，終於定住。詹姆斯還來不及跳到地上，那男人已經先一步拉動纏在樹枝上的繩索。

現在的雪勢變得更加兇急，那男人站在另一張椅子上、開始打繩結，詹姆斯的身軀也開始搖晃。

「詹姆斯，要是可以把你吊在蘋果樹下，那還真的是契合你的命運，不過，它的樹枝不夠硬，但這棵橡樹倒是可以發揮功能。」

現在繩索已經牢牢纏固在樹幹中段的那根粗硬樹枝，落雪已經讓月色變得黯淡，但還是有一絲淡淡黃光映照在庭院，承負額外落雪的細枝不斷顫晃，詹姆斯發出了無聲祈求。

他的腦袋還來不及多想該讓身體作何反應，那男人已經踢翻了椅子，讓它陷在白雪覆蓋的泥土之中。

他的胸膛不再有任何的起伏動作，舌頭從發紫的雙唇突露而出，眼白流出了血滴，詹姆斯看到天空明月在跳舞，散發出百萬道白光。他的身體在無風狀態下來回搖晃，彷彿聞到了新鮮蘋果的氣味，他開始脫糞。耳邊傳來踩踏在雪地、逐漸遠離的吱嘎聲響，接下來，眼前的白光轉為鮮紅，最後是全黑。

一陣狂烈暴風雪在低地翻騰，前所未有的囂張放肆。屍身泛白，漸漸沒入純白的背景之中，已然死冷。

8

洛蒂打開大門的時候，饒舌音樂開得震天價響。她為什麼會讓小孩聽這種垃圾？因為她要是下禁制令的話，他們也會在其他地方繼續聽。反正，她也不可能監控他們iPod、手機、電腦裡的數百條歌曲，就忍忍吧。

她的音量蓋過了喧鬧聲，「我到家了！」

沒有回應。

廚房留有十多歲小孩煮食過的殘跡。空的泡麵盒，桌上還放著油膩的叉子，還有喝了一半的瓶裝可口可樂。很可能是他們吃完早餐之後——想必是睡到中午時分，繼續擱在那裡的東西。餐桌上有一疊未拆的聖誕卡片，被她打開的那幾張已因廚房窗戶的凝霧而變得皺縮。聖誕樹放在客廳，這裡看不到。先前她並不打算布置，但是尚恩卻堅持到底，現在，拆除那一堆亂七八糟的彩帶與亮球的職責就落在他身上，辛苦的大工程。

這一切的虛假裝飾品在不久之後就會被送進閣樓，讓洛蒂鬆了一口氣。她討厭——不，應該說憎惡——亞當過世之後的聖誕節。已經三年了，聖誕節是家庭時光，但現在她的家已經被摧毀了。

不過，話說回來，她依然保有開心聖誕節的美好回憶。亞當與她喝光了一瓶貝禮詩奶酒之後，想要在半夜三點組裝玩具廚房；或者，等亞當結束軍營勤務回家的聖誕節早晨，他會在小孩醒來之前躡手躡腳進來，她負責列出清單做最後盤點、確保沒有東西遺漏在母親家的閣樓。有一次，他們把某個大兵玩具忘在那裡，亞當必須衝過去，在凌晨兩點吵醒她媽媽，當時他一直笑稱洛蒂是膽小鬼，一想到那段記憶，就不禁讓她露出微笑。亞當根本不怕她媽媽，洛蒂也是，但她母親的吵架戰力本來就十分強悍，媽媽見到她更是火上加油，反正，這是她告訴亞當的說詞。有時候，她覺得他愛丈母娘的程度還超過了老婆。在他不過十八歲的時候，他的父母就在短短一年之內相繼過世，可能是因為如此，他格外珍惜蘿絲為洛蒂與外孫們所做的一切。不過，洛蒂知道母親的這些舉動其實隱藏著某種昔日的內疚感，她拚命想要擺脫那種情緒，但一直揮之不去。自從亞當過世之後，她與她母親的每一次互動都會引發不快。尖銳的措辭、翻舊帳、甩門。自從她們上次大吵一架之後，洛蒂已經好幾個月沒與母親見面——但她知道母親會趁她不在家的時候探望外孫。

洛蒂竭盡一切努力照顧孩子，但實在很難一直專注心思，其實，她對許多事情的態度都是如此，亞當過世之後，她的某部分也隨著他死去了。這也許是老掉牙的說法吧，但的確是事實。要不是因為他們的小孩……嗯，她一共有三名子女，日子還是得過下去。她的生命中還有其他的久遠缺憾——她父親的死亡之謎，還有她哥哥後來的傳奇故事。這種譴責遊戲，她大可以終其一生玩下去，但是亞當帶給她的傷懷卻壓過了其他逐漸衰敗的記憶，至少現在是如此。

尚恩慢慢晃進廚房，手裡拿著曲棍球球棒、以尾端不斷彈球。這小男生熱愛曲棍球，全愛爾蘭最狂熱的運動項目之一，只不過她一直很擔心兒子會因此發生危險。他才十三歲半，個頭已經跟亞當生前一樣高，一頭亂糟糟的金髮蓋住了長睫。洛蒂好愛小兒子，有時候這股愛意簡直讓她想哭。亞當走了，她必須要保護他，保護所有的小孩，而這種責任的重量有時候讓她根本無法承受。

尚恩把球收進口袋，「媽，妳晚餐要煮什麼？」

「天，尚恩，我才剛進門而已，現在是七點鐘。難道你們就不能有哪個人自己煮一下晚餐？」她的愛瞬間轉為挫敗。

「我剛在看書。」

「才沒有，你連包包都沒打開，還看書呢。」

兒子垮著臉回她：「可是我們還在過節啊。」

洛蒂忘了，暫時失憶而已。他們上禮拜就開始放假，還要在家待上好幾天。他們一整天都在做什麼？算了，不用問啦，其實她真的不想聽到答案。

沒想到克洛伊也走進了廚房。

「嗨，媽媽，晚餐要煮什麼？」

克洛伊總是喊她「媽媽」。亞當生前也老是習慣在孩子面前叫她「媽媽」。她猜女兒是想要利用這類的小細節，營造他依然在世的感覺。

尚恩趁機溜上樓，每一步都伴隨著球棒的重鎚聲響。他又開始播放阿姆的饒舌樂，這一次更加喧噪。

克洛伊身穿運動褲，上搭細肩帶小可愛，正在發育（根據克洛伊的說法，終於啊！）的乳房繃得好緊，難道她不知道外頭的氣溫是零度以下嗎？那頭深金色長髮隨意揉成一大坨、用蝴蝶髮圈盤在頭頂，燦亮的藍色眼眸根本就是她父親的複製品。那雙讓洛蒂一見傾心、自此一生緊緊相隨的雙眼，在美麗女兒的臉龐留下了不朽印記。當她覺得洛蒂偏袒姊姊和弟弟的時候，她經常會丟出這一句：「別忘了妳還有老二。」

「克洛伊，妳十六歲了，也在學校裡上了家政課，妳怎麼從來沒想過煮晚餐？」

「沒有，我幹嘛要動手？妳一回家就開始訓我。」

沒錯。

「凱特在哪裡？」

「一樣啊，在外面。」克洛伊打開櫥櫃，找尋是否有可吃的東西。

洛蒂走到冰箱前。沒有酒，靠。她已經不喝酒了，她提醒自己，至少不像以前喝得那麼兇。每每遇到這種時候，她最渴望的便是酒精，能夠幫助她紓解白天的壓力。她也不抽菸了，嗯，也許偶爾會來幾根，搭配喝酒的時候。天，但她這樣很矛盾吧。剛才她應該要從蘇珊・蘇利文的藥櫃拿些贊安諾才對，但她絕對不會做出這種事，至少她是這麼想的。她在床邊桌抽屜裡存了一點，辦公室抽屜底面也用膠帶黏了一顆緊急用藥。她告訴自己，都只是以防萬一而已，但其實她的庫存很快就要消耗殆盡。

洛蒂開口：「親愛的，開一下熱水壺吧，我今天累慘了。」

克洛伊把餅乾塞進嘴裡，按下開關，煮水壺發出嘶嘶聲，裡面一滴水都沒有。洛蒂碎碎唸：「妳也幫幫忙好嗎？」

克洛伊已不見人影，廚房的門正好在此刻關上。

洛蒂在熱水壺裡加水之後，打開了電熱式壁爐，坐在自己的椅子裡，盡量讓椅背後仰。她依偎在暖和的外套裡面，閉上雙眼，靠著深呼吸平息紛亂思緒。

9

「詹姆斯．布朗死了。」

洛蒂對著自己的手機大吼：「什麼？」

她依然坐在椅子上，雙腳享受著電熱式壁爐的強熱，瞄了一下廚房時鐘，八點半。她熟睡了一個多小時，是這通電話吵醒了她。

「詹姆斯．布朗死了，」波伊德說道，「妳最好趕快回警局，克禮根急得跳腳，聽說天空新聞馬上就要發布快報。」

洛蒂說道：「如果是日常的觀光客紛爭就好了。」

「得要有人去接妳，」波伊德告訴她，「剛才已經連續下了好幾個小時的大雪。」

「我用走的，這可以讓我整個人保持清醒。」

「隨便妳。」

她結束電話，開始找外套，這才發現自己還穿在身上。她對著樓梯大吼：「克洛伊、尚恩，我得回去工作！」

沒回應。

「你們要自己煮晚餐。」

兒女齊聲應她：「吼！媽！」

克洛伊大吼：「留錢給我們買外賣！」

她掏了錢，靠。

✦

警司克禮根在走廊來回踱步，低頭閃過了好幾架梯子，嘴裡嚷著髒話，整顆頭紅得宛若甜菜根，這是他壓力破表時的標準色。他轉身，洛蒂趕緊停下腳步。

「妳去哪裡了？妳應該要在這裡留守才是。」

「長官，我已經執勤十二小時，剛才在家裡。」

克禮根轉頭，怒氣沖沖回到自己的辦公室。波伊德與林區站在那裡靜靜等待，還沒來得及脫外套，而克爾比卻不見人影。

洛蒂問道：「你們兩個在看什麼？」她一肚子火，但也只能按捺下來。「告訴我最新狀況。」

「一個半小時前，有電話進來，」瑪莉亞・林區摘掉毛線帽之後，開始整理頭頂的髮絲，恢復捲度。「詹姆斯・布朗的屍體被人發現懸吊在自宅的某棵樹上頭，根據制服員警的報告是自殺事件。」

「自殺個屁啦，」洛蒂說道，「就在他同事被謀殺的同一天？拜託哦，我們上次偵辦謀殺案都是什麼時候的事了？更何況還一次兩件？」

記憶強人波伊德說道：「三年前，吉米・孔恩在某起家族紛爭殺死了提米・孔恩，是妳逮捕了嫌犯。」

「剛剛那只是個比喻的問法，」洛蒂問道，「賴利．克爾比在哪裡？」

她東張西望，案情偵查室裡面十分熱鬧。城鎮的各種地圖讓光禿禿的牆壁變得五顏六色，文件盒裡的報告越積越厚，還有多名警探正忙著打電話。

波伊德扣上外套釦子，「想也知道克爾比和他的演員女友待在藝術中心後面約會。」

洛蒂問道：「波伊德，你是眼紅嗎？」

「我先去發車，車子可能被凍住了。」林區趕緊溜了。

波伊德說道：「妳氣色好差……」

洛蒂馬上回嘴：「好，我也愛你哦，快走吧。」

✦

在拉格慕林市區六公里之外的這條森林鄉道，已經被兩輛警車的藍光照得透亮。路面幾乎無法前行，而且現在的雪勢更創下聖誕夜以來的紀錄，大片雪花飄落而下，體感冰凍。

上了雪鍊的救護車與消防車阻擋了通往布朗住宅的小路。怎麼有消防車？洛蒂搖頭，而林區只是聳肩以對。

波伊德乾脆棄車，剩下的路程就靠步行，他們沿著其他車輛留下的轍痕前進，跋涉經過積雪地帶的時候，雪深及膝。

某個面容慘白的憔悴男子坐在警車裡，有兩名制服員警守在內圍封鎖線的外頭。看到大家這麼謹慎，讓洛蒂覺得很欣慰，可疑的自殺案很可能另有蹊蹺。

「是他發現了死者，」茱利安．歐多納尤警員指了一下車內的那名男子，「他名叫德瑞克．哈特，現在情緒十分低落。」

洛蒂開口：「林區，找他問話，搞清楚他到底是誰，為什麼會來這裡。如果這不是自殺，那麼他就是我們的頭號嫌犯。」

歐多納尤繼續說道：「死者座車旁邊的地上有一只公事包。」

「犯罪鑑識小組到達之後，可以先讓他們檢查，然後再把它送入警局。」洛蒂已經朝花園走去，而波伊德則跟在她身邊。

聚光燈照映某棵樹，投射出詭奇陰影。她別開目光好一會兒之後，終於能夠定睛望向站在某輛積滿白雪汽車旁的醫護人員。

她開口問道：「你沒有切斷繩子放他下來？」

「沒有。我看得出來他已經死了，而且發現屍體的那名男子還說死者認識在教堂遇害的女子，所以我想我還是應該打給你們處理比較好，以防萬一嘛。」

「我看你常看《CSI》犯罪影集吧？」洛蒂這麼一問，不禁讓那男人面紅耳赤，她繼續說道：「你不用回答，沒關係。」

「我也叫消防隊過來駐守，這種鄉下地方一片漆黑。」

「為什麼要叫消防隊？」

「不知道，」那名醫護人員問道，「我可以抽菸嗎？」

洛蒂與波伊德異口同聲：「不行！」

她的目光開始仰飄，望向被臨時燈光映亮的詹姆斯．布朗的懸空屍身。

「我今天隱隱覺得布朗對我有所保留。要是我當時對他施壓的話，很可能會挖出什麼線索，也許能救他一命。」

波伊德回她：「搞不好他殺害蘇利文之後，充滿悔恨，上吊自盡。」

「他殺了蘇利文？你看看他的樣子好不好？一百五十幾公分的瘦小身材，連流感病毒都殺不死啦。」

波伊德大膽推測，「是不是憤而行兇？」

洛蒂瞪他，「有時候你這個人就是滿嘴胡說八道。」

布朗的身體在飄雪微風之中微微搖晃，他的頭斜側一邊，正好面對著她的方向。雙眼睜得好大，神情空茫。洛蒂轉身，在雪地裡艱難移動腳步。

「怎麼了？」波伊德問道，「妳簡直像看到鬼一樣。」

「搞不好真的是這樣。」

她停下腳步，觀察四周狀況。側翻倒地的椅子，已經有部分被大雪所掩蓋；車子旁邊的公事包，此外，還有另外一輛車停在後面。然後，她發現到大門鎖孔插了鑰匙。歐多納尤警員正在抄寫醫護人員所說的話，現場每一個人都舉步維艱，洛蒂很懷疑犯罪鑑識人員是否真能找出什麼有利線索。

洛蒂問道：「有遺書嗎？」

歐多納尤聳肩，「我一到達這裡就開始四處尋找，外頭什麼都沒有，但也可能被大雪浸得爛透。天，我從來沒看過這麼大的雪。」

洛蒂指了一下門口的鑰匙，「那個叫哈特的傢伙有進去嗎？」

「就我所知是沒有。」

就在這時候，林區出現在洛蒂身旁。

「哈特說，他是布朗的朋友，一聽到蘇珊．蘇利文的死訊，趕緊開車過來看他。」

「他怎麼知道蘇珊的事？」

「布朗打電話告訴他的。當他抵達這裡之後，一看到屍體就立刻打電話報案。他就站在這裡，抬頭望著布朗，等到第一名人員到來，完全沒有靠近那間屋子，至少他是這麼說的。」林區拂去落在筆記本的雪團，墨跡也因此立刻暈染開來。「他處於完全崩潰狀態。要派車送他回家嗎？還是妳打算今晚問案？」

「我太累了，沒辦法好好問案，早上再找他吧。」她發現大門的牆邊有保全警報系統，「問他一下，看他是否知道密碼？」

「要不要我早上也過去呢？」那名醫護笑容燦爛，嘴角快咧到耳邊了。

「歐多納尤警員已經有了你的口供，」洛蒂說道，「感謝協助。」

「哦，我差點忘了，」他說道，「我在大門附近看到這東西插在雪堆裡。」

洛蒂盯著那男人戴著手套的手，握著一把綠色的小手電筒。

「你把它撿起來了？」

「當然啊，」他眼睛張得好大，「哦，抱歉，也許我應該留在原來的地方？」

「應該是這樣沒錯。」洛蒂把手電筒放入證物袋，立刻封口。「原本是開是關？」

「我為了省電，早就關掉了。」

她實在很想要賞對方一拳，只好趕緊轉身以免出事。

那名醫護離開，波伊德悶哼啐罵：「豬頭。」

「波伊德，要是哪天除了我之外、還有別人聽到你講這種話，你一定會被打斷鼻梁。現在，趕快去把鑑識小組帶過來。」

她的手機發出聲響，是克禮根。

「老大要我們十五分鐘內趕過去，」她說道，「那傢伙是沒看到外頭是什麼天氣？」

✦

回到市中心之後，波伊德站在警局外頭，點菸。現在雪勢稍緩，霜凍夜氣搶過煙圈的風頭。洛蒂真希望能抽一口，但最後一定是抽個不停。她從來不會適可而止，媽媽老是喜歡唸她，成癮失調症。謝了，老媽。

她走進溫暖的接待櫃檯區，看了一下手機。沒有訊息、沒有未接來電。她打電話回家，是克洛伊接的。

「嗨，媽，妳等一下就回來了嗎？」

「還沒有，」洛蒂回道，「我等一下要與我的警司開會，不知道會多久。」一陣罪惡感油然而生，她只能拋諸腦後，不然又能怎麼辦？她得要工作，換言之，就是不知拖到何時才會結束。

克洛伊回她：「別擔心，」

「凱特到家了嗎？」洛蒂好擔心老大。

「應該是已經在房間了。」

「去確定一下。」

「我會的。」

「告訴尚恩不要再玩PS了。」

「沒問題，掰嘍。」克洛伊掛了電話。

等到她回家的時候，他們一定都已經睡了，一定都會把自己照顧得很好，不會有事。她衷心盼望如此，她對於自己不是很有信心。

她撥去肩膀的落雪，波伊德站在她身邊。

「趕快上去吧，」他開口，「警司正在等，而且我們已經遲到了。」

✦

「你們還真是悠哉啊。」

克禮根在他的辦公室裡大步走動，儼然像是士官長一樣。

「是自殺還是什麼啊？」他沒打算聽答案，「反正不重要，現在就當成自殺，一天一起謀殺案已經夠了。無論真相為何，我們一定可以找出解釋的理由。我可不希望有哪個都柏林的菁英團隊跑來接管一切，所以你們最好積極一點，立刻安排挨家挨戶問案。此外，要有人接受面訪與電訪、發布新聞稿、向媒體簡報進度。」

洛蒂心想，這些事你甘之如飴嘛。

她大膽直言：「我覺得詹姆斯·布朗並非自殺。」

克禮根不以為然，發出悶哼。「妳怎麼會有這樣的結論？」

「嗯，我覺得……自殺這種說法似乎太過順理成章了。」

「我聽不懂，」他說道，「給我明示吧。」

洛蒂咬唇，她該怎麼解釋某種直覺？克禮根是務實的人，照章行事，一碰到辦案，他最喜歡的格言就是「聽我指導不然就拉倒」。但洛蒂有其他方式……她自己的那一套。反正，他根本懶得聽她說出答案。

「帕克探長，妳的想法跟案情無關，緊盯證據與事實就是了。他在某個大風雪鬼日子，找了某棵鬼鄉下的靠他媽的大樹，上吊自盡。郡治廳那裡有問題，我感覺得出來，很可能是因為工作問題殺死了蘇珊·蘇利文，承受不住內疚，所以……朝某根樹枝拋了繩子，畏罪自殺。好，我們現在開始擬定工作計畫。」

洛蒂不再回嘴，三個人開始臚列小組任務項目，她太累了，沒辦法和克禮根繼續吵下去。

他們努力搞定一切之後，克禮根再次重申：「我不想看到都柏林派高手過來。我們自己可以處理，一定要偵破蘇珊．蘇利文的謀殺案，要迅速破案。」

「不過，長官，」波伊德插嘴，「要是我們有兩起兇案，難道不需要外界的援助嗎？」

「波伊德警探！我已經講兩遍了，到此為止。現在，我們要處理的是一起可疑命案、一起疑似自殺案。」

克禮根斜眼看人，示意不准他們繼續辯下去。洛蒂瞪回去，穿上了外套。

克禮根說道：「好好睡一下，明天早上六點整開會。」

他們離開警司辦公室，進入走廊。

「靠，這是怎樣？」波伊德突然停下腳步。

洛蒂看著他，原來他撞到了油漆工的梯子，前額撞出了凹痕，她哈哈大笑。

波伊德一路飆罵到門口，「這可不好笑。」

「我知道。」但她就是忍不住。

10

洛蒂準備要開家門，不禁露出微笑。尚恩的曲棍球球具放在門廊角落，風吹送而來的冰雪已經讓聖誕花圈凝凍結塊。電鈴旁邊的木板寫的是「便士巷」，當初為這間房子命名的人是亞當，每一間臥室都以披頭四的成員分別命名，昔日感覺可愛，但現在卻只是引人無限傷悲。

她住在某個機能完善、地廓形狀如馬蹄鐵的社區，這裡有三十棟的雙拼屋，她家正好位於中段，距離灰狗體育館的距離很近，每逢週二與週四傍晚都能聽見裡面的歡呼聲。不過，雖然路程僅有兩三百公尺，她倒是從來不曾鼓起勇氣進入裡面觀賽。亞當曾經帶小孩去過好幾次，而他們對於那些瘦巴巴的賽狗與肥嘟嘟的狗主人並不是十分欣賞。今晚這裡十分安靜，要等到場地恢復正常之後才會繼續比賽。洛蒂心想，很好，她需要這樣的平和與靜謐。

她掛了外套，迎接她的是一片寂靜，饒舌音樂不敵尚恩虛擬世界的魅力。洛蒂工作了十八個小時，身體早已累垮，但精神狀態依然緊繃。

廚房裡有兩片留給她的披薩，克洛伊留下了字條：「我們真的好愛妳。」

她把披薩送入微波爐，倒了一杯水。她很愛自己的子女，但經常抽不出時間表明愛意。她很少見到凱特，這個十九歲的女大生天天通勤，前往都柏林念書，但即便遇到這樣的長假，也一直沒看到她的人影。她一直是她爸爸手心裡的寶貝，自從亞當過世之後，她一直鬱鬱寡歡，洛蒂真不知道該拿她怎麼辦。

她狼吞虎嚥，將那坨濕糊糊的食物吞下肚，上樓，回到了她的「約翰・藍儂」房間。克洛伊與尚恩都已經入睡，她關上了他們的房門，瞄了一下凱特的房間，沒人。她得要和這個女兒好好談一談，也許明天吧。

✦

凱特・帕克正躺在男友的懷抱裡。

他的頭髮讓她的鼻子好刺癢，惹得她想打噴嚏，而且還得拚命忍笑。但他似乎是沒有注意到，因為他正猛吸夾在纖長手指之間的大麻菸。等到他吸滿入肺之後，把它遞給了她。其實她不該吸食，但她迫不及待想要討好傑森，她都十九歲了，應該要努力嚐鮮。要是她媽媽看到的話，一定會大發雷霆。隨便啦。媽媽老是擺出教宗的模樣，叨唸喝酒吸毒有多麼危險，也許她媽媽應該要親身嘗試一下才是。

凱特把那根錐狀捲菸湊到唇邊，聞了一下那股刺鼻氣味之後，猛吸了一大口。她原本以為腦袋會變得輕飄飄，但卻沒有感受到那種預期的快感。

她說道：「好酷啊。」

「慢慢來，」傑森以手肘撐起身體，「我可不想要看到妳吐在我身上。」

她瞇眼望著天花板，發現上頭有小星星。她猜應該是畫上去的吧，不然就是她的幻覺。

「你的天花板是不是畫了星星？」

「對，緬懷我的哈利波特舊時光。」

「我喜歡哈利波特，」凱特說道，「只要是奇幻的東西我都愛。我以前好希望自己可以使出魔法，進入不同的世界，尤其是我爸爸過世之後。」

傑森哈哈大笑，她斜側目光打量他。好帥，穿著名牌牛仔褲搭配A&F兜帽衫，她好幸運。今天，當他開口邀她回家的時候，她高興死了。光是他家客廳就和她整個家一樣大，幸好他父母都不在家，因為她真的不知道該不該欠身或卑躬屈膝。至於他的房間，棒透了，面積等於是他們家三姊弟的房間總和。

新鮮人的生活很無聊，但是他卻在一堆女孩之中挑中了她，讓她整個人像要飄起來一樣。

「喂，留給我一點，妳這個貪心小壞蛋。」

她把大麻菸遞過去，雖然後腦勺壓住了他的堅實手臂，但她可以依稀感覺到枕頭的軟度。她閉上雙眼，現在她真的在飄飛了。

對，要是她媽媽看到這畫面，鐵定會大發雷霆。

她掙扎起身，「我最好趕快回家，都已經超過十二點了。」

「妳是灰姑娘啊？」傑森哈哈大笑，「要是我不送妳回去，我是不是會變成南瓜？」

「沒跟你開玩笑。」她坐挺身子，開始摸找外套。

「好吧，掃興鬼，我帶妳回家。」

凱特吻了他的唇，現在，她已經長出了翅膀。

尚恩．帕克在自己臥室的窗戶向外凝望，看到他的姊姊和男友站在覆雪的車道上面依偎在一起。靠著街燈的照映，他目睹了他們接吻的過程，還有凱特的微笑，上次看到憂鬱的姊姊露出這麼開心的笑容，是多久以前的事了？

他完全想不起來。

✦

洛蒂上了床，伸手東摸西找，碰到了那本愛顧商城的型錄，沉甸甸的重量壓住了被子，這是她讓亞當那一邊的床被保持緊合的招數。她曾經試過電話簿，但效果不如廣告型錄那麼優異。

她沒有睡意，心中依然惦記著蘇珊．蘇利文與詹姆斯．布朗的案子，她想要知道他們到底捲入了什麼害人必死無疑的紛爭？

她一聽到凱特把鑰匙插入門孔轉動的聲音，立刻安心入睡了。

11

那男人猛搓皮膚，力道兇猛。

他已經完成了應盡的職責。必須要保守秘密，也要保護他自己的身分，其他人亦然，但他們對此渾然不覺。

他狠狠刷洗身體，想要去除死亡的氣味，慢條斯理，有條不紊，從髮根開始、一直到整齊修剪的腳趾甲。他離開淋浴間，拿起了毛巾，以精準的步驟擦乾身體。

完全淨爽之後，他裸身慢慢走向臥房，躺在純白床褥盯著天花板，一夜無眠。

✦

一九七四年

她知道他的舉動十分不當，但是她怕得要死，不敢告訴任何人。他有個秘密處所，在她放學之後，他通常會把她帶到那裡。遇到寒暑假的時候，他命令她至少一個禮拜要去找他一次，有時候，他會直接到她家。

有神父來訪，讓她媽媽十分開心。她會端出上好瓷器，為他奉茶、準備餅乾。當母親在廚房洗碗槽前面準備餐點的時候，他會抓住她的手、塞入褲襠裡面。被他逼迫做出這種事，她覺得好噁心，簡直比他強迫她做出的其他行為更可怕。

有一次，他們差點被她母親撞個正著，她忙到一半，又出來問他是否想要換個口味，改吃全麥麵包？他立刻轉身，面向窗戶，還說正在監看街道、擔心會有小混混刮他的車。

自此之後，她有一個月沒看到他，她原本以為一切到此結束，但其實這卻是真正惡夢的開端。他告訴她媽媽，他想給她打工的機會，傍晚到神父宿舍清掃，他可以給她一點零用錢，她媽媽欣然接受。

就在那個當下，小女孩恍然大悟，恐懼將會成為生活之日常。

有時候，她會偷喝父親藏在電視下方櫥櫃的威士忌。雖然燒喉，但過了幾分鐘之後，體內就會湧現暖意，而且周遭的現實世界也變得朦朧。她開始狂吃東西，她媽媽因為她的體重飆升而不斷怒罵，她很想回一句「幹」，因為她曾經聽過某名女同學說過這句話，她知道那是髒話，有時候，當那個神父插入她身體的時候，也會講出那個字。她好恨他，她身體痠痛，而且還流血，她討厭死了，而她也知道現在想要阻止一切已經為時晚矣，有誰會相信她的話？

學校裡的女同學笑她是肥仔，肥這個肥那個的各種外號都有。當她望著鏡中的自己，已經認不出回望她的那個人到底是誰了。她現在就跟隔壁的凱德先生一樣，有了肥溢出臭襯衫鈕釦之外的啤酒肚。

有時候，她會哭到睡著。而大多數的時候，她只是痛恨自己，成為了這樣的人，他害她變得如此不堪的那些舉動。她暗暗起誓，一定會叫他付出代價。她不知道是什麼時候，也不知該靠什麼方法，但總有一天會等到他的報應之日，她會準備出手。他對她毫無悲憫，只有鄙視，到了那個時候，她將會以其人之道還治其人之身。

她對著鏡中的自己說道：「惡有惡報。」

第二天

二〇一四年十二月三十一日

12

很神奇，洛蒂不過才第二次轉動鑰匙，車子就發動了。她對著幽黑的清晨天色低語，想必上天有人眷愛我吧。她需要保持清晰思路，所以她選擇比較遠的那條路前往警局。

她走雅德瓦爾路，在圓環左轉，經過了曾經熱鬧非凡的菸草工廠，煙囪還在，但再也不會排放任何氣體。她還記得在這座工廠縮編為物流倉庫之前、持續飄蕩不去的刺鼻味道，她好懷念，它似乎成了她居住之地的某種詮釋。但如今已消失無蹤，就像大多數的事物一樣。

她在都柏林大橋等紅綠燈，得以趁機一覽底下被白雪覆蓋的城鎮全景，夾在兩大沼澤內陸湖之間的山谷區，主建物是左側的天主教雙塔教堂，還有右側的新教徒單塔教會，兩大地標之間有一大片欠缺規劃的五層樓公寓區，與四周的低樓層建物相比，顯得格格不入。

在古早時代，拉格慕林原是堡壘城鎮，但現在那些閒置的軍事營地成了破壞公物者的溫床，謠傳很有可能成為難民與尋求政治庇護者的收容中心，它建於這裡的制高點，高踞運河與鐵路之上。在此落腳的十一世紀修士們應該會感到自豪，這裡某些街道依然冠以這些掩面斗篷者的姓氏向其致敬。洛蒂心想，這地方也沒剩下什麼地方能讓人自豪了。

在燈號轉綠之前，她的目光又再次望向地平線，定睛在那兩座矗立林間的教堂高塔。她的雙手緊握方向盤，關節已經泛白。她想到了這座教堂在過往對城鎮人民的統御，還有那些身穿長袍的男子對她自己家庭所造成的影響。某座尖塔裡的鐵鑄鐘發出了清脆聲響，回音穿透了她緊閉的車窗。無可遁逃，教堂與城邦，拉格慕林歷史與她個人生命史的兩大痛楚。

洛蒂深呼吸好幾次，玻璃殘破不全的紅綠燈號誌轉綠，綻亮出裂紋綠光。她猛踩油門，車子打滑，差點害鄰近的唯一車輛，前頭那輛紅色的日產小車留下一條長刮痕。她開過大橋，進入冰滑又處處坑洞的荒涼街道，商店櫥窗一片幽黑，她不知道裡面隱藏了多少秘密，又有多少謎團等待被揭露，也不知道拉格慕林要是有人願意將它們挖掘出來的話，是否還來得及？

✦

小小的案情偵查室裡頭塞了三十名男女。

某些人坐在搖搖晃晃的椅子上，其他人則是肩並肩站在一起，大聲聊天，一堆體味混雜了各式各樣的香水、鬍後水，還有燒焦的咖啡。洛蒂找尋站立位置，完全看不到空位，最後就整個人靠在後方的牆面。她看到克禮根站在這群警探前面，正在翻弄好幾張紙，站在那裡的人應該是她才對。

波伊德瞄了她一眼，微笑，她也燦爛回笑。有時候，當她正要擺出臭臉的時候，他的笑容就是能夠融化她的怒氣。他和往常一樣勁帥，身著灰色西裝，對於這種天氣，他的唯一妥協就是在襯衫外加了件海軍藍毛衣。也許就把今天當成「善待波伊德日」好了，應該沒問題吧？恐怕是不行。

她大口灌下黑咖啡，讓疲憊的心靈突然精神一振。克禮根向她點點頭，她趕緊衝到前面，以免他改變心意。她面向大家，克爾比眼睛布滿血絲，應該是喝了不少威士忌。瑪莉亞・林區則是精神抖擻，話說回來，她不都一直保持這種狀態嗎？波伊德收斂笑容，擺出嚴肅神情。團隊成員都已經箭在弦上，她也一樣。

「好，」警司克禮根示意大家安靜，「帕克探長要向大家報告最新案情。」

她面前的這些臉孔都充滿了期待。她的人馬很優秀，對自己、對她都有信心。她必須要讓大家保持高昂士氣，一定不成問題。

她把馬克杯放在桌上，拉了一下長袖T恤的袖口，這是她改不掉的習慣，她向等候的眾人簡述了昨日白天與夜晚所發生的那些事件，隨後分派工作。

她講完之後，室內發出了椅腳在地板磨動的聲響，有人坐立不安，還有人在伸懶腰，原本的低語交談慢慢變成了大聲閒聊。

克禮根的吼聲蓋過滿室喧噪，「大家各就各位！」

洛蒂覺得自己沒聽錯，波伊德在碎碎唸回嘴：「好啦，好啦，船長。」她從他身邊擠出去，離開案情偵查室，拿起外套，準備走向教堂，她得要詢問某名目擊證人。

✦

喬・博克神父在大門口等她。天空依然陰鬱幽沉，洛蒂真希望冬天趕快結束。紛落而下的雪花讓教堂顯得模糊迷離，現在，這裡已經成了封鎖的犯罪現場。

有好幾名不畏惡劣天候的早起路人在此短暫駐留、祝禱，並且留下了花朵。站在封鎖線前面的那兩名警員一直猛跺腳，看來是凍僵了，洛蒂也是。

洛蒂戴著厚重的手套，與喬神父握手致意。

他語氣友善，「快進來宿舍喝杯茶吧。」

「太好了，」洛蒂瞄了一眼神父的淺藍色飛行外套，他還戴了毛茸茸的護耳罩。她微笑說道：「你看起來就像是蘇聯間諜一樣。」

他引她繞過教堂側邊，準備進入宿舍。

✦

屋內很暖和，一片寧靜，只有老舊的鐵管暖氣不斷發出氣泡聲響。喬．博克神父帶洛蒂經過壁磚走道，牆上看得見狹長型桃花心木書櫃的投射幽影。

他打開了某間裝潢風格類似走廊的房間大門，開口詢問：「想喝茶還是咖啡？」

「麻煩給我茶就好。」她需要能夠去除口腔內那股辦公室咖啡殘味的飲料。

神父交代背後出現的某名嬌小修女，她嘆了口氣，拖著腳步離開了，在偌大宿舍的某處煮開水。

他找了張爪腳扶手椅坐下來，「好，帕克探長，有什麼我可以幫得上忙的地方？」

「博克神父，我需要線索。」洛蒂脫掉外套之後，也在他對面的椅子坐了下來。

「叫我喬就行了，我們不必那麼客套吧？」

「沒問題，那也請叫我洛蒂就好。」

她知道自己不該與對方這麼親暱。他也是嫌犯，在蓋文太太之後第二個到達現場的人，而且在兇案發生的時候，他一直待在教堂裡。

「我發現這間教堂的內外都裝有監視器，我需要拿到資料磁片。」

「沒問題，但我想應該是派不上用場。自從這一波超級低溫來襲，外頭的監視器早在聖誕節之前就全壞了，而室內的監視器只在告解的時候使用。」

「為什麼會這樣？」

「這是康納主教的安排。萬一我們神父遇襲的話，就可以看到是誰進入告解室。」

「真是諷刺，是不是？」她抬頭，修女又再次現身，這次手裡多了銀色托盤，上頭的陶瓷器皿晃搖作響。

「而且，那台網路攝影機也壞了，通常我們會把它放到官網作為現場畫面頻道。現在是連續假期，我們找不到人修理。」

洛蒂心想，又是一條沒用的線索。

喬神父接下托盤，放到桌面，同時向修女道謝，她不發一語離開了。他開始倒茶，洛蒂倒牛奶，兩人開始啜飲精緻瓷杯裡的熱飲。

洛蒂趕緊進入工作模式，「關於昨天的事，我有幾個問題想要問一下。」

「這是正式問案嗎？我需要找律師到場？」

她嚇了一跳，但卻發現他的臉上依然堆滿笑容。

「我想在這樣的問案階段不需要律師，嗯……喬……神父，」她講話結巴，「我想要釐清一些事實。」

「那就來吧，我全程奉陪。」

洛蒂臉上一陣熱辣，這是不是在向她調情？當然不是。

他說道：「我主持十點鐘的彌撒，清理祭壇，將聖爵與聖體鎖入聖體櫃。當時教堂內已經空無一人。通常這時候還會有些人留下來禱告，但我猜這種冷寒天氣已經擊潰了宗教的力量。大約在十點四十五分，司事完成工作回家。我回到這裡喝杯茶，差不多過了一個小時之後，回到聖器室，撰寫下個星期天的主日講道內容。蓋文太太過沒多久之後就來了，準備要進行例常的清掃工作。我正開始唸三鐘經的時候，聽到她尖叫，所以當時一定是過了中午十二點了。」神父陷入停頓，彷彿在祈禱一樣。

洛蒂問道：「你那時候在做什麼？」她默默記下要找人去詢問那位司事。恐怕又是無用之舉，因為他是在謀殺案之前離開了現場。

「我立刻衝出去，想知道到底出了什麼狀況，我直接奔向蓋文太太。她好可憐，整個人陷入歇斯底里。她抓住我的手，把我拖向前排座席，我看到了屍體……那女人……癱軟在地。我靠過去，想聆聽是否還有呼吸，但我知道她已經死了。我唸了痛悔經，為她祈福。然後我撥打緊急求助電話，攙扶蓋文太太到祭壇休息，我們就一直坐在那裡，等待警方到來。」

他身穿一身黑色毛衣，臉色益發慘白。

洛蒂問道：「你有沒有碰觸受害者的周邊地帶？有摸她嗎？」

「當然沒有。我一度想要看看她是否還有脈搏，但光看那樣子就知道她已經死了。」

「就算是這樣，你還是得來警局一趟，提供DNA分析的樣本，」她繼續說道，「才能讓我們知道到底是應該要把你列入還是排除我們的調查範圍。」

「所以我現在成了嫌犯。」他的纖長手指架成了尖塔狀，撐住了下巴。

「在我們釐清案情之前，人人都是嫌犯。」洛蒂努力判讀對方的眼神，但是卻看不出所以然。「你認識蘇珊・蘇利文嗎？」她等著觀察他的反應。

「她就是受害者？」

她點點頭，對方的神色十分泰然自若。

「不認識，我不記得看過她來這裡。」他沉思了一會兒，繼續說道：「許多人會來教堂，但不是為了望彌撒。可能是過來祈禱或是點燭。妳也知道，拉格慕林堂區的教友人數超過了一萬五千人。」

「你有沒有施行入門聖事？」

「除非有人生病需要神父，我才會到教友的家裡。我定期造訪醫院，也擔任女子中學的神父，我們會舉行彌撒，聆聽告解，但現在已經沒有多少人會告解了。」他搖搖頭，「還是有受洗、婚禮、聖餐禮，還有堅振禮。」

「工作量吃重嗎？」

「妳是指特定部分？還是全部？」他的臉龐綻放了笑容。

洛蒂靜默不語。她想起了曾經有位神父到她家、為亞當的病情祝禱。如果真的是喬・博克神父，那麼她一定會記得才是。但話說回來，亞當那時候病況已經很嚴重，她可能根本沒注意到他，直到現在才發現了這名神父。

「可否把你昨天下午之後的行蹤告訴我？」

「我送蓋文太太回家，一直等到她先生回來之後才離開。然後我回到這裡，在自己的房內夜讀，我這一生還從來沒見過這麼大的暴風雪。」

「所以你也就沒有外出了？」

「探長，沒有。為什麼要問這些問題？」

洛蒂思忖應該要怎麼回應，最後決定誠實以對。「我們手上有另一起死因可疑的案子，很可能是自殺，但我們沒辦法百分百確定。」

「昨晚我沒有任何堂務，也不需處理緊急狀況。出了什麼事？是不是該讓我知道是誰？」

「詹姆斯・布朗，他是蘇珊・蘇利文的同事。」

「我不認識他，願主幫助他的不幸家人。」喬神父緊握雙手，低下了頭。

「我們還找不到他的親人，他與蘇珊狀況相同，這兩個人彷彿就像是莫名其妙被丟進拉格慕林一樣。」

「我會四處打聽一下，一定找得到他們的親戚。」

「謝謝，十分感恩。」洛蒂嘆氣，想不出還有什麼可以繼續在這裡拖下去的理由，只好起身。「我會派人來拿取監視器的碟片資料。麻煩你今天來警局一趟，我們會進行口腔棉棒採樣與採指紋。我們繼續進行調查，一定會再次找你問案。」

她穿上了外套。

「隨時歡迎。」他幫忙拉住衣服，讓她的手伸入了袖身。這一次，她看到了他眼中閃動光彩，確實無誤。

她把名片給了他，「要是你想起其他細節，可以打給我，上面有我的手機號碼。」

「能和妳聊天很開心，但遇到了這種狀況十分遺憾。」

「謝謝你的茶。」她拉起兜帽，迎向漫天飛雪。

他關上門之後，洛蒂依然站在原地不動，剛才室內光線昏暗，眼前的一片白茫讓她睜不開眼，而且，她也想要搞清楚自己剛才與喬·博克神父之間到底是怎麼回事。

13

波伊德吸了一大口菸，吐氣。

他開口說道：「我們一無所獲。」

他與洛蒂走路前往郡治廳。她真希望他乖乖閉嘴。知道他們沒有任何線索，沒關係，但不需要特別提醒她。

「我們等一下先清查所有檔案，」她說道，「一定有與他們工作相關的蛛絲馬跡。這兩個人都在都市計畫部任職，這是很容易招惹是非的領域。反正，就目前看來，他們也沒有其他的共同點。」

波伊德深吸一口氣，「也許他們兩個有染？」

洛蒂停下腳步，瞪了他一眼。

然後，她繼續往前走，搖頭。「那又怎樣？就我們所知，他們都是單身啊。」

他回道：「那就是都市計畫部有不可告人之事。」

「看！」洛蒂模仿辛普森卡通裡的荷馬，「看看我們能挖出什麼吧。」

波伊德在雪地裡捻熄香菸，兩人一起進入那座玻璃水族館。

◆

這棟建物出現不尋常的寂靜。某些員工進入辦公室之後就一直以低頭姿態走動，現在，除夕的歡愉已成了斷念。瑪莉亞．林區警探帶領的小組找來所有職員，正在三樓進行個別詢問，洛蒂希望能盡快知道結果。

有名科技小組成員在蘇利文的辦公室忙著解鎖電腦。洛蒂心想，搞不好她也可以自己來，只要能找到貼在鍵盤旁邊的密碼就不成問題，有些人就是學不到教訓。她坐下來，開始逐一檢查電腦檔案夾，正當游標對準了某個私人檔案夾的時候，她發覺波伊德已經站在她旁邊。

她問道：「你怎麼不去檢查布朗的電腦？」

她這樣真的很過分，但這傢伙真的把她惹毛了。什麼「善待波伊德日」還是算了吧。洛蒂專心拖曳滑鼠一個小時之後，抬頭一看，發現波伊德站在門口搖頭。

「這裡沒有任何異常檔案，」她說道，「她的私人檔案夾裡面是退稅與醫療保險的資料，但還是有某些可能值得研究的資料。比方說，與某個名為『反對鬼城居民』團體的會議時間長度，這段協調期約一年之久。」洛蒂伸伸懶腰，「布朗的電腦可有任何線索？」

「就我來看是沒有。」

「我們必須要找這個領域的人來研究一下，看看是否能挖出非法或可疑的項目，」洛蒂說道，「我會去找郡治長談一談。」

「我也一起去吧？」

「你還是把這些檔案拿到警局去解壓縮啊什麼的，幹點正經事吧。」

她根本懶得聽波伊德回嘴，直接走了出去。

✦

傑瑞・鄧恩四十五歲，是愛爾蘭第二年輕的郡治長。

他負責管理數千萬歐元的歲入預算，也執掌投資型預算，不過這筆預算的數字卻因為經濟衰退重創基礎建設而逐年下降。在「凱爾特之虎」的經濟狂飆期，他主控數項數百萬歐元的開發計畫，其中還包括一條橫跨全郡的主要道路。當洛蒂在翻閱他辦公室外頭的郡治年度報告時，她心想這對於生活困苦的用路人來說，完全得不到任何慰償。大家買不起汽油與汽車，被稅負壓得喘不過氣，某些人的餐桌上甚至看不到任何像樣的食物。傑瑞・鄧恩依然坐領超過十萬歐元的年薪，洛蒂心想，他絕對是每年一月就換新車的那種人。洛蒂在他辦公室外頭等候召見，就連他的傳記也讓她看得津津有味，但她聯想到自己銀行帳戶的餘額，立刻變得侷促不安。

有名秘書按鈴通知她可以進去了。他的辦公室是詹姆斯・布朗的兩倍大，一股寒氣在室內流竄。窗外壁台已經滿是白雪，狂風吹來的雪花，在窗玻璃留下了神秘圖案。原木辦公桌表面一片光潔，僅有的桌上型電腦與電話顯得刺目。

鄧恩開口：「探長，我一定會全力協助。」他的英俊五官看得出壓力重重，嘴角下垂，深色短髮的耳鬢部位已經轉為灰白。

「這兩起命案讓大家都很震驚，」他的目光似乎可以透達她的靈魂深處，要是他真的具有讀心術的話，他會知道洛蒂對他充滿了憐憫。她曾經對於問案過程完全無動於衷，但這畢竟是過往了，她的生命現在已經完全變貌。「一天失去了兩名優秀的屬下，光想到就令人痛心疾首。」

「有沒有什麼與蘇珊工作有關的是非引發殺機？或者，甚至是詹姆斯？不過，在目前這個階段，我必須說他的死因是被歸類為自殺。」

她仔細觀察他的神情，發現沒有什麼太大的波動。

「他們兩人都在處理各項開發申請案，有時候會受到來自政壇與開發商的壓力。探長，我敢向妳擔保，我的團隊成員都具備了最高道德標準。」

他的語氣徐緩節制，聽起來像是預先準備好的說詞。

她問道：「有人威脅他們嗎？」

「有的，其他同仁也遭受過威脅。在『凱爾特之虎』年代，開發商有億萬歐元的財力搜刮土地。買下興建大型住宅區、購物中心、工業區之類的執照，就能確保發大財。太晚進場的人賠得精光，而搶得先機的人早已口袋滿滿。」

「威脅的方式？」

「電話與信件都有……」他聳肩說道，「我還收過裝有子彈的小棺材。」

洛蒂記得那起事件。

「每一次的威脅都有報警嗎？」

「當然，您那裡一定都有筆錄。」

「我想也是，我會再次確認。」

「對，探長，妳是該好好清查一下。」鄧恩說完之後緊閉雙唇，就此打住。

這是在斥責她嗎？她提醒自己要保持冷靜，此人高深莫測。雖然克禮根大吼大叫亂發飆，起碼她還知道兩人站在同一陣線。

「我需要研究一下他們目前的都市計畫檔案，我知道您一定會說事涉機密——」

「恰恰相反，」他打斷她，「所有的都市計畫資訊都屬於公共領域，我保證妳一定可以看到全部資料。就這樣嗎？」

「昨天中午左右，你人在什麼地方？」

「我與我太太海瑟前往蘭薩羅特島度假數日，一大早回來。我想我們應該是機場因天候關閉之前的最後一架降落航班。我到家之後，就一直沒出門。」

「海瑟可以當人證？」

他擺出露牙燦笑，目光堅定不移。

「我想不會有任何問題。」

天，這是以細條紋西裝作為掩護的梭魚。但願上帝保佑這座水族缸裡的其他魚兒平安無事。

洛蒂離開了他的辦公室，準備去找波伊德。

探長的前腳剛離開，傑瑞．鄧恩臉上的笑容也立刻消失無蹤，他面向辦公室窗戶，凝望下方的覆冰河水。

他不是笨蛋。他知道她剛剛企圖利用他們相處的短暫時間評估他的個人特質。她找到的那些線索應該會讓她很不開心，但他不在乎，就連他也不是很喜歡他自己。

他的兩名屬下死了，竟在他想要完全避人耳目的時候……卻引來了注目。

他的冷靜面具一向貼合得天衣無縫，如今卻慢慢消融成為碎片。他坐在辦公桌前，整個人往後一靠，想要鎮定情緒，他伸出顫抖的雙手扶頭，心想要是能回到蘭薩羅特島該有多好。

14

波伊德碰到了凹溝，花了一番功夫還是把車打直了，洛蒂雙手護身，減緩衝擊力道。他是專業級駕駛，厲害。

「二十二。」洛蒂以冰冷手指搓揉額頭，皺紋變得更深了。

波伊德問道：「什麼？」

「這條大道左側的樹木總數。」

「所以這到底……什麼意思？」

「純粹觀察罷了。」明明是一大早，為什麼她已經備感壓力？她下了車。

一輛警方科技部廂型車、一輛警務車，還有另外兩輛車停放在詹姆斯・布朗住家庭院的前方。洛蒂趁著天光仔細觀察這間被積雪常春藤所纏繞的石屋，這是圍牆裡的主角。還有一棵光禿之樹，一大堆石塊圍住了封凍圓石步道中央冒出的根部，她心想，這姿態好孤寂。她的右側就是那棵橡樹，現在已經看不到昨晚掛在枝頭的晃動屍體，但依然投射出可怖幽影。剛才法醫已經來過了，現在已經離開現場。

他們穿上了防護衣與鞋套之後進去了，從黑白相間的六角磁磚玄關走向客廳。天花板有裸露的橫亙樑柱，粉白色牆面光禿禿，正中央擺放了圓形餐桌，搭配四張座椅。乳白色布沙發的正對面是預建的燃木壁爐，整面爐腔的紅磚一路延伸到窗邊。在充足日光的照映之下，這整個地方顯得清冷。完全沒有雜物，十分乾淨，壁爐前隨意放置了許多白色巨型蠟燭，蠟融程度有高有低。洛蒂只聞到了純蠟，完全沒有香草或茉莉的味道，她推斷這些蠟燭應該不是為了散發寧和香氣，而是另有他用。

屋內有兩名犯罪鑑識小組成員，再加上她和波伊德，以及跟隨他們進來的兩名制服員警，感覺十分侷促。這裡看來一切正常，沒有打鬥痕跡。

「我們這裡的工作已經結束了。」吉姆．麥克葛林開口的對象是波伊德，對洛蒂完全無視。

「垃圾。」她低聲唾罵，對方的這種冷淡態度擺明了就是不尊重她。

波伊德低聲提醒她：「我聽到了。」

洛蒂詢問麥克葛林：「有沒有發現什麼該讓我們知道的線索？」

「我們已經採集指紋與樣本，可以隨時準備進行比對，當然前提是你們已經有了鎖定的對象。還有，沒找到遺書。」

她點點頭，低身走入廚房，精緻迷你型。她打開冰箱，發現了一桶桶的有機玉米穀片，她拿起來，仔細翻找，最後關上冰箱，開始檢查流理台。水槽裡沒有東西，瀝水架上面擱著穀片碗、馬克杯，還有湯匙。廚房裡沒有微波爐，整齊乾淨，顯然詹姆斯．布朗家裡並沒有會在廚房裡洗劫一空的青春期兒女。

波伊德站在臥室門口，洛蒂走了過去。

她倒吸一口氣，「搞什麼啊？」

「妳跟我的感想一模一樣。」

「我昨天和布朗講話的時候，原本覺得他是個老古板。」

洛蒂仔細觀察這間小臥室。充滿壓迫感，獨立式原木衣櫥、五斗櫃，還有搭配黑色絲質床褥的四柱床，牆壁上貼滿了各式各樣真人尺寸的勃起裸男照。

她說道：「麥克葛林應該要事先警告我們才是。」

洛蒂抬頭，也示意波伊德目光朝上，床鋪上方的天花板，有一面以鐵鍊懸掛於椽木的方鏡。

波伊德說道：「休．海夫納❷也比不上這傢伙。」

床上有一台打開的筆電，被黑色真絲床被遮住了一半。他們已經拿到了他的工作筆電，所以這一定是私人機。洛蒂拿出夾在筆記本的原子筆、輕點了一下輸入鍵，立刻閃現螢幕畫面，某個色情網站。顯然布朗沒想到居然是其他人喚醒了他的電腦。網站內容鹹濕，但裡面的主角全是成人，沒有孩童。在她的辦案生涯當中，她看過更可怕的畫面。

波伊德盯著那些照片，「妳看看那男人的蛋蛋！」

侵犯了亡者的隱私，讓洛蒂很不舒服，她啪一聲關上筆電，夾在手臂底下，反正科技小組可以檢查他的瀏覽紀錄。波伊德開始翻找抽屜，而她前往狹小的浴室裡尋找線索。

水槽上方的櫃子放有古龍水，鏡櫃裡的水杯有一管牙膏與一支牙刷，她對布朗湧起了憐憫之情。

洛蒂回頭去找波伊德，她開口問道：「有什麼發現？」

❷ Hugh Marston Hefner，《花花公子》雜誌創刊人。

「有一堆東西，」他回道，「但目前沒有任何導向殺人犯案的線索，除非是有人不喜歡他的性傾向。依我判斷，他應該是自殺。」

「才沒有這麼單純，」洛蒂搖頭，「目前受害者的唯一共通點只有工作地點，想必蘇珊．蘇利文與詹姆斯．布朗之間還有其他的關係。」

波伊德聳肩，他們一起走到外面，脫掉了防護衣。

他忍住哈欠，開口問道：「妳要不要開車？」

「你說呢？」她已經坐進副座的位置，「開暖氣，我冷死了。」

「我就不冷嗎？」

他發動車子，倒車的時候撞到了某輛警車的擋泥板。

「你是怎麼回事？」洛蒂問道，「剛才看到那些照片讓你興奮啦？」

他沒吭氣。

她閉上雙眼，把頭靠在窗邊。也許她應該要傳訊給克洛伊，提醒她要開暖氣。也許不用，要是他們覺得冷，就會自己動手，麻煩的反而是叫他們去關暖氣。

她的手機響了。

來電的是克爾比，「探長，妳知道我們在布朗的公事包裡面找到了他的手機？」「嗯，繼續說吧。」

「我們查出了他最近的通聯紀錄。」

「有異常紀錄或是頻繁往來的號碼？」她盼望他們看到了曙光，她需要可靠的線索。

「正在進行分析。他不幸過世前撥出的最後一通是德瑞克・哈特，而倒數第二通就比較值得玩味。」

「快告訴我。」

「持續了三十七秒。」

「克爾比，別跟我鬧了。他打電話給誰？」

「湯姆・里卡德。」

洛蒂想了一會兒，「里卡德建設公司？我在蘇珊・蘇利文電腦的鬼城檔案裡也看過這個名稱。我還記得幾年前他取得執照拆除了主街的老銀行，然後在原址蓋了他的可怕總部，當時鬧得沸沸揚揚。」

克爾比說道：「探長，根據妳的紀錄，詹姆斯・布朗大約是在妳問案結束的四分鐘之後打電話找里卡德。」

「克爾比，謝了。」洛蒂掛了電話。

波伊德開口：「我想我們接下來要去找湯姆・里卡德。」

「我會自己處理。」

「不讓我跟？」

「我很清楚那種人的德性，相信我，最好還是讓我一個人去處理。」

能見度變得越來越模糊，波伊德繼續前行，沿路險象環生。

「這也算是過除夕的另類方式。」洛蒂傾身向前，把暖氣轉強，波伊德開始嘮嘮叨叨，她乾脆直接閉上雙眼。

15

「里卡德先生，耽誤你幾分鐘的時間。」

里卡德剛從她身旁走過去、正大步邁向玻璃電梯，洛蒂立刻跟過去。

她挨到他身旁，「你是湯姆．里卡德吧？」

「妳還在這裡？」

她雙手交疊胸前，態度分毫不讓。

「妳要先預約時段才行。」他說完之後，伸出肥胖的食指，壓住電梯的開門鍵。

她拿出警證，在他面前晃了一下。

里卡德瞄了一眼，露出賊笑。

「探長，我應該要認出妳才是，但妳跟報紙的照片上看起來不一樣。」

「我要問你幾個問題。」

洛蒂向前進逼。

「別鬧了，」他說道，「我忙得要死，但既然妳都來了，我就給妳個兩分鐘。」

他按下樓層數字，電梯門緩緩關上，電梯迅速上升，看來他的辦公室位於最高的四樓。

洛蒂忍不住對這男子的品味讚嘆不已。這個地方走現代輕簡風格，搭配明亮溫暖的色澤，正好是她面前這位時尚人物的寫照。

里卡德脫去喀什米爾外套，掛在大理石衣帽架上面，然後自己坐在辦公桌前，又指了某張椅子，示意洛蒂入座。她完全不懂什麼設計師品牌，但覺得他的外套至少是她一個禮拜的薪水，搞不好是兩個禮拜，那真的是另一個世界。

他的灰色西裝有手工縫製的褶襉，雙排釦背心正好包住了厚實的腹部。洛蒂猜他應該有一百九十公分，五十多歲，紅褐色直髮，髮型梳理得整整齊齊。牙齒白得超誇張，想必是有戴牙套。藍色襯衫，搭配灰色領帶，讓他的高階商務人士形象十分到位。她實在不想說這是位帥哥，但他的確長得好看，稜角分明的下巴，加上明亮的眼眸，讓她聯想到了勞勃．瑞福。

「我真的超忙，」他往前依靠，雙手穩穩置於桌面。「有什麼我可以效勞的地方？」

「里卡德先生，」洛蒂慢條斯理，完全不管他的繁忙行程，反正她準備要慢慢來。「你知道昨天教堂發生一起可疑死亡事件嗎？」

「我昨天看到了新聞報導，真可憐，」他整個人往椅背一靠，拉開兩人之間的距離。「這件事和我有什麼關係？」

「可否讓我知道你昨天早上十一點到晚上八點之間的行蹤？」

她緊盯里卡德不放。他的表情宛若變色龍，從得意自負轉為疑惑不解。

「我幹嘛要配合妳？我又不認識死者。」

「你確定嗎？」

「不是百分百確定。做生意往來的人這麼多，不可能每個都記得。」

「我再問你一次。可否交代你昨天的行蹤？尤其是早上十一點到晚上八點的這個時段？」

洛蒂開始享受這次交手的快感。也許她只是亂槍打鳥，但是他肢體動作發生了改變，讓她知道應該要繼續追下去。

他終於心不甘情不願開口：「我得要查一下我的行事曆。」

「我講的是昨天的事，又不是去年。你一定記得自己去了哪裡？做了什麼？還有和誰在一起吧？」

「我的商旅範圍包括全愛爾蘭與全世界，也許我昨天待在紐約華爾街。」

他是在拖延時間，還是在編故事？洛蒂心想，站在華爾街的湯姆·里卡德的確毫無違和感。

「不要再浪費你我的時間了，」她說道，「都柏林機場昨天早上因大雪而關閉，所以你還是想想其他藉口吧。」

他打開自己的 iPad，用力點了一下行事曆的小圖示，選擇日期。她的目光飄過去，想要從顛倒的方向看清楚那裡到底寫了些什麼。

兩人同時抬頭，四目相接，充滿挑釁。

「我出去外面辦事。我請私人秘書取消了都柏林的某場會議——所以我就視察了幾處建地。」

她聽出他的語氣又恢復了傲慢。

「有人可以為你作證嗎？」

「作證？」他的反應是哈哈大笑。

「有什麼好笑？」

「沒事。探長，我是嫌犯嗎？」

「我只是想要確定你是否有可靠的不在場證明。」

「嗯……那些地方都沒有人。妳也知道那種天氣，作證？」他重複了一次，「應該有困難。」

「我要你列出那些建地的清單。」

他聳肩，「還有別的嗎？」

「傍晚的時候，你接到了一通電話。」洛蒂轉換了話題重點。

里卡德動了一下身子。

「什麼電話？」

「詹姆斯・布朗在斷氣之前打給你的那一通電話。」

「他死了？」里卡德睜大雙眼，看來是在努力恢復鎮定。「我不認識叫什麼詹姆斯・布朗的人，當然不可能接到他的電話。」

「演技真爛。」

洛蒂從口袋裡拿出一張皺巴巴的紙，攤開，放在辦公桌上面，然後又以手指撫平折痕。她慢條斯理，拿起他的銀筆，在倒數第二項通聯紀錄的數字下面劃線，至於那張紙的其他部分，早已事先塗黑。

「是不是你的號碼？」

「應該沒錯。」

「是你的號碼，你知道那是你自己的電話號碼。詹姆斯・布朗打電話給你，過沒多久之後似乎就拿了繩索纏脖自縊，他到底是說了什麼？」

里卡德面不改色。

「我不否認我過去可能與布朗有往來。探長，他過世了，我深感遺憾，但妳不能指控我是兇手。」

「我並沒有指控任何事件或任何人，我只是在詢問某個簡單的問題。」

他聳肩，「也許他撥錯電話號碼了，我怎麼知道。」

「那通電話持續了三十七秒。」

「那又怎樣？」

「我會申請搜索票調取你的通聯紀錄。」

「那就去啊。我們這裡已經結束了，我還有重要工作得忙。」

里卡德開始不斷開關辦公桌下方的抽屜，以動作示意對方離開，她也站了起來。

「里卡德先生，我會再回來的。」

「我想也是，」他回道，「鐵定會再來找我。」

「新年快樂。」洛蒂說完之後就直接走出門外，他根本來不及回答。她進入電梯，知道自己已經與湯姆．里卡德直接開戰，這應該不算是什麼好事。

✦

現在，一片寂靜，湯姆．里卡德眼露兇光，瞪著那道關上的門。他拿起布朗那張幾乎被完全塗銷的最後一日通聯紀錄，望著自己的電話號碼，被狠狠加劃了底線。

白紙黑字，日期、時間、通話長度都有。

他悶哼一聲，把那張紙揉成一團，丟入垃圾桶。

他懷有這麼多秘密，絕對不能認輸。就讓他們證明他與布朗講過電話吧。

湯姆．里卡德會否認，拚命否認，否認到底。

他按下手機的某個快速通話鍵。

「我們需要再開一次會。」

16

當洛蒂回到辦公室之後，波伊德對她說出了這段話：「從他臥室的那些配備研判，布朗很可能是遭人勒索的對象。」

她站著不動，氣得半死，根本沒有辦法坐下來。

「臥室牆壁上貼有裸男照片？拜託，波伊德，這哪有什麼被勒索的價值啊。」她在狹小的辦公室裡來回踱步，現在她也染上了克禮根的習慣。

她已經把布朗的電腦交給他們的科技部門清查資料，也派了某名警檢查郡政廳過往報案的威脅事件。她還得要詢問德瑞克·哈特，也就是發現詹姆斯·布朗屍體的那個人。她不知道那個人是誰，也不知道他跑去布朗家做什麼。他們昨天叫他早上十點來報到，但卻沒看到蹤影，她已經下令林區去找人。

「趕快找人依第十節規定申請搜索票，調取湯姆·里卡德的電話通聯紀錄，」洛蒂說道，「確定地方法院的日期，我們得要趕快辦案。」

波伊德說道：「坐下來啦，妳這樣讓我好緊張。」

她乖乖坐下。

桌上的電話響了。

「探長，午安，」來電的是法醫，「是否有空來圖拉摩爾一趟？我知道天候不佳，但這裡有些線索，我希望妳可以親眼看一下。」

「沒問題。」

「初步驗屍報告我已經準備好了。」

「可以寄電郵給我嗎？」

「我想要向妳當面解釋某些狀況。」

「我半小時內就到。」

波伊德問道：「有什麼新消息？」

洛蒂回他：「你真的很煩，」剛才的通話內容，他明明聽得一清二楚。「我真希望可以趕快回到自己的獨立辦公室工作。」說完之後，她已經穿上了外套。

「我看妳是在作夢。」

「妳要去哪裡？」

天，他講話的語氣越來越像她媽媽。洛蒂迅速拉上拉鍊，差點夾到脖子。

她沒有回答，直接甩門離開。

波伊德嘆道：「女人哪！」

她對他回吼：「我聽到嘍！」

過了一分鐘之後，她又回來，目光盯著外頭的路況。

「波伊德？」

「是，探長？」

「可不可以載我去圖拉摩爾？」

17

在他準備返回辦公室的途中，他發現那個十幾歲的男孩正走入丹尼酒吧，他必須跟過去。室內光線幽暗，讓他得以成為置身於木作室內裝潢中的隱形人。他盯著那男孩走向某個女孩，親吻她的嘴唇，然後脫掉了自己的外套。

那男人點了一大杯健力士，坐在酒吧前的高腳椅，他調整角度，觀察那對年輕情侶的一舉一動。男孩把外套放在手臂上，另一手摟住女孩的纖腰。但那男人的重點不是女孩，他把手伸向襯衫領口、鬆開領帶，繼續死盯不放。

酒保笑嘻嘻問他：「你這是要自己喝的嗎？還是要請別人？」那男人擺出臭臉，拿起酒杯，喝了一小口酒，目光又飄向那男孩的精緻五官。他趕緊挪移大腿，擠向吧檯下方，掩蓋褲襠拉鍊底下逐漸變硬的肌肉反應。他還有許多事得處理，但此時此刻，他只想要坐在這裡好好欣賞，幻想雙手把玩那個小鮮肉的感覺。

18

法醫珍・多爾向洛蒂與波伊德打招呼。她的小巧眼鏡貼住挺直鼻子，鏡片後的深綠色眼眸正在打量他們。她身著一身俐落海軍藍貼身套裝，領口露出了內搭的藍色上衣，而且還穿了超高的高跟鞋。洛蒂穿的是暖和的休閒外套、牛仔褲，裡面是長袖上衣加發熱背心，她不禁覺得自己打扮太隨便了一點。在開往圖拉摩爾的四十公里路程當中，她一直沒說話。波伊德跟著電台音樂哼唱，五音不全，讓她十分惱火，但她什麼也沒說。有時候，這是面對他心情起伏最好的方式。

「歡迎來到『死亡之家』。」珍・多爾伸出小手，向洛蒂問好。

洛蒂也向她握手致意。

她好奇問道：「叫我洛蒂就好，『死亡之家』？」

「某種懷舊的說法。好，跟我來吧。」珍帶領他們進入某道窄小走廊。

洛蒂跟在她後頭，希望這股強烈的消毒劑味道能夠掩蓋死亡的氣味，但她猜期盼應該會落空。波伊德也緊跟在後，隨著她們的腳步前進。

法醫推開了旋轉門，進入某個從地板到天花板都貼滿白色磁磚的空間，正中央放置了三具不鏽鋼解剖驗屍台，現在放了兩具屍體，都蓋上了純白色棉布，洛蒂猜想應該就是蘇珊・蘇利文與詹姆斯・布朗。她發現不鏽鋼停屍格的表面可以看到自己的扭曲映影，不禁讓她為之畏縮。

珍・多爾坐在角落的高腳椅，啟動電腦。「要等好久才會甦醒過來。」

洛蒂想要讓氣氛輕鬆一點，開口回道：「能夠甦醒的也就只有它而已了。」波伊德聽到後開始挑眉，雙手交疊胸前，不發一語。

法醫伸出塗有鮮紅指甲油的指尖、不斷敲打桌台。洛蒂拉了另一張高腳椅，靜靜等待這台電腦緩速進入網路世界。

「有沒有什麼意外發現？」洛蒂開口問珍，她正忙著輸入密碼，這女人並沒有在鍵盤下面塞了一堆便利貼。

「這兩起命案的死因都是遭人勒殺窒息，」她回道，「蘇利文的屍體看不出什麼抵抗的傷口。而布朗的手指有擦傷，脖子勒痕附近也有瘀傷，看來似乎是想要掙脫繩索束縛，我也在他的指縫裡發現了一些藍色尼龍纖維。我已經把所有的纖維與毛髮交給了鑑識實驗室，他們也有那條繩索。布朗的頭蓋骨底部有輕微挫傷，我不知道成因為何，必須等到鑑識結果出爐之後，我才能夠判斷他死亡是否有外力介入。」

洛蒂慶幸自己的直覺沒錯。雖然最後的結果可能依然證明她失準，但她其實幾乎可以確定布朗絕非自殺。後腦勺有碰撞，等於告訴她昨晚的確有別人出現在那附近。

「蘇利文狀況不好……」法醫講到一半，把眼鏡推上鼻梁。

「她可能生過小孩，但我必須要把取出的組織進一步化驗之後才能百分百確定。」

洛蒂問道：「妳為什麼不能確定？」

「她的生殖系統狀況嚴重惡化，兩側卵巢都有如柑橘大的腫瘤，子宮內也有一個。」

「我也猜到她可能有癌症。」洛蒂想起她在死者家中藥櫃裡發現的奧施康定[3]。

珍回道：「她可能誤以為癌症病情是更年期徵狀。」

洛蒂斬釘截鐵，「她一定知道。」

「卵巢癌來得無聲無息。通常等到症狀出現的時候已經是末期了。蘇利文的壽命只剩下幾個禮拜，但前提是必須要有人先讓她知道病況。」

洛蒂想起亞當知道確診結果的那一天。蘇珊是不是在她的主治醫生面前演出天崩地裂的劇碼？她作何反應？她是不是跟亞當一樣，以冷靜尊嚴的姿態聆聽消息？或者，她像是洛蒂？在醫生面前尖叫？

「妳還好嗎？」珍．多爾蹙眉糾結，憂心忡忡。

「我很好，只是想到了別人。」洛蒂立刻恢復鎮定，讓自己的專業素養壓過私人情緒。她實在很想自己伸手去敲鍵盤，登入時間未免也太久了。不過，她的指甲被啃得亂七八糟，凹凸不平，最好還是不要獻醜。

法醫開口：「終於進去了。」某項程式啟動，電腦螢幕出現了綠色光澤。

她輸入蘇珊．蘇利文的姓名，電腦螢幕出現了數行文字與好幾個特殊符號。她點了一下，畫面成了蘇利文的屍體。

「這裡，妳可以看到勒痕，皮膚組織的凹陷深溝，是極細塑膠線所造成的印記，與死者脖子上發現的iPod耳機線吻合。實驗室正在進行分析，想確認這是否就是殺人武器。只要迅速一拉，

❸ Oxycodone，一種鴉片類處方止痛藥。

收緊十五到二十秒，受害者必死無疑。」

「兇手是否一定是男性？」

「未必。只要對正確的區域施以足夠的力道，無論男女都不成問題。脖子上的瘀痕有限，所以她並沒有過度掙扎。」

洛蒂看著法醫移動游標、挪到了照片下方，停留在死者大腿的部位。

「那是什麼？」洛蒂瞇眼盯著螢幕。

「我想那應該是自製的刺青。以黑色墨水印壓皮膚、加上以縫針針頭不斷戳刺的那一種，圖案像是某個圓圈裹住了幾條直線。不是很清楚。圖案拙劣，鑿痕很深，也許是用刀子先切口，然後再塗入墨水，我讓妳看個清楚，」她說道，「戴上這個。」

她從位於自己膝蓋附近的抽屜取出乳膠手套，交給了洛蒂與波伊德。她跳下高腳椅，以優雅碎步走向最近的驗屍台，拉開白布，露出了蘇珊・蘇利文的裸屍。她的胸膛有一個略呈Y字形的切口，已以粗針隨意縫合。

洛蒂不禁全身顫慄，難道他們也曾經這樣對待她的亞當？亞當在家中過世，就必須讓殯葬人員將他的屍體放入金屬櫃、送入醫院驗屍。當時她心力交瘁，也無力反對。現在，她完全不願回憶那段過往，所以強迫自己專心聆聽法醫的話。

珍・多爾移動死者的某條大腿，指向內側的那塊記號。「看到了嗎？」

洛蒂來回移動腳部重心，企圖擺脫焦慮。她彎身細看，死者的陰部幾乎就要貼住她的臉。

她低聲說道：「對，我看到了。」波伊德依然在埋首研究。

「看一下這個吧。」

珍拉開了第二個驗屍台的白布。躺在那裡的是詹姆斯．布朗，慘白的程度更甚生前，也有開胸留下的縫針。

法醫拉開了他的大腿。洛蒂盯著那個與蘇利文大腿內側相仿的刺青，兩個都差不多在同一個地方，但這一個更接近橢圓形，彷彿當初畫下圖案的人有些失手。

「我已經將墨水送交實驗室進行分析，應該不久之後就會知道結果。」

波伊德說道：「我看這應該不是什麼郡治廳的入會儀式吧。」

洛蒂回他：「現在不管聽到什麼，我都不覺得有什麼好意外的了。」

「依我的判斷，這些刺青應該是三、四十年前留下的印記。表皮層的增長程度與褪色墨水應該可以證實我的判斷。」

洛蒂張嘴，本打算說些什麼，但後來還是放棄。看來蘇珊．蘇利文與詹姆斯．布朗之間除了工作之外，還存有某種重要關聯。

珍．多爾印出了刺青圖案，交給波伊德。「祝你們辦案順利。」

洛蒂的鼻孔不斷噴氣，想要驅散那股腐肉氣味。她脫去手套，丟入某個桌台下方的殺菌垃圾桶。法醫不斷下拉電腦螢幕，列印初步的驗屍報告。

等到印完之後，她交給洛蒂，然後又回到屍體旁邊繼續貼標裝袋，完成法醫驗屍的標準步驟。洛蒂不想知道細節，她跟在波伊德後面離開，邊走邊翻閱報告，她忍不住心想，蘇珊．蘇利文是否真有流落在外的子女？

她交代波伊德：「要找出蘇利文主治醫生的名字。」

高跟鞋的叩叩聲響傳來，洛蒂轉頭，發覺珍．多爾正站在她背後，也未免太靠近了吧，洛蒂不禁背脊發麻。和死人共處一室固然不舒服，但是和活人相處更讓她渾身不自在。洛蒂，妳也振作一下好嗎？

「我打算吃點東西，要不要一起來？」

「抱歉，」洛蒂回道，「波伊德警探和我得趕回拉格慕林，我看下次吧？」

「我看我們還是不要有下次比較好，希望妳懂我的意思。」

洛蒂微笑，對方多少努力展現了一點幽默感。

19

燈光大亮，很難區辨現在是白天還是晚上。洛蒂飢腸轆轆，猜測應該是下午兩三點。他們沒有在圖拉摩爾多作逗留，立刻離開，「死亡之屋」的景象已經讓她受夠了。

德瑞克・哈特坐在空氣窒悶的無窗偵訊室裡面。在詹姆斯・布朗死亡的那個晚上，他在布朗的住處，是他打電話報案，而且在原處等待。三十八、九歲，棕色直髮，耳上部位全部打薄，沒有蓄鬍。蒼白臉龐的綠色眼眸宛若被死灰所掩蓋，了無生氣。他身上飄散一股男性香氣，洛蒂懷疑他是想利用古龍水藏住自己的陰柔氣質，那香氣就像是屬於別人的氣味。再來是他的North Face鋪棉外套，紅色運動衫的兜帽貼在肥厚的脖子附近。

牆壁裡有安裝數台攝影機與麥克風，數位錄影啟動，宣讀完基本事項之後，哈特開了口：「詹姆斯與我是在去年六月認識的。」他閉眼回憶過往，嘴角露出淡淡微笑。

洛蒂好同情他。閃逝而過的各種記憶，觸發了神秘微笑與止不住的淚水，會在最不恰當的時機全數噴發出來，她再清楚不過了。

「你在哪裡認識了他？」

他揚起目光，盯著她。「這是很敏感的事。」

「你所說的一切，我們都會以最高機密等級處理。」話雖如此，但連她自己也不是很信。

「我是透過網路認識他的。我在約會網站晃了一陣子，一直不敢鼓起勇氣約人，但詹姆斯卻讓我破了例。他看起來是個好人，完全沒有任何威脅性，不知妳是否明白我的意思？」

洛蒂點頭，不想打斷他的流暢發言，多年經驗已經讓她培養出了問案技巧。

「他看起來很正常，沒有高高在上的姿態，從他的照片和自介就可以判斷得出來。我決定發電郵給他，而且馬上就按下寄送鍵，以免後悔。他也回信給我，想要見面，我真不敢相信他對我有興趣。」

哈特看著洛蒂，繼續說道：「我在某所學校教書，與這裡有六十公里的距離。」

「在哪裡？」

「阿斯隆。」

「所以你們約在那裡見面？」

「沒有。我覺得我們必須要謹慎，所以相約圖拉摩爾的某間旅館。」

「你們聊些什麼？」

「主要是工作。壓力有多麼沉重，還有我們的排解方式。我們並沒有談到自己的性傾向主題，一開始的那幾次沒有。我想稱之為約會不成問題，但我們就像是老友一樣在酒吧喝酒看足球，但根本沒關心足球賽就是了。」

「後來是怎麼發展下去？」洛蒂發現他似乎不想講下去，立刻繼續追問。

「詹姆斯邀請我去他家，我們度過了最美好的一個夜晚。他以紅玫瑰與蠟燭裝飾餐桌，我從來沒有這種體驗，他注重細節的心意令人難忘，自此之後我們就進展神速。」

洛蒂問道：「怎樣的進展？」目的就是要讓他繼續講下去。

「我們成了戀人，有未來在等待著我們。」哈特沉默了，閉上雙眼，然後又以某種略帶權威的口氣說道：「詹姆斯是全世界最安靜、最無害的人，我實在不明白怎麼會有人對他做出這種事。他們毀了他的未來，也毀了我的未來。」

「哈特先生，目前我們還是以自殺處理這起案件。」

「詹姆斯沒有理由自殺。」

洛蒂說道：「解釋一下他臥室的那些照片。」

「只是海報罷了，」他聳肩以對，「異性戀男人也會懸掛爆乳女郎的月曆。」他瞬間臉紅，「抱歉，但這是事實。詹姆斯喜歡他的那些海報，又沒觸法是吧？」

「就我所知是沒有。」

他雙肩陡然一沉，「我們只是彼此相愛的兩個男人罷了。」

「你有沒有注意到詹姆斯的大腿上有刺青。」

「有。」

「有沒有問過他是怎麼回事？」

「他防備心很重，還說這不關我的事，已經是前塵往事了。他就是這麼說的，前塵往事。」

洛蒂追問：「就這樣？」

「我不知道那一段過往到底是什麼，但似乎讓他十分煎熬，所以我就沒有再提了。」

哈特閉眼，呼吸沉重。

「你還好嗎？要不要喝點什麼？水還是咖啡？」

「我沒事。」

洛蒂繼續追問：「聖誕節的時候，你和詹姆斯在一起嗎？」

「對，他在平安夜冒著大雪開車來看我，但他卻很不高興。因為他當天晚上必須參加某項會議，但天候惡劣趕不回去，所以必須住在我家。」

「他在平安夜得參加什麼會議？」

「我不知道，不過我們就一起過聖誕節了。」哈特微笑，「這是我不再相信有聖誕老人之後的最美好聖誕節。」

「你最後一次看到他是什麼時候？」

「聖斯德望節，那天他都待在家裡。到了十二月二十七號，他就回去上班了。」

「你有沒有他家鑰匙？」

「沒有，但他把備份鑰匙藏在某個地方。」

「知道在哪嗎？」

「院子裡蘋果樹底下的那顆石頭，壓在底下。」

洛蒂嘆氣，怎麼大家的居家安全觀念都跟她一樣？

「有沒有別人知道這件事？」

他搖頭，「我不清楚。」

「昨晚插在大門口鎖洞裡的是詹姆斯的鑰匙嗎？」

「應該是，我沒有過去細看。」過了一會兒之後，他才繼續開口，聲音嘶啞。「我剛把車停在他的座車後面就看到他了，整個人掛在那裡。」

「是否看到附近有人走動？還是有其他的車輛？你行經小路或是幹道的時候有沒有發現其他的車？」

「完全沒有。探長，我什麼都沒看到，只有詹姆斯，掛在樹頭。就像是……像是……哦天哪……」他雙手摀嘴，手肘靠在桌面，忍住啜泣。

雖然整個過程都有錄影，但洛蒂還是在筆記本裡寫下重點，她必須要釐清思緒。

「他是不是有小型綠色手電筒？你知道嗎？」

哈特搖頭，「我不知道。」

「你昨晚為什麼會去他家？」

「我們本來要在今晚一起……歡度除夕，但他後來打電話給我，講出蘇珊・蘇利文的死訊，從他的語氣聽來似乎心情很低落。」

「所以你決定要冒著大風雪開車來找他？」

「對，探長，就是如此。」

洛蒂盯著他，他的表情似乎很真誠。

她繼續追問：「他最近的情緒是不是有什麼變化？」

哈特思索了一會兒。

「幾個月前，詹姆斯告訴我蘇珊確診罹癌。他似乎認識她很久了，我從來沒有見過她。我曾經問他是否可以介紹我們認識一下，但他不肯。」

「他還有沒有講過蘇珊的其他事情？」

「只提到她曾經生活得很辛苦，似乎他也陪她經歷過一切。詹姆斯就是這樣，對別人充滿憐憫。但現在回想起來，他似乎有時候會因為她的事而煩心。」

「知道是什麼原因嗎？」

「我猜可能與他們的工作有關。」

「是什麼呢？」

「郡治廳的某項開發計畫投票案讓他忿忿不平。他一直說他不敢相信他們居然將某塊土地的使用分區變更什麼的。我根本不懂，但我想你們挖出來一定是輕而易舉，只需知道要找出什麼就對了。」

「所以那就是重點……」洛蒂想到了克爾比必須爬梳一堆亂七八糟的開發案、鼓起腮幫子的模樣。「知道是什麼時候的事嗎？」

「不確定。可能是六月或七月。探長，我真的不知道，也許那根本沒什麼。」「這就由我來定奪。」反正他們毫無頭緒，再次徒勞無功也沒差吧？

「我心中充滿了遺憾。」

「我明白那種感覺。」洛蒂想到自己在亞當過世之後深埋心中的一切，她覺得自己完全無法面對的心事。

「哈特先生，謝謝你，你可以離開了，」她闔上筆記本，「但我還需要再找你問案。」

他離開之後，那股味道依然沒有消散，與洛蒂附近的空氣繼續糾纏，那是某種深沉失落的強烈氣息。她認得那種苦痛，她希望哈特能夠釋放悲緒，走出傷懷，但她很懷疑是否能真正放下。

話雖如此，不過，她也不知道為什麼，就是覺得這傢伙的誠信有些不對勁。

20

「湯姆，你可不可以坐下來？你這樣快把我搞瘋了。」

地產開發商湯姆．里卡德，不斷在大理石地板廚房裡來回踱步，目光偶爾會望向妻子梅蘭妮。他氣自己犯蠢，怎麼會接了詹姆斯．布朗的那通電話；更氣的是那名探長，還有她的百般刺探。梅蘭妮．里卡德喝光了她的卡本內，走到水槽前面，開始洗杯子。她偏好白酒，所以她為什麼要開他的紅酒呢？她就是在耍賤，因為他取消了他們的除夕計畫，卻沒有事先徵求她的同意。

他的踱步範圍很寬敞，因為他們家的廚房大得就像一般住家的整層樓面積。不過，他們的房子本來就非比尋常，只要是普通的東西，他結縭二十五年的妻子梅蘭妮．里卡德絕對是看不上眼的。

「到底是什麼事讓你這麼煩心？」她瀝乾酒杯，依然背對著他。

他沒有回答，他知道她其實不想聽到答案。梅蘭妮之所以會探詢，是出於本分，並非真正的關心。早在多年之前，她就再也不關心他的狀況，這一點他十分清楚。

牆上的時鐘滴答作響，夜晚時光分秒流逝，讓他的思緒更加混亂。梅蘭妮想要開趴，期盼再去度假，她的衣櫥裡塞滿了有設計師名牌標籤與昂貴價格標牌的高檔服飾，她什麼都要，而且也什麼都有，他把她伺候得無微不至。再也不可能了，他把所有的身家都丟入這項新的開發案，某個迅速被捲入流沙的案子，他也跟著一起下沉，被無力償還的債務套索勒得無法喘氣，而且現在還有兩人殞命。

他不知道該怎麼辦，所以繼續踱步，在義大利進口的大理石地磚上頭不斷來回走動。

當他抬頭的時候，梅蘭妮已經不見蹤影。

他需要找人談一談，他需要自己的靈魂伴侶，享受她的手臂與大腿環住他的舒暢感受。

而他的靈魂伴侶並不是梅蘭妮。

里卡德穿上外套，把手機放入口袋，將喀什米爾圍巾繞住脖子，立刻告別寂靜廚房的暖意，迎向清冷黑夜的空氣。

21

洛蒂站在蘇珊·蘇利文的住家外面。犯罪現場的警示封鎖帶在寒風中飄蕩。她向坐在警車裡、負責監看的制服員警點點頭，這將是漫長冰冷的一夜，希望他們帶了熱飲保溫瓶。她先前已經下令，為了預防有人突然出現在此，這幾天必須有人看守。

宛若兜帽披風的幽暗夜色，裹蓋了整間住屋。周遭的房子全都浸浴在明亮燈光之中，某些住戶家中還有已多掛了一週的聖誕燈飾在頻頻閃耀。她猜這些居民正滿心期待開新年香檳的爆響。不過，蘇利文的家卻顯得悲絕孤立，窗戶一片漆黑，映照出窗台累積的一整排凍雪。

她在離開警局之前，已經把法醫的報告與德瑞克·哈特的問案結果告知案情偵查室。她讓波伊德主導工作分派表，而克爾比則在忙著交叉比對逐戶問案的紀錄。截至目前為止，完全沒有線索，根本沒有人發現任何異狀。拉格慕林這座城鎮是又瞎又聾又啞？這座性好八卦的山谷是怎麼了？看來蘇利文沒有先生，沒有男朋友，就連女性朋友也沒有，而且他們依然找不到她的手機或筆記型電腦。

小組成員埋首於大疊文件之中，紛紛抱怨現在明明是除夕，原來的慶祝派對也不能參加了，而她卻選擇逃離現場。她需要新鮮空氣，冷寒不斷進犯，她沿著冰封的步道穿過市中心、緩緩走到蘇珊的住處。過往經驗告訴她屋內一定有線索，只是需要把它找出來罷了。

她彎身鑽過封鎖線，打開大門，按下玄關的燈源開關，覺得屋內有聲響，原來是樓上某處暖氣在運轉，屋內暖和，她猜是設了定時器。她進入廚房，除了冰箱的低沉嗡鳴之外，一片寂靜。

洛蒂四處張望，心覺納悶，這裡的狀況與樓上臥房是天壤之別，簡直像是有兩個不同的人共處同一個屋簷下。蘇珊是不是有躁鬱症或精神分裂症之類的問題？會不會與蘇珊的童年有關？

她打開冰箱，裡面的燈源立刻照亮了廚房。她拉出上層的冷凍庫小抽屜，好幾盒班傑利冰淇淋回瞪著她，它們排列得整整齊齊，完全沒有被碰過。

她關上冷凍庫，仔細檢查冰箱的其他部分。半塊萊斯特起司，邊緣已經硬化、牛奶，還有紫洋蔥。未開封的切片火腿、兩條巧克力。牛奶後面有一盒柳橙汁，

最底下的蔬果盒有一些青椒、半顆甘藍菜心。

在關上冰箱門之前，她又打開了冷凍庫的抽屜。取出那些冰淇淋桶之後，她發現了一袋冰、塑膠冷凍袋，裡面有紙。她戴上乳膠手套，拿出了那個袋子，硬得跟石頭一樣。她透過外層的凝霜、可以看得出來是現金，上面的紙鈔是五十歐元面額。天，如果全部都是五十歐的話，那這袋子裡至少有兩千歐元，甚至不止這個數目。蘇珊・蘇利文為什麼要把錢藏在冷凍庫？旅遊基金？但如果她快死了，為什麼還要去度假？洛蒂想要數算到底有多少錢，但必須等到完全解凍才行。

克爾比！林區！他們怎麼會漏掉這東西？他們還漏掉了什麼？

她四處張望，想要找到合適的東西攜走這袋冰鈔，但覺得留在原處才是明智之舉，這必須交由鑑識人員處理。

洛蒂把那一袋錢放回去，關上冰箱門。她走到窗邊，拉下百葉窗，開燈，檢查了櫥櫃的每一個角落，老舊風格的柚木，累積了厚厚的油垢。沒有異常之處，她熄燈，關上廚房的門。

她的目光飄向客廳的那一堆堆泛黃剪報，雖然心中有股衝動想去仔細翻找，但還是按捺下來，應該不會出現有利查案的線索，只是滿足偏執心態的一堆垃圾罷了。她開始檢查這堆報紙巨柱後頭的客廳空間，一台電視、兩張扶手椅，還有壁爐。就在這時候，她想到了第一次檢查這間屋子時縈繞心底的印象。

這裡是一張空白明信片。某面有圖像，另一面則什麼都沒有，找不到任何人類物件的屋子，那種隨著時間日積月累、反映生活樣貌的物件。沒有書，無從判斷蘇珊的閱讀習性；也沒有她認識的親友或造訪之地的照片；沒有CD唱片，根本描繪不出她的音樂品味；沒有DVD，不知道她愛看什麼電影，也沒有香水讓人揣想女子氣息。蘇利文的家就像是一張空白畫布，完全無法映照出她的人格、感情以及生活。她的房子是一面鏡子，完全映照出他們對蘇珊．蘇利文的已知狀況：零。

洛蒂不需要再次上樓，警探賴利．克爾比與瑪莉亞．林區還會回來，這一次，他們一定會徹底搜查。她無法忍受失職，她底下的警探應該要有更優異的表現，本當如此。而且，蘇利文的手機依然找不到，因為他們的衛星追蹤系統失靈。

她關上大門，聽到哐啷一聲之後，準備走路回家。

◆

冷冽微風成了呼呼狂風，洛蒂身邊不斷有雪花旋落而下，她的每一步都小心翼翼。她本打算叫波伊德來接她，但後來還是放棄了念頭，太晚了，他應該正在慶祝今年所剩無幾的尾聲。她抄近路，穿越燈光黯淡的工業區，避開那些從酒吧湧出的醉客，以免在丟滿菸酒垃圾的雪濘人行道上摔倒。

高聳空荒的廠區迴盪風嘯，電線低垂懸晃，甚是危險。她迎向暴風雪，疾步前行，心中一直在咒罵天氣。

第一拳擊中她的肋骨，逼她痛得立刻跪下，差點喘不過氣來。她想要穩住重心，但是那股身側的劇痛卻在她體內竄跳。這是怎麼回事？風聲勁狂，她根本聽不到有人近身。

第二拳落在她的背部，打得她整個人趴在冰面，她雙手往前一伸，拚命想要抓住什麼東西支撐自己。她的臉直接撞地，某股重量壓得她動彈不得，而且對方開始猛扯她外套兜帽的繩子、害她脖子被卡住了，呼吸困難，整個人被對方制伏在地。小孩們的畫面在腦中快速飛掠而過，她的回擊本能迅速噴發，開始發揮過往的訓練技巧。

她想要靠手肘撐起雙臂，但是攻擊者太強壯了。她嘴裡不斷冒出鮮血，幾乎無法呼吸。痛楚越來越強烈，她全身狂冒怒火。攻擊者猛拉那條抽繩，她咬牙切齒，把一隻手臂壓在身體下方，另一手的手肘突然往後，控制脖子的那股力道終於鬆開，她趕緊大口吸入冷冽空氣。

她瞄到遠方有光，心想是車燈吧。對方又壓住了她，她只能被迫貼住沾血的冰地。對方的嘴巴湊到她的耳邊，她聞到了對方的體汗。

「探長，想想妳的小孩吧。」他的聲音壓過風嘯，又是狠狠一拳，擊中了她的太陽穴。

她想要轉頭，他立刻再次出手扁她。

那輛駛近的汽車閃了一下車燈，又閃了一下，她終於發現背脊的那股壓力消失了，全身如釋重負。她聽到汽車停了下來，開門。

「這位小姐，妳還好嗎？我應該已經把他嚇跑了。」

她發出哀號：「送我回家。」

22

克洛伊說道：「她沒接手機。」

「要是我知道她加班到這麼晚，那我早就去跑趴了，」凱特語氣很火大，「反正你們也只是想跟她要外送晚餐的錢而已。」

「妳少自以為是了，當然不是這樣，」克洛伊嗆她，「我只是希望今晚全家人可以聚在一起。」

「打電話到警局試試看，」尚恩說道，「不要再吵架了，不然我現在就上床。」說完之後，他關掉了電視。

凱特抬頭，「喂！我在看節目！」

「你們兩個都給我閉嘴，」克洛伊說道，「尚恩，快過來。」

洛蒂站在玄關，看著兒子，除夕夜，三個小孩都在家，連凱特也一樣。

「媽！妳怎麼了？」

尚恩衝過去，洛蒂緊捏他的手臂，他把她攙扶到客廳。她坐在壁爐旁的扶手椅，爐火未起，看來暖氣已經是開到最高溫，算了，她不想管。

「媽？我正要打電話到妳的辦公室。」開口的是克洛伊，她與凱特站在那裡，兩人都目瞪口呆。

「不需要擔心。我經過工業區的時候被搶了。」洛蒂伸手抹了一下鼻子，結果手指全是血。

克洛伊的稚氣五官滿是焦心，「我打電話叫醫生。」

洛蒂伸出顫抖手指，擦去臉上的血跡。

「我沒事，應該沒有斷了骨頭。」她希望鼻子沒事，要是真的斷掉的話，她知道一定是更可怕的劇痛。

三張憂心忡忡的臉龐，全聚焦在她身上。

「沒事，真的，我只需要洗乾淨而已。」

萬一那輛計程車沒有正好抵達現場，到底會出什麼事？她不敢多想。司機說他只看到攻擊者奔向廢棄鐵軌老舊列車的背影，他本想要追過去，但她只想要回家，看到小孩，確定他們平安無事，所以計程車司機就聽她吩咐、送她回來了。

「我去倒茶。」開口的是克洛伊。

凱特也說道：「我來幫忙。」

尚恩坐在椅子的扶把陪她。

小孩都在身邊，她覺得好慶幸。他們都安然無恙，她也是，至少現在是如此。

「不用泡茶，」洛蒂說道，「我得去瞇一下，待會兒叫外賣。」

她東張西望，手提包不見了。歹徒聽到煞車聲立刻逃逸，但卻不是空手離開。拿走她包包裡的那些東西，也沒辦法發大財。感謝老天，她並沒有笨到把蘇珊．蘇利文冷凍庫的那袋錢帶在身上。她心想，不幸中的大幸。

「廚房罐子裡的零錢應該夠吧。」她小心翼翼從扶手椅起身。

她慢慢爬上樓梯，進入自己的臥房，也不管地上的那些凌亂衣物，扶住衣櫥敞開的門，小心翼翼脫光衣服之後，她進入淋浴間，任由熱燙的水花舒緩疼痛，清洗傷口。

她拿毛巾擦乾溫熱的皮膚，同時檢視傷口。最壞狀況就是斷了一根肋骨，最好的話就是肋骨瘀傷而已。鼻梁上有道很深的割傷，左眼下方也有，比較淺。她心想，等到明天瘀血冒出來的時候，一定很狼狽。

她雙臂痠疼，喉嚨刺痛，脖子部位的皮膚已經變成紫色，他差點就把她勒死了。

把頭擱在枕上。她安慰自己——她曾經予以反擊，決一死戰。蘇珊．蘇利文當初為什麼不反抗自救？根據珍．多爾的報告，她的身上幾乎沒有抵抗的傷口。到底是什麼樣的人沒有求生本能？洛蒂真的不懂。

她把床上的衣服全都扔到地上，把頭靠在枕間。得找波伊德以外的人談一談才行，她開始滑手機的聯絡人名單，找尋那位偶爾聯絡的老朋友號碼。最近洛蒂很少與安娜貝爾．奧謝見面，她是老朋友了，與洛蒂正好是天壤之別。健身房、瑜伽、只要大家想得出來的花俏運動項目——安娜貝爾一定都興致勃勃，而洛蒂自己懶得浪費這麼多時間。她撥打電話，直接轉語音信箱，她沒有留言。掛了電話，把棉被蓋住疼痛身軀，期盼能夠入睡。

她一直醒著，一手摸著愛顧商城的型錄，心中一直掛記著詹姆斯．布朗與他的色情圖片臥室牆面，還有蘇珊．蘇利文與她堆滿報紙的客廳、裝了冰凍鈔票的冷凍庫，以及完全無法描述生活樣貌的住屋。還有，沒看到臉孔的襲擊者，她腦中不斷迴響的是對方的那句話：「想想妳的小孩吧」，她成了被鎖定的目標？為什麼？

這麼多年來，洛蒂第一次覺得恐懼感發作，皮膚刺癢不安。

✦

波伊德加班到很晚，閱讀法醫驗屍報告，耳畔響起了宣告新年來臨的教堂鐘響。

他打開了線上都市計畫檔案，開始與鬼城檔案進行交叉比對細節。這是他擅長的工作，可以讓他的心思遠離其他事物，遠離其他的人，尤其是某人。

一無所獲，他直接回家，猛踩健身腳踏車飆汗。挫敗感讓腎上腺素噴發，胸膛簡直差點凹陷。

他放棄了，點了根香菸，坐在車墊上抽菸。夜空中的歡騰煙火照亮了屋內，斷斷續續，而他形影寂寥。

✦

凌晨四點鐘，洛蒂的手機發出通知聲響。她瞇眼瞄了一下螢幕，陌生號碼。

是簡訊，願新年為妳帶來平安。

她立刻回傳：你是誰？

過了幾秒鐘之後，跳出對方的回應。

我是喬神父。

她微笑，睡意變得斷斷續續，她夢到了藍色眼眸、有外圈的十字架圖案、緊勒喉嚨的繩索，最後她一身冷汗被嚇醒。她拖著沉重身軀進入淋浴間，站在熱水下方，然後拿毛巾隨意裹住瘀傷處處的身體，躺到床上。

睡意再也回不來了。

✦

一九七五年一月一日

來自腹底的劇痛一陣陣襲來，女孩醒了。

她好不容易才下了床，痛楚宛若潮浪一波波襲來，越來越猛烈，她開始尖叫。

「靠！我的天啊！」

她母親衝入房間。

「妳是在吵什麼？」

她一看到女兒大腿之間不斷傾瀉而出的血水，完全不說話了。突然之間，她明白出了什麼事。她劃了十字聖號之後，才走向女孩，將她扶上了床。

「妳到底做了什麼？」

女孩尖叫，再次尖叫。

她的女兒再次用力，最後一次推送，外孫呱呱墜地，她一臉驚恐。

小娃娃哭了。

她們兩個也哭了。

都不知道該怎麼辦。

所以她們越哭越慘。

「我去找助產士過來，」她母親說道，「還有神父，他一定知道接下來該怎麼辦。」

「不要！」

女孩吼聲淒厲，充滿恐懼的嚎啕大哭。

第三天

二〇一五年一月一日

23

洛蒂拉起廚房的百葉窗，自言自語：「祝我新年快樂。」

靠著外頭的幽暗光線，她望著自己映在窗玻璃上的瘀青臉龐。她伸手梳髮，心想也該好好剪染一下了。栗色染髮劑的效果已經漸漸褪淡，頭頂開始出現了一條灰色細線。不過，長得像獾倒是還好，現在還有更令人憂心的事。靠，她現在的樣子宛若剛與拉格慕林奧運拳擊手大戰了十回合。

她檢查手機，看了喬．博克神父在深夜傳來的那封簡訊。她沒回覆，這樣也好，她心想，他畢竟是嫌犯之一。

她忙著整理廚房，壓扁了可樂瓶，又折了披薩盒、丟入資源回收桶。連續兩個晚上，她的小孩吃的都是垃圾食物，這樣不太好。她必須去超市一趟，希望特易購在新年這種討厭的日子有開門。她打開櫥櫃，想記下需要添購哪些品項，全部都得要買。

然後，她才想起自己沒了錢包，沒信用卡，什麼都沒有。

她把最後兩片玉米脆片餅放入碗內，坐在餐桌前，回想那個攻擊者。會不會是殺害蘇利文與布朗的兇手？是不是也想要取她性命？她搖搖頭，不可能，對方威嚇她得要想想自己的小孩。

她的小孩。克洛伊有學校的壓力，接踵而來的大學作業讓凱特難以招架，而且自亞當死後，她就一直閉鎖在自己的內心世界，尚恩呢，一整天在玩他的PS。洛蒂已經絕望至極，她該怎麼面對子女與自己的工作？也許她應該要請母親幫忙照顧外孫，但是她們母女上次吵架吵得實在太難堪了。

她嘆氣，把咖啡倒入馬克杯，又對著玉米脆片澆牛奶，讓其膨脹成肥大厚片。她啜飲黑咖啡，一股酸意湧上喉嚨，她心想，頭痛越來越劇烈，來根菸一定很舒服。她拉開某個抽屜找尋止痛藥，找到了一顆贊安諾，所以她就直接吞下去，香菸就先不用了。她雙臂交叉、護住身側部位，希望疼痛可以趕快消退。

小孩們應該會睡到中午。下禮拜的殘忍起床儀式即將降臨：開學。

✦

當洛蒂進入警局時，心情就像是剛才走路前來辦公室的時候，冰寒風吹打臉龐的那種陰冷。

她進入擁擠辦公室，剛脫去外套就立刻下令：「克爾比，林區！」

他們在座位裡轉頭，互望彼此，目光又回到洛蒂身上。

「到我辦公室來！」她心想，靠，現在這是我的辦公室了。

波伊德坐在自己的辦公桌前講電話。他抬頭看她，然後又瞄向站得僵直的克爾比與林區。克爾比輕拍口袋裡的雪茄，但他又不能在室內抽菸，他看起來頭昏腦脹，可能是因為宿醉，而林區則綁了馬尾，精神抖擻。洛蒂對波伊德示意請他離開，他趕緊結束電話。

他問道：「天，妳是怎麼了？」

「沒事。」洛蒂把外套丟向自己的椅背，一直在迴避他的焦急目光。

「我覺得明明很有事。妳是不是撞到了走廊上的那幾個工作梯？」

「我等一下再告訴你。」

「我可不想看到別人也出事。」

「波伊德，你夠了吧。我不過就是在工業區被搶罷了，剛過了老穀倉的那個地方。很可能是鐵軌那邊的毒蟲想要錢，搶走了我的手提包。」

「妳沒事吧？怎麼不報警？」他繼續追問，「我看你是沒有。」

「不需要大驚小怪。」

波伊德坐在她辦公桌邊緣，「跟我說事發地點，我派人去找妳的包包。」

洛蒂態度軟化，「昨天晚上，我去蘇珊．蘇利文的住家再次檢查，所以我等一下要好好找這兩個人談一談。我穿越工業區回家的時候，被搶了。」

「為什麼不報警？」

「我現在不就是在報警嗎？」

她把自己記得的所有細節都告訴了波伊德，還把計程車司機的名片給了他，搞不好他在現場看到了什麼線索，可以讓波伊德繼續追下去。

「還有，問一下監看蘇珊．蘇利文住家的制服員警，是否發現昨晚有人在附近徘徊。」

波伊德穿上外套，「我馬上回來。」

某台影印機發出怪聲，不斷以驚人速度噴出紙張，洛蒂立刻關掉電源，目光面向瑪莉亞．林區與賴利．克爾比。

林區的眼眸充滿擔憂，「傷口看起來很嚴重，妳確定沒問題嗎？」

「我沒事。」洛蒂雙手交疊胸前，站在他們正前方。「你們進入蘇珊．蘇利文的住家後，搜查得如何？」

兩名警探異口同聲，「全部搜查過了。」

「還不夠完整，誰檢查了冰箱冷凍庫？」

「我！」克爾比說出口，皺起前額，擠出一條焦心的皺紋，昨晚的威士忌在皮膚溝痕裡冒出汗滴。他的口臭真可怕，洛蒂倒退了一步。

「你猜怎麼了？不需要，根本不用猜了，」克爾比正打算開口，被洛蒂搶先一步。「我找到了一些錢，其實是一大筆錢，被放在某個袋子裡，在冷凍庫。你怎麼說？」

「一定是有人等我們搜查過後再放進去的，」克爾比回道，「我只看到冰淇淋而已。」

「你有沒有查看冰淇淋後面？把冰淇淋拿出來了嗎？」

「沒有。」

克爾比髒兮兮的黑色皮鞋開始在地板上來回摩擦。

「我對你們很失望，」洛蒂說道，「兩個都是。」

她的肋骨突然一陣劇痛，逼得她必須坐下，憤怒的心情也慢慢緩和下來，她疼得要命，也無法繼續發脾氣。

「我不希望將來會再次發生這種事。我也不需要提醒你們，搜查出包，萬萬不能接受。」

「知道了，探長。」林區咬住下唇，但雙眼冒出了怒火。

洛蒂知道林區警探的過往紀錄完美無瑕，不想在這次留下污點，但洛蒂是辦案的負責人，必須要對不及格的工作表現予以斥責，現在還有比瑪莉亞．林區個人野心更重要的事。

克爾比不發一語，只是低著頭，流露慚愧神情。洛蒂這才發覺難怪二十多歲的女孩會為他傾心——很可能是覺得他可憐吧。她吩咐他們可以離開，兩人趕緊閃人。

波伊德回來了，把藥局的紙袋丟到她桌上。

「不要一次吃光光，」他說道，「算妳走運，博姿今天有開門。」他打開影印機電源之後，又回到自己的辦公桌前。

「你是我的救星，」她一次吞了三顆止痛藥，登入自己的電腦。「你不是該去幹活了嗎？」

「其實我早就開始工作了。」說完之後，他開始猛力敲打鍵盤。

洛蒂的手心支住下巴，望著波伊德，聆聽在這個安靜空間之內影印機發出的唯一聲響。突然之間，她覺得好需要有人抱她，摟得緊緊的，撫平她的痛楚。她差點伸手去拉波伊德，但還是忍住了。

24

拉格慕林的謠言滿天飛，不過，愛爾蘭國家電視台的記者卡賀爾・莫洛尼卻實在找不出可作新聞的素材。他翻閱空白的筆記本，渴求找出新的角度切入最近的謀殺案與可疑的自殺案件。

他已經詢問過這些被害人的某些同事，但他們一無所知。他想要的是能夠引發大家興趣的新聞，能夠讓他早已生厭的這群觀眾眼睛為之一亮的報導，他渴望能挖出超級大獨家。

他在心中頻頻追問自己那個眾人疑惑的問題，這是不是經過精心策劃的兩起死亡事件？布朗是不是遭人謀殺？如果真的是兩起兇案，難道是哪個連續殺人犯盯上了這座無聊的內陸城鎮？這個念頭讓他興奮冒汗，如果是這樣的話，那麼他的報導就不是一篇，而是一篇半。

他靠著早晨咖啡暖手，聆聽麥當勞裡客人在講的八卦，大家各有主張，都在鬼扯。

他發現廁所附近的某個角落坐了一堆警察。大家都認識卡賀爾・莫洛尼，但這幾個人聊得超起勁，根本沒注意到他。他悄悄溜到他們後頭的陰暗角落，啜飲咖啡偷聽，果然被他知道了新線索。可能正是他等待多時的報導，他只需要一個官方說法就是了。

他查了一下手機，聯絡線人。

洛蒂把兩隻腳擱在辦公桌上面，交叉雙手，支住下巴。止痛藥減緩了她的肋骨抽痛，鼻子傷口也貼了膠帶。

科技小組的初步報告沒什麼用處。而蘇利文屍體的周邊果然有多筆DNA資料，一堆皮膚細胞與毛髮，已經全部送交化驗，等待交叉比對，恐怕得花好幾個禮拜的時間，而且還不知是否會有結果。

詹姆斯．布朗的鑑識報告還沒有出爐，所以她先研究初步驗屍結果。她打哈欠，心想他也許真的是自殺，但破皮手指與後腦勺挫傷又該如何解釋？

她下巴犯疼，劇痛讓膝蓋軟弱無力，所以她只能把腳慢慢拖拉到地面，站起來，想要伸展一下身體。她覺得好餓。也許可以找克爾比幫她買份快樂兒童餐。她瞄了一下坐在另一頭的他，臉超臭，看來是不行。

她手機響了。

「探長？」

「是？」來電的是警局執勤警官。

「愛爾蘭國家電視台的卡賀爾．莫洛尼來到了警局，想要詢問官方聲明。警司克禮根早上遲到了，但他說可以讓妳代表發言，由媒體聯絡小組處理沒有問題。我已經安排莫洛尼進入會議室，妳可以出面和他談一下嗎？」

她心中吶喊，不要，我不想跟他講話。

「我現在就過去。」她嘆氣，立刻下樓。

✦

「探長，」莫洛尼露出他那百萬瓦特的上鏡笑容，「您願意撥冗受訪，真是太榮幸了。」

「莫洛尼先生，我也只能給你幾分鐘而已。」

「叫我卡賀爾就好。」洛蒂沒打算握手，但他卻硬是握住她的手。而站在莫洛尼後面的那個攝影師，開始調整鏡頭、對準了她。

「有什麼需要我幫忙的地方？」完成了應盡的禮數，洛蒂立刻抽回了手，她真想在牛仔褲的大腿部位抹手，但還是忍住了。雖然對方展露示好笑容，而且行為態度也十分友善，但莫洛尼骨子裡絕對是不懷好意，她說不上來是什麼企圖，但她就是感覺得出來。

「帕克探長，據說詹姆斯．布朗是戀童癖，可否給我們一個說法？」

洛蒂沒想到對方來這一招，困惑得頻頻眨眼。「我……你在說什麼？」

「他經常從事某種變態性虐——」

「夠了！」洛蒂厲聲回道，「你馬上給我關掉攝影機。」

「也許妳可以對此一消息發表意見，有大筆現金在——」

「關掉，這是命令。」

「好。」對方放下了攝影機。

「莫洛尼先生，我不知道你到這裡來是要搞什麼把戲。」洛蒂伸手戳了一下莫洛尼的得意笑臉，「不過，從現在開始，你就跟別人一樣，只能乖乖等我們發布新聞稿。」

她轉身，走向門口。

「對了，探長？」

她的手已經握住門把，還是停了下來。

「怎樣？」

「妳的臉，要不要說明一下？」

「好，」洛蒂面向他，「短時間之內，你不會再看到這張臉，我說到做到。」

她離開會議室，在走廊快步前行，氣惱自己、克禮根、莫洛尼，還有其他人。

雖然莫洛尼的線報有誤，根本完全失真，但顯然有人透露了不該說出的話。她心想，內奸，真是太好了，警局內居然有他媽的內奸。

25

洛蒂進入案情偵查室，裡頭的咒罵與哀號此起彼落。現在不准休假，每一個人都回到了工作崗位。某些警探在低聲講電話，但有些人在忙著交談，完全沒有意識到自己侵入了別人的工作領域，大家似乎都忙得一團亂。這就是她的團隊，拚命在蒐集情報，找尋線索，如果，真能挖出任何蛛絲馬跡的話。工作人員數目這麼多，閒聊時不慎透露機密訊息、最後被媒體扭曲報導，自然也是無可避免。她把手下全叫過來，稍微教訓了一下，記得要緊閉嘴巴。

她詢問克爾比：「那筆現金有沒有最新進展？」

「鑑識小組在處理，靠，冷凍庫裡居然有兩千五百歐元！」

「我們需要蘇利文與布朗的銀行交易紀錄，裡面藏匿的金額恐怕不止兩千五百歐。」

「搜查這兩個人住家的時候，我找到了這些文件。」瑪莉亞・林區拿出了一份檔案，開始翻找。「這是詹姆斯・布朗的銀行往來明細，等我一下。」又一份檔案，她又拿起某張紙揚了一下。「這是蘇珊・蘇利文的資料。」然後，她得意洋洋，把兩張明細放在洛蒂的辦公桌上面。

洛蒂翻了一下，「同一家銀行。」波伊德也湊過去看。

「我會打給那間銀行的麥可・歐布雷恩，我跟他算認識，」波伊德說道，「他是銀行分行經理。」

「很好，」洛蒂說道，「克爾比，再次檢查詹姆斯・布朗的通聯紀錄，找出他致電開發商湯姆·里卡德的其他紀錄。我不喜歡那個虛偽噁心的傢伙。還有，里卡德手機的搜索票呢？」

「我們需要有申請的相當理由。」

「布朗在疑似自殺之前曾經打電話給他，這理由對我來說已經足夠了。」

克爾比心存懷疑，「好吧。」

「里卡德一定在背後偷偷搞鬼，」洛蒂說道，「就算不是犯下殺人案，一定也是在醞釀某項陰謀，我必須趕緊出手阻止，以免生米煮成熟飯。」

波伊德問道：「所以妳是要怎樣，吞下去嗎？」

洛蒂沒理他，轉頭問林區：「那些刺青呢？有沒有線索？」

「我查了資料庫，然後還上網搜尋。目前一無所獲。等到明天市中心的刺青店一開門，我會過去問問看。」

「詹姆斯·布朗的手提電腦呢？」

「都是色情網站，」克爾比接口，「看不出是戀童癖。我們正在查他的電郵。還是找不到蘇利文的筆電或手機，目前看來可能是被丟進河底了。」

洛蒂回他：「繼續追下去。」

她瞄了一下波伊德，「藥局那裡查出蘇利文主治醫生的名字了嗎？」

「我現在繼續去查。」他回完話之後，低聲罵髒話。

「我還要知道那些現金是怎麼回事。」

波伊德低聲抱怨，「妳也知道我們的文件堆得跟小山一樣。」

「對，我知道，我也知道我們現在一無所獲，」洛蒂說道，「什麼都沒有。」

她訓完這三名警探之後，氣急敗壞離開了案情偵查室，她需要找尋空間澆熄怒火。靠他媽的卡賀爾．莫洛尼和他的噁心媒體業。也許這樣講不太公平，但這是她自己的家鄉，她不知道怎麼會發生這種事。

她站在警局台階，大口吸入一月的冷冽空氣。積雪路面的對面矗立著那座雄偉教堂，它曾經是歡迎眾人的開放之地，現在卻是被警方封鎖的禁區，她再次深呼吸，肋骨發疼。洛蒂又走進警局，拂去了肩上的點點雪花與疲憊。

她需要咖啡。

✦

警司克禮根在工人梯子環伺的走廊空間裡拚命疾行，他握著手機，衝入了辦公室。

「帕克探長，給我起來！趕快去康納主教的家！」

他的口水飛濺到他的獵物身上，洛蒂的咖啡差點灑出來，趕緊穩住杯子。現在是怎樣？

「是，長官。」她覺得自己根本不像是偵辦謀殺案的主責警探。

他問道：「莫洛尼那裡進行得怎麼樣？」

「報告長官，很順利，簡單扼要。」

「很好，」他盯著她不放，「妳的臉是怎麼了？」

「長官，我被搶了。」

「需不需要去縫傷口？」他盯著她鼻子上的歪斜膠布。

「不用了，沒問題。」

「我倒是覺得很嚴重。」克禮根已經轉身準備離開。

「長官，得去找康納主教的原因是？」她開始穿外套。

「他之後會向你解釋。」

克禮根丟下這句話就走了。

波伊德竊笑，「沒問題？等到他聽到事發經過之後再看看他作何反應。」

「到時候再說啦。來吧，我需要你開車送我一趟。」

「我現在是什麼？妳的司機嗎？」

「你知道嗎？波伊德，你真的很欠揍。」洛蒂邁步離開辦公室，留下波伊德在後面回吼：

「那不然我要說什麼？」

26

主教的宅邸在八年前完工，座落於肋迪斯唐湖的水岸，在拉格慕林郊外六公里處，這根本是視當地法規為無物。他到底使出了什麼能耐？可以在風景這麼優美的地方取得開發執照？

洛蒂仔細端詳掛在白色大理石火爐上方的那幅畫，應該是畢卡索的真跡，到處散發了錢味，是誰的錢？

她不耐等候了十分鐘之後，某位寡言的年輕神父終於帶引她進入某條大理石長廊、到達某個鑲有金色手把的門口。他打開了門，她踏上米白色的純羊毛長毛地毯，年輕神父隨即掩上了門。

「帕克探長是吧？」一頭黑色短捲髮的康納主教開口，連頭也沒抬一下。他坐在辦公桌前書寫，纖長手指握的是金筆。洛蒂懷疑他應該有染髮吧？她猜他應該是六十五歲左右，但看起來非常健康精瘦。

「是。」她雙手插在口袋裡，他依然寫個不停。

「妳可以先入座，」他發號施令，「等我一下。」

她坐下來，將短指甲用力陷入自己的掌心裡，讓自己穩住心情。

他大手一揮，在那張紙簽下名字，揚起斑雜雙眉下的目光，盯著她不放。

「我認識妳母親，很可愛的一個女人。」他把紙翻到背面，將自己的筆擱在上頭。

洛蒂覺得這也沒什麼好奇怪的，大家都認識蘿絲．費茲派翠克。

「多年前妳父親自殺，真是不幸的意外——」

洛蒂打斷他，「對，沒錯。」

「有沒有查出他為什麼——」

「沒有。」

「還有妳哥哥。是否有新消息？」

「你不是要找我嗎？」對於他好奇窺探的閒聊內容，洛蒂完全置之不理，她的殘破家族史不關他的事。

「在天候允許的狀況下，我經常會與邁爾斯，也就是警司克禮根一起打高爾夫球。」

她依然沉默不語，他是不是想要找話題聊天？

他開口：「謝謝妳立刻趕過來。」

「克禮根警司說事況緊急，有什麼需要我幫忙的地方？」

他臉色凝重至極，「我擔心安傑洛提神父失蹤了。」

「誰？」

「某位客座神父。」

「客座？從哪裡來的？」

「羅馬，十二月的時候來到這裡。」

「他失蹤了？」

「是的，探長，」他往後一靠，雙手交叉胸前。「失蹤。」

「可否解釋一下這起失蹤案的細節？」

「沒什麼好說的，反正就是人不在這裡，也沒有回到羅馬。」

「你是什麼時候察覺他可能失蹤了？」洛蒂不知道這到底是什麼狀況，從外套裡拿出了筆記本，但是卻找不到筆。

「我在聖誕節之前就沒看到他了。」

洛蒂挑眉，「然後你拖到現在才報案？」

「我不知道他失蹤。這裡的某位神父遍尋他不著，十分憂心，決定自行通知警方。換作是我，應該是不會這麼做，但既然都已經報了案就算了。」

「有神父失蹤，你不打算報案？」

「我萬萬沒想到安傑洛提神父會失蹤。」

「我不確定我們能把失蹤人口案件的順位拉到多前面，我們現在很忙。」

他撂話強調，「邁爾斯一定會讓這案子得到應有的重視。」

「我會盡力。」

「我想也是。非常謝謝妳，探長，感謝妳來這一趟。」他的下巴點向門口，下達逐客令。

洛蒂不打算離開。她拿起他的筆，在筆記本裡寫下失蹤神父的名字。

她開口，「我有事想請教你。」

「請便。」

「你認識蘇珊・蘇利文嗎？」

「誰？」

「在教堂裡被謀殺的女子。」

康納主教停頓了一會兒，目光宛若綠色大理石。

「真悲慘，」他說道，「可憐的女人。不認識，探長，我不認識她。想必妳也知道，我負責的教區很龐大，拉格慕林堂區的會眾人數超過了一萬五千人，我只認識少數幾個人而已。」

少數幾個人？都是高爾夫球友？

洛蒂說道：「我在想……也許她有打高爾夫球或是其他運動。」

「是嗎？妳擺明了是在挑釁我？」

「當然不是，」她撒謊，「我很難找到認識她的人，她是在你的教堂遇害，既然你現在又有了失蹤的神父，我只是突然想到也許會有關聯。」

「我實在看不出那起兇案與我的失蹤神父有什麼關係。」

「告訴我安傑洛提神父的事。他為什麼會來這裡？」

「他從羅馬被派到這裡過安息年，個人問題。」

「問題？」

「身世之謎的那種事吧，我不清楚細節。」

「他先前與拉格慕林有任何關聯嗎？」她拿筆輕敲辦公桌，有安傑洛提這種姓氏？八成是沒有。

「探長，我不知道。」

「那為什麼要派他來這裡？」

「也許是教宗隨機亂選的地方？」

洛蒂低頭盯著他，雙眼瞪得好大。

「我道歉，」他說道，「我不該講那種話。安傑洛提神父歸我照顧，但我現在卻找不到他的人。」

「我需要他的個人背景資料，看看接下來該怎麼辦。」

「他三十七歲。有愛爾蘭血統，一直在羅馬的主教愛爾蘭學院攻讀博士學位。在最近這幾個月之中，他似乎開始懷疑自己的志業以及性傾向之類的事。他的上級覺得他應該要冷靜一下、派他來到這裡。」

洛蒂以自己發明的速記法迅速抄寫重點，然後抬頭。「他是什麼時候過來的？」

「十二月十五日。」

「性格呢？」

「沉默寡言。我記得他幾乎都待在房間裡。」

「我可不可以看一下？」

「哪裡？」

「他的房間。」

「這樣會有什麼幫助嗎？」主教目光面露警覺之色，皺起了眉頭。

「這是偵辦失蹤人口案件的標準程序。」洛蒂注意到對方表情的各種變化。

「一定要現在嗎？」

她回道：「當然，機不可失。」

他拿起電話，按下某個按鍵，那名年輕神父進來了。

「歐恩神父，帶帕克探長去安傑洛提神父的房間。」

洛蒂立刻起身，「謝謝。」

康納主教問道：「可否請妳以最審慎的態度處理這起案件？」

「我的表現一向很專業，這一點您就不需要操心了。」洛蒂在心中暗罵自己，只不過被卡賀爾．莫洛尼殺得猝不及防而已。

主教起身，迅速與她握手道別。「希望能盡快聽到消息。」

洛蒂的語氣滿是挖苦，「只要我找到任何線索，相信您也會立刻知道。」

✦

安傑洛提神父的房間東西不多，但該有的都有；米白色牆面，紅色檯燈，上頭有一張畫，懷有火紅心臟、綳著臉孔的耶穌。

洛蒂戴上乳膠手套。開始逐步檢查房間。單人床搭配樸素的褐色床被，衣櫥與五斗櫃。再來是套房浴廁，盥洗包、刮鬍刀、牙刷與牙膏、沐浴乳、洗髮精，以及梳子。衣櫃裡掛有一件外套、五件黑色襯衫、兩件毛衣，以及兩條長褲。她心想，他應該是沒有久待的打算。五斗櫃抽屜裡放有內褲，單調樸素的那一種。屋內飄散著一股陳年的菸草菸味。櫃面上唯一的東西是某台筆電，關機狀態。

年輕神父站在門口，她知道他一直盯著她的一舉一動。

「歐恩神父？」

「是。」

「你認識安傑洛提神父嗎？」她把梳子裝入證物袋，也許需要他的DNA，既然已經出事了，一切都不能掉以輕心。

「其實不算認識，他話不多，個性相當封閉，大部分的時間都窩在自己的房間裡。」

「他有沒有手機？」

「有。」

「這裡找不到。你上次看到他是什麼時候的事？」

「我不太確定。他總是說自己有事要忙。我們要準備迫在眉睫的聖誕彌撒，有許多事要處理，所以也跟他沒有太多互動。」

洛蒂繼續施壓，「你不知道他在哪裡？」

「完全不知道。」

「是你報案他失蹤了？」

他的臉微微漲紅。

「我覺得事有蹊蹺，」他說道，「後來我向康納主教報告，他倒是覺得沒什麼。」

「那你為什麼會這麼憂心？」

「那女人遇害之後，我說蘇珊．蘇利文……我就在想，他不知道跑到哪裡去了。」他打開房門，「妳問完了吧？我還有事要忙。」

「我覺得你似乎欲言又止？」

「我只是焦慮而已，沒什麼好說的了。」

洛蒂拿起那台筆電，「我可以帶走嗎？」

「沒問題。」他說完之後，立刻示意請她離開。

27

洛蒂回到警局之後，請科技小組仔細檢查神父的筆電，又把那支梳子送交DNA化驗，萬一遇到最壞狀況時可以派上用場。

她坐在辦公桌前，打開了最底下的那個抽屜，取出一個破舊的泛黃牛皮紙檔案。她深呼吸，打開信封，細細審視那張褪色的照片：完全掩飾不住男孩的美人尖下巴、眼距開闊的雙眸，以及頭頂的衝冠怒髮。洛蒂只要看到這照片，就會覺得這男孩該剪頭髮了。這是在學校拍的照片，當他還在念書時留下的紀錄。

波伊德把咖啡杯擱在她手肘旁邊，「妳在看什麼？」

洛蒂立刻闔上檔案，以馬克杯壓住了它。

「妳沒有回答我的問題。」他的屁股壓在她雜亂辦公桌的邊緣。

兩支筆掉到地上。她把檔案放回原處，猛力把抽屜關回去，然後開始啜飲咖啡。

波伊德撿起那兩支筆，整齊排列在她的鍵盤旁邊。

「是不是那個在七〇年代失蹤的小孩？」

「你手上有一堆工作，不需要偷偷監控我的一舉一動。」

「妳自己也是，根本沒有空處理懸案。妳為什麼如此執著？」

「不關你的事！」洛蒂把筆扔到桌上，這才發現到其中一支是主教的筆。

「那個檔案早就應該送進博物館進行修復，因為妳早就把它翻爛了。」

她瞇眼狠狠瞪他，「滾啦。」

波伊德慢慢走向自己的整齊辦公桌。洛蒂匆忙收拾自己的桌面，把檔案堆好，將紙團扔入垃圾桶。她開始把剛才與康納主教見面的報案內容輸入電腦，準備安傑洛提神父的失蹤人口檔案，然後又予以複製、丟入蘇利文謀殺案的資料夾。也許兩案有關聯，她不能漏失任何的可能。

她把安傑洛提神父的事告訴了波伊德，他問道：「妳覺得和那些被害人有關聯？」

「我們最好趕快找出答案。」她知道某人可能會有線索。

「忘了告訴妳，」波伊德說道，「歐多納尤警員找到了這個。」他拿起她的破舊肩包。

「在哪找到的？」洛蒂一把搶下包包，開始翻找裡面的東西。

「被丟在涵洞，就在廢棄輪胎垃圾場的旁邊，距離妳遇襲的地點不遠，」他繼續說道，「妳的皮夾和銀行提款卡都還在，但他偷走了妳的現金。」

「我身上根本沒有一毛錢。」

「為什麼我覺得聽到這種話不意外？」

洛蒂翻白眼，「你也未免太了解我了吧。」

她抓了自己的外套，立刻往外走，不打算告訴波伊德她等一下要去哪裡。

與喬神父各據熾熱炭火兩側的扶手椅，洛蒂覺得心情放鬆多了。

「我很少見到安傑洛提神父。他個性溫和，英語很流利。我希望他沒事，他看起來似乎一直躲在自己的世界。」

「如果康納主教的話可信的話，現在安傑洛提真的是消失不見了。」

「這什麼意思？」

「在我跟他共處的那短短幾分鐘之間，我已經對你的主教產生了成見。也許是我弄錯了，但我覺得我不喜歡這個人。」

「我為他說句話，想要爬升到高位，某些人必須要沿路狂吠、才能進入狗吃狗的世界，這將會侵蝕他們的人性。」喬神父停頓了一會兒，目光緊盯著她。「我也不喜歡他。」

她哈哈大笑，「這應該算是冒犯的極致了吧？」

「多少算是吧，但我傾向說出自己的心聲。」他撥開額前的一綹瀏海，「就我所知，安傑洛提神父被派來這裡『尋索自我』。換言之，他必須想清楚自己是否要繼續當神父。我每隔一兩天就會想這個問題，所以我不懂為什麼要特地派他來這裡，除非是另有原因。」

「真正的原因可能是什麼？」

「我不知道，」在爐火的映照之下，他的藍色眼眸閃動光芒。「我會想辦法找出答案。」

她傾身，往他靠近。「可以嗎？」

「教會保護色彩太濃烈，所以我不能給妳任何保證。」

「拜託你了。」

他的嘴抿成了竊笑弧線，「如果妳不想說的話，其實可以不用告訴我。」

「說什麼？」她臉紅了，心頭小鹿亂撞。

「妳的臉怎麼了？」

「我昨晚被搶，這種事家常便飯。」

「我想也是，」他說道，「帕克探長，妳是很有意思的女子。希望妳別介意，但是那些瘀傷讓妳更添魅力。」

她的電話響了，是克禮根，她的笑容弧線立刻下彎，我靠，靠靠。

「我得走了。」

「妳不接電話？」

「我跟你打包票，我已經知道是什麼事了。」

◆

「妳知道嗎？妳真的很呆。」

警司克禮根這次沒有大吼大叫，語氣溫柔平靜，真令人擔心。

洛蒂回道：「卡賀爾．莫洛尼扭曲了我們的線報。」

「他又是怎麼拿到了線報予以扭曲？回答我。」

「我們的團隊人數龐大，很難防堵有人洩露消息，故意或無心的都有可能。」

「探長，這理由很爛。」

「是，長官。」

「就是妳的人手洩密，莫洛尼的消息來源是誰？」

「我會查出來的。」

「一定要給我結果。」

「是，長官，我會為我的團隊負起全責，但我們現在承受了莫大壓力。」

「大家壓力都很大，但這種時候我們就得拿出最好的表現。」

「是，長官，不勞您提醒，我知道我很可能是搞砸了。」

「不是『很可能』而已。妳必須皮繃緊一點，我們需要媒體當我們的隊友，我們要利用他們，至於是什麼時機、採取什麼方式，都由我們主導。不要再讓莫洛尼逮到機會設局陷害妳，日後媒體發言都由我處理。」

「不行，長官，」她趕緊改口，「我的意思是，好，長官。」她根本不知道自己在說什麼。克禮根的斥責不慍不火，但要是他對她大吼大叫，她的心情反而不會這麼低落，他的冷靜態度讓她頭皮發麻。

而洛蒂．帕克不喜歡這種感覺。

她開始猜測內奸到底是誰，心中閃過了瑪莉亞．林區。她曾經因為瑪莉亞與克爾比搜查蘇珊．蘇利文的住宅出包而大聲咆哮，林區氣得要命，她是不是在覬覦洛蒂的位置？

✦

回家之前，她去了一趟案情偵查室。

克爾比說道：「那台筆記型電腦的資料已經被徹底清除了。」

「哪一台？」

「失蹤神父的電腦。」

「你已經知道了？」

「有位科技小組的工程師立刻看了一下。他說裡面什麼都沒有，就連作業系統也看不到。他說一定是有人下載了某個新型的非法應用程式，電腦裡一片空白，裡面就是零，空無一物，什麼都沒有，找不到東西……」克爾比絞盡腦汁，已經無法繼續接話。

洛蒂說道：「我懂了。」

「為什麼電腦裡什麼都沒有？」

「安傑洛提神父失蹤，筆電空白，也許等我們找到他的時候就能解開謎團。」

克爾比問道：「這與蘇珊．蘇利文、詹姆斯．布朗的案件有關嗎？」

「我不知道。」她又思索了一會兒，「不過，能夠登入那台電腦的人一定是住在主教宅邸，一想到是那些人，就讓我很不安。」

「要不要我去找他們問案？」

「現在先別管這個。」洛蒂轉身準備離開，但又立刻掉頭。「克爾比？」

「老大，怎麼了？」

「已經過了七點，我累壞了。我等一下要回家，你也該回去休息一下。」

她留他一個人繼續站在那裡，他搔頭，彷彿十分困惑，她早就料到他會有這種反應。

28

雖然天黑沒多久，但派對的氣氛早已隨著震耳欲聾的節奏而熱鬧滾滾。凱特・帕克伸舌，舔弄傑森脖子的狹長形刺青圖案。她懷念以往的那些除夕派對，但這一次足以彌補所有的缺憾。

當他把她的頭往後一拉，把大麻菸送到她唇間的時候，她心想：我戀愛了。她立刻深吸一口。然後，他又把菸塞入自己的嘴，一直吸到最後一口。她覺得他們宛若在彼此的臂膀內飄浮，忘卻了樂團，演奏他們自己的樂曲。

傑森問道：「等一下要不要來我家？」

凱特的目光穿透眼前的迷茫煙氣，凝望著他。

「我得要回去。我媽媽昨晚被人襲擊，她一定很擔心我。」

「拜託啦？」

「好吧。」凱特哈哈大笑，現在的感覺如此快意，媽媽就滾一邊去吧。

✦

「洛蒂？」

「我已經在家了。波伊德，你要幹嘛？」

「給妳猜。」

「我很累了。」

「我已經知道蘇珊・蘇利文的醫生是誰。」

「你怎麼知道的？是誰？」

「我打電話到處方箋列出的那間藥局。」

「你早就該打了。」

「妳一定猜不到。」

「說啊。」

「好，猜猜看。」

「波伊德，我要掛電話了。」

「有夠兇。」

「要掛嘍……」

「安娜貝爾・奧謝醫生。」

洛蒂把杯子放在地上。是她的朋友，安娜貝爾。

「洛蒂？妳還在線上嗎？妳要不要——」

「和她談一談？妳覺得怎麼樣？」

「反正我就留給妳處理了，晚安。」

「波伊德？」

「嗯？」

「謝謝。」

洛蒂結束電話之後，瞄了一下時鐘，八點四十五分，還不算太晚。

✦

安娜貝爾．奧謝醫生坐在布魯克飯店的酒吧，正在品飲紅酒。

她的形象營造得輕鬆自在，讓洛蒂覺得自己好蒼老。她無法掩蓋湧上臉頰的嫉妒之情，脫去了外套，希望自己的T恤還算乾淨。她發出哀號，這衣服曾經和尚恩的黑色牛仔褲一起進了洗衣機。

「妳是怎麼了？」安娜貝爾眼睛睜得好大，湊到洛蒂的面前端詳傷勢。

「我自己犯蠢，被某個人渣搶了錢包。」她把自己的外套摺好，放在旁邊的座位，

「謝謝妳願意見我一面。」

「抱歉昨晚沒接到妳的電話，」安娜貝爾的語氣就與她的外貌一樣，漂亮俐落。「妳要喝什麼？」

「氣泡水。妳還是跟以前一樣，美到翻掉。」

安娜貝爾立刻請酒保過來。

她的一身海軍藍套裝緊密貼合內搭的白色真絲襯衫，項鍊的銀色墜飾相當吸睛，雙腿在腳踝

附近交疊，穿的是Jimmy Choo的做作名牌靴，安娜貝爾就算當模特兒也不成問題。一頭金髮高盤在頭頂，狀似隨性，但洛蒂知道其實並非如此。

「妳老是愛耍帥，」安娜貝爾說道，「妳氣色好糟糕。」

「謝了，妳知道我為什麼要找妳嗎？」氣泡水來了，她開始小口啜飲。

安娜貝爾開玩笑，「過去這幾個月都一直放我鴿子，有了罪惡感？」

「我一直抽不出空。」

「小孩還好嗎？」

「不錯。妳的雙胞胎怎麼樣？」洛蒂討厭與人寒暄。

「他們這個聖誕節都忙著在複習功課，準備初級會考。」

洛蒂嘆氣。為什麼別人家都能養出認真又聰明的小孩？而她自己的卻忙著聽音樂，不然就是大拇指狂按PS？

「我想你們家的『超級爸爸』還是很管用吧。」洛蒂知道基安．奧謝是所有女性夢寐以求的典範老公，不過，她猜安娜貝爾抱持的是不一樣的想法。

「基安還是老樣子，真是老天的恩賜。」安娜貝爾語氣超酸。

「妳要開心才是。要不是有他在家工作，為妳打理一切，妳可就慘了。」

「問題就在這裡。他老是窩在家裡，我根本是片刻不得安寧。我連在家好好休息個一天都有問題，他不是在忙著拍枕頭，就是推著吸塵器走來走去。要是沒在打掃，他就開始宅在電腦前面，不知道在設計什麼遊戲，戴著降噪耳機大聲哼唱。」

洛蒂露出彆扭微笑，她多麼渴望能夠再聽到亞當的聲音，就算一分鐘也好。

安娜貝爾意有所指，「講完了我和我家人的事，妳呢？」

「要是能給我開更多的抗憂鬱藥，我的日子就會好過一點。」

「洛蒂，妳也該面對現實了。」

一陣熱血湧上洛蒂臉頰，她不想要聽訓。

「我想要問蘇珊．蘇利文的事。」

安娜貝爾轉身，面對洛蒂。「等一下再說。」

「我忙死了，現在沒時間講自己的事。」

安娜貝爾很堅持，「妳的心情是不是影響了工作？」

「沒有。」

「我覺得正確答案是有。」

「我們問一下現場觀眾好了，」但洛蒂的輕浮回應並沒有奏效，她又補充了一句：「老實說，我不知道。」

「我以前就告訴過妳了，妳需要悲傷的心理諮詢。」

「去妳的！」洛蒂的語氣已經是半玩笑。

「就算妳不為自己著想，也應該要想一想妳的子女。妳必須要有健康的心靈，才能處理他們的問題。」

洛蒂強調：「他們很好。」什麼問題？她閉上雙眼，「不對，他們不好，我也不好，我全家都不好，而且我跟我媽鬧翻了。」

安娜貝爾哈哈大笑，「又來了？天，我一直說她根本就是《愛麗絲夢遊仙境》裡的『瘋帽客』，只是沒辦下午茶而已。」

「啊，講話不要這麼毒。」

「她完全掌控了妳，一直是這樣。」

「現在是我佔上風，她已經好幾個月不跟我講話了。」

「也許妳現在是贏家，但能撐多久？」

「我不想講她的事。」

「還有她埋藏的那些家族史。妳爸爸、妳哥哥——」

「我們的見面目的是為了討論蘇珊．蘇利文。」洛蒂打斷她，因為她不想碰觸過往的秘密。

「自從亞當死後，妳一直狀況不好——」

「妳是說我的心理？」

「我指的是情緒。」安娜貝爾說完之後，又開始啜飲紅酒。

洛蒂放下水杯，又再次拿起來。「所以，我是憂鬱症？」

「悲傷。它影響了妳對生者的判斷，死者亦然，妳需要時間好好沉澱。」

「已經三年了，大家都認為我已經走出了亞當的陰霾。」

「是嗎？」安娜貝爾挑眉，「妳沒辦法完全走出來，但妳要學習如何面對，而且必須要百分百投入工作，妳辦得到嗎？」

「就算面臨生死交關的時刻，我絕對可以付出百分之一百一的心力。」

安娜貝爾嘆氣，「好吧，我幫妳開處方箋，趁上班日到我辦公室來拿。其實我不應該這麼做，不過條件是妳必須做身體檢查，減少尼古丁攝取量。」

洛蒂趁機央求加碼，「記得還要開一些安眠藥。」

「妳在逼我。」

「等到這案子結束之後，我一定會做身體檢查。」

「心理諮詢呢？」

洛蒂回她：「我只需要吃藥。」什麼時候要做諮商，就由她自己決定。她想要吃藥，它們能夠讓她保持心情冷靜，一天一次，一次一顆，不管怎樣，只要能讓她熬過每一天就好。

安娜貝爾回道：「好吧。」

洛蒂鬆了一口氣，把話題轉到她們這次會面的主題。「告訴我有關蘇珊・蘇利文的事吧。」

「天，我真不敢相信她被謀殺。居然在拉格慕林！為什麼？到底是怎麼回事？」

「這正是我要努力追查的謎團。」

「我不知道我能幫上什麼忙。」

「我想要多了解她的基本背景，在目前這個階段，我也不知道什麼才是相關的線索。」

安娜貝爾說道：「既然她死了，那麼我想我就沒有違反醫病之間的保密關係。」

「她是什麼時候被診斷出罹癌？」洛蒂好怕自己又回想起那段癌症的過往記憶。

「她是我去年的病人。有腹部疼痛的症狀，所以我安排她做電腦斷層掃描，果然兩側卵巢都出現異常，切片化驗證實了是卵巢癌，癌症末期，我親口告知了她這個消息，去年六月的事。」

「她的反應呢？」

「這女人很可憐，就是默默接受了。」

洛蒂心想，就和亞當一樣，她緊握水杯，不然一定會發抖。

「我覺得她好可憐，一生過得這麼辛苦。」安娜貝爾說完之後，慢條斯理啜飲紅酒。

「哦？」

「我建議她去找心理治療師，她不肯。我鼓勵她與我聊一聊，她答應了，透露了一些心事。」

「快告訴我。」

「她說，她還是小女孩的時候就生了小孩。而她的母親，據說是個可怕的女人，逼她把寶寶送走了。蘇珊一直想要找尋小孩的下落，甚至……」安娜貝爾別開目光，咬住下唇。

「怎樣？繼續說啊。」

「好吧，既然蘇珊死了，我應該可以說出來……她因為這件事想找妳媽媽。」

「我媽？」洛蒂大吃一驚，她已經將近四個月沒有見到母親，若不是非不得已，她真的不想見到她媽媽。「她到底為什麼要找她？」

「因為妳媽媽幫忙接生了寶寶。」

洛蒂往後一靠，覺得自己的反應有點鈍。這是當然的。她的母親，已經退休的助產士，在拉格慕林以及周邊地區接生過這麼多的寶寶，想必蘇珊一定是在拉格慕林長大。

「值得繼續追蹤，」洛蒂說道，「妳知道後來她聯絡的狀況？」

「妳應該要問妳自己的母親才是。」

「也許我真的得去找她了。」洛蒂問道，「蘇珊有沒有親人？」

「她母親在幾年前過世，我想她已經沒有親人了。」

洛蒂陷入沉思。電視頻道正在轉播足球賽，靜音模式，就像她現在的心理狀態。

「蘇珊有沒有提過她懷孕的事？父親是誰？」

安娜貝爾沉默不語。

「到底要不要告訴我？」洛蒂繼續追問，開始把啤酒紙墊撕成碎片，她知道應該是希望不大，但依然抱有一絲期待。「也許與她被謀殺的原因有關。」

「她那時候只是個小孩，差不多十二歲而已。她只有提到在她很小的時候就經常被性侵。」

「她的父親？會不會是他犯案？」

「洛蒂，我不知道是誰對她做出那種事，她從來沒有告訴我。」

「妳有沒有建議她報警？」

「有啊，但她不聽。她說事隔太久，而且在她剩下的日子當中、她還有好多事得處理，我也想不出其他法子勸服她了。」

「實在很難想像蘇珊這些年到底過著什麼樣的生活。」

安娜貝爾說道：「她以前不叫蘇珊．蘇利文。」

「什麼？」洛蒂砰一聲放下水杯，「誰……怎麼會這樣？」

「我不知道她以前的名字，我只能猜測她改名是為了要抹卻年少記憶。」安娜貝爾慘然一笑，「不過，改變姓名，卻沒有辦法改變創傷。蘇珊一直痛苦不堪，每一天都是，我覺得她發現自己罹癌之後，多少算是某種解脫吧。」

「然後，有人決定要早點送她去投胎。」洛蒂突然覺得全身一陣熱。

「沒錯。」

洛蒂的腦袋動個不停，開始爬梳這條新線索。「現在我得要找出到底是誰，又是為了什麼。」

「妳一定辦得到，『神探南西』。妳知道我們還在念書的時候，我老是在妳背後這麼叫妳嗎？」

「我知道。」洛蒂真心盼望兩人能暢聊過往，以及有關美好時光的記憶。記憶這東西很詭異，會扭曲真正的過往，她早已學到了教訓。

安娜貝爾回她：「很抱歉，只能幫到這地步而已。」

「妳已經給了我辦案的線索，」洛蒂放下酒杯，盯著她的朋友。「妳和基安之間又該怎麼辦？」

「他老是害我氣得半死。」

「安娜貝爾妳誠實一點！怎麼會這樣？」

「幹，我哪知道。」安娜貝爾很少爆粗口，但絕對不會因此惹上麻煩，洛蒂知道安娜貝爾・奧謝無論遇到什麼狀況、一定都能夠想辦法全身而退。

「我想這一定與妳的神秘男有關。」

「自從我遇見……」安娜貝爾突然收口，又繼續說道：「自從我遇見我現在深愛的這個男人之後，我就成了截然不同的人。」

「妳總是不斷有新戀情。他是誰？」

「妳是我的朋友，我覺得妳還是什麼都不知道比較好。」

「沒差，妳男友的事我不過問。」

29

凱特的雙臂摟住傑森的脖子，把他拉入自己的懷中。

「我快凍僵了。」

「等到妳跟我上床之後，我保證讓妳很暖和。」

她笑罵他：「你好變態！」他把她摟得更緊了，雙唇輕觸她的頸項，讓她的腹底起了一陣顫動。

她的目光越過他的肩頭、盯著他們後面排隊等計程車的喧鬧群眾。

「你現在先不要亂看，記得前幾天晚上有個變態娘砲在酒吧裡一直盯著我們？」

他低聲問道：「他怎麼了？」

「他在排隊。」

「這是自由的國家，」傑森轉身，迎向冷冽空氣。「他在哪裡？」

「我告訴你不要看啦！」凱特急忙把他拉回來，「現在他已經走了。」

傑森哈哈大笑，「原來是隱形人。」

「一點都不好笑，他把我嚇死了。」

「要是你再看到他，記得告訴我。」

凱特在他懷裡依偎得更緊了，她與傑森耐心等待不知何時才會出現的計程車，她也說不上來為什麼，但就是覺得很不心安。

那男人轉過街角之後，立刻加快腳步，差點出包。他確定那女孩認出了他。他日後得要更加小心才是，但剛才光是看到那男孩就值得了。

✦　✦

洛蒂再次失眠。

她與安娜貝爾的對話內容讓她苦思困惑，腦袋打結，她的母親，能夠召喚痛苦過往的女人。洛蒂緊閉雙眼，但母親的畫面卻依然鮮明，明天她得去找她媽媽了。

她挨到床邊，調高了電毯的溫度，然後把床被蓋得更緊，享受那股人工暖流，昏沉進入了淺眠狀態。

十分鐘之後，她醒了過來。痛感直剖肋骨，而且她額頭發燙。她吞了兩顆止痛劑，但依然疼痛未消。

白天的一連串事件侵襲了她的夜眠時光。過往，攫住了她的現在。

她得要喝酒。

真的好好喝一杯。

喝杯真正的烈酒。

洛蒂把被褥壓擠成球狀，她不想變回在亞當過世之後、大家都不認得的那個人。曾經有一段時間，她天天喝得爛醉，酒精也幾乎把她的生活搞得一團糊爛。一年前，她終於戰勝了酗酒，不過，她偶爾依然渴望能夠逃遁到那個遺忘的世界，出現那種抹卻一切理智的欲望，而她好不容易才找回了類似某種回到正軌的感覺。現在，她陷入了掙扎，不斷奮戰，扭動翻身，最後，她還是打輸了這一仗。

她立刻跳下床。

洛蒂沒換睡褲，趕緊抓了件兜帽上衣，光溜溜的腳丫子套進雪靴，躡手躡腳下了樓，廚房時鐘顯示的時間是凌晨一點三十分。她從後門掛鉤拿了鑰匙，走向白雪皚皚的花園，朝小棚屋走去。她抹去門鎖的白色雪團，鎖孔結冰。這是不是讓她回到床上的天意？她對著黃銅鎖不斷吹氣，暫停，幾乎放棄。她繼續努力，開了。

她打開電燈開關，把亞當的工具箱拿下來，打開，看到了伏特加酒瓶。但她又蓋上了盒蓋，整個人坐在冰涼地面。喝一口永遠不夠，她開始啃指甲。

她盯著那個工具箱，天人交戰了好一會兒之後，再次打開，取出了那瓶伏特加，關了蓋子，以胳肢窩壓住酒瓶，匆匆回到家中，也不管小屋的門，任由它在寒冷夜風中晃動。

✦

一九七五年一月一日

她不敢置信。

他坐在她們家客廳的花布沙發上頭，死盯著她不放，而她母親則忙著準備瓷杯與餅乾。她爸爸呼嚕呼嚕抽菸斗，與神父之間瀰漫著刺鼻菸味。

她雙眼暴凸，表明心中的不滿。他們正在討論她的「問題」，卻當她不存在一樣。她在內褲裡塞的那條毛巾已經吸滿了鮮血與黏稠物，雙手抱著小嬰兒的她覺得好納悶，先前怎麼會不知它在她腹中逐漸長大。她面露微笑，覺得它是個完美的寶寶，但神父卻稱呼它是「有手有腳的肥胖罪惡」。他怎麼能夠坐在那裡講出這種話？

她好想要告訴他們，告訴站在那裡、手執鑲金茶壺的母親，還有拿著小刀刨菸草絲、靠他媽像個白痴的父親，是那神父犯了錯。

她不發一語，她的心已經碎成無數裂片。她緊擁著這個僅有毛巾尿布裹身的寶寶。

她很想要告訴那個女人，也就是助產士。她一頭捲髮，面色溫柔，當初是她剪斷了臍帶，檢查了寶寶的心跳，低聲告訴她母親不要再大吼大叫了。她宛若旋風，只待了一會兒就離開了。現在，他們對話的方式簡直把她當成空氣一樣。寶寶不斷咿咿呀呀，她的小小乳尖開始滲奶，襯衫髒了。她開始大哭，所有人都目瞪口呆望著她。

她把寶寶緊緊扣在胸前。恐懼，在她體內的每一條血管流竄，她擔憂自己，還有小寶寶。

「聖安琪拉之家，」神父說道，「一定可以收服她的頑劣。」

第四天

二〇一五年一月二日

30

某個男人的大腿壓在她身上，她在床上動彈不得。

他是誰？她在哪裡？洛蒂拚命扭身，但對方趴睡，就是看不到他的臉。她以手肘撐身，一陣疼痛襲來，讓她面色抽搐，記憶也突然湧現。

靠，靠，靠，

她覺得淚珠快要從眼角奪眶而出，自我厭惡感與胃部的噁臭膽汁同時翻湧而上，

她快要吐了。

她雙腳亂踢，掙脫了他的腿，她下床，爬進了某道敞開的門，就在嘔意即將噴發之前及時進了廁所。

她又吐了一輪，難聞的酒味盈滿了整間浴室，然後，整個人癱坐在地。她全身只穿著不相搭的內衣褲，她不在乎，雙手捧住不斷激烈搏動的腦袋，她只在乎的是在明明需要徹底自制的時刻、她居然失控。

一道人影出現在門口，對方打開燈，讓她一時睜不開眼。

「要不要來根菸？」

波伊德。

然後，她放聲大哭，她忍不住，好恨自己。

她忍住淚水，「我是做了什麼？」

全身只穿著四角內褲的他，頎長身體下蹲，陪她一起坐在冰涼的磁磚地板上面。

「妳喝醉了，打電話找我去接妳，我乖乖過去。妳求我把妳帶回家，然後主動要求歡愛。」

他點了兩根菸，將其中一根塞入她顫抖的指間。

「雖然我的深層本能不想拒絕妳的勾纏，但我還是忍住了，但等到妳充滿睡意、拚命脫光我衣服的時候，我就再也無法抗拒。」

她深呼吸，羞愧難當，全身皮膚赤紅。

「洛蒂，怎麼了？」波伊德對著清冷空氣不斷吐煙圈。

「我根本不知道發生了什麼事。」

「妳需要有人協助。」

「我需要的是努力掌控自己的人生。」

「妳沒辦法獨自面對這樣的困境。」

她回道：「你看看我這樣子。」

「我看到了，而且我不喜歡這樣的景象。」

「這話什麼意思？」

他猛吸一口菸，兩人之間只有纏結的靜寂。

他終於開口：「妳剛才睡覺的時候在哭。」

「我不會有事的。」

他們坐著吸菸，聆聽馬桶的滴水聲。然後，他把兩人的菸屁股拿到水龍頭下方捻熄，丟入水槽下方的閃亮垃圾桶，帶她回到床上。他為她掖被，親吻她的前額，以顫抖的手指撫弄她的髮絲，挨到她的身邊。洛蒂一直躺在床緣不動，在兩人之間劃下了一條虛線，終於放鬆入睡。

✦

她醒來，立刻坐直身體，只有她一個人。她把時鐘轉過來查看時間：早晨六點三十八分。洛蒂又躺回枕頭的舒服懷抱中，心想幸好自己酒後亂性的對象是波伊德，而不是在酒吧裡勾搭的陌生人。她的小孩！靠！她立刻跳起來，必須要在他們起床前趕回家。

波伊德走進來，白色襯衫搭配黑色長褲，已經全身穿戴整齊，還給她了一杯咖啡。香氣撩動了她的鼻腔底部，她盯著他，對他發出了沉默的質疑。

「別擔心，我會小心。快喝了咖啡，我們還得迎接漫長的今日。」

「妳有五分鐘可以漱洗穿衣。」丟下這句話之後，他就走出了房間。

她罵了一句：「虐待狂。」

她聽到波伊德的回聲：「彼此彼此。」

她也只能笑了。

她穿上昨天的衣服，至少昨晚她還知道要換上睡衣。她在牛仔褲屁股的口袋找到一顆被壓扁的贊安諾，她猛灌了兩大口咖啡，把藥吞了下去。她需要人工製造的沉著感抹消這一夜，得以面對今天。

她拿了菸盒，悄悄塞入口袋，她喝醉的時候才抽菸。她警告自己，不要再想這件事了，趕緊離開臥房。

外頭的凍雨痛襲她臉上的傷口，她鑽進車內。

「先送我回家，」她說道，「我必須看一下小孩，而且還得換衣服。」

車裡只聽得見雨刷的聲響。兩人現在都沒有什麼想說的話，而真正的心事最好還是不要講出口比較好。

波伊德把車停在她家外頭，她移動長腿，下了車。

「波伊德，謝謝你。」

「要是克禮根在找妳，我該怎麼說才好？」

「就說我在追查某條線索。」

「哪一條線索？」

「要是我知道的話，我馬上告訴你。」

她輕聲關上大門。堅強洛蒂也該趕快復活，不然一切就來不及了。

31

克洛伊．帕克坐在餐桌前，淚濕的臉頰掛著花糊的睫毛膏，洛蒂站在門口，猶豫不定，該進去還是該離開？

「克洛伊，抱歉。」她還是走進了廚房。

女兒沒理會她，走到了垃圾桶旁邊，把喝了三分之二的那瓶伏特加拿出來，轉開瓶蓋，將剩下的三分之一倒入水槽，又把酒瓶扔回垃圾桶，衝上樓梯。

洛蒂整個人癱坐在椅子裡，她必須和克洛伊好好談一談，等一下吧。

她打電話給母親，她很清楚，她媽媽如果知道是由她主動開口破冰，想必會覺得大鬆一口氣。她安慰自己，對於即將到來的攤牌時刻，一陣陣的宿醉劇痛也許會是加分，而不是減分。

✦

不到十分鐘，蘿絲．費茲派翠克就開車穿越市區到達這裡。現在，她站在廚房中央，旁邊是燙衣板，手裡拿著熨斗。

「洛蒂．帕克，妳應該要盡量待在家裡才是。可憐的孩子們老是餓肚子，而且也根本沒有衣服可以換穿。」說完之後，她開始摺尚恩的運動衣。

洛蒂很想要告訴蘿絲，運動上衣其實不需要熨燙，但還是忍住沒說。果然不出所料，她母親一踏入她家門口之後，完全不發問或徵詢，立刻掌控一切。在亞當過世之後，蘿絲曾經想要在他們的生活中取代他的位置，展開干預與控制。洛蒂懷疑這未必全是因為她對外孫們的疼愛，而是蘿絲天生就是喜歡保護他人。不過，她們上次大吵一架，關係也陷入危機，洛蒂當時叫她母親滾蛋，或者是其他殺傷力不相上下的字眼。

蘿絲·費茲派翠克挺直身體，來回熨燙衣物。她的臉龐光滑柔潤，只有眼睛周邊出現宛若凋萎常春藤的一叢細線。她剪了一頭俐落短髮，髮色銀亮。她本來的習慣是一個月染一次頭髮，五年前，當她步入七十歲之後就放棄了這個習慣，但她還是每個禮拜會去髮廊洗吹一次。

洛蒂客氣問道：「可以讓我泡個茶？」

「這是妳家廚房。」蘿絲開始燙牛仔褲，丹寧布平坦得儼然像是硬紙板。

洛蒂開始在茶壺裡裝水，「妳要不要喝杯茶？」

「妳先去洗澡，」蘿絲開始收折熨斗電線，「妳自己也聞得到那股味道吧。等妳洗完之後，再告訴我為什麼要找我過來。」

洛蒂怒氣沖沖走出廚房，她母親連她臉上的瘀傷都沒問一下。她脫光衣服，站在熱騰騰的水流下方，傷口開始發疼。她的肋骨青紫，頭痛欲裂，但至少整個人覺得潔淨。她穿上長袖T恤與發熱背心，搭配牛仔褲，準備要面對母親。

她在下樓之前偷瞄了一下克洛伊的房間。女兒躺在床上，耳罩式耳機掛在頭上，她看見洛蒂，立刻故意轉身面牆。

她望向凱特的房間，床上沒人。她本想要詢問克洛伊，知不知道她姊姊在哪裡？但後來打消了念頭。尚恩在房間裡打PS的線上遊戲，邊玩邊講話，他應該是整夜沒睡。

蘿絲坐在廚房餐桌前，手裡捧著茶杯。燙衣板已經不見了，衣服整齊堆疊，爐子熱鍋裡的馬鈴薯正在嘶嘶作響，雞肉已經送入烤箱，而現在根本還不到早上八點。他們上次好好吃一頓自炊的晚餐是什麼時候的事了？聖誕節。難道這是她母親精心設計的內疚陷阱？洛蒂勉強擠出了笑容。

「謝謝……」洛蒂的手朝整潔的廚房揮了一下。

「媽媽的職責不就是這個嗎？」蘿絲說道，「收拾小孩搞出的殘局。」

洛蒂嘴邊的笑意瞬間消失無蹤。

蘿絲問道：「好，所以妳找我到底是要幹什麼？」

「蘇珊・蘇利文。」洛蒂單刀直入，然後又為自己倒了一杯茶。

「被謀殺的那個女人？怎麼了？」

「我問了安娜貝爾，她告訴我蘇珊曾經想要聯絡妳。」

「是啊。」

「妳有和她見面嗎？」

「有，幾個月前的事。十月，或十一月吧，我不確定。」

「繼續說下去。」

「她想要找某個小孩，當年他們硬是從她身邊——」

洛蒂打斷她，「這又和妳有什麼關係？」

「妳到底要不要聽啊?」

「抱歉,請繼續。」

「蘇珊的母親不肯告訴她有關那寶寶的事。但是,兩年前她臨終的時候,在蘇珊面前提到了我的名字。」

「然後……?」

「她說是我幫忙接生寶寶。其實不是,因為我匆匆趕到現場的時候,寶寶已經呱呱墜地,所以我當時也沒幫什麼忙,而她想要找我問線索的時候,我也無能為力。」

洛蒂拿著湯匙攪拌茶水。

「想必是超過二十五年的歷史了,因為——」

「我還在當助產士的時候?對,不過這是陳年往事,七〇年代吧。那女孩當時只有十一、二歲而已。還是個孩子,真可憐,她當時的名字是莎莉.史坦斯。」

「真的嗎?再講詳細一點吧。」洛蒂停下無聊的動作,既然有了蘇珊的舊名,也許他們可以挖出新線索。

「沒什麼好說的了。」

「那寶寶怎麼了?」

「蘇珊打電話找我的時候,也勾起了我多年前的回憶,」蘿絲皺眉,額頭出現一條細紋。

「她母親找了當地堂區的神父。想必他一定是建議把女孩與寶寶安置在聖安琪拉之家。妳知道那棟距離墓園不遠的老舊建築?現在已經關閉了。」

洛蒂點點頭。聖安琪拉之家，她怎麼可能會忘記？她們一直不曾提起它，但蘿絲自己現在卻主動說了出來。

「它起初是修女們辦的孤兒院，後來也兼作未婚媽媽之家，顯然在非預期狀況出生的某些寶寶就直接在那裡長大。還有，那些修女們也收容了問題男孩。」

「可以把問題小孩送去管教的地方，」洛蒂喃喃說道，「媽，妳要這麼說也是可以啦。」

蘿絲對於洛蒂的話置之不理。

「當然，當蘇珊與我見面的時候，她早就知道聖安琪拉之家已經關閉，寶寶也可能被人收養。她還記得小孩曾待在那裡，但是她卻沒有辦法從教會那裡打聽到小孩的消息。很遺憾，我也沒有任何新線索可以告訴她。」蘿絲的態度十分決絕。

「妳知道小寶寶的父親是誰嗎？」

「我不知道。當我在她家幫忙處理胞衣的時候，她媽媽一直對那女孩大吼大叫，罵她是沒用的垃圾。我接下來的話很不中聽，但如果那女孩生性放蕩，誰知道寶寶的父親到底是誰。」蘿絲說完之後，交叉雙臂緊貼胸口。

母親的嚴厲言辭讓洛蒂變得畏縮，她開始思索母親剛才披露的那些事。希望他們更有機會找出蘇珊的線索，也就是莎莉．史坦斯。她母親會知道這個消息，真是太巧了。小鎮居民的一生當中總是會藏有這類的秘密，巧合自是在所難免。但話又說回來，她母親認識每一個人，也老是覺得自己無所不知。洛蒂小口喝茶，深埋心中的某段回憶，迫不及待想要爆發出來。

「妳有沒有想過艾迪到底怎麼了？」

蘿絲起身，洗了杯子，瀝水，把它放在櫥櫃的正確位置。

「艾迪不見了，不要再提到他。」

洛蒂心想，這是在否認，但她還是很堅持。「那爸爸呢，我們可以聊他的事嗎？」

「再過半個小時，雞肉就好了，注意馬鈴薯的水千萬不要燒乾了。」蘿絲穿好外套，戴上帽子。「只要把所有東西送進微波爐就可以當晚餐。」

洛蒂語帶諷刺，「看來我們是不能討論他們嘍。」

「洛蒂．帕克，妳得要找個男人陪妳過日子。」

「什麼？」洛蒂萬萬沒想到母親會冒出這段話。

「那男人是叫波伊德吧？瘦瘦高高的那一個，他人不錯。」

「妳這是什麼意思？」

「妳自己心裡清楚得很。還有，趕快帶小孩來看我。」

洛蒂並沒有阻止他們——這是他們自己的決定，因為他們早已受夠了什麼都要插手的外婆。

蘿絲站在門口，「對了，我看到妳受訪的新聞。」

「然後呢？」

「小姐，實在不怎麼樣，」她拉下帽邊，蓋住耳朵。「好歹也用化妝品遮一下那些瘀傷。」

又來了，她母親總是在最後使出殺手鐧。

洛蒂猛力關上了門，熄掉爐火，瀝乾馬鈴薯的水分，把它們全扔進了腳踏垃圾桶，雞肉也是。她絕對不會吃下跋扈母親準備的任何東西，她寧可餓死。

現在她的宿醉症狀發作得好厲害，但她得去工作了。

32

早晨的凍雨逐漸趨緩，氣溫意外升高。

警員茱利安．歐多納尤對湯姆．提爾尼說道：「仔細聽一下。」

「聽什麼？」

「雪在融化。」

聲響如此強大，宛若充滿了蜂鳥的森林，他們正站在詹姆斯．布朗住家門口，

「真正的好天氣，」提爾尼說道，「溫暖的一度當然可以打敗負十度的除夕。」

歐多納尤回他：「我去花園那裡繞一下，我的腳在永凍狀態。」

「有這種講法嗎？」

「誰管那麼多啊？」她哈哈大笑，走向後花園的小徑，看到自移動的白雪中緩緩露出的綠意，不禁讓她十分著迷。白色美景在頭幾天的確宛若幻境，但後來就會成為難以承受之重。她大口吸入清冷空氣，聆聽融雪之聲。

當她轉身的時候，瞄到了樹下的一小片色塊，她走過去，但又隨即後退，開始大吼：「湯姆，湯姆！」

某隻手，黑色的袖口，從雪地裡冒了出來。

歐多納尤抽出貼胸口袋的無線電。

✦

洛蒂與波伊德到達的時候，這座花園已經是忙中有序的犯罪現場。

洛蒂發出哀嘆。這三天的工作量已經超出了這兩年的總和。她根本沒時間思索母親提供的線索。波伊德與瑪莉亞・林區站在警局台階上等她，告知她這個消息，他們立刻在融雪允許的狀況下、加速開車前往詹姆斯・布朗的住家。

她與林區在後院走動，兩人都睜大眼睛尋找可能露出的蛛絲馬跡，而波伊德則忙著詢問那兩名制服員警。

洛蒂看到了犯罪鑑識小組的組長吉姆・麥克葛林，他露出了賊笑。

洛蒂啐罵：「王八蛋。」

林區問道：「誰？」

「麥克葛林。」

他在嘲笑她。真可惜他不是歸她管，不然她一定會派他一直篩豬糞，找尋看不見的戴奧辛，逼他做到退休。

這是小巧型的花園，小棚屋，還有靠放了兩張椅子的木桌，佔據了後門左側的平台區。常綠樹木分居花園兩側，末端是一堵牆，後頭是白雪皚皚的田野。麥克葛林在這裡工作，細心移除死者身上的積雪。

洛蒂靜靜等待，終於看到了全屍。男性，臉部朝下，身穿黑色外套與長褲。外露的那隻手完全沒有皺紋，還戴有一只銀戒。玻璃與黑色塑膠袋碎片散落在屍體旁邊，麥克葛林以鑷子逐一夾起、放入了證物袋。

洛蒂問道：「手機呢？」

「已經被砸爛了，」他回道，「我想就算是最厲害的工程師也救不回任何資料。」

「屍體埋在這裡多久了？」

麥克葛林厲聲回她：「我在等法醫。」

洛蒂低聲罵了句：「混蛋。」

珍．多爾身穿防護衣，以優雅姿態到達現場，她迅速搖搖頭，算是和洛蒂打招呼。

「一定是有人以為我沒事，源源不絕為我提供屍體。」

「的確。」洛蒂站在法醫旁邊，看著她進行初步驗屍。

「看來是勒殺，」珍說道，「他的脖子上有繩索的印痕。目前我可以根據屍體下方的凍雪做出推斷，死者很可能是在上禮拜遇害。冰寒氣溫讓他得以保持完美狀態。」

洛蒂心想：完美狀態，但人就是死了。她好想吐，宿醉依然在發威。

「妳覺得這裡是犯罪現場嗎？」她心想，要是這具屍體已經在此有一個禮拜之久，那就表示他的死亡日期早於蘇利文與布朗。

「等到他上了我的解剖台，我就可以知道更多細節。」

「如果他有刺青，妳會告訴我吧？」

「當然。」法醫說完之後，以謹慎的碎步離開現場。

洛蒂越來越頭痛。遇害人數越來越多，克禮根氣急敗壞，媒體在施壓，社會大眾一片恐懼，而她的團隊對於這些兇案卻完全沒有頭緒。帕克探長，歡迎來到幻境世界。她開始搔頭，靠，這什麼鬼啊？

「妳還好嗎？」波伊德挨到她身邊。

她問道：「他是誰？」

「我怎麼知道？」

她本想回嗆，但忍住了，只是盯著波伊德。他本來就瘦到不行，但他的臉似乎更消瘦了，「這是一種修辭性問句，死者很可能是在蘇利文與布朗之前遇害。」

現在屍體正面朝上，洛蒂望著那張浮腫發黑的臉龐。

「我看應該是三十多歲。」說完之後，她耐心看著鑑識小組把屍體裝袋，移出現場。

麥克葛林高舉某個塑膠證物袋。

洛蒂看到了，「藍色纖維。」

他回道：「在脖子附近找到的。」

「謝了。」洛蒂心想，與詹姆斯・布朗吊頸的繩子非常類似。

「沒有錢包或證件，但有兩個菸屁股。」麥克葛林拿著鑷子撿起了其中一個。「是死者的嗎？」

「可能，或者是屬於兇手所有。」他把那個菸屁股丟入證物袋。

洛蒂望著麥克葛林工作，過了幾分鐘之後，她走入屋內。

波伊德也跟在她後頭進去了，他開口說道：「就我們所知的安傑洛提神父資料看來，這具死屍與他也不算是相去甚遠。」

「臉孔已經無法辨識，而且我們沒有明確的特徵資料可以進行比對，」洛蒂說道，「我們必須等待正式的身分確認，不然就是得靠DNA分析。」

「無論是誰，一定會有人報失蹤。」

「看不到車子，」洛蒂張望前窗，「他是怎麼來到這裡？」

「也許兇手載他過來，或是他自己搭乘計程車，」波伊德說道，「他為什麼會在這裡？這又是另一個問題了。」

「還有，布朗認識他嗎？」

波伊德回道：「我們有太多的問題，但卻找不到足夠的答案。」

「你要盡量努力。」

波伊德大膽推測，「他可能是布朗的情人。布朗開車帶他過來，妒火發作行兇。」

「我看你現在是認定布朗殺了這男人，又勒死蘇利文，然後上吊自盡？」洛蒂不爽搖頭。

波伊德沒吭聲，又拿了根香菸，走到外頭點火。洛蒂跟過去，站在泥濘的花園裡，腦袋一片混沌。

要是能喝酒就好了。

她現在也只能將就一下、抽波伊德的菸，同時把自己與安娜貝爾・奧謝以及母親的對話告訴了他。

33

他們在警局案情偵查室的白板上又添加了一名身分未明的受害者，還有在現場發現的所有線索。洛蒂是視覺理解派的信徒，我們可能會忽視或是遺忘那些儲存在資料庫裡的資訊，但這種方式有用多了。而且，反正他們現在也沒多少線索需要釐清。

她已經派某名警探去尋找莎莉．史坦斯的資料，也就是蘇珊．蘇利文，她也在思索該怎麼拿到聖安琪拉之家的檔案。如果能夠挖出這間機構更多的線索，應該可以查出蘇珊．蘇利文更多的背景資料。現在，洛蒂的注意力又回到了剛才這名受害者身上。

「要不是因為雪勢這麼大，」她說道，「那具屍體早就被人發現了——」

波伊德打斷她，「而且是早在一個禮拜之前。」

「對。除非兇手一直在注意氣象預報，不然，他擺明了是要讓別人發現屍體。」

「兇手完全沒有打算要埋屍。」

「都是因為下雪。」

波伊德開口：「要是沒有下雪的話……」

洛蒂問道：「但明明就是有下雪。這是否意指兇手就是——」

「詹姆斯．布朗？在這段由於不明因素導致屍體一直沒有曝光的時間當中，兇手必須殺死蘇利文與布朗，」波伊德停頓了一會兒，繼續說道：「但布朗仍有可能是這起命案的兇手。」

「拜託，這種臆測根本不合理。」洛蒂嘆氣，心情煩躁。

她望著白板，發現他們沒有安傑洛提神父的照片。她立刻打了通電話，拿起外套，從波伊德身邊繞過去，匆匆離開警局。

✦

「修女您好，我來找博克神父，他正在等我。」

修女指向洛蒂第一天入座的那個房間。她經過了桃花心木書櫃，那些過世已久的主教大照片全部掛在牆上，她心想，看到他們，會讓人對上帝產生畏懼。

喬神父走到她背後，「他們是不是讓妳對上帝產生了畏懼感？」

「我也正想到這一點。」她對他露出燦笑，莫非這是心電感應？

「要不要喝茶？安娜修女會幫忙。」

「不用了，謝謝。」

「妳打電話過來的時候語氣緊急，有什麼需要我效勞的地方？」

「我需要安傑洛提神父的照片。」其實洛蒂不需要，他們已經有了他髮梳的DNA可以進行比對。

「妳還沒找到他？」他走到角落的電腦前面列印照片。其實她也可以自己處理，這不就是想要再次見到他的藉口而已嗎？她不該來到這地方，她的理智與情感發生了牴觸，她這個人就是這樣。

她端詳照片，皺起鼻頭，布朗花園裡的那具屍體可能就是他。

「安傑洛提神父有抽菸嗎？」她想起神父房間裡積累的菸草臭味，還有犯罪現場的菸屁股。

「我不知道，」他說道，「等我一下。」他打電話給某人，聆聽了一會兒，掛上電話。

「根據康納主教秘書歐恩神父的說法，他的確有抽菸，妳還需要知道什麼？」

「越多越好。」她轉換話題，「有關聖安琪拉之家，你知道多少？」

「聖安琪拉之家？不是很多。這家孤兒院在八〇年代初期就停止運作，成為退休修女的居所，之後就永久關閉，幾年前已經賣掉了。」

「那些檔案呢？」

「我想應該已經歸檔，」他問道，「為什麼要詢問聖安琪拉之家的事？」

洛蒂沒有理會他的提問，「我要去哪裡找尋那些檔案？」

「探長，聽起來十分神秘，不過，這就交給我吧，我可以當妳的業餘偵探。」

洛蒂發現他的眼眸閃過一抹淘氣神色，覺得彷彿看到了他男孩時的模樣，還沒有進入被神父的白色羅馬領禁錮的苦澀成年期。她起身離開，伸手致意道謝。他握住的時間好像久了一點，或者，這是出於她的想像？

「你有我的電話，要是你發現任何線索，立刻讓我知道。」

「一定。」

✦

喬神父找尋當地教區內部網路的檔案，使用的是他自己的密碼，他輸入了關鍵字，聖安琪拉之家。

登入遭拒。

不對勁。

他打電話給歐恩神父。

「我沒辦法登入教區檔案資料庫。」

「康納主教找了某名專家修補內部網路，他想要強化資安。」

「你可以用我的密碼，看看能否登入，康納主教應該不會介意。」

「你真是幫了大忙。」

他掛了電話，輸入新密碼。

進去了。

然後，盯著游標閃動的空白螢幕。

完全沒有聖安琪拉之家的資料。

他再次拿起手機。

34

「妳幹什麼啊？」當洛蒂說出自己剛才去了哪裡之後，波伊德立刻爆氣。「妳瘋了嗎？」

「你是哪裡有問題？他當然有我們不知道的管道。」她為什麼得要為自己的行動向波伊德辯解？

「妳的酒還沒醒，」他說道，「這是唯一合理結論。」

「你講話小聲一點。」洛蒂四處張望，想知道有沒有人在聽他們講話。林區與克爾比依然低著頭辛勤工作。

「他是蘇利文命案的嫌犯。」波伊德來回走動，那雙長腿只需要踏出三步，就可以橫跨一次辦公室。

而他每一次踩踏地板的聲響，都讓她更加頭痛欲裂。

「我並沒有向他透露我為什麼需要這些檔案，也沒有說出是要找尋哪一種檔案。我只需要確定檔案還在以及它們的去向。」

「我們先假設一下，如果他是兇手，那麼他就會知道妳想要在檔案裡挖出什麼樣的資料，就算檔案還沒有被銷毀，也一定立刻會被他處理得乾乾淨淨；或者，他本來先前不知道有這條線索，他現在知道了，還是會予以銷毀。」

「波伊德，你根本在胡說八道。」她拉了張椅子，氣呼呼坐下。

他站在他面前，「妳到底要那些檔案幹什麼？」

「我不知道。」

她真希望可以回到自己的辦公室，至少可以在沒有觀眾的狀況下好好思考。

她回道：「那些檔案也許無法幫助我們破案，只是目前這個階段的某種直覺，必須查個清楚。」

波伊德把某個空菸盒丟入垃圾桶，「對了，妳今天早上是不是拿走了我另一盒菸？」

洛蒂從口袋裡拿出來，丟給了他。他接住之後，邁開大步走人。

「林區？」

「什麼事，探長？」

「我要出去一下。」

✦

對洛蒂來說，全愛爾蘭最冷的地方一定就是拉格慕林的墓區。冰寒狂風在她身邊不斷呼嘯，淒冷陽光穿透了微亮薄霧，灑落在群碑之間。矗立在巨大松木樹蔭之中的陰寒方石，對墓地投落深沉幽影，延緩了雪融的速度。凝凍在聖誕節花圈上的晶透白雪，為這裡的環境增添了一股奇幻神秘感。

風勢突然增強，某個聖誕樹盆栽的塑膠包膜被吹得嘩嘩作響。在白雪的重壓之下，紅色葉冠已發黑枯萎，這提醒她先前有人曾經造訪此地，為已經不在人世，但存活在記憶之中的那些人留下紀念。

某一高大的花崗石十字架，標記了亞當在世的短短四十年。她有一陣子沒來了，刻意避開了聖誕節，現在，墓園的那股孤寂感縈繞著她，宛若一條幾乎無法帶來任何舒暖感受的破爛方巾，洛蒂向亞當道歉。

「這裡太孤單了，」她對著碑石的十字架說話，「我一直惦念著你。」

她瞇起眼睛，望著其他的墓誌銘，每一塊整切的花崗岩都埋藏了各人的故事。鐘鳴劃破了寂靜，一陣涼意竄流背脊，也該走了，她還得挖出諸多秘密，追出兇手。

當洛蒂走出敞開的大門之後，她看到了約莫在一點六公里之外、田野另一頭的聖安琪拉之家剪影，周邊籠罩著淡柔灰霧。隔牆之內的世界深埋了什麼骸骨？有多少生靈受到它的戕害？她想到了蘇珊與她的寶寶。她也記得另一個許久之前失蹤的小孩。他死了嗎？會不會已經在某個墓地裡安息？她想要查看老舊檔案的真正原因，其實是為了那個失蹤男孩？她不是很確定自己的動機，但她知道她永遠忘不了那小孩。他失蹤了這麼久，其他人可能早就遺忘了他，但她並沒有。她總是不斷翻查他的檔案，這不只是一種記憶練習，更是一種讓他能夠永遠深植在自己心中的方式。當她追隨亡父的腳步，踏入愛爾蘭警界的第一天，她就暗自起誓一定要找到他，然而，截至目前為止，她依然無法實踐諾言。

她匆匆回到車內，以免讓壓在肩頭的記憶幽魂變得越來越沉重。

35

洛蒂與波伊德坐在銀行經理麥可・歐布雷恩的面前。打從這男人沒打招呼、逕自坐在辦公桌前面的那一刻起，她就立刻覺得這人真討厭。不過，波伊德認識他，他們去同一間健身房，而且還一起在拉格慕林的青少年板棍球球隊當教練，洛蒂不知道尚恩有沒有被他教過，她知道波伊德曾經是兒子的教練。

「你們已經有了布朗與蘇利文的銀行交易紀錄，」歐布雷恩問道，「所以你們還希望從我這裡索取什麼資料？」

看到他那雙小眼，不禁讓洛蒂想到兒子有次想帶回家當寵物的某隻雪貂，邪惡又詭詐。她發覺歐布雷恩正在打量她的意圖，他抬頭挺胸，但就是沒辦法讓自己看起來像是個大人物。過長灰髮的頭皮屑落在黑色西裝的肩部，手腕的耀亮鑽石袖扣，在日光燈管的照映下更是熠熠閃動。這男人想要裝年輕，希望能夠讓自己的模樣是實際歲數除以二，但反而看起來更蒼老。歐布雷恩，真是慘不忍睹。不過，剛才他帶引他們進入他辦公室的時候，她注意到他的快捷步伐。對於某些人來說，花時間在健身房果然是值得的，她告訴自己，前提是有時間。

洛蒂回道：「波伊德警探已經分析了受害者的銀行來往明細。」

波伊德開口：「我們需要知道金錢來源。」

「什麼意思？」歐布雷恩的目光在兩人之間遊走。

波伊德開始解釋：「在過去這六個月當中，他們固定收到匯款，最高金額甚至有五千歐元。」

「每個人幾乎有三萬歐元，」洛蒂說道，「到底是誰給了他們這些錢？」

「不關你們的事。」歐布雷恩的語氣聽得出傲慢，更顯得刺耳。

「這一點由我做決定，」洛蒂回他，「這兩人被殺害，而且交付給他們兩人的這筆錢似乎是來自同一個帳號，你必須要告訴我是誰。」

「不行。」歐布雷恩在扭緊他的鑽石袖扣。

洛蒂拉高聲音，「不行？什麼意思？」

「不行，我不能告訴妳。」歐布雷恩弄直領帶，肩上的頭皮屑似乎越來越多，而且他的腋下還發出一股汗臭味。

「這兩個人死了，」洛蒂重捶桌面，「趕快告訴我們，不然——」

「探長，不然怎樣？」歐布雷恩臉上閃過一抹竊笑。

洛蒂站起來，「不然我就要去申請搜索票。」

「儘管去啊。」歐布雷恩把椅子往後推，也站了起來，他比洛蒂矮了約十五公分，也許還比她老了十到十五歲。

她發出警告：「歐布雷恩，給我聽好了，我們會回來的。」

「妳已經有了他們的銀行往來紀錄。根據法律，我是愛莫能助。」

「少跟我說教談法律。」

「相信我，我絕對沒這個意思。」

洛蒂朝歐布雷恩走過去，低頭看著他。

她咬牙切齒，「我開始覺得這座城鎮充滿了妨礙公務的小人。」

「我們就健身房見了。」歐布雷恩對波伊德揮揮手，刻意冷落洛蒂。

「再說吧。」波伊德轉身離開。

「滿身臭汗的小混蛋。」洛蒂罵完之後，也跟著波伊德離開了。

波伊德開口：「探長，注意一下措辭。」

「真不敢相信你跟他是健身房的朋友。」

「而且他還是拉格慕林十二歲以下的兒童曲棍球教練。」

「感謝老天，尚恩現在參加的是十六歲以下的那一組。」

波伊德哈哈大笑，「歐布雷恩沒那麼壞。」

「這一點我保留。」

洛蒂扭身，加速朝大街走去，硬是把波伊德丟在後頭。

36

下午天色逐漸昏暗，融雪來得急，去得也快，一陣冰寒濃霧逼臨，讓原本就陰沉的天氣增添了一抹鬱灰。

波伊德開始準備搜索票文件，洛蒂走到街尾商店，買了報紙與洋芋片。

粗粒子畫質照片裡的主角是她，搭配「戀童癖遇害？」的新聞標題。

莫洛尼的訪問被同業大量轉發，所以沒看到那場電視災難的人也全都知道了。

她一直不肯看，但波伊德還是向她詳述了讓她聲名大噪、但她一點都不想要的那五秒鐘。克禮根在連連罵聲中還一直強調這是公關災難，而波伊德也把這件事告訴了她。他們在詹姆斯・布朗家中只看到色情照片與手提電腦裡的圖像，完全都與戀童癖無關。所以，最可能的情節就是莫洛尼偷聽到某人的無聊臆測，又扭曲成自己想要的版本。她在心裡罵髒話，幹，這傢伙去死一死吧。

她需要突破瓶頸，能夠在克禮根面前示好求和的線索。但能拿出什麼呢？也許珍・多爾發現了線索，希望如此。

她向值勤警官拿了鑰匙，從警局停車場取車，駛入茫茫濃霧之中。

她到達死亡之家，珍．多爾開了電熱壺，讓熱水淹沒了甘菊茶茶包。

「趕快告訴我妳有了重大發現吧！」洛蒂歡喜接下熱茶，前來圖拉摩爾的四十公里車程讓她心情逐漸平緩，但是腦中思緒依然紛亂。

「我還沒有驗花園的那具屍體。不過，初步化驗顯示犯罪現場的纖維與詹姆斯．布朗頸部的那條繩子完全相符。」

「太好了，顯見這兩起謀殺案有關聯，還有呢？」

「死者戒指裡面刻有『Pax』字樣，拉丁文，意思是『和平』。」

「是婚戒嗎？」

「戴的手指不對，但也不能據此判定到底是或不是。」

「婚戒應該要有『愛』或是配偶的姓名。」洛蒂開始轉弄自己的金戒，內側刻有亞當的名字。他的戒指有她的名字，已經進了棺材。她之前完全沒想到應該要留下來，又是一個悔憾。

珍說道：「我從來沒結過婚，所以我怎麼會知道？」她露出若有所思的微笑。

「我根本沒有動過這個念頭，從來不曾遇過哪個人可以忍受我的可怕工作時間，更何況是我的工作性質。」

「他很可能就是我們的那位失蹤神父。」洛蒂把杯子放在桌上，拿出安傑洛提神父的照片，讓法醫看個清楚。

「相同的骨骼結構。」珍說完之後，帶洛蒂過去看屍體。兩人拿著面容年輕活潑的那張照片比對死者的浮腫臉龐。

「很可能是他。」洛蒂別開目光，不再望著屍體。

「我想妳應該是找到他了，」法醫說道，「但這只是我的個人意見。」

洛蒂回她：「神父的梳子已經送去了實驗室，DNA應該可以證實我們的推論。」

「需要花一點時間，但只要結果一出來，我就會立刻通知妳。」

「估計出死亡時間了嗎？」

「根據天氣資料與屍體的完整程度看來，我想是平安夜或是更早之前。絕對不是之後，因為那時候冰雪量十分豐盈。」

「後來才開始狂降大雪。」

洛蒂伸手摀住咕嚕咕嚕叫的肚子，「我得回去拉格慕林了，而且我得要吃點東西。」

「這是治療宿醉的唯一方法。」法醫開始啜飲自己的茶。

「我看起來真有那麼糟吧？」

「是啊，」珍哈哈大笑，「我也想要和妳一起用餐，可是我得開始解剖了，妳的克禮根警司著急得要命。」

「但我一直想躲他。」洛蒂說完之後，立刻離開了死亡之家。

她開回拉格慕林的時候，濃霧已散。在車頭燈的映照之下，可以看到草葉邊緣閃動著銀色霧光，氣溫又陡降至零度以下。

✦

她開啟免持聽筒，撥打康納主教的電話，

「我想我找到了你的失蹤神父。」

「感謝主，他還好嗎？」

「他死了。」洛蒂暗中祈禱自己一切好運，無傷大雅的謊言也許可以引發他的激烈反應。

「謀殺？妳在說什麼？」

「什麼……太可怕了。在哪裡……是怎麼死的？」

「你知道為什麼有人想要殺害安傑洛提神父嗎？」

「謀殺？妳在說什麼？」

「我在想，也許你可以給我一點提示。他來到愛爾蘭的真正原因是什麼？」

「探長，這消息令人十分震驚。妳暗示我對於事實有所保留，我並不欣賞這種態度。」

「我並沒有暗示的意思。」洛蒂聽到主教拉高音量，不禁自顧自微笑，那是驚慌嗎？

「我要向妳的警司檢舉妳這種態度。」

「反正也不只你一個。」洛蒂撂下這一句之後，隨即切斷通話。

✦

泰倫斯．康納主教閉上眼睛，聆聽電話斷線之後的嘟嘟聲，現在他得要處理棘手難題。

他睜眼，走到窗前，瞇眼凝望夜色。要是能打場高爾夫球就好了，但要等到草地恢復到足堪使用的狀態，也還得等上好幾個禮拜。打高爾夫球是他的逃避機制，在草地上漫步、擊球，沉浸在桿數與推桿平均數的世界裡。話說回來，反正他隨時可以開車到國家美術館欣賞透納的展品，他熱愛精緻藝術，也喜歡好酒與美食。他擁有昂貴品味，反正他有財力。

安傑洛提死了，屍體已經被尋獲。很好，難道不是嗎？打從他來到這裡的第一天開始，他就是個麻煩人物。康納主教知道羅馬當局打算要整肅他，但這位年輕神父「追尋自我」的煙霧彈不過是白忙一場。他不是傻瓜，看得出安傑洛提千里迢迢而來當然是有任務在身。

過去這幾天所發生的一切，讓他終於恍然大悟。與數目不斷縮減的教區基金與虐待賠償訴訟案件相比，安傑洛提之死更令人擔憂。如果不讓洛蒂．帕克多管閒事的話，那麼他一定可以全身而退。

他必須要找警司克禮根好好談一談。

37

洛蒂到家時剛過七點，廚房十分整潔。

尚恩晃了進來。

「媽，妳還好嗎？」他流露少見的溫柔，伸出雙臂迎接母親。

「只是有工作壓力而已。」洛蒂抱住了兒子。

他開始告狀，「克洛伊一整天都在耍賤。」

「不要理她，」她說道，「我得找她談一談。」

「妳還是會煮菜吧？就像以前那樣。」

「什麼意思？」

「嗯，就是正常的食物，爸爸還在世時的那種晚餐。」

洛蒂心口一緊，「怎麼會這麼說呢？」

「我喜歡那種晚餐，靠，其實我現在餓死了。」

「不准在家裡講髒話。」

「妳自己也會說啊。」尚恩往後退，離開了母親的懷抱。

「我知道，但我不該爆粗口，你也是。」

「對不起。」

「我也很抱歉。」

「我是說，我不該提起了爸爸。」

「啊，尚恩，講起你爸爸的時候，永遠不需要道歉，」洛蒂覺得眼角淚水好刺癢，「我們應該要常常聊他的事才對，」她壓抑哽咽，「有時候我很難受，就會讓我不想提起過往。」

「我知道，但我每天都會想到他。」

「這樣很好。」

「我好懷念爸爸。」

洛蒂兒子的眼眶盈滿淚水，她緊緊抱了他一下，親吻他的額頭，這次他沒有拒絕。她靠著他的頭，輕聲細語。「你長得跟他一樣。」

「是嗎？」

她整個人往後，雙手依然抓著他。「靠，根本是同一個模子印出來的。」

「妳看現在是誰在講髒話。」

他們兩人同時哈哈大笑。

「好，我來煮點東西。」早上太衝動，把母親煮的東西全扔了，現在她好後悔。

尚恩和她擊掌，「太好了！」

洛蒂又開始大笑，他就是有辦法把她治得服服貼貼，就像是亞當一樣。

「凱特在哪？」她問道，「她可以過來幫忙，因為克洛伊在發脾氣。」

「客廳，和她男朋友在一起。」

「男朋友？」

尚恩沒接腔就溜了，趕緊上樓進入他的PS世界。

洛蒂走向客廳，廳門緊閉。她專心聆聽，沒聲音。她打開了門，一片漆黑，立刻按下電燈開關。

凱特大吼，「尚恩！我警告過你了，出去！」

「凱特．帕克！」

「哦，媽，是妳呀！」凱特立刻掙脫了某個男孩的懷抱。

洛蒂聞出了空氣中瀰漫的那股刺鼻氣味。

「妳是不是在呼大麻？」

「媽，不要這麼死板啦。」

「在我家就是不可以。」

洛蒂不敢置信，自己的女兒到底在幹什麼？

「還有這位是誰？妳是不是該介紹一下？」她雙臂交叉胸前，力道之緊，連受傷的肋骨也開始發疼。

「這是傑森。」凱特趕緊把毛衣拉下來、蓋住牛仔褲。她在沙發上挺直身體，開始玩弄細瘦頸項附近的髮梢。男孩懶洋洋站起來，雙腿重心不穩，破爛牛仔褲的腰頭露出了凱文．克萊四角褲的標誌。他揚手打招呼，「嗨，帕克女士。」

他和凱特一樣高，及肩長髮，「超脫」樂團的黑色T恤緊貼肌肉發達的胸膛，單耳戴了木質耳釘，渾身散發出一股狂野氣息。

「凱特，進來廚房，我需要妳幫忙。」洛蒂直接離開客廳，不想聽到女兒抗議。她該怎麼處理？小心，她提醒自己，必須要十分小心。

凱特進了廚房，看得出嗑得很茫，腳步遲緩。

「我不要聽妳訓話。」

「妳也不是小孩子了，當然知道這種東西會對妳造成什麼影響。還有，這是違禁品，我可以逮捕妳。」

凱特咯咯笑個不停，瞳孔放大，目光呆滯。

「好，他到底是誰？」洛蒂開了水龍頭，把馬鈴薯丟入水槽。排水孔裡飄出伏特加的殘味，她開始削皮，動作暴怒。

「傑森。」

「我已經知道了名字，他姓什麼？」

「妳又不認識他。」

「他父母是誰？搞不好我認識。」

凱特忍著哈欠，「妳也不會認識啦。」

「妳從哪裡買到這些毒品？」洛蒂將馬鈴薯丟入鍋裡，濺起了水花。

「只是一丁點大麻罷了。」

洛蒂轉身。

「大麻就是毒品，它會讓妳的腦袋縮得跟豌豆一樣。最後會住進精神療養院，拿頭拚命撞牆。小姐，我現在就告訴妳，最好還是扔掉，而且是越快越好。」

「那不是我的，是傑森的大麻，我不能扔掉。」

「那就甩掉他這個人。」洛蒂知道自己講出這種話已經失去了理性。

「他是我朋友。」

凱特的髮絲垂蓋雙眼，她父親的眼眸。三個小孩都遺傳了他們父親的雙眼，關於亞當的種種回憶，夾纏了洛蒂一整天之久。

洛蒂回她：「我是擔心妳。」

「媽，不需要，我很好。我許多朋友都會呼麻，我又不是笨蛋。」

她注意到女兒的疲憊狀態，現在不是討論這話題的時候。不過，什麼時候才算是適當時機？這些大麻到底是從哪裡弄來的，她一定會搞清楚。

她從櫥櫃裡拿出三粒青椒，「好，把這些東西切一下。」

「妳打算煮什麼？」

洛蒂回她：「我不知道。」

✦

洛蒂還在煮東西，凱特已經準備要和傑森一起離開。

凱特說道：「我們已經吃過晚餐了。」

「妳要去哪裡？」

「外面！」

大門一甩，再也沒有任何溝通的餘地。洛蒂拿了空氣芳香劑對著客廳到處亂噴，掩蓋大麻氣味，心想自己過沒多久之後就管不住小孩了。有件事她倒是十分篤定，以後必須更緊盯凱特與她的朋友才是，一想到就讓她心煩。

她好想睡覺，但因為昨晚的事件，她一直不敢上床。她為自己倒了一杯水之後，癱在廚房的扶手椅上，盤腿而坐。她打開了自己的平板電腦，登入臉書，她已經好幾個禮拜沒有查看訊息。

「我靠……」一百一十四則通知，應該全部都是「聖誕快樂」與「新年快樂」的鬼話。她真正的朋友根本還不到十四個，更別說上百個了。有一封私訊，還有一個交友邀請的紅標，她先點開了交友邀請。

「這是……？」洛蒂傻眼，把杯子放在地上，長腿踢了幾下，站起來。蘇珊·蘇利文，沒有照片的名字。為什麼蘇珊·蘇利文會對她送出交友邀請？她瞄了一下送出日期，十二月十五日，難道是那名遇害的女子？

她不認識蘇珊·蘇利文，在發生謀殺案之前也沒聽過這個人的名字，但蘇珊卻與她母親見過面。蘿絲曾經提過她嗎？有這個可能。但為什麼這女子不直接到警局找她？

她按下交友邀請的確認鍵，查看那女子的帳號，並沒有關閉。

主頁什麼都沒有，就像是被害女子的生活寫照一樣。她是在十二月一日加入臉書，洛蒂再點進去，想知道蘇珊有哪些朋友。

沒有。

也沒有任何的更新，沒有按讚，也沒有分享。那她為什麼要創設帳號？洛蒂拿起水杯，慢慢喝水，現在真想要來一杯伏特加，也許趴在廚房水槽前面聞一聞也可以。

她點開自己的私人訊息，又是蘇珊．蘇利文，她開始閱讀來自死者的簡訊。

探長，妳不認識我，也不清楚我的事，但我記得曾在報上看過有關妳的新聞，我找過妳母親，現在我想要見妳一面，我有某些線報，想必妳一定會很有興趣，期盼聽到妳的回音。

就這樣。

洛蒂盯著iPAd數分鐘之久，然後，拿了手機，打電話給波伊德。

「蘇珊．蘇利文傳訊給我。」

「妳喝醉了嗎？」

「我清醒得很。」

「死人不會說話。」

「波伊德，相信我，千真萬確。」

「妳真的醉了。」

「反正過來就是了，馬上，我保證我沒喝酒。」

38

波伊德坐在洛蒂家的廚房，一手把泡麵送入嘴中，另一手則拿著她的iPad。

「奇怪，她怎麼沒有繼續聯絡妳？」他問道，「或者，也可以到警局找妳啊。」

「非常詭異，我很想知道她到底有什麼線報。」洛蒂湊到波伊德的肩頭，「泡麵味道好噁。」

「根本就是垃圾。」他推開空碗，開口問道：「妳媽媽有沒有提到蘇利文所說的線索？」

「沒有。」

「也許我們該查查看詹姆斯·布朗是否有臉書帳號。」

「我查過了，」洛蒂開始巡視自家廚房，「你知道臉書上有多少人叫做詹姆斯·布朗？」

「多到不行？」

「沒錯。」

她繼續說道：「你在上網，那就順便查一下其他人吧。」

「誰？安傑洛提神父？失蹤的那一個？」他輸入名字，還是一無所獲。

洛蒂坐到他身邊，一把抽出他手中的iPad。「你到底有沒有在查？」

「拜託，」他說道，「妳居然敢這樣對我！」

「我猜你一定是在追蹤你的美麗前妻潔姬和她男友。」

「他是罪犯。還有，就法律層次而言，她還是我的妻子。」

「既然你還沒有跟她離婚，那就表示你對她無法忘情。為什麼沒離？」

「她喜歡跑趴，我沒有，但我愛她，我的意思是以前愛過她，我想我不是潔姬想要的男人。」

「而她想要的是傑米．麥克葛雷格爾？全愛爾蘭的頭號大混蛋？現在他們在哪裡？」

「我最後聽說是太陽海岸。」

「所以你還是一直在追蹤她嘛。」洛蒂拍了拍他的手，他立刻甩開。

「我沒有。」

「波伊德，都過了這麼多年了，忘了她吧。」

「妳又來了。」

「好吧，」洛蒂說道，「我現在要查一下雪貂先生。」

「麥可．歐布雷恩？哦別鬧了，我認識他。」

「所以呢？」她挑眉，「他那雙賊眼簡直像是要脫了我衣服一樣。」

「但他看到的風景並沒有像我昨晚所欣賞的那麼美。」

「閉嘴啦。」她輸入歐布雷恩的名字，「找不到。」

「今天傍晚我有在健身房遇到他，這傢伙很會聊。你也知道，他看起來不像是愛健身的人，但其實他身材很壯。」

「你害我腦袋裡浮現猥褻畫面。」

「怎樣？」

「穿萊卡的歐布雷恩。」

「好嗯，」波伊德回她，「要不要試試看湯姆．里卡德？」

洛蒂立刻輸入，「這是菜市場名，得要花一個禮拜過濾才能找到我們要的那一個。」

「里卡德建設公司？」

「有，找到了。」她往下拉，「大部分都是廣告，這是他做生意的網頁。」

「按讚的有哪些人？」

「天，有好幾百個，看來一定是他底下的哪座鬼城在拍賣。」

她開始逐一搜尋使用者。

「我要殺了她。」

「殺誰？」

「凱特。」

「妳家的凱特？」

「對，就是我家的凱特，」洛蒂指著某張照片，「傑森．里卡德。」

「好醜的小孩，妳說是吧？」波伊德說道，「一定就是兒子兼財產繼承人。他跟凱特有什麼關係？」

「他是我寶貝女兒的男友！那個小兔崽子剛才還在我家客廳吸大麻。」

波伊德挑眉，「不會吧。」

洛蒂怒目以對，「我可沒有在開玩笑。」

「逮捕那個小屁孩啊。」

「他也沒那麼小，而且，他居然是我們其中一名鎖定對象的小孩。」她實在很難接受凱特正在和里卡德的兒子談戀愛。

「洛蒂，妳一直在小鎮裡打轉。久而久之，每個人都互相認識，而且也知道彼此的私事。」

她知道他說得沒錯，但她不希望女兒與他們的案子有任何瓜葛。「為什麼我們總是最後一個知道？」

「妳指的意思是為人父母還是人民保母？」

「都是。」

「妳累了，明天再說吧。」波伊德伸懶腰打哈欠。

「我不想睡，我現在腦袋還處於亢奮狀態。」她抬頭看著他，「還有，不准你講出什麼可以幫助我放盡氣力的那種話。」

「我們可以明天再深入研究一下。」

「反正我們之間是不可能了。」

「我要回家了，」波伊德說道，「還是妳希望我留下來？」

洛蒂回他：「你走吧。」

她沒有看他，她不要看到他眼中流露的痛。

他輕輕闔上了大門。

她開始回蘇珊・蘇利文的臉書私訊。

洛蒂問道：「妳想要告訴我什麼事？」

一九七五年一月二日

他在窗前眺望，走廊的空氣對他悄悄吐送寒意。

他看到那女孩下車，後面跟著某名高瘦女子，單手抱了一小包東西。女孩面容蒼白疲倦，當她抬頭望向白色窗框的時候，他趕緊低下頭來。她那雙眼睛，蒙上了一層憂鬱茫然的面紗，不禁讓他想起了某個他只見過一面、慘遭毒打而恐懼萬分的男孩。那女孩就這麼恍惚而行，彷彿被某種隱形力量硬推向前，有個男人坐在那輛黃色的福特跑天下裡面，引擎依然沒有熄火。

伊瑪庫拉塔修女趕忙衝下階梯。她接過那個以毯子包住的東西，站到女孩身旁、帶引她往前走。那名高個子女人——他猜應該是她的母親——沒有給女孩擁抱或是親吻，匆匆離開她的身邊，奔向汽車，立刻加速離去。

他站在那裡，聆聽風嘯，他以前覺得這很可怕，但後來才發現聖安琪拉之家裡面還有許多比狂風走廊更可怕的事物。他很好奇這個新女孩與她的那包東西，是嬰兒，他知道那是嬰孩，她的小孩。

他曾經多次目睹過這種場景，但是這女孩的迷茫雙眼卻讓他心情低落。某些人在這裡待的時間並不長，但並非人人如此，他就不是。他覺得自己一直在這裡。

他猜多年之前的自己就像是那坨東西一樣——隱藏在襁褓之中、見不得人的秘密。他母親是不是與這女孩有類似遭遇？他通常不願意放任自己想這些事，但是她的臉，充滿了恐懼不定的神色，深深觸動了他。這是他的家，他無從比較。

現在這也是她的家？她又有什麼故事？為什麼會出現在這？

特瑞莎修女經過他旁邊，開口斥責：「派翠克，不要坐在窗邊，快下來。我告訴你多少次了？這樣一定會著涼。」

十二歲的他立刻伸出雙腳站地，歡喜接受她的蒼老之手撫摸自己的頭，他喜歡她，但其他修女除外。自從上次那個神父過來之後，她們就變了，那個有黑色眼眸的神父。不，派翠克根本不喜歡他，而修女們也開始戒慎恐懼，是不是害怕？他走過通往石階的黑白相間馬賽克地板，心想別管那麼多了。伊瑪庫拉塔修女從育兒室出來，站到他面前。

「派翠克，晚餐時間到了。」黑色長頭巾下方的額頭鼓脹，他聳肩以對。

她走到他前面，自己先下樓，黑色裙襬飄動，他聞到樟腦丸的氣味，默默跟在後方。

要是他絆倒她、讓她直接滾摔到最下面會怎麼樣？這個問題浮現在他腦中也不是第一次了。

他自顧自微笑，開始洗手，準備吃晚餐。

第五天

二〇一五年一月三日

39

拉格慕林的居民十分警覺。又有人遇害的消息透過八卦網絡傳了出去，大家都在說有某個神父死了。洛蒂皺眉，就連在隆冬時節，這種傳播管道還是暢行無阻。

氣溫慢慢爬升，懸掛在排水管的覆雪冰柱，也開始慢條斯理垂落水滴，早晨瀰漫一片陰灰濃霧。洛蒂轉移目光，不再盯著案情偵查室的窗景，他們發動大規模搜索，依然找不到蘇珊·蘇利文的手機或筆電。

波伊德說道：「她可能都利用網咖。」

洛蒂回嗆他：「就我們的情報看來，她可能之前在火星上網。」

她覺得肚子好脹，上班途中買了麥當勞早餐大快朵頤，垃圾食物。每當對酒精的渴求快要越界，即將演變成某種不只是欲望的驅力，她就會亂吃東西。面對這些案件，就連是聖人也會去偷喝教堂祭壇的酒。洛蒂知道自己不是聖人，但還是在沒有喝酒，也不算睡飽的狀況下，熬過了漫漫長夜。

科技小組搜索了相關的臉書網頁，但一無所獲。這就像是在沒有衛星導航或是不諳當地語言的狀況下，在某座陌生城市裡開車前進，他們失去了方向。

她又瞄向窗外，看到下面聚集了約十來名穿著厚重外套的記者，手持攝影機與筆記本。她轉身，看著線索寥寥可數的白板，覺得兇手宛若隱形人，但他明明就藏身在某個地方。現在，她又看著波伊德。

「我們必須盡快拼湊出全貌，案情會在極短時間內變得相當棘手。」

他回道：「已經夠棘手的了。」

「我們必須突破瓶頸，不然我們兩個下半輩子就得一直處理懸案了，而且這將是最難破的懸案。」

波伊德回她：「有時候妳講話就像是埃及神祇一樣神秘。」

「埃及神祇？」洛蒂盯著白板上的列印圖案。

他開始解釋：「就像是象形文字，嗯，由符號組成的語言系統。」

洛蒂嘆氣。在目前這個階段，只要有任何蛛絲馬跡能夠指引他們正確方向，她一定會照單全收。她仔細端詳蘇珊．蘇利文與詹姆斯．布朗的刺青影本。

做完比較之後，她開口說道：「我在想，搞不好這些是古老符號。」

波伊德說道：「全都是被圓圈包圍的十字。」

「不對，那不是十字，」她回道，「可能與某種儀式或密教有關。我在想第三名受害人，其實是第一名受害人，會不會也有刺青？」

她撥打珍．多爾的私人專線，法醫立刻接起電話。

洛蒂問道：「期盼剛發現的死者也有刺青，應該算是過分的奢望吧？」

「我仔細看過了，完全沒有，」珍．多爾維持一貫的嚴肅語氣，「我馬上要進行解剖，等到我完成之後，會把初步報告寄過去。」

「DNA分析結果如何？」洛蒂繼續問道，「我必須確認他就是安傑洛提神父。」

「我告訴過妳了，DNA比對需要好幾個禮拜的時間，千萬不要抱任何希望，妳還是想辦法找人來認屍吧。」

又是一條死路。她希望死者就是他，她已經告訴主教，這就是那名失蹤神父，萬一不是的話，她就慘了。

她又盯著刺青。也許喬神父知道裡面藏了什麼玄機。向某個嫌疑人求援，這種行為的確離經叛道，但誰管那麼多，反正她只是要多挖出一點線索。

✦

她按了第二次電鈴，那個駝背的嬌小修女終於來應門。

「我想要找喬神父，麻煩您了。」洛蒂發現自己必須彎著腰才能面對修女的臉龐。

「我耳朵又沒有聾，」修女說道，「還有，大家都叫他博克神父。」

洛蒂腦中已經浮現這位修女在她年少氣盛之時，把嚇壞的全班小朋友修理得半死的畫面。

修女依然不肯打開門。

「抱歉，我應該稱呼他為博克神父才是，」洛蒂問道，「他在嗎？」

「已經不在了。」那位蒙紗修女已經準備要關門。

洛蒂立刻把腳塞入空隙，希望自己的腳骨千萬別被夾碎。

「妳說已經不在是什麼意思？我昨天才和他講過話。」

修女態度冷傲，「他不在，已經離開了。」

「我可以找誰詢問他離開的原因嗎？」恐懼開始在洛蒂心中慢慢湧現，雖然她認為喬神父沒有問題，但他依然是他們鎖定的辦案對象之一。

「我沒辦法幫妳，妳必須找康納主教。」

洛蒂趕緊往後跳開，因為木門已經砰一聲撞上門柱，對方扣上門閂。她迎向刺骨寒風，走入步道，離開了那個乾癟老女人。

她心想，要是波伊德知道這狀況，一定是樂不可支，他會這麼說：腳底抹油溜了。洛蒂的直覺告訴她，波伊德開心的原因不止如此而已。她試打了喬神父的手機，關機，她得要盡快找到他。

她對著冰冷雙手猛呵氣，好想抽菸，她不禁想到凱特呼麻的情景。她必須做點有建設性的事，比方說，好好解決一下女兒的問題。

40

這四個男人坐在長桌前，捧著咖啡杯。每個人都面容焦慮，懷疑彼此，既心煩又害怕。先開口的是湯姆．里卡德，「怎樣？」

「我們不能這樣聚在一起開會，很可能會被別人看到。」講話的是麥可．歐布雷恩，他緊張兮兮，撥掉肩上的頭皮屑。「還有，我必須趕回銀行，不然等一下就有人開始找我了。」

「現在已經相當接近關鍵的截止日期，我們得要對自己的行動有充足把握，」傑瑞．鄧恩繼續說道，「否則舉行郡治廳會議的時候就難以為繼了。」

「你得保證一定會核准這起計畫案，」里卡德伸出食指對著鄧恩，「這個開發案不能停，不然我就破產了。」

鄧恩挺直上半身，撫平完美細紋長褲的皺痕。「我知道它對我們大家來說都十分重要。」

里卡德仔細觀察這些人，這已經不是他第一次感到納悶，怎麼會讓自己捲入這樣的交易？傑瑞．鄧恩是郡治長，開發案的命運掌握在他手中。歐布雷恩操盤銀行之間的資金往來，而康納主教將在銷售結束之後靠這起開發案分得一杯羹。

「今天早上，我聽到了謠言，突然冒出了神父屍體，這是怎麼一回事？還正好在詹姆斯住家的後院。」里卡德的下巴對主教點了一下，「你有相關消息嗎？」

康納主教回他：「這不需要我們操心。」

「站在為大家著想的角度，我希望真的沒事，」里卡德說道，「已經發生了兩起命案，現在又加上這檔子事。」

歐布雷恩開口：「一切越快結束越好。」

「我們得靠你緊盯金流。」里卡德說完之後，發現對方的手在顫抖。

歐布雷恩拿起自己的杯子，急忙喝水，開始嗆咳，他開口說道：「我需要水。」

「我需要再去度假。」鄧恩說完之後，不小心打翻了咖啡。

黑色液體蔓延桌面，康納主教開口：「你們都需要冷靜一下。」

✦

洛蒂把車停在那棟紅磚材質的多窗豪宅外頭，熄火。

每當她想要釐清一切的時候，女兒與哈草男友的畫面就會打斷她的思路。她不希望因為這件事痛苦一整天，也不想處理喬神父匆匆離開拉格慕林的事，還不如找里卡德夫婦好好懇談，討論他們兒子的非法嗜好以及毒品來源。

她下車，立刻按下裝飾華美的電鈴，以免等一下就改變心意。鈴響在屋內發出回聲，她注意到霧濛濛的夕陽已經斜落屋角，宛若巨傘的高聳樹木圍住宅邸。冰床上已經冒出了第一批的雪花蓮，不斷與天氣奮戰，看來雪地之下有一大片草地，等到春天到臨之際，某人可有得忙了，洛蒂心想，八成不是那個遊手好閒的兒子。

門後傳來輕緩腳步聲，傑森．里卡德開了門。

「哦！帕克女士！」他嚇了一跳往後退，光著腳丫子站在大理石磁磚玄關，衣服跟昨天一樣。

「你爸媽在家嗎？」她盯著他脖子上那條蜿蜒的黑線。

他往前，靠在門框，雙手交疊在精瘦胸膛前面。「不在。」

「真的嗎？那外頭的那些車是誰的？」

「都是我們家的。」

洛蒂不禁脫口而出：「天，你們家到底有幾輛車？」她看到有四輛汽車與一輛四輪摩托車，整齊停放在三座車庫的前面。

「四輪摩托車與寶馬是我的，另外兩輛是我父母的車。」男孩守住自家門口，流露出一抹年輕人的傲色。

寶馬？她剛才還覺得這傢伙是廢渣。探長，妳看錯人了。

「你剛才明明說你父母不在家。」

「他們有別的車。」

洛蒂緊盯著他不放。

「傑森，你幾歲？」

「十九歲。」

「要是你繼續和我女兒在一起，千萬不要因為非法持有而被我逮個正著。」

「非法持有妳女兒嗎？」

「臭小子，你給我聽好了，我不喜歡你，我也不知道凱特是看上你哪一點，不過，我今天來訪，等於是一次警告，下一次我就會帶搜索票。」

「凱特不是小孩，她知道自己想要做什麼。」他已經準備關門。

「你又知道自己在做什麼了嗎？我是很懷疑，」洛蒂說道，「我會再過來找你父母。」

大門關上了。

洛蒂大步離開，怒氣沖沖。光是一個早上就上演兩次——被別人甩門。她的問案技巧是不是退化了？還有那些車，應該要查個清楚，她立刻拿起手機拍了好幾張照片。

誰知道那個小混蛋是不是在說謊，必須以防萬一。

✦

傑森慢慢從玄關晃到位於後頭的廚房，倒了一杯水，望著窗外。

除了他父親的白色奧迪之外，還有一輛深藍色的寶馬與兩輛黑色賓士停在院子。他爸爸告訴他，這些訪客不想被打擾，他也順利達成任務。

他真希望自己可以有輛新車，也盼望凱特的媽媽不要這麼賤就好了。

他轉身，他爸爸的某位朋友站在門口。

「我在找東西清除污漬，」那男人說道，「還要一壺水。」

「這應該就可以了。」傑森給了他一條茶巾，他發誓那男人真的刻意碰他的手，而且停留的時間還拖延了一兩秒之久。他抽回手之後，趕忙在牛仔褲上面抹了好幾下。他打開櫥櫃找到水壺，裝滿了水。那男人接過去，嘴角慢慢露出微笑，目光閃動，從頭到腳打量傑森的胴體。

「你已經長大了，現在是個小帥哥。」說完這句話之後，對方走出去，關上廚房的門。

傑森站在原地不動，似乎剛剛被人亂摸全身，還捏了他的胸口。

他突然覺得自己彷彿一絲不掛。

✦

那男人步出廚房之後，深呼吸，把那條茶巾揉成一團，拚命想要讓握住水壺的那隻手停止顫抖。他閉上雙眼，回想那男孩的精瘦身軀。他依然聞得到男孩的青春氣息，一股軟香，真是美好。

他已經多年沒有這種感覺了，所以，為什麼在過去這幾個月當中又開始浮現？他心想，一定是與這項計畫的壓力有關。或者，是因為聖安琪拉之家的往事再次衝擊心頭？他一直以為自己早已脫胎換骨，再也不是昔時的那個男孩，如今已到了心如止水的境界。但現在它卻每天陰魂不散，天天都是如此。壓抑許久的情緒爆發，他忍不住顫抖，水壺裡的水潑濺出來。他忘了手裡還有這東西，在剛才那一瞬間，他忘了自己置身何處，自己到底是誰。

他深呼吸，拍了拍褲子上的水漬，再次回到會議現場，男孩的模樣已經深深烙印在他的心中。

41

碧亞・威爾許待在自己的郡治廳辦公室裡，仔細檢查蘇珊・蘇利文的檔案。開發計畫審案時間緊迫，要是申請案沒有在八週期限內定案的話，就等於是自動核可。她非常清楚這套流程，開始檢查資料庫，以電腦名單比對她桌上的檔案，

電腦螢幕顯示應該會有十份檔案，但她只有九個。

她仔細檢查詹姆斯・布朗的清單，也許混在裡面了。但她工作一直很稱職，不會犯錯。即便這兩起謀殺案給她帶來了巨大傷痛，她依然以專業態度執行公務。

那個檔案就是不見了。

她又查看螢幕，一月六日必須做出決定。其實，她知道這份檔案可能剛好卡在某些單位，但資料庫顯示審核項目都已經打了勾，這就表示那份申請案已經有了必備的一切報告書，全都是由工程師與規劃師完成撰寫與簽署。然後，她想起最後一次是在哪裡看到它。蘇珊・蘇利文與詹姆斯・布朗在他的辦公室裡發生激烈爭吵，檔案就放在兩人中間的桌面，也就是蘇利文小姐開始休聖誕假期的前一天。

碧亞拿下老花眼鏡，搓揉雙眼。

自此之後，她就再也沒有看過那個檔案。

✦

洛蒂將手機連接桌上型電腦，開始下載里卡德豪宅停放的那些汽車的照片。

她在警方全國資料庫逐一輸入車牌號碼。

全都是里卡德一家人的車，一堆有錢人渣。波伊德在她背後盯著螢幕。

「妳想要查什麼？」

「我不知道，應該可以找出什麼吧。」她真希望電腦可以為她變出某條線索。

然後，她把喬神父失蹤的事告訴了她。

波伊德說道：「腳底抹油溜了。」

洛蒂嘆氣，波伊德的個性真好猜，她手機響了。

「探長，我有事情要告訴妳。」碧亞．威爾許的聲音在發抖。

接到蘇珊．蘇利文秘書的來電，讓洛蒂嚇了一大跳。

「好啊，我去妳的辦公室？」

「不要過來這裡。卡佛提酒吧？下班後見，這樣安排可以嗎？」

「沒問題。」

「我五點鐘會到。」碧亞簡明扼要，結束了電話。

洛蒂詢問波伊德：「會是什麼事？」

他只是悶哼兩聲。

她又盯著湯姆・里卡德的那些座車照片，開始伸手挖弄T恤邊緣出現的小洞。

林區在門口探頭進來，「德瑞克・哈特在樓下，妳想要再親自問案嗎？」

洛蒂回道：「當然。」

42

洛蒂宣讀完錄音存證的例行告知事項之後，開始問道：「詹姆斯有抽菸嗎？」瑪莉亞．林區一本正經坐在旁邊，已經準備好了筆記本，詹姆斯．布朗的男友德瑞克．哈特則挺直上半身，坐在洛蒂的正對面。

「沒有，但我有抽，」哈特說道，「萬寶路淡菸。我一直想要戒菸，但現在絕對是沒辦法。」

「你可否提供我們DNA樣本？」

「為什麼？」

「你就可以從我們的調查清單中除名，標準程序。」洛蒂希望他的樣本符合花園屍體旁的那兩根菸屁股。

哈特點點頭，彷彿自己也別無選擇。「我想是沒問題。」

「你先前曾經告訴我，你和詹姆斯平安夜的時候並沒有待在他家，是真的嗎？」

「當然，那晚的雪勢宛若雪崩，根本沒有人能夠出門。妳是在暗示什麼嗎？」

「你覺得詹姆斯是否可能與別人交往？」

哈特大笑，「這是不是與你們發現的那具屍體有關？」

洛蒂說道：「是我在問你問題。」

哈特聳肩，「探長，沒有，詹姆斯並沒有與其他人交往，我們兩個早就已經認定了彼此。還有，我知道妳要問什麼，我先說了。我根本不知道那裡怎麼會有屍體。」

「有沒有聽他提起過安傑洛提神父？」

「沒有。」他回答得很快。

洛蒂說道：「你似乎十分有把握。」

「要是我聽過那樣的姓氏，我一定會記得。」哈特往後一靠，倚在堅硬的椅背上面，他的態度已經惹惱了洛蒂。

她又問道：「為什麼會有神父在他家？」

「我不知道。」

「詹姆斯有沒有提過哪一個案子可能與神父有關？」洛蒂盡量保持客氣，但知道自己這樣問下去也是徒勞無功。

「沒有。」

「有沒有哪個案子與蘇珊．蘇利文有關？」

「沒有，但我要是想起了什麼線索，我一定會讓妳知道。」他以後膝頂開椅子，站了起來。「探長，就這些問題嗎？」

「林區警探會安排你做DNA採樣，等到完成之後，你就可以離開了。」

他走了出去，她知道他不肯透露所有實情。但他願意給DNA樣本，所以他到底在隱瞞什麼？

✦

她把咖啡杯放在波伊德的電腦旁邊。

他開口問道：「這是幹嘛？」

「你也該喝杯咖啡了吧。」

洛蒂走到自己的辦公桌前，開始鍵入哈特的問案紀錄。今天只要遇到空檔，她就會重新推敲謀殺案線索，但至於動機或兇手卻依然完全沒有頭緒。

波伊德拿起馬克杯，抹去底下的那一圈水漬，拿了一張便條紙當襯墊，再把杯子放回去。

「這個名叫德瑞克·哈特的傢伙狀甚誠懇……」她利用筆尾在攪拌自己的咖啡。

「不過？」

「我覺得那是假象。」

波伊德回道：「他的男友死了，我們在他戀人的花園裡發現某名失蹤神父的屍體，光是這些就值得我們好好關注。」

「要是還沒查他的背景資料，那就趕快動手吧。為什麼我們沒有在他第一次來的時候要求DNA樣本？」

「當時不需要，」林區回道，「因為我們認定布朗是自殺。」

「我確定這是布置為自殺的謀殺案，」洛蒂說道，「我們現在絕對不能錯失任何線索。」

✦

克爾比抱著一疊報紙，慢慢晃進來。

洛蒂問道：「有沒有什麼好消息？」

「根據媒體的說法，我們現在成了壞人，」他說道，「做得不夠，反應不夠迅速，辦案陷入膠著，沒有頭緒，殺人兇手逍遙法外。」

她又問道：「布朗花園的那兩根菸屁股DNA結果出來了嗎？」

「還沒有，」克爾比迅速翻閱文件，「妳也知道那需要——」

「好幾個禮拜，對，我知道。」洛蒂雙手一攤，「曾經有人站在那裡，足足抽了兩根菸之久，是在觀看還是在等待？」

克爾比回道：「可能是詹姆斯．布朗。」

洛蒂說道：「但他並沒有在那裡，因為他被大雪困在六十公里之外的阿斯隆。」

波伊德回她：「前提是德瑞克．哈特沒說謊。」

洛蒂詢問克爾比：「還有其他消息嗎？」

他把報紙放到地上，開始看螢幕。

「這是你早就知道的事，蘇珊．蘇利文的母親，史坦斯太太，兩年前死在都柏林。而她先生也在前一年過世，就目前我們得到的資料看來，是沒有其他親戚了。」

洛蒂嘆氣，「父親死了，母親死了，然後蘇珊搬回到拉格慕林，也死了，我們的線索全斷了。」

他們真能突破瓶頸嗎？她檢查電郵，珍．多爾的安傑洛提神父驗屍報告出爐了。

洛蒂對著電腦螢幕大吼：「珍，我愛妳！」

波伊德開口：「我就知道。」

「你給我閉嘴。」

「所以妳到底為何這麼興奮？」

「珍幫了大忙。她的前男友在鑑識小組實驗室，立刻幫我們做屍體的DNA採樣，」洛蒂繼續閱讀螢幕上的資訊，「與我在安傑洛提神父梳子上找到的毛髮相符。」

波伊德說道：「我們找到了這位失蹤神父。」

「妳確定那是他的梳子嗎？」克爾比連頭都沒抬，沾有菸草污漬的十指在猛敲鍵盤。最近謠傳他的演員女友逃回都柏林，趕忙搭乘夜班列車離開了拉格慕林，害克爾比一直以菸酒澆愁。

「克爾比，」洛蒂問道，「你到底在幹什麼？」

「沒有。」

「我想也是。」

克爾比終於從電腦螢幕前抬頭，「鑑識部門沒辦法處理碎爛的手機。」

洛蒂回道：「不意外。」

她開始在想德瑞克．哈特這傢伙。她已經問訊了兩次，但老是覺得她遺漏了什麼，他會不會是兇手？

「終於有了好消息，」林區突然插嘴，「我們拿到了搜索票，可以進入被害人的帳戶資料。」

「我們有他們的帳戶了，」洛蒂說道，「不過，就讓我們看看是否能夠引蛇出洞。」

✦

洛蒂對波伊德低聲說道：「果然鑽石恆久遠哪。」

歐布雷恩在電腦前叫出帳戶資料，鑽石袖扣閃閃發亮。

波伊德以手掩嘴，「而且是女孩的最好朋友。」

這位銀行經理交出了列印資料。

洛蒂問道：「這是什麼？」而且立刻抖掉上面沾到的頭皮屑。

這頁文件包含了一組數字與多筆款項，與他們在布朗和蘇利文的銀行來往紀錄中看到的資料一模一樣。

「這是帳號，」他說道，「在澤西島的某間銀行所開的戶頭。我們必須遵守嚴格的保密法規，所以沒有姓名，抱歉。」

「啊，拜託，麥可，」波伊德說道，「你必須要給我們更多線索。」

歐布雷恩搖頭，「我愛莫能助，你們可以自己去那間澤西島的銀行問問看。不過，你們自己也很清楚，根據他們的銀行法，你們根本不可能取得任何資料。」

洛蒂起身，氣得寒毛直豎，又是一條斷掉的線索。她怒氣沖沖，低頭盯著這位銀行經理，發現他的耳朵有一道細小缺口。

「歐布雷恩，你知道嗎？鑽石外表光芒萬丈，但裡面其實只是黑炭。所以你是哪一邊？」

「我不知道妳在說什麼。」歐布雷恩渾身不自在，不斷搓揉耳朵。「我想兩位應該要離開了。」他起身送客，走動的時候，頭皮屑不斷飄落肩頭。

「我們走吧。」波伊德把洛蒂推出去，自己也隨後離開。

✦

到了外頭之後，波伊德開口：「妳為什麼老是要惹惱每一個人？」

洛蒂回他：「當警察就是這樣。」

波伊德說道：「我看是妳天生這樣。」

「澤西島，居然在那種地方。」洛蒂準備要與他分道揚鑣，「我要去卡佛提酒吧。」

「現在開喝有點太早了一點，」波伊德看了一下自己的手機時間，「我可以跟嗎？」

但洛蒂早就已經轉過街角、走入高爾街，留下波伊德一個人目送她的背影。

43

「抱歉，我來遲了。」洛蒂看了一下手錶，五點四十五分，她心想不算太晚。

碧亞開口：「謝謝妳願意見我。」

洛蒂坐下來，「不客氣。」

碧亞周邊瀰漫著丁香與威士忌的氣味。酒吧燈光昏暗，就洛蒂視線所及，也只有另外三名客人坐在吧檯區，酒保達倫．喜格爾提為洛蒂送上咖啡。

他開口問道：「抓到兇手沒？」

「正在努力。」洛蒂說完之後，面向碧亞。達倫擦了一下桌子，又回到他的孤單酒吧後頭站崗。

碧亞開始低泣。

洛蒂問道：「妳還好嗎？」

「只是難過罷了，」碧亞抹了一下雙眼，「大約在一個月前，我走入女廁，蘇利文小姐也在裡面，正在掉淚。她發現我的時候，看起來一臉尷尬。我問她是否有需要幫忙的地方，她說現在已經無藥可救了，一切失控，她是這麼告訴我的，一切失控。」碧亞閉上了雙眼。

「妳知道她說這句話是什麼意思嗎？」

「我有問，但她只是擦了擦眼角，叫我就直接忘了吧，」碧亞優雅啜飲自己的酒，丁香的氣味朝洛蒂飄散而來。「蘇利文小姐工作壓力超大。」

「有沒有什麼應該讓我知道的特殊工作內容？」

碧亞遲疑了一會兒，本想要張嘴說些什麼，最後還是緊閉不語。

洛蒂繼續進逼，「怎樣？」

「沒有。」

「確定嗎？我覺得妳剛才似乎是要補充些什麼。」

「探長，沒有，我沒那個意思。」

洛蒂決定算了，至少現在先放她一馬。

「蘇珊有沒有筆記型電腦？」

「沒有，她說她不需要。」

「她有沒有智慧型手機？可以上網的那一種？」洛蒂很納悶自己怎麼沒有在第一天就丟出這問題。

「有，我記得是iPhone。」

洛蒂懷抱一絲期望，「妳知道在哪嗎？」

「抱歉，不知道。」

洛蒂好頹喪，蘇珊的手機依然不知去向。不過，他們一定可以從業者那裡取得通聯紀錄，她在心中默記：一定要繼續追蹤。

「我在她的電腦檔案裡看到有關『鬼城』的文件，她是不是負責這些業務？」

碧亞又喝了一口酒，威士忌的熱溫讓她雙頰泛紅。

「與那些事務最相關的還是布朗先生。建商沒有建完這些房子是一種犯罪行為。我們這些工作人員想辦法要讓他們完工，而不是讓他們蓋到一半、空置不理。」

洛蒂喜歡這女子：雖然貌似害羞，但說起話來頭頭是道。

碧亞繼續說道：「探長，更可惡的是這些建商留下那些殯儀館似的建案一走了之，但居然還敢重施故技。」

「是誰該負責？」洛蒂真希望自己當初認真一點追新聞就好了。

「沒有人想要負責。有人說一開始就不該核發更新建案的執照，我認為這種現象就是貪婪。」

洛蒂沉思了一會兒，「妳覺得拉格慕林的都更案是否牽涉了什麼不法行為？」

碧亞陷入猶豫，彷彿在評估該如何回答。「自從蘇利文小姐與布朗先生出事之後，我就不確定了。但在此之前，我會說一切公開透明，現在呢？我很懷疑。」她的聲音越來越小，宛若避冬的椋鳥。

「可否讓我知道到底是什麼類型的檔案？我們線索有限，就算妳覺得再怎麼微不足道的消息，也可能幫得上忙。我的意思並不是他們的死與工作有關，但目前我們也只能朝這個方向偵辦。」

終於，這位如鳥兒般嬌小的女子開了口。

「這就是我要找你的原因。我不知道該怎麼辦。我的工作內容必須保密，但遇到現在這種狀況，我覺得我有責任要告訴妳。」她停頓了一會兒，淚眼婆娑，繼續說道：「有個檔案不見了。

蘇利文小姐曾經處理過那個檔案，布朗先生也是。根據資料庫顯示是在處理中，等待簽署，在這幾天就必須做出決定。問題是，我到處都找不到那個檔案。」這位嬌小的女子往後一靠，已經是虛脫狀態。

洛蒂問道：「是不是有爭議的檔案？」

「我想應該是這樣沒錯。但我的工作是檢查資料庫，確定報告能夠如期交出，如若不然，就應該找相關人士追檔案。我負責追蹤，但我不會閱讀檔案內容。不過，我聽說那個標的是以超便宜的價格賣出，現在就等著幾個月前提出的某項爭議開發案核准通過。」

「是什麼檔案？」

「我覺得我不能說，現在我覺得自己做了蠢事。」

洛蒂從包包裡取出了筆和筆記本，推到碧亞前面。「可否把細節寫下來給我？」碧亞又陷入猶豫。

「拜託。」

「很可能根本沒什麼。」碧亞開始動筆。

洛蒂心想，一定有什麼，不然碧亞．威爾許也不會拚命想要告訴她這件事。

她看了那些字。終於，值得追查的線索出現了。

她抬頭望著碧亞，丟出無聲的問號。

對方點點頭，表示無誤。

那棟標的物——聖安琪拉之家。開發商——湯姆．里卡德。

44

波伊德開口：「妳看起來洋洋得意。」

洛蒂坐在電腦前，開心大笑。

「布朗與蘇利文處理聖安琪拉之家的開發申請案，給你猜是誰送件？」

「不會是湯姆．里卡德吧？」

「正是湯姆．里卡德。」洛蒂迅速登入自己的電腦。

「所以這些謀殺案很可能牽扯的是現在的問題，而不是過往。」

「我還不確定，」她繼續說道，「克爾比，當你檢查郡治廳規劃檔案的時候，有沒有查到任何與聖安琪拉之家有關的資料？」她望著克爾比的辦公桌，忍不住翻白眼，真的亂到不行。

他趕緊把快樂兒童餐的餐盒塞到腳邊，露出充滿罪惡感的歪嘴笑容。

「我還沒時間，」他迅速補了一句，「我應該要找什麼？」

「如果我知道，還要叫你查嗎？」

「給我一點線索吧？」

「你自己是警探，開始研究啊。」

克爾比開始低聲咒罵他認識的每一個女人。

「好啦，」洛蒂大發慈悲，「找出湯姆．里卡德牽涉聖安琪拉之家的所有資料。」

她又花了兩個小時檢查目前已知的資料，還是一無所獲。但這並沒有澆熄她的鬥志，她覺得自己已經逐漸逼近這起案件的核心地帶。

她以Google搜尋聖安琪拉之家，去年二月《內陸探勘者》雜誌的某張照片吸引了她的注意力，泰倫斯．康納主教把鑰匙交給了里卡德建設公司的湯姆．里卡德，圖說顯示只要計畫一審核通過，這裡就會開發為飯店與高爾夫球場。

她立刻跳起來，找尋波伊德，發現他在茶水間裡面，正忙著在煮水。

她問道：「想不想開車去晃一晃？」

「去哪裡？」

「你問題太多了，出發吧。」

✦

白日漫長，現在一輪弦月在空中閃動微光。波伊德開車，洛蒂疲倦至極，指揮他駛入通往城外的那條舊路。

波伊德說道：「你不會叫我在這種黑漆漆的時候去墓園吧。」

「膽小鬼，這裡左轉。」

他轉入一條狹窄的林蔭小路，停在聖安琪拉之家的入口。

波伊德關掉引擎，「好嚇人的地方。」

洛蒂下車，入口大門敞開，但她想要走路。街燈的淡黃霓光提供了微弱光源。在月光映照下，這棟矗立於蜿蜒林蔭小道盡頭兩百公尺之外，四層樓高的建築，成了幽暗剪影。洛蒂抬頭，整個背脊有股涼意在顫抖。她先前曾經多次在遠處看過這棟建物，從墓地望過來，一清二楚。

但現在她卻無法平息這裡帶給她的不安感，她為了要鎮定心緒，開始數算窗戶，最高樓層共有十六扇窗戶。

波伊德站在她身邊。

「我們為什麼要在深夜跑來這裡緊盯著這棟房子？」

「現在我們知道聖安琪拉之家是湯姆．里卡德某項開發計畫案的重點……」洛蒂躲在波伊德後面，不想與那正在與上方樹梢纏鬥的狂風正面對決。

「所以呢？」

「詹姆斯．布朗在遇害那天傍晚打電話給湯姆．里卡德，而里卡德還沒有給我們可靠的不在場證明。」她停頓了一會兒，思索里卡德到底能從兇案中拿到什麼好處。「根據碧亞．威爾許的話，布朗與蘇利文都曾經處理過這份疑似失蹤的檔案。里卡德從康納主教那裡買下了聖安琪拉之家，現在這位主教底下有神父遇害。而小蘇珊，當時名叫莎莉，當初帶著自己的新生兒，被父母丟棄在這裡，就是這間安置機構。」

波伊德沒吭氣。

洛蒂問道：「怎樣？」

他把雙手插入外套口袋，「我不喜歡湯姆．里卡德那傢伙。」

「就給我這句話？」

「這種時候，沒錯。還有，我快冷死了，瘋女人，快過來。」說完之後，他直接朝停車處走過去。

她往前走了好幾步，一陣冷風在周邊呼嘯，讓她的背脊又起了一陣顫抖。她想要擺脫那股冷意，還有昔時黑暗記憶造成的不安。她全身顫抖，跟在波伊德後面。

「怎麼了？」波伊德回頭看著她。

「沒事，你趕快去熱車。」

波伊德上了車，發動引擎，她又再次抬頭凝望那棟建築。她定睛細望，不知聖安琪拉之家是否真的與兩起、或是三起謀殺案有關。她發現屋頂中央有個凹室，放置水泥雕像的圓形結構，她瞇眼，但是夜色太昏暗，實在看不清楚。她會找個白天再過來一趟。她慢慢走向車邊，將聖安琪拉之家藏於黑暗之中的那些幽魂拋諸腦後。

「明天我們一起把湯姆．里卡德給揪出來，」她坐在波伊德旁邊，「還有，暖氣的溫度給我調高一點。」

45

波伊德把車停在警局外頭，沒有熄火。「要不要吃點東西？」

洛蒂回他：「不用了，謝謝。」

「拜託。已經超過晚上九點了。我都忘了自己吃上一餐是什麼時候了，我想吃印度菜。」他迴轉，駛向主街，市區一片空荒。

「天，波伊德，你居然這樣，萬一被克禮根發現怎麼辦？」

「絕對不可能被他逮到。」

「為什麼不可能？」

「他在公園飯店參加某場慈善晚宴，高爾夫舞會。」

「你在開玩笑吧？」

「沒在鬧妳。」

「他還真敢。」

「為什麼這麼說？」

「我們正在調查三起重大命案，他居然跑出去參加那種虛華活動，媒體一定會見獵心喜。」

波伊德把車停在薩甲爾印度餐廳外頭的雙黃線，此時開始落雪了。

洛蒂不想進去，「我應該要回家幫小孩煮菜，或者至少買外帶回家。」

「他們又不是小貓咪，當然可以自己填飽肚子，截至目前為止，他們也沒餓死吧。」

她覺得這話很有道理。兩人下車，走向通往二樓餐廳的樓梯。

這裡的客人只有他們而已。柔和的音樂是擾動這片靜謐的唯一聲響，昏暗的壁光讓鮮紅裝潢顯得沉寂失色。對於某些人來說，這可能很浪漫，但洛蒂卻聯想到萬聖節的應景風格。

她挑了靠窗的位置，能夠俯瞰下方的街道，而且可以迴避波伊德的目光。她發呆凝望雪花飄落窗框，慢慢融化，盯了好一會兒。

「我要去洗手間，」她站起來，「你可以幫我點餐。」

她尿完，洗手，匆匆拿出凱特的口紅，嘟嘴抹了兩下。凱特，處理她的大麻來源依然在她的必辦事項，而清單在今天變得越來越長。她檢查了一下自己的T恤是否夠乾淨，等一下勢必得脫外套。

她再次入座，波伊德開口：「我點好了。」

「對不起。」

「幹嘛要道歉？」

「你也知道，那天晚上我喝醉了打電話給你。」

他忙著看酒單，「我沒放在心上。」

洛蒂說道：「我知道你不會，但這就是問題之所在……」

「對我來說不成問題，」波伊德說道，「不過……」

「不過怎樣？」

「如果妳是在清醒時半夜打電話找我，我會比較開心。」

服務生帶了一瓶氣泡酒過來，倒入兩人的杯內。

「你點酒就好，」洛蒂說道，「我等下開車送你回去。」

「確定嗎？」

「如果我想喝，我當然不會這麼說。」

波伊德向服務生點了一瓶餐廳招牌紅酒。

洛蒂對他說道：「看來你不想獨飲。」兩人又陷入沉默，目光都投向窗外。

她不再盯著外頭的景色，開始仔細端詳他，他正專注凝望下方的車流。她必須承認他有一種怪怪的帥。稜線分明的下巴讓他的棕色雙眼更顯突出，迎光時盈盈發亮。她頗想知道馬克・波伊德為什麼看起來這麼有魅力，但也擔心自己要是與他太親近的話，最後發現的可能是自己內心世界的真相。

前菜送上來了。

波伊德說道：「希望味道不要太刺激。」

洛蒂嗅聞香氣，「我的生活多點刺激無妨。」

「我之前就願意幫忙。」

「我知道。」

「妳拒絕了。」

「我知道。」洛蒂給了相同回應，同時把薄荷沾醬抹在烤餅上。

兩人靜靜用餐。

等到服務生帶走餐盤之後，波伊德才開口問道：「妳要不要討論一下這個案子？還是我們就繼續享受沉靜時光？」

「湯姆．里卡德和此案牽扯極深。」

「支持這個假設的唯一證據就是詹姆斯．布朗打給他的那通電話，對了，我還要補充一點，他否認自己接了那通電話。」

「我們可以證明他有接聽。」

「當然，但我們永遠不會知道他們到底談了什麼。」

「布朗很可能把蘇珊．蘇利文的死訊告訴了他，」洛蒂說道，「里卡德一定早就在郡治廳認識了他們，因為開發案而曾經交手。」

「好，」波伊德回道，「理論上，我們可以推斷他認識布朗與蘇利文，但殺人的動機呢？」

「我不知道，但他是富豪，至少擁有四輛車，受害者帳戶進出的款項可能是他的錢。」她看著波伊德，「但為什麼呢？」

「可能與他無關。沒錯，他有一件聖安琪拉之家的開發申請案，但他在全國一定有數十件申請案吧，這件有什麼不同嗎？需要殺人滅口？」

「我們整理一下重點，」洛蒂說道，「我們發現的前兩名被害人都有不為人知的秘密。詹姆斯．布朗與年輕男子有染，而蘇珊．蘇利文罹癌，來日無多，大約十一、二歲的時候，曾經生了小孩，被關進了聖安琪拉之家。此外，她還改名換姓。她是不是想要拋卻過往？而這棟物業已經被湯姆・里卡德從康納主教的手中買了下來，等到開發案通過之後，就會變身成為價值數百萬歐元的飯店、高爾夫球場啊什麼的。」洛蒂喝了一點水，「這兩名處理檔案的受害者，在大腿都有類似的刺青，而且蘇珊家中的冷凍庫藏有兩千歐元，還在客廳裡堆了數百份的報紙，這就是我們目前擁有的線索。」洛蒂深呼吸，剛才講話速度太快了，波伊德其實都很清楚這些線索。

他說道：「還有布朗後花園的神父屍體，別忘了他。」

洛蒂回他：「我們有屍體，一大堆的疑問，完全找不到答案。」她捲起T恤袖口，抽拉某根突出的線頭，看著它逐漸鬆脫。「我開始覺得自己像是跳針的唱片，不斷重複同樣一句話。」

服務生送來了裝在銀盤裡的主餐，椰香優格燉雞香味四溢。

洛蒂說道：「放鬆心情，好好吃東西。」

等到服務生整理完桌面之後，她點了杯綠茶，而波伊德則是把最後的酒倒入杯中，目光飄向窗外。

「趕快喝光吧，」洛蒂說道，「我們明早六點要和警司克禮根開案情會議。」

「反正他一定會宿醉。」

洛蒂微笑，「你這句話讓我立刻想到了五十步笑百步。」

「妳看，」他說道，「只要妳願意揚起美麗的嘴角，整張臉就容光煥發。」

她哈哈大笑，心情暈陶陶。

他喝光了酒。

兩人拆帳付錢，離開餐廳。

✦

洛蒂開車送波伊德回家，停好車，把鑰匙給他，陪他走到了門口，原本的大雪已經轉為輕盈雪花。

洛蒂開口：「謝謝這一餐，我想我有時候還是得放鬆一下。」

「要不要進來喝杯咖啡？」

「我會整夜睡不著。」

「這樣很好啊。」波伊德露出竊笑。

「我還是趕快回家比較好。」

她徘徊了一會兒，他愛撫她的臉頰，從眼部一路劃到了唇。

洛蒂說道：「別這樣。」

「為什麼不？那晚妳明明很喜歡，記得嗎？」

「在未記得的狀態下所做的事，我可不喜歡別人提醒我。」洛蒂說完立刻掉頭。

「沒有未記得這種說法。」

「我才不管。」

「那晚妳也是這麼說的。」

她哈哈大笑，「馬克．波伊德，你真是殘忍的大壞蛋。」

「我要妳。」他的手移向她的頸後，扣住她的髮絲。

「我知道你在想什麼。」

他的手指在她後腦勺的髮線底部劃小圈圈，彎頭，親吻她的唇。

她嚐到了紅酒與香料的味道，腹底一陣悸動，她的雙手依然插在口袋裡，放任自己享受片刻的歡愉。

然後，她阻止了他。

她低垂著頭，「抱歉。」

他以食指挑起她的下巴，「不要這麼說，天，洛蒂，不要說對不起。」

「我得走了。」

「我懂，」他在她的雙唇落下純情的短吻，「妳的鼻子應該要縫一下傷口，不然會留下疤痕。」

他又愛撫了一次她的臉頰，碰觸眼下的瘀傷，她感受到他在她髮間輕嘆的溫柔氣息，然後，他轉身開鎖，進去之後關了門。

她知道他還站在原地，就在門的後方。

等待她按下電鈴。

有什麼難的，按下就是了。

但她並沒有伸手。

她拉起兜帽，走路回家，抬頭迎空，讓臉龐接住輕飄飄的雪花。

46

城鎮如許靜謐，所以在他開車返家的途中、看到某名女子在雪中踽踽獨行的時候，不禁嚇了一大跳。他差點踩下煞車，主動要載她一程，而她卻在此時正好抬頭，街燈映亮了她的臉龐，是探長洛蒂．帕克。

他又繼續往前開了好幾分鐘，然後把車停在某間關閉的車庫前面。他沒有喝太多，但萬一附近有警車在巡邏的話，他知道自己的酒測一定是超標。他從後照鏡看到她轉進某條偏僻的小巷，他心想，原來妳住在那裡。

「我知道妳住哪裡了，真好，搞不好哪天我會去拜訪妳。」他說完之後，才發覺他剛才正在自言自語。他到底是怎麼了？他告訴自己，趕快回家，好好喝一杯，懷想今天早上看到的美麗嫩男物種。

他發動引擎，打檔，駛入積滿白雪的馬路，他不知道在必須出手行動之前，光靠想望解飢的這種方式能夠撐多久？

47

「她就是那個人嗎？」

梅蘭妮・里卡德喝得醉醺醺。她踢掉了高跟鞋，湯姆・里卡德看著那兩隻鞋子滑到了廚房大理石地板的另一頭。

他問道：「哪一個人？」

「跟你在打砲的賤人。」

他平靜問道：「妳在說什麼？」當梅蘭妮在大吼大叫的時候，絕對不能以其人之道還治其人之身。

「少給我裝傻，」她模仿他的語氣，「你打砲完之後，全身散發著野莓與茉莉花香味回來，上床的對象就是她吧？祖……馬龍……香水。我不是白痴，你這個渣男。」

「妳喝醉了。」面對爛醉又火大的梅蘭妮，不該說出這樣的話。

她尖叫，雙拳猛捶流理台，然後回復到危險的平靜狀態。

「我又不是瞎子，」她說道，「你的眼睛埋進了她的洋裝，幾乎貼到了她的肚臍！」

他不發一語。他不能否認自己一直盯著自己對桌的那位金髮美女流口水，很想伸出雙手、撫弄她的頸項，把自己的嘴湊到她的嘴邊，就像是他昨晚對她做的事一樣。他先前一直在痛罵自己，為什麼要讓梅蘭妮逼他去參加這場高爾夫舞會。他知道她會去那裡，帶著她的怯懦丈夫。也許，其實他的潛意識也想要去一趟，將她的優雅美麗與梅蘭妮迅速流失的魅力好好評比一下。不過，他坐在克禮根警司的旁邊，整晚都十分彆扭，所以他只好悶頭喝白蘭地，他心想，自己喝了不少，而最讓他受不了的還是梅蘭妮，最後他帶著她早早逃離現場。

他說道：「我才不會碰她。」

她拿了瓶卡本內，「難怪你褲子裡那根一直想要蹦出來。湯姆你去死！還有你騎的那頭臭母馬！」

他本來以為她會拿酒瓶朝他砸過去，不過，她卻打開了軟木塞，動作比平常清醒的時候還要快速，她從櫥櫃裡拿了杯子，光著腳丫從廚房走入客廳，立刻窩在超大扶手椅裡入睡。

他站在冰冷的家的正中央，心想怎麼會搞成這樣。

他恨她。

此時此刻，就算出手勒死她也不成問題。

48

臉書，洛蒂登入了網頁。

她仔細聆聽冰箱的低鳴，還有尚恩與克洛伊正在客廳收看的電視節目的聲響。凱特出去了，又出去了，八成是和傑森．里卡德在一起。

她坐在廚房的扶手椅，慢條斯理喝水，突然螢幕跳出了交友邀請。她無聊點了一下，出現的是喬神父的照片。她放下水杯，原來的盤腿坐姿也不見了，她按下接受，對話框跳出來，他在線上。

嗨。

你在哪裡？

羅馬。

你在那裡做什麼？你是殺人嫌犯？

真好笑。

警司克禮根會不爽，你的主教也會不爽。

我也希望盡快趕回去，以免他們當中有人開始想念我。

你拿什麼理由請假？

我說我母親生重病，必須到維克斯福德探望她。

對了，你在羅馬做什麼？

當業餘偵探。

真好笑。你知道我們又發現了一具屍體？

我看到新聞了。

你知道是誰嗎？

不知，是誰？

安傑洛提神父。

對方沉默了一會兒，但程式顯示的狀態是他還在線上，終於，他回應了。

太可怕了，我不明白。

我也不明白。你覺得羅馬會有誰知道他的下落嗎？

我會問問看。洛蒂？

什麼？

妳記得妳曾經詢問過我，是否能找到聖安琪拉之家的檔案？

對。

我找過我們的檔案，但線上資料庫完全沒有，那些檔案全都是紙本資料。

在哪裡？

通常這類的檔案會由每一個教區進行歸檔。但經過我交叉比對，我認為聖安琪拉之家的資料應該是被轉送到都柏林總教區，這是一般程序。

然後呢？

我問了那裡的檔案員。他們曾經保存過那些資料，但他說聖安琪拉之家的資料已經移交到羅馬。

是誰的指令？為什麼？這不正常吧？

對，不正常。我不知道是誰下令搬動檔案，我以前也從來沒有遇過這種狀況，但我會努力查個水落石出。

檔案是什麼時候被送走的？

我也不知道，我會一起查。

希望不要給你惹麻煩。

不會的，我希望可以找到有趣線索。

謝謝。

我也會想辦法詢問是否有人知道安傑洛提神父的任何線索。

謝謝你，喬神父。

叫我喬。

好，喬，晚安。

我就學義大利人向妳道再見，Ciao。

兩人都登出了臉書。

羅馬。洛蒂心想，這不知道是什麼狀況。如果不符合正常程序，那麼為什麼要移走聖安琪拉之家的檔案？她從尚恩的書包裡拿出一本A4筆記本與原子筆，在餐桌上寫下目前的所有已知線索，完全不合理。她望著那些名字，不知道是真的互有關聯？抑或只是正好湊在一起？

有人開了大門，關上。

凱特慢慢晃進廚房，脫去濕答答的外套，洛蒂問她：「都這麼晚了，妳是跑去哪裡？」

「那是什麼？」凱特望著桌上散落的紙張。

「工作。」

「我想也是。為什麼傑森爸爸的名字會在上頭？」

洛蒂盯著她的大女兒，雖然眼睛周邊畫了濃濃的眼線，但目光清亮。「好，現在我總算知道他是誰了吧？」

「傑森告訴我，妳今天早上跑到他家。」

「你們那時候在哪裡？」

「在他房間裡，我必須待在那裡，因為樓下有人在開會。」

那個小混蛋傑森居然對我撒謊。

洛蒂問道：「開會的人有誰？」

「我怎麼知道？那就像是爸爸每次叫我回房間的時候說的關禁閉。」凱特打開冰箱，掃視裡面所剩無幾的存糧。「好，妳幹嘛去那裡？」

「因為我想要搞清楚那些大麻到底是怎麼回事。凱特，這非同小可。」

「媽！我又不是小孩子！」

「妳是我的小孩，我可不能讓妳手臂扎針死在別人家裡。而且，我可以跟妳打包票，等到傑森・里卡德對妳失去興趣的時候，一定會跑得遠遠的。」

她拆開起司條的包裝袋，「隨便啦！我要上床睡覺了。」

「妳今天有沒有吃東西？」

凱特揚起從冰箱拿出的起司，對她晃了兩下，然後匆匆衝出廚房，洛蒂根本來不及繼續訓她。

她坐在餐桌前，思索湯姆・里卡德到底可能和哪些人開會。他為什麼要在自己家裡談公事？明明在市中心有超級氣派的辦公室，他們是不是要討論什麼不法情事？

她把那些紙整理好、放入自己的包包，蜷腿坐在扶手椅。她閉上眼睛，進入淺眠狀態，夢到了一群黑色烏鴉圍繞著某具雕像，那是脖子緊纏著尼龍繩的流血女子。其中一隻烏鴉突然俯衝，羽身直接鑽入某張嬰兒床，然後以鳥喙叼著尖叫的寶寶高飛而去。

洛蒂突然驚醒，胸前冒出一灘冷汗。

✦

一九七五年一月二日

莎莉跟在修女後面上階梯，進入門口，聽到了外頭汽車離去的聲響，就在這時候，她看到了那個坐在窗上的男孩。

走道冰冷，地板散發出亮光蠟的氣味。修女帶著她的寶寶，消失在走廊盡頭，恐慌感幾乎要逼她崩潰。有道門關上了，發出巨大聲響，她沿著回音的方向走過去。

有個小嬰兒在大哭，她心想不知自己能否辨識出自己小孩的聲音，其實她完全沒把握。她碎步向前，原本的木地板轉為多彩的馬賽克磁磚。她在門外停留了一會兒，扭開門把。她的內褲濕成一片，鮮血從她的大腿間汩汩流出，將她的白色及膝襪也染紅了。她的小小雙乳疼痛，而且正在漏奶，現在的她只想窩在自己的床上死去。

她扭開門把，打開了那扇門。

三大排金屬柱嬰兒床，每排有五張小床，裡面都躺著小寶寶。剛才那名修女站在正中央，轉身，攤開雙臂。莎莉不知道自己的寶寶躺在哪一張床，他們看起來都像小洋娃娃，被關在籠子裡的小洋娃娃。

修女厲聲怒吼：「這些全都是魔鬼的惡果，罪孽之子，撒旦的後代。」

莎莉雙腿一軟，大腿之間的鮮血流個不停。

那個身穿層層黑袍的女人朝她走來，散發出宛若死去祖母衣櫥抽屜的氣味。她學校裡的修女的裙身大多比較短，有些甚至還大膽露出瀏海。而眼前的這一個卻身著老式長袍，腰繫髒污的白棉圍裙，她個頭高大，皮膚慘白，臉上掛著可怖表情。

「我的寶寶呢？」莎莉焦急望向修女後頭的那一排嬰兒床，所有的寶寶都很安靜，有的在睡覺，有的醒著——小小的眼睛正在向布滿裂痕的天花板發出懇求。

「已經不是妳的了，」修女說道，「他們現在全是惡魔的小孩。」

莎莉鼓起勇氣，恐懼讓她奮不顧身，她推開修女，奔向房間的盡頭，然後又回來，淚水濕糊了她的雙眼，她瘋狂尋找寶寶，但到底哪一個才是？

「我的寶寶在哪裡？」她大叫，「快告訴我！」

整個房間開始天旋地轉，髒尿布與發酸奶汁的臭味盈滿她的鼻腔，寶寶們被她的尖叫聲嚇得大哭。

她跌倒在地，看到了位於房間底端的藍白色雕像。聖母瑪利亞隆起的腹肚纏繞著一條蛇，要勒死尚未出生的小寶寶。

第六天

二〇一五年一月四日

49

這場早晨六點鐘的會議的確需要「解酒的淡酒」。警司克禮根宿醉，波伊德與克爾比同樣有宿醉，洛蒂與瑪莉亞．林區也只能默默忍受。

洛蒂半夜拖著沉重身軀，從廚房扶手椅起身，上床之後反而更是惡夢連連。她在五點鐘驚醒，全身冒汗。她很慶幸有這種一大早的晨會，可以讓她專心在別的事物，暫時將夜晚的恐懼拋諸腦後。

她報告目前的成果，希望今天可以有更多進展，根本是痴心妄想。她看著克禮根，果然是一臉懷疑。

她開口：「我今天要去找湯姆．里卡德聊一聊。」

「聊一聊？」

「我想要查出他的聖安琪拉之家開發案是否有什麼線索，這是我們現在唯一的方向。可能最後還是一場空，但我們還是得仔細追查。」

「不要爆衝，千萬不可莽撞行事。我認識他，昨晚還聊了天，是位高貴紳士。我可不想再接到有人對我狂吼，抗議妳騷擾對方的來電，尤其是今天。」他撫摸大光頭，更添油亮。

「一定。」洛蒂此時也沒心情吵架。

值勤警官在門口探頭進來。

「探長，我們昨晚抓了個醉鬼，他現在清醒了，在底下大吼大叫，我覺得妳應該去一下。」

「我正在開案情會議。」

「他說他認識蘇珊・蘇利文。」

「好，」洛蒂開始收拾文件，「把他帶入問案室，我馬上過去。」

警官警告她：「這傢伙喝得醉醺醺。」

克爾比接口：「我們大家不都一樣嗎？」

會議室裡的每一雙眼睛都轉向克爾比，他趕緊低垂目光。

洛蒂開口：「我過去了。」

✦

空氣中瀰漫著軟爛洋蔥的氣味。

洛蒂一陣反胃，好不容易才把快要嘔出的膽汁嚥下去。波伊德坐在她身旁，她知道他很想抽菸。她望著桌子對面的那個醉鬼，查看工作紀錄簿的姓名。

派翠克・歐馬利的模樣慘不忍睹；整張臉的冒突痘痘如星羅棋布，他不斷伸出腫脹舌頭、舔弄乾裂嘴唇上的凍瘡。他雙手顫抖，彎曲的長指甲從無指手套裡露了出來，裡面還有先前不知吃了什麼東西所留下的殘屑，老舊羊毛外套不禁讓洛蒂想起她爸爸的某件衣物，裡面至少穿了兩件褪色的兜帽衫。她心想，這男人的一生過得辛苦，不只是外顯於他的衣裝，還有他的眼神。

「歐馬利先生，」她說道，「感謝你願意接受問案，你已經知道了自己的權利，我們會全程錄音。」

他閃避目光，偷瞄門口，神情充滿渴望，然後，他又低下了頭。

她問道：「要不要喝茶？」

髒黏眼睫毛下的那雙眼眸緩緩抬了起來，她這才發現他全身發抖不只是因為酒精的催化——他也怕執法單位。

「探長女士，不需要。」歐馬利終於開口，聲音低沉沙啞。「我沒問題。」

「確定嗎？」

「嗯。」

「昨晚是不是睡得不太好？」

「對，沒錯。」他開始偷偷打量這個小房間。

洛蒂說道：「我最近也有這個問題。」

歐馬利發出嘶啞笑聲。

洛蒂心想，他總算是夠放鬆了，總算可以讓她探問先前他在拘留室裡大吼大叫的那些話。

「你曾經向我同事提到你認識蘇珊．蘇利文。是不是有什麼線索想告訴我？」

「話是這麼說沒錯，」他回道，「但這麼講也可能不對。」

洛蒂真想嘆氣，但還是忍住了，她希望這次不是那種醉漢瘋言瘋語、不知其所以然的問案。她搞不好會在問完之前就吐了對方一身。她不知道波伊德要打算怎麼處理這種狀況，但她不敢看他。

「妳要知道，痛苦的不只是躺在卡雷電器行門口想要取暖，而且光憑這件舊外套，再加上幾張破紙板，真的很難熬過這種天氣。不過，我想探長妳一定不會想到這個吧？」

洛蒂搖頭。

「想也知道。像妳這樣的優雅女子，夜半一定有男人可以讓妳依偎取暖。」歐馬利咯咯笑個不停，但立即一陣急咳，雙唇覆滿了黃痰。

「你還好吧？」洛蒂開始找面紙，在後頭找到了一盒，遞到他面前，他抽出一大坨，直接塞進口袋，根本沒清理嘴巴。

「我去倒水。」波伊德一說完之後，立刻去張羅。

「妳也看到我感冒了，就是好不了。」他停頓了一會兒，肺部出現喘鳴。

波伊德帶著兩個塑膠杯回來，其中一杯給了歐馬利，另一杯則留給自己，一口氣喝光。

「請繼續說下去，歐馬利先生，」洛蒂說道，「你有事要告訴我。」

「我剛說到哪裡？」

他望著洛蒂，目光又飄向波伊德，彷彿在回想自己到底在哪裡。倒不只是講到了哪裡，而是連自己待在哪裡都一陣茫然，洛蒂已經快要失去耐心。

她開始哄他，「你待在卡雷店門口。」

「我喝了一點酒，然後你們就把我拖來這裡。我以前也把自己打理得很好，唉，並非一直是酒鬼或流浪漢。但話又說回來，搞不好我一直就是。」他開始苦皺著臉。

天，他要哭出來了。洛蒂偷瞄了一下波伊德，但他的目光卻一直緊盯對方頭頂上方的牆面發呆。

「探長，這些謀殺案一定讓妳忙壞了，我不想浪費妳的時間。」他停下來，又是一陣猛咳。

洛蒂心想：我真想掐死他。但她還是露出溫暖笑容，鼓勵他繼續說下去。

「我在那間商店櫥窗門口看到了電視新聞。妳知道應該就是前幾天晚上吧，我聽不到，只看到照片，她的照片出現在螢幕。」

洛蒂催促他，「誰的照片？」

「我認識她。」

「誰？」

「莎莉以前會在晚上送餐給我們這些流浪漢。對我好的人沒幾個，她就是其中之一。」

他不再說話，閉上雙眼，低垂著頭，下巴已經貼著了胸膛。

莎莉？他指的是蘇珊？如果真的是這樣，那麼送餐給遊民就是一條新線索，洛蒂立刻寫了下來。

「愛心食堂？跟我講清楚一點。」

歐馬利因為咳嗽而嗆到，過了一會兒之後他才開口：「我就只能告訴妳這麼多了，她會和那位老太太一起來，每天晚上都是。」他的泛黃雙眼的眼角有淚滴閃動。

「這位老太太是誰？」

歐馬利聳肩，不發一語。

洛蒂說道：「所以你說的莎莉是蘇珊・蘇利文。」

「她以前是莎莉，後來才叫蘇珊，」歐馬利繼續說道，「嗯，那時候我就認出她了，她替我送餐的第一個晚上，我盯著她的雙眼，看到了那種神態，」他伸出髒黑的指甲摳桌子，「就是那種恐懼，我們都有過的心情。當時大家是小孩，還不到十二歲，待在聖安琪拉之家。」

洛蒂與波伊德四目相接，聖安琪拉之家！

✦

一九七五年一月二日

那個傍晚，他在用餐時間看到了那女孩。

食堂嘈雜又氣味難聞。她與伊瑪庫拉塔修女和另外兩個男孩坐在同一桌，派翠克想要好好認識她，所以從兩排椅子中間跳下來，溜到他們後頭。

伊瑪庫拉塔修女開口：「派翠克，坐下來，你搞得我好緊張。」

他大剌剌坐在他們旁邊。

「這是莎莉，她會和我們住在這裡一陣子，大家要讓她感覺這裡像家一樣溫暖。」

莎莉的淚水撲簌簌落下，「靠，我最討厭家了。」

「親愛的上帝，我們這裡不允許出現這種髒話。等一下妳必須接受處罰。不過，妳要先吃完東西。」伊瑪庫拉塔修女伸出瘦骨嶙峋的手、拿起了她的叉子。

派翠克望著自己盤中的炒蛋，還有那一片有五公分厚殼的硬麵包。他拿起杯子，弄翻，牛奶潑灑在整個盤子，麵包變得濕軟，炒蛋成了黏糊糊的湯汁。

伊瑪庫拉塔修女立刻收回手臂，狠狠敲打他的頭頂。

莎莉嚇了一大跳。

「你可以吃我的，」她說道，「我不喜歡炒蛋。」她立刻把自己的盤子推到他面前。

修女大叫：「妳這個蠢孩子！」

他露出竊笑，一臉傲慢，雙眼閃動邪惡光芒。他轉頭，對莎莉微笑，她的反應是瞠目結舌。

修女又出手修理他。

特瑞莎修女立刻衝到桌間，拉著派翠克的手，趕緊把他拖離現場，以免繼續被伊瑪庫拉塔修女暴力相待。

他匆匆離開擁擠的食堂，一路上都在回頭後望，盯著莎莉不放。

✦

「在莎莉到來之前，從來沒有人對我這麼好，」歐馬利說道，「她絕對不會把我和別人搞混，所以我和她成了朋友。然後，過了這麼多年之後，她在為愛心食堂送餐時，還是會和我小聊一下。」他的龜裂雙唇抿成一條線，「我不該多嘴說這些事。」

「你可以告訴我啊，」洛蒂勸誘他，「請繼續說下去。」

「我想也是，既然他們兩個死了，應該是也沒什麼差別。」

「哪兩個？你說的是誰？」

「她曾經告訴我，她與詹姆斯．布朗是同事，現在他也死了。」

「你認識他嗎？」

「是啊，他以前也和我們一起住在聖安琪拉之家。」

洛蒂盯著他好一會兒，然後又望向波伊德，他已經立刻挺身。很好，這就是她一直希望能夠在蘇珊與詹姆斯之間找出的關聯性。

「詹姆斯．布朗曾經待過聖安琪拉之家？」她的語氣不可置信。

「我不就告訴妳了嗎？」

「我之前不知道這件事。」洛蒂覺得自己的下巴快要掉下來了，她想到了那些被害人大腿上的刺青。「詹姆斯與蘇珊的大腿內側都有類似的印記，像是某種粗糙的刺青。你知道這是怎麼回事嗎？」

歐馬利不發一語。

「這是不是與聖安琪拉之家有關？」

他終於開口：「要這麼說也行。」

洛蒂繼續施壓，「這話什麼意思？」

他緊繃著臉，「我不知道。」

「他們是不是在聖安琪拉之家的時候有了刺青？」

「對。」

洛蒂沉吟了一會兒，「你也有嗎？」

歐馬利盯著她，彷彿在思索到底要不要說出來，他終於開口：「有。探長，我也有。」

「所以那是怎麼回事？」

他舔了舔嘴唇，搖頭。「不記得了。」

他在說謊，但洛蒂不想要施壓，擔心他被逼得什麼都不肯說，她還想要知道更多聖安琪拉之家的秘密。

「跟我說說蘇珊與詹姆斯的事吧。」

「在聖安琪拉之家的時候，我們三個形影不離，」他面露微笑，「我們和另外一個人很要好，我想不起他的名字。妳知道嗎，很多人離開之後都改名換姓。我是懶得改，我想詹姆斯也是。」

她問道：「蘇珊在那裡待了多久？」

他一臉困惑。

她又多加了一句：「我指的是在聖安琪拉之家。」

「我不知道。可能是一年左右吧，老實說，我連我自己在那裡待了多久都不知道。」

「你們在聖安琪拉之家的時候，一整天做哪些活動？」洛蒂趕緊抄筆記。

「早上望完彌撒之後，我們去學校，秋天的時候撿蘋果。」

「蘋果？」洛蒂依然低首，但揚起目光。

「修女們會做果醬。」

「自用？」

「拿去賣，」歐馬利說道，「那裡有座果園，我們會在那裡撿拾掉下來的蘋果。要是因為什麼事受到處罰，就必須從軟爛的蘋果裡挖出蛆與果蠅，如果怕蛆的話就慘了。」歐馬利發出輕笑，但洛蒂發現他目光極其凝重。

「蘋果醬……」洛蒂想起了母親吃早餐的時候，擺放在桌前那些以碎布與橡皮筋封口的玻璃罐。

「對，探長，」歐馬利說道，「我還記得莎莉到來的那一年，蘋果大豐收，但對我們來說卻不是好事。」

✦

一九七五年八月

高大的神父指著某堆爛果，「布朗少爺，把那一籃蘋果給我整理乾淨。」

詹姆斯哀求，「拜託，神父，我不喜歡蟲子，請不要逼我。」

神父挺直身體，男孩畏縮，彷彿覺得自己會被對方甩巴掌。

派翠克站在莎莉、還有另一個名叫布萊恩的男孩身邊。她手裡拿著某顆蘋果，已經受損發黑。派翠克原以為她可能會把它扔向神父。禽獸，寇神父就是禽獸，大家都知道，而且每個人都很怕他。

寇神父走向詹姆斯，同時把手伸入果籃，派翠克緊盯著他的每一個動作，戒慎恐懼。他拿起了某顆蘋果，仔細檢查之後又把它扔回去，他又挑了一個，這個幾乎已經全爛，有隻蛆正在啃果肉。他打算把那顆蘋果硬塞給詹姆斯，這個小男孩雙手顫抖，一直夾在身側不敢動。

「吃下去！」神父狂吼，而且把蘋果湊到男孩的鼻子下方。「給我吃！」

莎莉大叫：「不要逼他！」

神父回嗆：「給我閉嘴。」

派翠克抓住莎莉的手臂，不需要搞到大家都受罰。

「我說給我吃下去！」

詹姆斯伸手，但幾乎沒辦法握住那顆蘋果，從他的手指到手腕，已經泛白成一片。他丟掉了它，立刻逃跑。

神父抓住莎莉的頭髮，「這是妳的錯！」

她開始尖叫，派翠克動也不敢動。詹姆斯跑向果園的另一頭，躲在磚牆後面。

神父又攫住布萊恩的手臂，「你必須代布朗受罰。」

然後，他把莎莉推到布萊恩的旁邊。

「小妹妹，去撿那顆蘋果，讓布萊恩吃得乾乾淨淨。」他的聲音是某種邪惡低語，「我會在旁邊盯著看。」

派翠克不知道自己的目光到底透露了什麼，只知道莎莉看到之後嚇得不敢說話。她把蘋果送到布萊恩的嘴邊，他開始尖叫。

「拜託。」莎莉祈求布萊恩，她的眼淚不斷滑落而下。

布萊恩發出尖吼，「不要！」

她把蘋果塞進他張開的嘴中。

神父繼續加猛力道、狠扯她的頭髮。詹姆斯跑回來，派翠克站著不動。

「繼續！」寇神父嚷道，「給我繼續！」

莎莉把蘋果繼續往男孩嘴裡推送，有隻黑色小蟲在他的牙縫裡蠕動。她雙眼睜得好大，恐懼萬分。她放下手，整顆蘋果已經卡在男孩的嘴裡，他再怎麼叫也發不出聲音。

莎莉面向派翠克的時候，他依然呆站在原地。

她在祈求。

但他就是無法動彈。

✦

歐馬利閉上雙眼，陷溺在回憶之中。

「太慘了，」洛蒂一想到他所描繪的場景就全身發麻，她緊握拳頭，望著自己寫下的那個姓名。「這個寇神父到底是誰？」

「就是個人渣，」怒火讓歐馬利瞪大雙眼，「垃圾，他媽的大禍害。」他停頓了一會兒，「探長，抱歉我講了髒話。」

「你知道他的全名嗎？」

「我只知道他是寇神父。」

「你剛才提到的這個布萊恩，是你們的朋友嗎？」

歐馬利哈哈大笑，「探長，布萊恩不是我們的朋友。」

「你也不知道他的全名？」

「探長，我不知道。」他沉默半晌，再次開口的時候，聲音痛苦粗啞。洛蒂心想，親愛的上帝，難道他還有更多心酸的故事？

「莎莉與詹姆斯，」歐馬利說道，「妳要知道，最先遇害的並不是他們。」

洛蒂盯著他的雙眸，他挖出了心底深處的另一段記憶。

✦

一九七五年八月

派翠克聽到特瑞莎修女尖叫，然後，傳出了騷動，修女們在走廊來回奔跑，小孩全部衝了出來，大家都覺得奇怪，不知出了什麼事。育幼院裡有寶寶失蹤了，是誰的小孩？

派翠克萬分恐懼，胸口開始揪痛，他希望千萬不要是莎莉的八個月大的嬰兒。修女們盯得緊，不准莎莉進入育兒室探望寶寶。

大家找了好幾個小時，大人小孩都出動，終於發現寶寶在某個籃子裡，在某棵蘋果樹下，身邊塞滿了表皮完整的新鮮蘋果。某個小男孩的睡褲抽繩，緊纏在那幼弱的頸項。

淚流不止的特瑞莎修女把那個面色蠟白、宛若玩偶的屍體緊緊抱在胸前，所有的小孩都聚在她身邊。她緩緩穿過安靜的群眾，宛若摩西過紅海一樣。

大家望著修女走上階梯，派翠克與詹姆斯一人一邊，緊牽莎莉的手。

詹姆斯嘆道：「天哪。」

派翠克也開口暗罵：「我靠。」

莎莉問道：「是我的小孩嗎？」

沒有人讓莎莉看那個寶寶，沒有人對她透露任何細節。

派翠克捏了捏她的手，她也回捏了一下，兩個男孩送她進入屋內。

✦

洛蒂詢問歐馬利：「當時有沒有報警？」

「妳瘋啦？」他的舌頭不斷在唇間進進出出，彷彿在找尋凍瘡。「我們所有人被當成動物一樣、被叫到大廳。他們說這是一起不幸的意外，就這樣，騙人。我們都嚇死了，不敢亂說話。」

「後來呢？」洛蒂的音量有點高，她難以置信，完全無法掩飾自己的驚愕。

「他們埋了那個小孩，就在某棵蘋果樹下。」

「莎莉呢？」

「她一直告訴自己，她的小孩是被別人收養了。但沒有人證實或否認。她必須相信已經有人帶走了寶寶，不然她繼續待在那裡一定會發瘋。」

「你知道當初是誰做出這種事？」

「探長，我怎麼會知道，」歐馬利回她，「也許是神父，或是那個叫布萊恩的傢伙。畢竟是莎莉把蘋果塞入他的嘴裡。反正，我不知道。可怕的是，他們嫁禍給另外一個男孩，某個紅髮瘦皮猴搗蛋鬼，他年紀比我們小一點。」

「他是誰？」

「不記得了，我因為喝了酒有點頭昏腦脹。」

他指了一下自己眼睛下方的某一斑塊。

「但我記得他曾經拿叉子戳過我的臉。差點就把我弄瞎了。但也不知道為什麼。後來我們就算是朋友了。不能說是真正的朋友，也許應該算是尊重彼此，這很難解釋。」歐馬利盯著洛蒂頭上的牆壁發愣，「可憐的小兔崽子。」

這麼多的新線索，讓洛蒂的腦袋快爆炸了。

「他們也殺了他。」

「什麼意思？誰殺了誰？什麼時候的事？」洛蒂充滿困惑，思路已經打結。

「啊，好幾個月之後的事了，冬天，冷得要死。他被打到慘死，最後也埋在果園裡，就在那個寶寶的旁邊。」歐馬利的頭已經垂到了胸前。

洛蒂一度懷疑這是他瞎編的話。不過，她認為這男人精神狀態十分糟糕，不可能如此。那地方到底出了什麼事？是誰殺死了那個嬰兒，又是誰殺害了那個無名男童？那嬰孩是什麼人？是不是蘇珊的小孩？一堆未說出口的問題擠在她的舌尖。

她望著歐馬利，他兩眼發直，力道穿牆，她知道他已經說出了必須說出的一切。他抬頭看著她，覺得那雙深沉的褐色眼眸可以直透她的後腦勺。

他說道：「我們一直把它稱之為黑月之夜。」

「黑月，」波伊德開口，「我聽過這名稱。」

「我可以告訴你們，在那男孩被殺害之前，我們可以算是過著提心吊膽的生活吧，但根本無法與他出事之後所籠罩的那股恐懼相提並論。」

洛蒂再次問道：「你不知道他是誰？」

他搖頭，「忘了。」

「要是你想起來的話，要告訴我。」又是一道難題，她瞄了一下波伊德，看來和她一樣陷入死胡同。

歐馬利對她疲倦地點點頭。

「你知道這個寇神父現在的下落？」

「我希望他死了。」

「還有布萊恩，你知道他怎麼了？」

「我一直不喜歡他，一直懷疑他與那個死嬰有關，所以我希望他也是死了。」

✦

波伊德站在警局外面，望著歐馬利佝僂的身影冒雪進入大街，洛蒂則站在波伊德的身邊。

波伊德點了香菸，洛蒂拿了過來，吸了一大口，他自己又點了一根。

她開口：「那裡真是個鬼地方。」

「聖安琪拉之家？」

「對。天哪，他們到底毀了多少生命？」

「光看派翠克．歐馬利就知道了，真可憐。」

「還有多少像他一樣的人？」洛蒂問道，「我想蘇珊．蘇利文因為那段經歷而有了終身的陰霾，搞不好布朗也是如此。不過，我終於確定這起案件不只是牽涉到開發許可而已。」

波伊德問道：「妳這麼確定他們的過往也是原因之一？」

「當然。」洛蒂態度堅定，她知道波伊德半信半疑。

他說道：「兩起發生於將近四十年前的疑似謀殺案，我看不出來與我們現在處理的命案有何關聯。」

「我也沒辦法，至少現在不行。」洛蒂捻熄了香菸。

波伊德說道：「不知道這個寇神父是誰，到底跑到哪裡去了。」

「如果他走運的話，在坐牢吧。」

「我會在警方全國資料庫查一下這名字，看看有什麼結果，」波伊德說道，「但是在沒有全名的情況下，我也不敢抱太大希望。」

洛蒂提醒他，「也要查一下那間愛心食堂。」

「這個歐馬利是嫌犯嗎？」

「拜託，他已經夠可憐的了，但他一定和這起事件脫不了關係，他與布朗、蘇利文因為共同的過往而有所牽扯，我們最好要盯著他。」

「我覺得他清醒的時間應該撐不了太久，沒辦法殺人。」波伊德想要吐煙圈，但全都消散在空中。

「而且就算殺了人，也會在現場留下一堆皮屑，全國的鑑識實驗室完全不缺樣本。」洛蒂望向教堂，聽到報時鐘聲敲了十下的時候，嚇了一大跳。

她說道：「我準備要去拜訪我們那位開發商朋友，湯姆·里卡德。」

波伊德在雪地裡捻熄香菸，「搖一下他的樹幹，看看會落下什麼果子。」

「我也要查出康納主教到底在這整起事件中扮演什麼角色。」

「找到妳的那位神父的時候，問他一下啊。」

「誰？」

「少在我面前裝無辜，洛蒂．帕克，我覺得妳已經煞到了喬神父。」

「波伊德，你的想像力真是豐富。」

洛蒂拉上外套拉鍊，匆匆走向大街，以免波伊德看到她雙頰泛紅。

50

湯姆．里卡德刻意在她面前裝忙，亂翻辦公桌抽屜，把檔案疊成一堆，猛敲鍵盤，而且，這些動作是同時並行。

他怒氣沖沖，整張臉都皺在一起，兩眼之間的距離彷彿變得更近了一點。

「都是因為妳插手，害我的開發案出了問題。」他慢慢脫掉外套，捲起襯衫袖子，慢條斯理，固定在手肘部位。

洛蒂猜他是準備開始作戰。她覺得納悶，這種惡人怎麼會生得出兒子？但話說回來，他是個混帳富豪，有時候金錢可以發揮彌補效果。

她單刀直入，「你為什麼要買聖安琪拉之家？」

他準備進辦公室的時候，被她逮到，她期盼他也許是宿醉上班，就像是今天早上她遇到的多數人一樣。被人硬生生攔下，他不是很高興，不甘不願抽出自己的寶貴時間，答應給她幾分鐘。

里卡德停下動作，「不關妳的事。」

「我手邊這兩起命案的被害人，全部都處理過你從康納主教購買的物業開發案，我還有一個死掉的神父。你卻說不關我的事？」

「很簡單，」他說道，「我之所以買下聖安琪拉之家，是因為我認為這是值得開發的好地點。我為這計畫砸下大錢，準備要靠它在將來獲利。我實在很不喜歡妳這樣多管閒事。」他最後一次猛關抽屜，雙手交疊胸前。

「如果這條線索可以幫我找到殺人犯，那就是我的事。」洛蒂刻意停頓，加強語氣。「趕快告訴我，為什麼詹姆斯．布朗會在蘇珊．蘇利文遇害之後與你聯絡？」

「妳耳聾啦？我早就告訴過妳，我沒有跟他講話。」

「持續三十七秒的通話，」洛蒂態度頑強，「三十七秒的時間可以講一堆話。」

「我沒有和那男人講話。」里卡德語速緩慢，態度堅定，瓷牙貼片好閃亮。

「也許進了你的語音信箱，你有沒有查過？」

「我沒有和他講話。」他已經快要暴氣咆哮。

洛蒂改變策略，「你花了多少錢買下聖安琪拉之家？」

「這完全不關妳的事。」里卡德放下雙臂，砰一聲擱在桌上。

洛蒂微笑，搖樹幹這招果然奏效。

「里卡德先生，我發現你購買聖安琪拉之家的價格也才只有市價的一半，」這是碧亞．威爾許之前提供給洛蒂的線索，「梵蒂岡那些財政專家可能會對這消息充滿興趣，我聽說他們資金困窘，你覺得呢？」

「探長，我想妳是一直搞不懂。我到底花了多少錢買下那個地方，與任何人都無關。」他鼻孔外張，宛若暴怒公牛。「我實在看不出來這與妳辦案有何關聯。」現在的他更是面紅耳赤。

「我恕難同意，」洛蒂語氣平靜，「再加上這位神父的花費支出，我相信媒體對於你們的這場小小交易興趣濃厚。」

「那你最好去找康納主教談一談。」

「正有此意。」

洛蒂覺得自己彷彿像是在學校打拳擊比賽一樣。里卡德擅長攻略欺敵，而且不輕易洩露底牌，而她則是直接出手。

「我看你買下了聖安琪拉之家，一定得配合其他附帶條件。」

「隨便妳怎麼想。」

「所以昨天早上在你家開的那場會議裡到底有誰？」

「我根本不知道妳在講什麼。」

「你否認有開會？」

「我不想承認或否認這種事。」他又打開某個抽屜、重重關上。

「你有沒有進過聖安琪拉之家？」

「媽的那是我的財產，我當然進去過。」

「我是說還是小孩子，年輕人的時候。你當時曾經待在裡頭嗎？嗯這個……七〇年代吧？」

「什麼？」里卡德氣呼呼鼓脹雙頰，更加凸顯了從下巴延伸而上的赤紅轉紫的臉色，他張開雙手一揚。

「有沒有？」洛蒂追問，還發現到他腋窩有濕漬，屋內開始漸漸瀰漫他的汗味。

「沒有。在我動念買下這物業之前，從來沒有踏入那地方。」

「嗯……」洛蒂不是很相信，但她也無法證明對方說謊，反正現在是無能為力。

他模仿洛蒂的語氣，「妳要怎麼嗯嗯嗯都不成問題。」

洛蒂擺出最甜美的微笑，繼續問道：「還有一件事，你知道你兒子沾染毒品嗎？」她絕對不會讓他全身而退。

「無論傑森做什麼或是不做什麼，都與妳無關。」

「恰恰相反，與我關係可大了，因為呢，里卡德先生，讓我相當震怒的是，他正好和我女兒在談戀愛。」

她緊盯著里卡德。他嘴巴張得好大，打算要開口反擊，但似乎後來才聽懂她剛才說的話，立刻住嘴。當下的懷疑反應悄悄滲入他疲憊雙眼附近的皺紋，嘴唇也跟著鬆弛下來，她終於把他搞得一臉狼狽。

「妳的女兒？」

「對，我的女兒凱特。」

里卡德轉身，正面迎對洛蒂，現在他的大肚腩少了背心支撐，整個軟趴趴，被他背後的冬陽映照出鮮明剪影，辦公室裡面聽得到下方街道遠方車流的反響。

「我兒子不管和誰在一起，吸食什麼東西，根本無關緊要。還有，帕克探長，妳給我仔細聽好了，要是你繼續騷擾我，我一定舉報。」

洛蒂心想，不只你，還有別人也要投訴我。她已經受夠了湯姆．里卡德，自己也站了起來。

「里卡德先生，希望你不要挑戰我的專業，因為，我一定會以誠實乾淨的態度追根究柢，我不會以你那種方式行事。」

「妳是在暗示……到底要說什麼？」

「你十分清楚我在暗示什麼。牛皮紙袋信封、回扣、在郡治廳走廊的低聲承諾。你覺得我是什麼貨色都不成問題，但我警告你，千萬不要小看我。」

洛蒂轉身，抓起椅背上的外套，留下他一個人盯著自己的豪華辦公室窗外，聆聽近中午時分的遠方車流聲響。

她幾乎是蹦蹦跳跳到了電梯門口，感覺很舒暢。不，不只是舒暢，就是爽。

✦

她急忙穿過警局後方的擁擠接待櫃檯區，遇到了波伊德。他抓住她的手臂，轉身，把她又拖了出去。

「怎麼了？」洛蒂差點失去平衡。

「克禮根。他接到了湯姆．里卡德的電話，說什麼妳出言威脅他的家人。」

「鬼扯，」她奮力掙脫他的手，把波伊德扳過來、正對著她。「真的是一派胡言。」

「也許吧。但現在遠離一下克禮根的砲火，也許不算壞事。」

他又抓住她的手臂，她態度放軟，乖乖跟他走向停車處。

她扣上安全帶，開口問道：「我們要去哪裡？」

「愛心食堂。」

她冷冷問道：「是新餐廳嗎？」

波伊德倒車，「妳明明知道那是蘇珊・蘇利文做義工的地方。」

洛蒂心情平靜下來，波伊德打開電台，某個饒舌歌手在鬼吼鬼叫，不禁讓她想到了尚恩。

「我這個媽媽是不是很糟糕？」

「沒有，當然不是。怎麼了？」

「自從亞當過世之後，我一直沒辦法好好打理整個家，全心投入工作，丟下小孩不管，任由他們沉溺在手機電玩的世界。天知道克洛伊與尚恩一整天都在幹什麼。還有，凱特和某個百萬富豪的兒子交往。波伊德，我覺得自己已經沒辦法掌控一切。」

他回道：「這樣還不算最慘。」

「怎麼說？」

「萬一凱特的男友是個沒有百萬身家的毒蟲呢？」

51

他們在市中心開了一小段路，抵達蓋有兩百一十間恐怖屋宅的當地國宅區：「豐美園林」。

波伊德把車停在二〇二號外頭，位於盡頭、鋪滿卵石的房子，側邊有個平頂式的小型加蓋空間。有個小男孩，最多五歲吧，戴了曼聯隊鴨舌帽，帽簷露出髒兮兮的金髮，走到了車前保險桿附近，盯著這兩名警探。

「先生，你要找誰？」

「不關你的事。」波伊德講完之後，推開生鏽大門。

男孩大吼：「滾啦，你這個瘦皮猴！」

洛蒂與波伊德轉身，盯著他，然後互看彼此，哈哈大笑。

牆外停了一輛台一九九二年的飛雅特萊姆綠Punto，兩隻黑貓與一隻德國狼犬坐在台階上看守家園。

開門女子的身材與門框同寬，一頭濃密灰色捲髮貼住豐滿的粉色雙頰。她身著黑色的連身七分裙，外罩釦子扣得亂七八糟的針織羊毛衫。腫脹雙腿穿了彈性襪，下搭破爛的格紋拖鞋。

「是喬安・穆塔女士嗎？」洛蒂問道，「幾分鐘之前，我們打過電話找您。」

「有嗎？」老太太看了他們的證件、邀請他們入內。「我的記憶力有時候會讓我自己很崩潰。」她驅趕狗兒去外頭，狗兒伸懶腰，乖乖離開，溫暖的腳掌在雪地裡留下了一長排的足印。

洛蒂聞到裡頭散發著烘焙食物的香氣，她進入廚房，果然眼尖看到放在鐵架上的棕褐色麵包。

穆塔女士注意到洛蒂眼神的方向，開口問道：「要不要來一點？」

她沒等洛蒂回答，直接把那條麵包切成兩半，打開奶油碟的蓋子。桌邊擱有一根木質拐杖，但她一直沒有使用。她動作出奇迅速，洛蒂猜這女子應該與她母親年紀相當。

「盡量吃吧，」她把煮水壺裡的沸水倒入茶壺，「你們兩位的身材看來很有本錢，大吃大喝不成問題。」

「謝謝，」洛蒂在麵包上塗抹奶油，咬了一小口，她也勸波伊德：「很好吃，試試看。」

他拿出筆記本與原子筆，「我在減肥。」

穆塔女士爆出豪邁大笑。

「天你哪需要減肥啊！」她望向洛蒂，「女人家在警界工作，很危險哪。」她把茶壺放在桌面，自己也坐了下來。

洛蒂撫摸自己受傷的鼻子，「我喜歡我的工作。」

「我看妳一定也是很厲害。」穆塔女士把紅茶倒入三個茶杯。

「妳第一次見到蘇珊．蘇利文是什麼時候的事？」波伊德問完之後，開始四處張望找牛奶。

「要麻煩兩位多擔待一點，我很容易就忘了重要的事，我的醫生覺得是初期的阿茲海默症。好，讓我想想，一定是五、六個月前了。」穆塔女士開始大啖麵包，碎屑黏在她嘴角的寒毛。

「蘇珊聽說我在做幫助流浪漢的慈善工作。我在募款，想要弄庇護所，把我家側邊的加蓋空間改建為某種通鋪。你們剛才進來的時候有看到嗎？可憐的奈德，我的亡夫，是他親手蓋了那個地方，他人真好，那裡本來只是個鳥不生蛋的地方。」

洛蒂點點頭。

穆塔女士繼續說道：「郡治廳出手阻止我，他們說這與整體環境完全不協調。我知道鄰居抗議過，還搞了活動反對我。反正不重要，我當時錢也不夠。」

洛蒂問道：「蘇珊做了什麼？」

「她來看我，想要幫忙。直接就給了我一萬歐元，現金，完全沒有任何提問。收到大禮，當然不能不知恩圖報吧？我重新整修了加蓋空間，裝設餐廳等級的爐子，最高等級，搞定，然後我們開始弄自己的愛心食堂。」穆塔女士啜飲熱茶，她的臉龐因驕傲而發亮。「我有沒有帶妳參觀過啊？」

「也許等一下吧，」洛蒂說道，「妳的運作模式是？」

穆塔女士挑眉，面露不解。洛蒂回她：「我指的是愛心食堂。」

「哦。我們煮濃湯，倒入保溫瓶，開車到各個地方送給那些不幸的可憐人。有些人住街上，還有一群人住在工業區那裡，妳知道吧，運河沿岸，就在火車站的後面。」

洛蒂很清楚，自從上次遇襲之後，她的肋骨依然在犯疼。

「蘇珊有沒有向妳透露她為什麼要這麼做？」洛蒂又拿了一塊麵包、開始塗抹奶油，要是波伊德不吃，是他自己的損失。

「她想要幫助那些沒辦法自己站起來的人，她很關心那些餐風露宿的小孩。這是我們的國家之恥，居然出了這種事，那些房子都被封了起來，而窮人卻無處棲身。」

穆塔女士握拳，往桌面狠狠一捶，眼冒怒火。如此激動的表現讓洛蒂嚇了一大跳，她心想，很遺憾，這並不像是穆塔女士的作風。

「蘇珊對於興建那些鬼城的開發商一直很憤怒，她一直嚷嚷郡治廳放任他們亂蓋房子，根本就是犯罪行為。」

洛蒂看了一下波伊德，他也回望她，心知肚明的眼神。

「但是她自己就在郡治廳工作。」

「我知道，但她並沒有最後的決定權，這是她告訴我的說法。」

「她有沒有提到過湯姆．里卡德？」

「我只是健忘，不是笨蛋，我知道他是誰。他是一名地產開發商，有個自大的老婆和毒蟲兒子，他們全家人就是看不起我們這些普通人。多蒂警探，我告訴妳，我的心靈比湯姆．里卡德的銀行帳戶豐足多了。」說完之後，她啪一聲蓋上奶油碟的蓋子。

波伊德問道：「妳有沒有見過他？」

洛蒂瞄到波伊德在竊笑，因為穆塔女士唸錯了她的名字，但她沒理他。

「沒有，我並沒有親眼見過這個人，但我知道他是什麼德性。」穆塔女士說道，「蘇珊也不是很喜歡這個人。」

洛蒂問道：「為什麼？」

「與他買下聖安琪拉之家有關，那是位於郊外的某間大型廢棄孤兒院。她有次提到他透過開發案的方式買下了聖安琪拉之家，我不知道那到底代表了什麼意義，但我應該是可以猜到七、八分。」

洛蒂喝光了剩下的茶水，穆塔女士又開始添茶。

波伊德婉拒熱茶，開口問道：「愛心食堂有多少人在幫忙？」

「只有我，現在蘇珊走了。沒有金錢援助，我不知道還能撐多久。」

洛蒂覺得穆塔女士會想辦法讓她的愛心食堂繼續撐下去，直到她斷氣的那一天為止，不論有沒有錢都一樣。

波伊德問道：「妳覺得為什麼有人想要殺死蘇珊？」

「我不知道。」這女子傷心搖頭，「她心地善良，一心只想助人，我實在想不透怎麼會這樣，」她擦去眼角的淚水，「我現在覺得充滿了謎團。」

「她一定有跟妳分享過她的生活吧。她有沒有什麼憂慮或煩惱？」

「她告訴過我，她快死了。我從來沒看過哪個人面對死亡的時候能像她一樣坦然，就這麼默默接受自己的宿命。」

「她有沒有提過那筆現金是從哪來的？」

「現金？」穆塔女士陷入沉默，想了好一會兒。「有，她說那是別人歸還她的借款，很久以前的事了，蘇珊是這麼說的，『每個人到了最後都要付出代價。』說來好笑，我會記得這種小事，但其他的部分卻記不得。你們知道嗎？我覺得我還有重點得告訴你們，但我就是怎麼也想不起來。」

洛蒂默默記下了這條線索。

波伊德不耐敲打筆記本，「有沒有誰對她懷恨在心？」

「蘇珊一直很低調，只是想要幫助別人，我不知道為什麼會有人想要傷害她。」

洛蒂問道：「她有沒有男友或是伴侶？」

「就我所知是沒有。」

「妳知道她小時候住過聖安琪拉之家？」

這位老太太沉默了一會兒，點點頭。

「她告訴我那是可怕的地方。不應該有小孩像她一樣被母親丟在那裡。她說過她是裡面的幸運兒，如果終生充滿傷疤也能算是幸運的話。這個國家的天主教教會，有許多問題得要交代清楚。」她不耐搖頭。

洛蒂問道：「有關她找尋寶寶的過程，她告訴了妳哪些部分？」

「這真的是讓她傷心透頂，他們奪走了她的小孩，她一直不確定自己的寶寶到底怎麼了。」

「所以她一直苦尋無果？」

「她使出千方百計，但就是一無所獲。最大的阻礙就是教會。她甚至還去找了主教，根本沒有用。」這位老太太的眼中又冒出了怒火。

「她見過康納主教？」洛蒂推了一下波伊德的手肘，主教先前否認自己認識蘇珊，而現在看來他的確見過她。

「對，她見過他，讓我想一下。」穆塔女士閉上雙眼，又開口說道：「她去找過他之後、回來這裡的時候非常生氣，所以我不知道她為什麼要去第二次。」

洛蒂問道：「她去找他兩次？什麼時候的事？為什麼？」現在她已經迫不及待想要再去找康納主教。

「我不知道。我告訴過她不要再去了，但是她很堅持他握有線索。」穆塔女士目光低垂，「可憐的人哪。那男人告訴她，她只不過是個賤貨，還說這就是她被丟入聖安琪拉之家的原因。真是王八蛋，上帝請寬恕我爆粗口。」她趕緊劃了十字聖號。

洛蒂默記在心，康納主教為什麼說謊？

「穆塔女士，第二次見面是什麼時候的事？」

「聖誕節！對，就是在聖誕節之前。」

「知道詳細時間嗎？」

「蘇珊開始休年假，平安夜，沒錯！我們在那個大爐開了三個鍋煮東西。我有沒有讓你們看那套廚具？一定是沒有。你們離開之前，記得提醒我這件事。通常煮個一兩鍋就是極限了，真好笑，我記憶力不好，但倒是記得那種細節。那晚雪下得超大，氣象預報員說會降到零下負十二度啊什麼的。所以沒錯，我非常確定是平安夜。」

波伊德立刻抄寫下來。

「第二次的會面狀況如何？」

「我應該是沒有問過她。等到她回來之後，我們把食物裝入保溫杯，放入我的車內，然後我們在大風雪之中一路送餐。」

「她是不是心情起了變化？」

「什麼意思？」

「她見過主教之後，是否變得煩悶或惱怒？」

「我覺得蘇珊還是跟以前一樣。痛苦，相當痛苦。」

洛蒂想到了康納主教，也益發同情蘇珊・蘇利文。她的一生受盡委屈，現在，洛蒂越來越了解她，更覺得理應要給蘇珊一點公道，只不過已經太遲了。

波伊德問道：「妳最後一次看到蘇珊是什麼時候的事？」

「就在她被謀殺的前一晚，」穆塔女士又抹去眼角的淚水，「我們在聖誕節那幾天都出去送餐。」

「她正在休假，」洛蒂問道，「所以她白天都在做什麼？」

「我不知道，蘇珊總是神秘兮兮。」

「她住在市中心的另外一頭，但她的車似乎停放了好幾個禮拜之久，她都靠雙腳四處走動？」

「她喜歡這種運動方式，總是戴耳機聽音樂，那東西叫什麼來著？」

「iPod。」

穆塔女士面色哀愁，「她真的很喜歡聽音樂。」

洛蒂問道：「還有沒有其他事情可以跟我們分享？」

「兩杯全麥麵粉，一茶匙的酵母，一大匙奶油，一小撮鹽巴，入烤箱二十分鐘。」

「我想我應該是不會烤麵包，」洛蒂回她，「就算我真的自己動手做，我想也不會這麼美味。」

她不知道這位老太太為什麼會轉換話題，她開始擔心她媽媽也會罹患阿茲海默症。但搞不好這是好事，畢竟蘿絲．費茲派翠克是個很難參透的人。

「妳真是過獎了。我去拿點錫箔紙，讓妳可以把剩下的麵包帶回去。」

洛蒂正打算推辭，但覺得實在太好吃了，沒辦法拒絕這份好意。

穆塔女士一邊忙著包麵包，一邊對波伊德說道：「還有你，年輕人，你也可以帶一點走啊。」

波伊德微笑，依然不說話。

洛蒂又繼續發問。

「我相信聖安琪拉之家一定是個可怖的地方，蘇珊有沒有告訴妳什麼？」

「有一次，她在我面前講出了一些故事，她還說她從來沒有告訴過別人。有個寶寶在那裡遇害，而且還有個小孩活活被打死。」穆塔女士劃了聖號，額頭、胸前、雙肩，徐緩又謹慎。「她把那裡稱之為嬰兒監獄，因為那些小寶寶全部都躺在鐵柵嬰兒床裡面。而且她不確定遇害的是不是自己的小孩，但她一直告訴自己，絕對不是。」她停頓了一會兒，雙頰流滿熱淚。「生死未卜，這才是最可怕的狀態，這個受苦的可憐人哪。你們知道嗎？她每天都買報紙看照片？她覺得小孩雖然現在長大了，但搞不好可以認得出來。」

波伊德說道：「我們在她家找到了一堆報紙。」

「她就是這麼固執，彷彿覺得只要小時候看過嬰兒的模樣，現在還是可以一眼認出來。我曾經想要勸她打消念頭，但她卻說只要她一看到照片，馬上就會知道是不是自己的孩子。」

蘇珊靠報紙尋人失敗，洛蒂也不想浪費時間，她另闢蹊徑，開口問道：「派翠克．歐馬利，妳聽過這個人嗎？」

「當然。瘋瘋癲癲的人，也是我們服務的對象之一，」穆塔女士繼續說道，「蘇珊對他非常好，但從來沒有在我面前提過他。探長，我是在蘇珊生命的最後六個月才認識了她，但感覺卻像是一生一世那麼久，我真的好難過。為什麼好人會有這種遭遇？混蛋卻可以全身而退？」

洛蒂與波伊德不發一語，他們也沒辦法接什麼話了。

老太太起身，收拾三個馬克杯，放入水槽，打開了水龍頭，開始沖洗，把它們放在瀝水板，然後，拿起了拐杖，指向側門。

「來吧，我帶你們參觀一下我們的愛心食堂，我們一直深以為傲。」

洛蒂實在不忍心拒絕。

✦

四個輪胎安好無恙，而剛才那個滿嘴髒話的小男孩早已不知去向。

波伊德發動車子，開口說道：「這背後一定有鬼。」

「不知道蘇珊是從哪裡拿到這筆錢，但似乎全部投入了這間愛心食堂，」洛蒂把麵包放在腳邊，「但願穆塔女士忘記的都是無關緊要的部分。」

「接下來要去哪裡？」波伊德問道，「或者，讓我猜一下？」

「泰倫斯．康納主教，」洛蒂說道，「有些事他得要好好解釋一下。」

52

「探長，我發現妳還有騎兵相隨。」

康納主教指了一下自己辦公桌前的那兩張椅子，洛蒂與波伊德坐了下來。

他開口問道：「你們什麼時候才能發還安傑洛提神父的屍體？」

「這要看法醫而定。」洛蒂說道，

「我非常難過，」他說道，「想想他才在這裡不過幾個禮拜，然後就發生了這種慘劇。」

「他為什麼會在詹姆斯．布朗的家裡？」

「我不知道。」

洛蒂緊迫盯人，「他有沒有在你面前提過詹姆斯．布朗或是蘇珊．蘇利文？」

「探長，他什麼都沒說過，他幾乎很少和我說話。」

「他有沒有車？」

「我想如果他有需要的話，弄到車子絕對不成問題。」

「但布朗家外頭沒有車，他是怎麼前往那個地方？」

康納遲疑了一會兒，幾乎讓人察覺不出來的眼神閃動，但被洛蒂發現了。

「搭計程車吧？」他回道，「你們可以去清查一下本地車行啊。」

「你曾經告訴我，你不認識蘇珊．蘇利文，對嗎？」她開始翻找筆記本，這只是為了效果的假動作，她根本不需查閱。在她第一次來訪時、企圖恫嚇她的那雙綠色眼眸，如今充滿了猜疑。

他應和洛蒂的用詞，「對的。」

「你必須要仔細想清楚，」她刻意強調，「我手中握有你與蘇利文小姐至少見面兩次的證據。」雖然是聽說，但反正他不知道。

主教雙眼冒火，「會是什麼樣的證據？」

洛蒂把場子交給了波伊德，他的唬爛功力更高超。

他充滿自信，開始鬼扯。「我們有通聯紀錄，可以證明蘇珊．蘇利文打過電話給你，而且，我們還有她的電腦日誌，裡面記載了與你排定會面的時間。」

康納主教往後一靠，露出微笑。「我看你們是找不到她手機。」

洛蒂追問：「你又怎麼知道我們會不會找到？」

「我的消息來源十分可靠。」

洛蒂回嗆：「你的消息來源並不正確，而且你對我撒謊。」

「我不認識蘇珊．蘇利文。不過，我承認我見過她。認識某人，還有與某人見面是不一樣的事。」他開始伸手撫摸光潔的下巴。

「你一直在閃躲，我可以依妨礙公務的罪名逮捕你。」洛蒂心想，這傢伙真是大混蛋。

主教回道：「我看我是完全無法提供幫助妳辦案的線索。」

「這個就交給我判斷。你們見面談話的內容是什麼？」他的狡猾態度已經讓她十分受不了。

「私人事務，我最多也只能講這麼多。」

「康納主教，我們有三名受害人，你認識其中兩個，其中一個是蘇珊．蘇利文，曾經與你見過面，另外一個是安傑洛提神父，由你負責照料，而你居然還說什麼都不需要告訴我們。」洛蒂的聲調依然強硬挑釁，「你繼續玩遊戲，我就更覺得你犯下了某種罪行。相信我，如果我發覺你在耍我們，那麼你很可能得要開始體會人間煉獄的滋味。」她傾身向前，呼吸變得急促。

「探長，妳是不是在威脅我？」

波伊德出來打圓場。

「康納主教，我們並不是在威脅你。我們只是講出實際狀況，還有我們想要知道你為什麼否認曾與蘇珊．蘇利文見面這件事，這狀況看起來十分可疑，你也不得不承認吧。」

康納主教深呼吸，身體後彎貼住椅背。而洛蒂依然保持前傾姿勢，全身緊繃，彷彿隨時可以越過辦公桌。波伊德伸手拉住她的臂膀，但她不肯移動，靠，這一次她絕對不放過康納。

「還有，別想動用警司來威脅我，」她說道，「我靠他媽的才不理你跟警司克禮根打了多少場高爾夫球，我也不管你們在打完球之後喝了多少杯威士忌，或是你宣稱自己多厲害，抓了多少小鳥、老鷹或是鵜鶘。我不會有任何動搖，我要的是答案。要是我必須拖著你滿身罪孽的屁股去警局，我不會客氣。但不管怎麼樣，你必須給我實話實說。」

康納主教露出微笑，讓洛蒂越來越火大。

波伊德說道：「請容我簡單表明我們的立場。十二月一日，安傑洛提神父從羅馬來到這裡。到了平安夜，你與蘇珊．蘇利文見面，而這是你們去年的第二場會面。我們推斷安傑洛提神父是在平安夜遇害，我覺得你現在也該交代清楚了。」

康納主教回道：「我倒是覺得現在兩位應該離開了。」

「你到底在隱瞞什麼？」洛蒂的目光依然緊盯著主教那雙犀利的濃綠色眼眸。

「我一切坦蕩。」他的顴骨閃過一抹淡紅。

波伊德回他：「但你就是不願對我們說出實情。」

「我很忙……麻煩兩位了……」他伸手指向大門，手心已經握住了手機。

「你想要找警司克禮根講話，根本是浪費時間。」洛蒂撂下這句話之後，怒氣沖沖走出門外。

「妳想找我講話，也是在浪費妳自己的時間。」

他立刻關上了房門。

✦

兩人進入車內之後，洛蒂說道：「要是我剛才身體繼續前傾，很可能會出手宰了那個混蛋。」

「我也是，」波伊德說道，「還有，你怎麼這麼了解高爾夫球術語？」

「尚恩玩過羅里．麥克羅伊的PS遊戲。」

波伊德點點頭裝懂。

洛蒂說道：「康納一定隱藏了什麼秘密。」

波伊德回她：「我得要喝一杯。」

他們驅車離開，洛蒂望向窗外的湖面，月光下波光粼粼。「快要七點鐘了，我得回家。」

波伊德專心看車。

「我又改變主意了，有何不可？」她傾斜座椅，把雙腳蹺到儀表板，閉上雙眼。

他依然沉默不語。

他這麼安靜，讓她心情甚好。里卡德與康納一直在耍她，歷經了今天的事件之後，她十分確定他們一定隱瞞了秘密。但到底是什麼？她幾乎可以斷定與聖安琪拉之家有關，但不知道這牽扯的是過去還是現在。她下定決心要追出真相，她欠這些被害人一個公道。

53

那男人離開辦公室，還說一小時之內就會回來。雖然外頭大雪紛飛，但他需要新鮮空氣。

他在有幾分蒼涼感的市中心漫步，一對十幾歲的小情侶哈哈大笑，兩人依偎在一起，匆匆從他身邊走過。一陣狂風襲來，吹翻了男孩脖子上的圍巾，女孩拉回來，圍在自己的頸項。天降白雪，讓男孩的黑色刺青更顯突出。女孩把男孩拉到面前，兩人開始擁吻，那男人也開始假意在某間商店櫥窗前徘徊。他看到她的蒼白雙手撫摸年輕男孩的大腿，然後，繼續向上，愛撫他的脖子。

他想要控制呼吸，實在太大聲了，很擔心會被他們聽到。脖子，刺青，那個美麗的男孩。

那對小情侶又繼續往前走，進入了丹尼酒吧。

他需要撫觸那一塊肌膚。

越快越好。

54

當洛蒂與波伊德進入丹尼酒吧的時候，警探賴利．克爾比與瑪莉亞．林區早已經待在裡面了。克爾比身旁的圓桌中央放了兩大杯健力士，頭髮比平常更狂亂，而林區喝的是熱威士忌。酒吧內洋溢聊天笑語，一群打洞穿環又刺青、顯得皮膚更加蒼白的青少年圍成半圈，坐在某個陰暗角落，桌上擺放了一壺茶與好幾個茶杯與茶碟。洛蒂與兩名手下坐在一起，心想這是野獸在玩飲茶派對，她懶得注意那群年輕人了，而波伊德則跑去點酒。

洛蒂問道：「克爾比，你喝兩人份？」

「我坐在這裡的時候，心裡惦念的是第二杯。」他脫掉外套準備痛快開喝，襯衫口袋露出了一坨紙與三支被啃爛的比羅牌原子筆。

「那第一杯呢？」

「我會馬上喝光，這樣我就根本不記得喝過這一杯。」

他拿起酒杯，向兩側的女士舉杯致意，三大口就全部喝光光。他以粗壯手背抹嘴，將空杯又放回桌上。

他說道：「早就該喝了。」

洛蒂側頭對林區微笑。波伊德回來了，他自己的是紅酒，洛蒂則是白酒。

克爾比的上唇還留著健力士的泡沫，「我以為妳再也不喝了。」

「那句話再也不算數了，」洛蒂回道，「現在是現在，我渴望它的程度就和你的第一杯啤酒一樣。」

「說得真好。」克爾比喝了一大口，然後爆出巨大打嗝聲，完全沒有不好意思的模樣。

四名警探開喝，火爐烈焰讓全身暖了起來。

「警探，現在不要亂看，」林區的馬尾甩了一下，對準的方向是洛蒂的後方。「但妳女兒坐在角落。」

洛蒂立刻轉頭，凱特！她的頭靠在傑森．里卡德的肩上，雙眼累得瞇成細線，嘟嘴紅唇露出得意的笑。那張塗滿淡色粉底的假白肌臉龐，激怒了洛蒂。

波伊德說道：「妳就乖乖待在這裡不要動。」

「我沒打算過去，我今天遇到的衝突已經夠多了。」

洛蒂握著不該喝的酒，小口啜飲，但其實很想效法克爾比大口灌下啤酒。但她沒有他的那種勇氣，她必須走路回家，凱特的事可以等一下再說。但瑪莉亞．林區親眼看到她們的家庭衝突，讓洛蒂很不爽。她面向同事，把自己與波伊德的辦案進度告訴了他們。

克爾比舔唇，「給我五分鐘對付那個主教，他一定會講出來。」

洛蒂繼續問道：「你們今天如何？」對於背後的那些小屁孩，她現在的態度是刻意置之不理。

「今天我運氣不錯，」克爾比說道，「我查了布朗的通聯紀錄，發現有一支號碼他撥打了多次，居然是安傑洛提神父的手機。」

「詹姆斯．布朗認識安傑洛提神父！」洛蒂一口喝光了酒，「所以我們現在可以確定詹姆斯・布朗與這位死去神父絕對有關係，」她把喝光的酒杯放在桌上，「什麼時候的事？哪一天？」

「應該要問是哪幾天，」克爾比糾正她，「他打了多通電話，第一次聯絡是十月中，等我一下。」

他從襯衫口袋抽出一疊紙，打開，上面有黃色麥克筆的印記，圈示出許多號碼。

「這裡，」克爾比伸出短胖手指，「十一月二十三日，下午六點十五分。還有另外兩通，十二月二日與十二月二十四日。」

洛蒂心中一陣激動，「十二月二十四日的撥打時間呢？」

「早上十點三十分，還有傍晚七點三十分。」克爾比拿出一支筆，又把那兩個時點圈出來。

洛蒂說道：「根據我們法醫的推斷，安傑洛提神父是在平安夜遇害。」

波伊德開口：「雖然那個自以為是的主教不肯透露細節，但這混蛋曾在平安夜與蘇珊・蘇利文見面。」

林區問道：「所以這之間的關係是？」

「聖安琪拉之家與開發商湯姆・里卡德。」洛蒂轉頭，瞄了一眼里卡德的兒子，他正在用鼻子不斷輕撫她女兒的頸項。她把頭別過去，皺起眉頭，充滿了嫌惡。

波伊德問道：「安傑洛提神父怎麼會牽扯其中？」

「我還不知道，不過我們可以推測布朗在早上十點半打給他，打算安排會面，後來，他又打電話告知他無法趕回去準時赴約，」洛蒂說道，「這就是他男友德瑞克・哈特所說的那場會議。」

「但安傑洛提神父已經在那裡了，」波伊德說道，「而且還有另一個人。」

「顯然是這樣沒錯。」洛蒂問道，「是誰？」

酒吧服務生走到他們中間，又對著爐火倒了一桶炭。焰光短暫收斂了一會兒，然後隨即衝噴而上，星火落在警探面前的壁爐。克爾比又點了一次酒，四個人坐在那裡都沒說話，他們後方那群人正在交談，突然爆出一陣大笑。

洛蒂想要專心研究克爾比的線索，但同時也想要知道女兒在幹什麼。她盯著自己的酒杯，希望酒保趕快來添酒。她注意到自己T恤袖口邊緣已經磨損，要是亞當還在世的話，她的財務狀況也不會如此困窘。難道是因為里卡德兒子的錢財讓凱特動了心？

酒送上來了，波伊德遞給大家，克爾比付錢。洛蒂又聽到後頭的笑聲，轉過頭去。凱特與她正好四目相接。女兒嘴巴張得好大，在火光的映照下，舌環清晰可見。她是什麼時候搞了這玩意兒？傑森摟住凱特的肩頭，以手指輕撫她的鎖骨。等到洛蒂發覺波伊德拉住她手臂的時候，她才驚覺她已經站了起來。

「不要管她，」他說道，「只是小孩在玩鬧罷了。」

「你又知道了？」洛蒂回嗆波伊德，還甩開他的手。

「對，我知道的不多，但我很清楚妳要是在女兒朋友面前讓她難堪，絕非明智之舉，坐下。」

她乖乖坐下。的確，波伊德說得沒錯。她嘆氣，讓酒精能夠稍稍紓解腦袋的空茫感。

林區開口：「我實在不想多嘴。可是，妳的另一個女兒是克洛伊吧？她剛剛走進來了。」

「我的天哪。」洛蒂立刻在座位裡旋身，克洛伊對她揮揮手，立刻走過去。

「嗨，媽媽，」克洛伊的下巴朝其他警探點了一下，「所以這就是妳的忙碌工作行程啊。」

「酸言酸語不是妳的風格，」洛蒂說道，「尚恩人呢？」

「哦，他沒跟我在一起。」

「我看得出來。」洛蒂回嗆女兒，這句話是克洛伊的口頭禪之一。

克洛伊在母親椅子背後晃來晃去，「他在家，我們今天中午吃泡麵。」

波伊德皺起鼻子，「好噁。」

「妳在這裡做什麼？」洛蒂問道，女兒刻意講出這種話，果然引發她的罪惡感。「妳還未成年。」

「媽，老實說，」克洛伊開始抽拉白色鋪棉外套裡面的粉紅兜帽抽繩，她明明是十六歲，看起來卻像是十二歲。「我在找凱特，果然發現她在這裡。」

洛蒂回她：「妳該回家了。」她發覺現場一片安靜，她們成了眾人的關注焦點。「在外面等我，我馬上就出去跟妳會合。」

克洛伊轉身，金髮飛晃，邁開大步離開酒吧。

「別擔心，」林區說道，「他們一定會越來越乖巧。」

「要等到什麼時候？」洛蒂問道，「我真的很想知道答案，現在的狀況是雪上加霜。」林區是不是暗露竊笑的唇形？她必須要更注意林區才是，她覺得自己無法完全信任這個人。

「要不要我送妳們一程？」波伊德開口問道，但依然坐在座位裡。

「我們走路回去，我想讓腦袋清醒一下，但還是謝了。」

克爾比說道：「小心搶匪啊。」

洛蒂站在凱特與她朋友前面好一會兒，沒說話，然後繼續往前走。

波伊德、克爾比、林區也沒說話，靜靜啜飲自己的酒，聆聽柴火爆裂的聲響。

洛蒂到了酒吧外頭，拉起兜帽對抗風雪，她覺得有時候迎戰這種天氣，反而比面對內心的騷亂風暴容易多了。克洛伊勾住她的手臂，終於，洛蒂有了暖意。

✦

那男人一直坐在幽暗的隱蔽位置，群眾遮擋了他的身影，直到那名警探終於離開酒吧，大家又喝過一輪之後，他才冒了出來。他確定大家先前都沒有注意到他，而現在已經到了他豁出去無所謂的階段。當那個脖子有刺青的年輕人走向吧檯的時候，他也跟了過去。

「請你喝一杯啤酒？」

「謝謝，但不用了，我跟一堆朋友在一起。」

「確定嗎？」他手裡揮舞著一張五十歐元的鈔票。

「你煩不煩啊？」

男人盯著那雙深邃的眼眸，好一會兒之後才付款買自己的啤酒，將找零放回口袋。他離開吧檯，假裝不小心，伸手碰觸了那年輕人的背脊，還感受到對方棉質T恤之下的那股顫意。

「哦，抱歉，」他說道，「但今晚這裡人好多。」

「幹，給我滾啦，變態。」

男人又回到原來的隱蔽位置，他的手指興奮抖晃，下半身已經起了生理反應。想望的快感真讓人受不了，他必須要採取行動了。

55

湯姆．里卡德坐在床邊，準備要繫鞋帶。

他開口說道：「我有沒有告訴過妳？妳真的好美。」

「在剛才那一個小時當中，你每隔五秒就說一次，」那女子的一頭長髮襯托著臉蛋，「湯姆，我不知道我還能撐多久。」

他嘆了一口氣，她把床被拉到了脖子，露出了汗濕身體的誘人曲線，某條銀鍊斜掛在水亮的肩頭。

「不要這麼說。」他轉身挨過去吻她，激狂粗野。

她掙扎起身，床被落下，露出了她的胴體，溫暖又魅惑。他還想要再和她來一次，時間夠嗎？

「編理由越來越難了，」她說道，「總有一天，有人會發現我們來過這裡，又從這裡離開。」她停頓了一會兒，「湯姆，你有沒有在聽我說話？你看看這裡，我們到底還要在這種地方窩多久？我恨死了。」

他不敢開口，不知道自己會說出什麼答案。他從小木椅拿起自己的外套穿上，遮住了皺巴巴的紫色襯衫。他仔細看了一下這個房間，發覺的確寒傖。只有兩根發熱器的弱能電暖爐放在角落，潮濕天花板的油漆剝離，還有處處裂痕的木地板，害他們兩人的腳被割傷也不止一次了。他的愛慾蒙了他的眼，竟然把這地方看成了愛侶天堂。躺在咿呀作響床鋪上面的美麗尤物，應該要給她更好的待遇，而不是這樣的老舊宿舍。但他們都是知名人物，根本不能在飯店幽會。尤其是現在，因為梅蘭妮一直懷疑他與別人有染。

他又坐回了床邊，「這個之後再討論好嗎？」

「不需要用這種態度跟我講話，我又不是你的菜鳥下屬。你不能把和我約砲當成了行事曆的待辦事項、然後又急忙奔回里卡德・凡賽斯太太的身邊。不論我們在這裡做了什麼，我們根本不應該到這個地方。」她頹然倒在汗濕的枕間，閉上了雙眼。

「再給我一點時間，我正在想辦法。真的，我們一定能夠在一起。」

「那你打算要怎麼進行？湯姆，別作夢了，你真的是窩囊廢。」

「妳想分手？」他好害怕她會說出肯定的答案。

她緊閉雙眼，「沒有，對。我不知道，這樣真的很不好。」

「很快，真的很快。我就差最後一步而已。妳千萬不要衝動，時機未到，給我一點時間。」

她突然睜開雙眼，看到她的目光如此專注，不禁讓他一陣顫抖。然後，她態度變得柔和多了。

「吻我，我馬上就穿衣服。我們可以一起離開，這地方他媽的冷斃了。」

他靠過去，伸舌撫弄她的肩膀，吸吮凹處的項鍊，最後貼住她的唇，給了她猛烈的一吻。她的唇間迸出尖叫，他這才發現自己從她口中吸出了血。

「為什麼要這樣？」她大吼，立刻推開了他，跳下床，穿上內衣。她的皮膚留有性愛的氣味，宛若麝香，就像是昨天的香水。「有時候我就是搞不懂你在想什麼！」她破口大罵，每一個字都纏滿憎惡。

「對不起，」昨晚在宴會場合無法撫觸她的挫敗感，宛若腫瘤一樣在他體內滋長，他對她欲求不滿，他再次道歉：「對不起。」

「我也很遺憾，很遺憾自己必須待在這種骯髒地方。」她拉起了洋裝的拉鍊，「我不知道還能跟你好多久。」

他開始哀求，「別說這種話，我愛妳，我們是天生一對啊。」

「你看，我就說吧，」她扣好開襟羊毛衫，然後是外套。「你就是這麼不成熟。我以前也遇過這種人，受不了婚外情壓力而崩潰的男人，你現在變得跟他們一樣。」

他望著她扣上外套腰帶，聽到她的嘲弄，讓他整個人宛若被劈開了一樣，他呆站在原處，瞠目結舌。

「哎，拜託，你真覺得這是我第一次遇到這種狀況？成熟點吧！」她再次大笑，拿起手提包、揹上了肩頭。「你得要再為自己的姘頭找別的地方，我是絕對不會再來這裡了。」

她甩門離開。窗戶一陣震搖，他覺得自己的心也縮了一下。湯姆．里卡德坐在髒兮兮的床鋪上，搖頭。一開始失去了梅蘭妮，現在是他的愛人。還有聖安琪拉之家開發計畫萬一失敗引發的財務災難，再加上擁有血跡偵搜犬鼻子的洛蒂．帕克探長，他不知道還會有比現在更慘的處境嗎？

然後，他開始哈哈大笑。

他曾經遇過更棘手的狀況，最後還是逆轉過關。這次當然也不例外，他是搞定問題的高手，一定會解決這次的困局。

56

他們走路回家的時候，大雪紛飛，冷冽的空氣也有助淡化洛蒂血管裡的酒精濃度。她與女兒在雪地裡艱難前行，沉默無語，現在開口太難堪了，她不時回頭，想要確保後頭無人尾隨。她也不想陷入恐慌，但她依然擔心搶匪會再次犯案。

到家之後，她把外套掛在樓梯欄杆上面，克洛伊進入客廳。尚恩躺在沙發上亂轉電視頻道。克洛伊一屁股坐在他對面的椅子上，雙手交疊胸前。屋內氣溫暖和，但氣氛冰冷。

「對不起，」洛蒂開口，「我應該要在下班後直接回家。不過，今天飽受折騰，我需要先放鬆一下。」

「不，要道歉的人是我，」她張開雙臂，抱住洛蒂。「我擔心妳酗酒，這才是我跑去酒吧的真正原因。」

女兒的關切讓洛蒂好窩心。

「不需要操煩我的事，」洛蒂說道，「只是喝了兩杯，我保證是偶一為之。」

「不需要以為我會抱妳哦，」尚恩回頭對她們微笑，「我需要一台新的PS。」

洛蒂放開克洛伊，詢問兒子：「那一台才用兩年而已，是出了什麼狀況？」

「畫面頓住了。奈爾已經看過，快要出現死亡紅燈，沒辦法修，」尚恩繼續說道，「而且我已經用四年了，不是兩年，這是在爸爸過世前買的。」

「奈爾不是專家嗎？」

洛蒂知道尚恩最好的朋友是拆卸東西，還能組裝回去的高手。她希望奈爾判斷錯誤，死亡紅燈？那是什麼啊？她的家用預算無法生出一台PS給他。

「他的確是專家，我什麼時候可以買新的？」尚恩開始苦苦哀求，現在的他像個小男生，而不是十幾歲的大男孩。「我銀行裡有錢。」

「你不能碰你的錢，你自己也知道，那筆錢放在信託基金，必須等到你二十一歲之後才能使用。」她把亞當為數不多的壽險給付存入了給小孩的特殊帳戶。

尚恩擺臭臉，「我知道，但我自己的帳戶還有幾百歐元。」

「我會想辦法。再過幾天你就要收假返校，所以得要念書，」她期盼這招能夠成功，「反正也沒時間玩PS。」

「要是沒有《國際足盟大賽》和《俠盜獵車手》，叫我怎麼活下去？電視根本沒節目可以看。」

洛蒂嘆氣，也許她得要退掉天空的訂閱頻道。

「來廚房吧，克洛伊，我們看看除了泡麵之外還有沒有其他的東西。」

尚恩又回去亂轉頻道，最後選定的是《絕命毒師》重播影集。

洛蒂不知道十三歲的小孩看這種東西是否合宜，但她已經沒有氣力爭辯了。

57

麥可．歐布雷恩把里卡德的貸款帳戶資料送交總部，當他離開銀行的時候，心情低迷。他知道很可能會引發後續反應，遲早的事，但還沒有到來。他已經盡可能美化帳面數字，現在，他必須等待，暗暗期盼這個帳號可能會莫名消失在茫茫網路世界裡。他在回家途中小小解悶了一下，但還是很難讓他緩和心情。

他的條紋橘貓坐在他的大腿上，這是平時常見的夜間風景，從音響播放的古典音樂盈滿整個空間，平常它可以具有放鬆心情的功能，但今晚卻失靈了。

他開始啃指甲，撫摸那隻呼嚕嚕的小東西。他幾乎都過著獨行俠的生活，他喜歡這樣的日子，有寂寞與孤單左右相伴。他對交友一直沒有興趣，更別說談戀愛了。他倒是在健身房裡有一些認識的人，也包括了波伊德警探。不過，他們不算是朋友。性功能障礙扭曲了他的歸屬感，他必須學習與其共處，找尋填補之道。有時他的方法未必入流，但總算是撐過來了。再過兩三個月，曲棍球球季就要開始，他想念訓練那些小男生的時光，那種活動充實了他的春日夜晚。

電鈴響了，劃破了他的幻夢。

歐布雷恩立刻把貓兒放到地上，瘋狂四處張望。難道總部已經把資料送給了犯罪調查小組？這麼快就開始調查他事涉里卡德的不法借貸？荒唐，不可能會在晚上九點發生這種事。

他關掉音樂，拉開窗簾，凝望外頭的漆黑夜色。住在郊區有其缺點，他的家在里卡德鬼城的中央地帶，問題更嚴重。原本的藍圖是被高牆包圍的二十五座房屋，但現在只有半數完工，根本不知道什麼時候會看到對講機大門。生鏽鷹架護貼的殘體搖搖欲墜，強風在無窗水泥塊之間咆哮，回聲直衝歐布雷恩的腦門。

他往後退，現在窗玻璃只剩下他的倒影。他放下窗簾，撫平了簾布的皺痕。

電鈴又響了。

他啐罵髒話，走過去應門。

✦

康納主教的臉龐寫滿了心煩意亂。

他推開歐布雷恩，「快讓我進去，以免被別人看到。」

「怎麼了？」歐布雷恩收斂笑容，他確定外頭沒人之後才關上門。

「我討厭貓。」康納主教直接走入客廳，盯著縮在安妮女王風格座椅下方的橘貓。

歐布雷恩氣得緊握雙拳，這明明是他家。

「我幫你放外套。」康納隨手把外套擱在沙發背，歐布雷恩趕緊拿起來，肩部已經沾了一根貓毛，他捏起之後，將外套放在玄關。

他回身，發現康納手裡拿著某個雅致瓷偶牌的小男童。

「你的裝潢品味得要好好提升一下。」康納說完之後，又把那個瓷器擺飾放回了壁爐台。

「我覺得這樣就很好了，反正我也想不出什麼亂花錢的理由。」

「哼，都已經是銀行經理了。」

歐布雷恩問道：「要不要來點酒？」

他在兩個水晶酒杯倒了數指高的威士忌，將其中一杯給了康納。兩人互碰致意，依然保持站姿，慢慢飲酒。

康納說道：「那個多事的探長洛蒂·帕克一直在到處追查。」

「她畢竟有任務在身。」

「她知道我見過了蘇利文那個女人，而且也在探問安傑洛提神父的事。」

「和你無關吧，」歐布雷恩問道，「不是嗎？」

「我不希望她拼湊出其他線索。」

「你的朋友警司克禮根呢？難道他幫不上忙？」

「那條人脈已經被我榨乾了。」

「要不要坐下來？」歐布雷恩指著某張椅子，貓咪擺臭臉蹲在下面。

「我站著就好。」康納主教站在正中央不動。

歐布雷恩雙腿發軟，他需要坐下來，但還是勉力站住。

「別讓她煩我，我們必須要讓她轉移焦點。」

歐布雷恩問道：「那你有什麼建議？」他的心中滿是無助，又喝了一大口威士忌，喉頭哽住。洛蒂·帕克昨天在他辦公室裡嘲弄他，他當然樂見她為此付出代價，但他能做什麼？

「湯姆．里卡德呢？他怎麼說？」

「我找的是你，又不是里卡德。」康納的語氣冷硬如鋼。

主教站在這裡，讓整個空間似乎變得更為狹小，歐布雷恩不由自主冒汗，手中的酒杯也變得有些濕滑，他立刻把酒杯放在後頭的壁爐台上面。

「你我都知道掩飾一切有多麼重要。」康納向前一步，侵入歐布雷恩的個人空間，他還伸手拍掉了這位銀行經理肩上的頭皮屑。「秘密必須原封不動，永遠是秘密。」

歐布雷恩開始後退，腳踝撞到了火爐護柵，他已經無路可退。兩人目光相接，呈站立對峙狀態，威士忌的酸味讓他很不舒服。康納並沒有戴羅馬領，脖子頸動脈的激烈搏動清晰可見。他望著血管不斷張縮，陷入恍惚，開始想像它把血液灌入主教心臟的畫面，但就不知他到底有沒有那東西。歐布雷恩屏住了呼吸。

他終於開口：「你這是什麼意思？」

「我是要一個字一個字講給你聽嗎？」

「不……不用了，我想沒這個必要。」

康納目光變得陰沉，他把酒杯放在那個男孩瓷偶旁邊，兩手抓住歐布雷恩的肩膀。

「很好，這場交易我輸不起，」康納說道，「你主控財務，必須要負責到底，絕對不能讓我的金流……還有其他的部分被追查出來。」

每一個字都在客廳裡迴盪。他猛搖歐布雷恩一下之後，放開了手，拿起威士忌酒杯，一飲而盡，又放在壁爐台，轉身，歐布雷恩一直到這時候才敢吐氣。

「我討厭貓。」康納走向玄關時丟下這句話。

歐布雷恩沒說話，他完全無法開口。主教呼吸所發散的臭氣讓他幾乎窒息，他只能靠在火爐旁穩住身體重心。

康納穿上外套。

「不需要送我了。」

椅子下方的貓咪跑出來，磨蹭歐布雷恩的腿，他才終於挪動腳步。

✦

想要爬升到郡治機構的最高首長，需要辛勤工作、聰明的頭腦、精準的商業敏銳度。父親曾經擔任過郡治長，當然也為他助了一臂之力。傑瑞·鄧恩不是白痴，他知道他父親躲在幕後、確保他一路順遂。現在他好後悔，這份職務帶給他太多決策的困擾。他討厭做出困難決定，尤其當他必須承擔責任的時候。

他今天提早下班，但後來又回去一趟查看檔案，心中暗暗咒罵多事的父親。她翻閱聖安琪拉之間的開發計畫申請檔案，慶幸詹姆斯·布朗剛好在他突然死去之前交給他做最後審查。他把檔案放入辦公桌抽屜鎖好。自從他們完成了申請案的補件資料之後，其實引發的爭議並不如預期的那麼嚴重。但湯姆·里卡德想要確保萬無一失，所以願意支付更多現金，鄧恩沒拒絕。但過沒多久之後他就希望自己忘了這件事，能夠在沒有里卡德伸爪對他亂抓的侵擾之下好好過日子。他望向外頭的落雪，心想不知到底該去哪裡買鹽除雪，撐過這個禮拜。

他拿起外套，關燈，準備回家，感受到此生前所未見的巨大壓力。

✦

麥可．歐布雷恩把蓮蓬頭的溫度調到最高，任由熱水痛澆皮膚，站在淋浴間裡的他，覺得自己好渺小。

邪魔在充滿疤痕的表皮內層匍匐前行，他雖然在驚恐喘息，卻因此被逼得無法出聲。他不喜歡有人提醒過往，它早就被深埋心中，永遠消失。沒有人可以喚起那段故事，沒有。他摳抓的力道越來越猛，十指指甲在手臂與軀幹留下了鮮紅跡痕，他拚命想要壓抑那股幾乎讓自己窒息的盛怒。

他必須要逃離這種即將讓腦袋失控的心靈折磨。他關了水，讓浴室的空氣冷卻自己的裸體。想要撫平他內心的痛苦，只有一個解方。

他穿好衣服，餵貓，沒入外頭的夜色之中。

✦

泰倫斯．康納主教開車繞了好一會兒，然後停車，坐在裡面許久，不斷回想他與歐布雷恩的會面過程。

他擔心自己施壓的力道太重了一點，焦心讓他亂了分寸。罐頭裡跑出了太多的蟲，他必須趕緊找個蓋子把它封緊。他不想再被不受控的砲火擊傷，而且他還得確定湯姆．里卡德必須遵守協商內容，大家都在同一條船上。非常時期，需要非常手段，他不知道眾人是否已經準備迎接挑戰。

他的目光穿過凍雨凝望遠方的冰封湖水，久久不離，想像在某個豔陽天、徜徉於完成開發的新安琪拉之家打高爾夫球。他心想，沒錯，這就是即將實現的美好未來。

58

「我們的主教朋友來找我。」歐布雷恩說完之後，躺靠在扶手椅。

「那個醜惡人渣現在是要怎樣？」里卡德給了歐布雷恩一杯酒。

歐布雷恩搖頭。

「我還得開車，而且我已經喝了兩杯。」

「隨便你。」里卡德給自己倒酒，「你看起來很緊張。」

「是啊，他就是有辦法把我嚇到挫賽。」

湯姆．里卡德狂笑，「哦你也幫幫忙，不要這麼孬。他到底要什麼？」

「他不喜歡那些警察，尤其是帕克探長，到處刺探我們的事。」

「太遲了。有兩名死者與我們的開發計畫有牽扯，但其實關聯度很低，我們沒有什麼好隱瞞的。」里卡德端詳歐布雷恩的神情，「應該沒有吧？」

「沒……沒有，我想是沒有。」

「你想是沒有？」里卡德進逼歐布雷恩，「你最好要給我搞清楚狀況。」

「就是……借貸的問題而已。你要是不趕快償還的話，我麻煩可大了。」

「這與我們那位共同的朋友毫無關聯。」

「這整起交易案必須要靠你的借貸資助。」

「我知道我自己在幹什麼，」里卡德開始在自家的白色真皮沙發附近來回走動，「要是康納主教管好自己的事，他就不必那麼擔心了。」

「還有其他的事……」

「你在說什麼？」

「我……我不能說。但萬一曝光的話……」

「天！快給我講出來！」

「你不需要知道。」

「我現在把話講明了，要是警方發現我不知道的事，那麼這場交易就吹了。就……吹……了，聽到沒有？」里卡德重重放下酒杯，威士忌噴濺到沙發扶手，這一夜本來就夠糟了，現在更是雪上加霜。

「你不是認真的吧？」歐布雷恩雙眼睜得好大，滿是驚慌。

「喂，我可沒在開玩笑。要是你和康納在我背後偷搞什麼的話，我一定退出。」里卡德雙臂交叉，護住寬闊的胸膛。「到時候看你們兩個要怎麼辦？」

「我……我……我……」歐布雷恩起身，猛搖雙手。

「歐布雷恩，我不喜歡你。但你知道嗎？我也沒必要喜歡你。」

「為什麼這麼說？」

「你知道我的性格，一向有話直說，你就是等著被清理的一坨屎。所以你給我確保這筆錢萬無一失，然後再也不要出現在我面前，」里卡德打開大門，「現在滾出我家。」

「我……我告辭了。」

「歐布雷恩，你知道嗎？」

「什麼？」

「你穿得很稱頭，有鑽石袖扣，設計師款西裝，但卻無法掩蓋你的人格，少了衣裝，你根本就是個大騙子。」

歐布雷恩開口：「你在羞辱我……」莫非洛蒂．帕克也有相同的結論？他們到底是有什麼權利對他做出這種事？他低下了頭。

「滾！」里卡德大吼，「要是你現在不走逼我出手的話，你就會知道羞辱根本不算什麼。」

歐布雷恩趕忙衝出去。

里卡德又倒了一杯酒，走到窗邊啐罵：「這個廢渣。」

他掀開窗簾，看到歐布雷恩的車尾燈消失在車道，然後又放下窗簾，大口喝下威士忌，走向置酒桌。他不喜歡被人蒙在鼓裡，而歐布雷恩卻在暗示背後有他明明應該知道，但他卻渾然不覺的秘密。那個噁心鬼也未免太怕主教了。康納到底握有歐布雷恩的什麼把柄？里卡德覺得有一點倒是被這銀行經理說中了，要是沒有洛蒂．帕克探長來攪局，這個計畫應該是唾手可得，但現在的狀況卻有些失控。

他又倒了兩指威士忌，貪杯痛飲。門開了，傑森慢慢晃進來，與凱特．帕克手牽著手，梅蘭妮跟在後面。里卡德盯著那年輕女孩，眼中只看到她的母親。

他拿著酒杯指著她，「小姐，我想妳該回家了。」

傑森還摟著凱特，「為什麼？」

「因為她媽是靠北爛探長，就這麼簡單。」

「這理由實在不怎麼樣，」傑森回道，「你喝醉了。」

「你居然有膽質疑我！」里卡德咆哮，走向那對小情侶。

傑森嗆他：「那你也別質疑我。」他同時把凱特摟得更緊了一點。

湯姆・里卡德緊握拳頭，出手扁了兒子的臉頰，他另一手的酒杯落地，頓時碎裂。他又出拳打兒子，這次是使出全力攻擊下巴，傑森倒地。

凱特尖叫轉身，立刻逃走了。

59

洛蒂把晚餐的碟子逐一放入洗碗機，然後開始擦地板，又洗了第二輪的髒衣服。衣服晾在樓下的暖爐管上面，她調高了暖氣的溫度。整間屋子暖烘烘，衣物柔軟精的清新香氣隨著熱氣四處飄散。

她忍住哈欠，伸懶腰，心想這時候還有什麼沒做完的家事。她張望廚房，待在自己的家裡讓她全身舒暢，這不是什麼宮殿，但卻是她的天堂，是她與子女的家。她真希望自己可以一直待在這裡，但這是不可能的。也許她可以找母親花幾個小時處理家務？但話說回來，可能還是不要比較好，她的心一陣悲涼。不過，她很清楚，就現實狀況來說，她必須盡快與蘿絲修好。雖然蘿絲過去做了那樣的事，畢竟她是媽媽，而且充滿了母愛。不過，她還是要追出真相，必要完成事項又多了一件。她再度開始回想自己與蘿絲的對話，討論蘇珊．蘇利文的那一段內容，也許這多起謀殺案與蘇珊找尋小孩有關？

大門開了，砰一聲重重關上，接下來是上樓的噔噔腳步聲。

洛蒂大喊：「凱特？」

沒回應。她追過去，發現女兒整個人埋在枕頭裡哭泣。洛蒂坐在床邊，把手擱在凱特的肩上。「妳全身濕透了，是不是走路回來的？」她拍去女兒頭髮上的雪花。

「都是妳的錯，」凱特哭哭啼啼，「都是妳，還有妳的工作。妳毀了我的一切，跟以前一模一樣。」

「妳到底在說什麼？」

洛蒂知道女兒先前在丹尼酒吧的時後很可能已經陷入半茫狀態，但現在她的眼睛睜得好大，滿是怒火。蠟白雙頰布滿了花糊的睫毛膏，洛蒂以前教養出的那個孩子，現在已經完全不見了。她不知道該怎麼處理凱特的吸毒問題，但她在向毒蟲母親們宣導時明明很稱職。她必須要找那個里卡德的兒子談一談，讓他還有毒品遠離女兒，波伊德一定會出手幫忙。

「探長女士，」凱特破口大罵，「妳以為自己很重要，和妳的三個走狗一起待在酒吧裡，看起來高高在上。妳知道嗎？妳只是個酒鬼，妳就是這種人，酒鬼！毀了我的人生！」她把臉埋進枕頭，掩蓋自己的哭聲。

洛蒂嚇了一大跳，這些話讓她的皮膚全身刺癢，宛若出現了過敏反應。她講不出話，十指揪成一團，硬是吞下屈辱。她開始計算牆上海報的數量、梳妝台上的眼影盒有多少個、床邊擺放了幾雙鞋子。她的目光在房內到處亂轉，驚慌與傷痛已經把淚水逼到了眼角。洛蒂想要安慰女兒，讓她可以定下心，但卻不知道該如何是好。

「今天晚上，傑森的爸爸出手打他，」她開始哀訴，洛蒂認識而且深愛的那個小女孩又回來了。「我走了好幾公里之後，終於叫到計程車。我一個人在雪地裡，天色幽黑，我怕死了。」

「天哪，妳應該要打電話給我。來，我幫妳脫掉濕衣服，妳就可以好好睡一覺。」

「他為什麼要打傑森？」凱特起身，好不容易才脫掉濕漉漉的外套。

「我不知道為什麼會有人做這種事，」洛蒂說道，「我真的不知道。」

她現在只想到任性的女兒居然在黑暗冬夜行走湖邊公路，還有三名遇害者躺在珍・多爾的「死亡之家」。

她是不是沒教好小孩？

60

傑森衝出家門之後，湯姆．里卡德看到梅蘭妮也扭頭離去，她臉龐扭曲，充滿了恐懼與厭惡。

當他在倒另一杯威士忌的時候，手抖個不停，他這輩子還沒打過兒子。他現在到底是著了什麼魔？無論他的交易出了什麼狀況，都不該成為修理兒子的理由。

也許他應該要再來一杯。

他鬆開領帶，大口灌入琥珀色的液體。

諸多問題的解答宛若垂落窗前的雪花，還來不及抓住就消失無蹤。

✦

他好恨他爸爸。

當那一拳擊中他下巴的那一刻，傑森對他的恨意遠遠超過了這世界的任何人事物。

他衝出家門，匆匆經過自己車子旁邊，雙手插在牛仔褲口袋，大步走向巷口，他轉進幹道，不知道自己要去哪裡，反正他就是要離家出走，他希望凱特沒事。靠，他居然讓她一個人摸黑走路回家，他停下腳步，應該要打電話給她才是。哦天哪！他居然把手機留在玄關桌，鑰匙也是。

而且他沒穿外套就出了家門，現在雪花已經浸濕T恤、滲到裡面，宛若第二層肌膚一樣緊貼著他。他還是很茫，但他知道沒有手機他哪也去不了。

他打算回家，後頭有車燈大亮，他這才發現自己走錯方向。他退入邊溝，等車子過去，但那輛車卻減緩速度，停了下來，駕駛降下車窗。

那男人彎身越過副駕座位，開口問道：「小伙子，要不要我載你一程？」

傑森覺得自己認識這個人。他爸爸的朋友？還是酒吧的那個男人？他腦袋一片昏脹，完全無法確定哪一個才是正確答案。不過，他不打算拒絕對方的邀請。「謝謝，但我不知道我要去哪裡。」

「不要緊，」那男人回道，「我也沒有目的地。」

傑森開了車門，坐入溫暖車內。那男人微笑，打檔，開車上路。雨刷來回擺動，那男人打開廣播電台，哼唱的音量蓋過了那重複的旋律。

他們在黑夜前行，安德烈．波伽利的清亮歌聲填滿了兩人之間的沉默。雪勢時大時小，終於停了下來，霜氣突降，躲在雲團後方的明月冉冉升起。這位盲人歌手激昂高亢的歌聲不禁讓傑森全身顫慄，那男人明白那種感受。

61

穆塔女士停妥自己的飛雅特Punto，把背包揹到後頭，好不容易才搞定裡面的大型保溫壺，還有從袋口斜冒而出的那疊塑膠杯。她拄著拐杖，一路跛行，心想現在少了蘇珊幫忙，一切變得格外艱難。

她想念蘇珊。為什麼她會遇害？她衷心盼望這件事與她們那些不幸的服務對象無關，那群絕望的可憐人。他們在白天躲藏起來，遠離拉格穆林那些裝作看不到也不在乎的民眾的目光，他們與這座城鎮的磚泥融為一色。到了晚上，他們成了街頭的風景。

氣溫突然降至零度以下。她拖著沉重腳步，在通往卡雷電器行的冰滑人行道慢慢前行，她的氣息凝結在空中，一路引領著她。她把保溫壺放在地上，這是派翠克·歐馬利的常駐點，不是喝得爛醉就是在睡覺。

她四處張望，看不到他的蹤影。她看了一下手錶，此刻正是她每隔兩天一次的固定探訪時間。維持規律時段是蘇珊的構想，她說，讓這些人至少有點東西可以倚靠。

穆塔女士深嘆一口氣。她拿起保溫壺，繼續往前，走向她下一個可憐的服務對象。但願派翠克能夠逃過一劫，千萬不要躺在哪裡凍死了。

她心想，其實，喝得爛醉而死的可能性比較高。

62

那棟建物一片漆黑，窗戶凹損，成了水泥牆面裡的空洞。

「我們到這裡來幹什麼？」傑森眨眨眼，睜開。靠，他居然睡著了。

那男人讓引擎怠速，「可以讓你過夜的地方。」

「不要。帶我回家，我需要手機，確定我女友平安無事。」

「別擔心，她一定很安全。對了，她是誰？」

「凱特，她媽媽是探長。」

「真的嗎？」那男人沉默了一會兒，「有意思了。」

「我該回家了。」傑森冷得發抖。

「我以為你們年輕人都熱愛冒險。我想要帶你四處繞繞，為你上一堂歷史課。」

「現在很晚了，而且我討厭歷史。」傑森挺直身體，那男人摸弄車子控鈕，頭燈逐漸熄滅。

他沒辦法看清楚那男人的長相，但似乎有些面熟。

「哦，不過這堂課一定很有意思。」那男人很堅持，而且將引擎熄火。

「這裡真的很黑。」傑森努力裝堅強，不想讓自己的音調聽起來像個小男生。

「來吧。」那男人下了車。

傑森也是，一下車就把濕答答的牛仔褲拉高到腰際。

那男人打開了手機的手電筒，走向通往厚重大門的階梯。傑森站在最下方的那一階，猶豫不決，他不想要一個人被丟在黑漆漆的外頭，決定跟過去。

那男人以肩推門，大門發出了吱嘎噪音。他急忙進去，燈光環照大理石門廳，大聲吼叫：「親愛的，我到家嘍。」

他哈哈狂笑，那刺耳又難聽的聲響迴盪在牆間。他走向室內階梯，木頭欄杆似乎勾動了他的回憶，他伸手撫摸木面，還低頭以臉頰親觸，彷彿在體會那股滑順感。

傑森很想回頭逃下階梯，衝出大門回家。但他爸爸真的很混蛋，因為那狠狠的一拳，他的下巴依然隱隱作痛。他好想呼麻。靠，要是凱特和他在一起就好了，他們可以一起訕笑這個親吻階梯的蠢蛋。

「上來啊。」男人拾級而上，傑森頓時陷入一片黑暗。

他們上方傳出巨大的尖嘯回聲。

「那是什麼？」

那男人發出竊笑。

「只是老舊走廊裡的風聲，」他說道，「或是鳥鳴，我從來不知道那是什麼鳥。來吧，我有東西要給你看。」

又濕又冷的傑森，很想上樓一探究竟，對父親的怒意，更讓他的決心增強到滿點，他重步踏上階梯。

也不會怎麼樣吧？

63

半夜十一點四十五分，洛蒂的手機響了。

螢幕上顯示的來電者姓名是警司克禮根，她懶得理他，這麼晚了，她不想再被疲勞轟炸。鈴響結束，突然之間又再次響起，她知道克禮根不會放棄，也沒看來電者是誰，直接應答。

「是，長官？」

「這種打招呼方式相當正式。」

洛蒂微笑，闔上了筆記本。

「喬神父，接到你的來電真是太好了。」

「目前偵辦狀況如何？」

「陷入膠著都只能算是客氣的說法了。」

「來羅馬找我吧，天氣很好，清冷，天空湛藍。」

「聽起來不錯，可是——」

「妳一定覺得奇怪，我為什麼在這個時候打電話給妳？對不對？」

「你有讀心術。」

他哈哈大笑，「妳最近過得怎麼樣？」

洛蒂撒謊，「還可以。」

其實她的心情糟糕透頂。剛才她哄凱特入睡之後、回到廚房，腦子裡不斷迴盪著女兒的話。酒鬼？是不是被女兒說中了？在亞當過世之後，她不就變成這樣嗎？大部分的時候，她都能夠維持自制，但還是偶爾失控，而且她越來越仰賴安眠藥。還真是這三個十幾歲兒女的優良典範啊，她嘆了一口長氣。

「妳狀況不太好，我從妳聲音就聽出來了，」他說道，「快來羅馬。我找到了值得研究的線索，妳必須親自看一下。」

洛蒂開玩笑，「你發現了另一組達文西密碼？」

「不到那個程度，我找到了聖安琪拉之家的檔案。被妥善保管得很好，全都是紙本資料，沒辦法拍照傳真或是發送電郵，太耗時了。而且萬一我被抓到的話，一定會遭到絕罰。說真的，妳應該要自己看一看。能不能拿這條線索向妳的警司爭取一下。」

「想都別想，」洛蒂說道，「我犯蠢惹毛了你的主教，我想他又在警司面前告狀。」

「妳只是在履行職責罷了。」

「他是警司克禮根的高爾夫球球友。」

「我如果換作是妳，一定會把這傢伙查個清清楚楚。妳知道嗎？他裝得一派正直，但其實並不是那麼回事。」

「你真覺得你找到的線索有幫助嗎？」

「我不知道。但它可以提供妳背景資料，也許可以填補一些空白。」

洛蒂說道：「康納主教的確不願坦露事實。」

「看過了那些文件之後，我覺得並不意外。」

「你現在果真勾起我的興趣了。有沒有與安傑洛提神父相關的線索？」

「我見了他的朋友。他說安傑洛提神父之所以被派到那裡，其實可能是為了要監視康納主教，而不是我們誤以為的那個理由。」

「然後，安傑洛提神父過去之後，卻慘遭殺害。」

喬神父激發了她的好奇心，現在她好想看到他查到的線索，也想見他一面。

「洛蒂，根據我在這裡發現的資料研判，安傑洛提神父之所以會出現在拉格慕林，可能另有原因。」

「快告訴我。」

喬神父低聲說道：「在電話裡討論這種事，我覺得不太妥當。」

洛蒂問道：「你是不是躺在床上？」

「妳看看現在是誰有讀心術？」他哈哈大笑，「我得掛電話了，我聽到室友上樓的聲音。」

「你沒有自己的房間？」

「我沒打算在這裡待太久，無權申請自己的房間，」他說道，「就在主教愛爾蘭學院的宿舍窩幾晚。洛蒂，詢問警司克禮根，看看他怎麼說好嗎？」

「好。打這電話號碼就可以找到你嗎？」她看了一下手機螢幕的那一排數字。

「要是我沒接電話就留言，我可能在主持彌撒。」

洛蒂眼前浮現了他的笑容。

「晚安，洛蒂。」

她也道了晚安，切斷電話。

她整理完最後幾頁筆記，上樓，查看凱特的狀況，睡得好熟。她在女兒的髮間留下輕吻，關了燈。置放在儲物櫃上頭以貝殼鑲框的某張相片，吸引了她的目光，她拿起來，仔細端詳。五個人的合照，地點是蘭薩羅特島。四年前的事了，他們最後一次全家度假。她伸出食指，一路撫摸那片髒兮兮的草地。大家都在笑，一臉幸福，這是提曼法亞火山吉普車之旅出發前拍下的照片。

她一屁股坐在凱特的床上，女兒在睡夢中發出了嘆息。

這張照片勾動了一段與現今狀況截然不同的時光，安定、相親相愛的日常生活。她內心充滿了衝突，在平穩的過往與不定的未來之間拉扯，三年了，她還是無法放下亞當。不過，一想到飛往羅馬與認識只有一個禮拜的神父見面的那種心情，就不禁讓她覺得自己也許早已徹底脫離了那樣的軌道。

✦

一九七六年一月三十日

莎莉在睡夢中大哭，醒了過來。

她本來有些擔心是母親站在床邊，但其實是派翠克。

他伸出食指，貼在唇邊，發出了噓聲。她坐起身子，覺得很納悶，他為什麼會出現在女生宿舍？她趕緊張望一片漆黑的房間，只聽到輕聲細語的夢話。

「跟我來，」保羅低聲說話，還扯掉了她的毯子。「我要給妳看個東西。」

她悄悄溜下床，將印花法蘭絨睡衣緊裹胸口，他根本不給她時間拿睡袍。

「我們要去哪裡？」

「噓……」他直接抓住她的手。

到了宿舍外頭，懸掛在台階上方的骷髏燈罩投射了一道淡光。值班修女的房間在走廊的另一頭，派翠克帶引莎莉往下走、到了三樓。兩人悄悄溜到走廊盡頭，穿過某道門，她以前從來沒有來過這裡。兩人在黑暗中慌張前行，他又推開了另一道通往短通道的門。月光透過三道窗戶穿透進來，照映在他們的臉龐，讓兩人的面容宛若死屍。現在，她的面前出現了一條拱道。

她停下腳步。

「派翠克，我好害怕。」

他轉身，依然緊握她的手不放。「這真的很嚴重。莎莉，拜託，妳一定要過來看一下。」

她嘆氣，讓他帶著她穿越拱道，走下狹窄的石階，她雙腳冰冷，因為忘了穿拖鞋。派翠克到了最後一階的時候，停下腳步，他們現在到了禮拜堂。她轉頭看著他，他搖搖頭，警告她要保持安靜，這是她第一次以這種方式進入這地方。

她發現祭壇有蠟燭的光亮，也聞到了蠟油的氣味。神父跪在祭壇台階，身穿米白色與金黃色相間的厚重祭披，只有在進行祝禱才會穿的那一件。他伸出雙手，朝向面前凹室內的聖母瑪利亞抱聖子的馬賽克圖像。他的衣物整齊疊放在台階，那條長皮帶則置於最上方。

莎莉側身緊挨派翠克。雖然天氣寒冷，但是他卻只穿著單薄的睡衣，她覺得自己已經感受到他的體熱。

她低聲問道：「派翠克，怎麼回事？」

他搖頭聳肩，帶引她走向右側，經過了最後幾排跪台，最後把她拉進某間木屋告解室後方的角落。還有別人在那裡，兩個人，她差點發出尖叫。派翠克盯著她，眼神滿是怒火。她屏住呼吸，希望自己的尖叫能夠在肚腹內的某處消遁無蹤。

等到她的雙眼逐漸適應蠟燭投射出的光影之後，她認出了角落的那兩個男孩，是詹姆斯與費茲。派翠克把她推到他們旁邊，大家全擠在一起。她心中有無數疑問，但只能默不作聲。派翠克還是緊握她的手，她覺得好窩心。

出現一陣低沉哼唱，越來越高亢，隨即又沉寂下來。她瞪大雙眼，咬住舌頭，逼自己保持安靜。

神父彎腰，起身，又再次彎下，不斷吟唱。祭壇旁邊的某道布簾打開了。布萊恩站在那裡，全身光溜溜，布滿了交錯的明顯鮮紅鞭痕。她別過目光，又再次回頭，這次緊緊握住派翠克的手，深怕他會把她一個人丟在這裡。裸體小男孩慢慢向前，手臂緊貼身體兩側，莎莉心想，他一定冷死了。

男孩被推倒跪地，神父以金黃祭披裹住他，她受不了，這一次她真的尖叫出聲。

派翠克伸手摀住她的嘴，寇神父立刻轉身，燭光映照出他的裸身，他目光幽黑，嚇得半死的莎莉知道大家這下可慘了。

「快跑！」派翠克大叫，拚命拉著莎莉往前跑。

她開始狂奔，費茲緊跟在後，詹姆斯是最後一個。他們衝上樓梯的時候，布萊恩的畫面一直烙印在她的心中，裸身，張得大大的嘴巴，死寂的雙眼。

他們進入那個雙門房，停下腳步喘氣。莎莉哭了出來，費茲摟住她的肩，詹姆斯站在派翠克身邊，不斷重複「天啊，天啊……」。

「他對布萊恩做了什麼？」莎莉雖然這麼問，但她知道答案。寇神父以前也多次逼她做過相同的事。她沒有辦法揮去那幅影像，男孩張著嘴，然後那根白白的東西塞了進去。

派翠克說道：「他是超級人渣，他就是這種人。」

「靠，我要從那裡拿根蠟燭燒死那畜牲，燒爛他的卵蛋。」費茲的聲音在牆間發出回聲。

莎莉聽出大家呼吸中所隱藏的那股恐懼，它已經從皮膚蒸散出來，鮮明刺目，她覺得自己看得見，甚至也撫觸得到。她聆聽門口的動靜，希望神父沒有跟過來，她不喜歡這種黑漆漆的環境。

她說道：「我們必須要做點什麼。」

「嗯，」派翠克問她，「比方說？」

「我是說真的，我們該做什麼好？」莎莉眼眶濕了，勉力忍住淚水。

此時傳出赤腳踩上梯階的啪啪聲響。她轉身，看到這幾個男孩的眼白在月光照映下發亮，恐懼已經讓他們全身動彈不得。

她大叫：「喂，我們現在該怎麼辦？」

詹姆斯開始啜泣。

第七天

二〇一五年一月五日

64

五點三十分剛過沒多久，洛蒂進入案情偵查室，警探賴利．克爾比正忙著把從電腦列印出的相片釘在白板上。她沒有睡好，心情超惡劣，隨時可能會失控。

「你今天起得真早。」洛蒂把自己的微涼咖啡放在窗台，脫掉了外套。她昨晚把車留在警局，但走路上班卻沒有辦法提振她的心情。她站在克爾比身邊，他的衣服黏附了雪茄的氣味，就像是她洗衣籃底部的臭襪子一樣。她十分慶幸昨晚自己把衣服全都洗好了，總算少了一項需要擔心的家務事。

「我沒上床，所以不需要起床。」他笨手笨腳把圖釘壓入照片，與那些金屬小釘相比，他那被菸草燻髒的手指顯得格外巨大。其中一個掉到了地板，與本來就散落在那裡的許多圖釘混在一起。

「你在幹什麼？」

「我想要重新整理案情資訊的白板，畢竟事發都已經有一個禮拜之久了。」

「不需要提醒我這一點。要不要我來幫你忙？」

克爾比搖頭。

洛蒂聳肩，拿起咖啡，坐在他背後。

「跟我解釋一下這是什麼。」也許她應該要幫他泡杯咖啡才是，他看起來隨時可能會睡著。

「我們這齣大戲的各位主角。」

她掃視白板，就目前看來，他有派翠克・歐馬利、德瑞克・哈特、湯姆・里卡德、傑瑞・鄧恩，一個接著一個，排得歪歪斜斜。他手中還拿著主教的照片，另一手握有圖釘。

「如果換作是我，我不會把他放進去。」

他望著她，皺巴巴的純白襯衫有顆釦子開了，露出了部分布滿灰毛的腹肚，外套口袋露出了髒污領帶的一角。

「為什麼不要？妳昨天和他演出了那場對手戲，我覺得他應該是這齣劇的男主角。」

「警司克禮根可能會有意見，」洛蒂說道，「畢竟他們是高爾夫球友。」

她昨晚沒有回他電話，想必她馬上就會被痛罵一頓。現在只能盼望克禮根太太在今天早上是滿臉微笑送老公出門，而且還把他餵得飽飽的。

「誰鳥他啊！」克爾比把圖釘塞入主教的頸脖中央，彷彿他已經懶得再釘其他三根圖釘。他往後退，欣賞自己的傑作，帶有疲累感的笑意緩緩爬升，堆在滿布血絲的雙眼，宛若大杯健力士啤酒上的那一層奶色泡沫。

洛蒂說道：「他們不算是真正的嫌犯。」

「沒魚蝦也好。」

克爾比癱躺在椅子裡，兩人就在沉靜的早晨這麼坐著。她把自己的咖啡給了他，他接下，舉杯，佯裝在敬酒，然後開始喝咖啡。

他抬頭望著那排歪七扭八的照片，「我們能夠鎖定的人選寥寥可數。」

「我們可以加上穆塔女士、碧亞・威爾許，還有銀行經理麥可・歐布雷恩，」她說道，「然後，我們所知遇害者認識的人就全部到齊了。天，布朗與蘇利文簡直像是住在封閉的修道院一樣。」

「靠，我把歐布雷恩放到哪裡去了？」克爾比開始翻找椅子上的那疊文件，找到之後，又把另一張照片釘在白板上。

「喬神父呢？」波伊德走進來，立刻開口問道，在日光燈管的照映下，晨浴後的一頭短髮閃閃發亮。

「他是怎樣了？」洛蒂立刻出聲辯護，這種態度讓她自己立刻起了雞皮疙瘩。

「在清潔工蓋文女士發現蘇利文遇害之後，他是第一個到達犯罪現場的人。」波伊德坐在克爾比旁邊，手裡握著咖啡，洛蒂搶過來，喝了一大口。

洛蒂掩不住酸意，「我們最好也要弄張蓋文女士的照片。」

克爾比開口，「大家嚴肅一點好不好？」

洛蒂知道克爾比討厭別人把他的工作成果搞得像是餘興節目一樣，他已經累癱了。

克爾比指著德瑞克・哈特的照片。

「男友很可能因為吃醋而殺死了安傑洛提神父，」他說道，「然後，當布朗發現真相的時候，又殺死了他。」

波伊德問道：「但到底為什麼要殺害蘇利文？」

克爾比怒瞪了他一眼，「我不知道……」

洛蒂補了一句：「還不知道而已。」

「接下來，我們還有湯姆．里卡德，超級地產開發商，」克爾比繼續說道，「以超便宜的價格買下了聖安琪拉之家。在要件不足的狀況下強送郡治廳，很可能有行賄，只要他的朋友傑瑞．鄧恩核可，他在那個地點蓋什麼都不成問題。」克爾比指向遇害者的照片，「這兩名郡治廳員工很可能想要阻止他，或者是在玩勒索的把戲。所以才會出現大筆金額轉入他們的銀行帳戶，還有些錢藏在蘇利文家中的冷凍庫。布朗在遇到兇手之前、曾經打電話給湯姆．里卡德。只要除掉蘇利文與布朗這兩個人，他要怎麼在大家背後搞鬼都不成問題。」克爾比伸出了肥厚食指，猛戳里卡德的照片。

波伊德問道：「我們現在就先假設你推論正確，那安傑洛提神父又該怎麼解釋？」

「我哪知道，」克爾比搔抓他的捲毛頭，「但也許他當時正在追那筆錢。」

洛蒂現在對於克爾比的小故事更有興趣了，「繼續說下去。」

「說到了錢……麥可．歐布雷恩。」克爾比端詳了照片好一會兒，「他知道是誰把錢轉入受害者的戶頭。他會不會是中間人？我不知道。也許我們該好好盯緊他。接下來，是我們大家的朋友：康納主教。」

他為了強調懸疑效果，還刻意停頓了一下，才繼續開口：「他賣出聖安琪拉之家的價格遠低於市價。直接從里卡德的手上接下歐元滿到爆出來的牛皮紙袋，也不是不可能的事吧？我們也應該要檢查一下他的冷凍庫。」他覺得自己的梗不錯，哈哈大笑，而且最後還因此咳嗆。「回到安傑洛提神父。他為什麼會來到這裡？我才不相信『尋找自我』這種屁話，他出現於此必有原因。」

洛蒂不發一語，她在想昨晚與喬神父的對話內容。她望向不斷撲打窗戶、摧毀霜氣的凍雨，心想要是能在羅馬度過陽光普照的一天，感覺也滿好的。

波伊德態度堅決，「我還是覺得喬．博克神父的照片也應該要釘上去。」

「那就放啊。」洛蒂的語氣宛若荊棘樹叢一樣刺人。

波伊德回她：「探長，妳今天早上很暴躁哦。」

「你們兩個不要吵了。」克爾比已經累得閉上雙眼。

「我是不是錯過了什麼好戲？」瑪莉亞．林區進來了，馬尾左右搖晃，她手裡拿了一袋可頌。

三雙眼睛都轉向她。

眾人異口同聲：「沒有。」

林區後面跟了警司克禮根，他話還沒出口，唾沫已經噴到了坐在那裡的三名警探。

「帕克探長！」

他雙手扠腰，兩腿站得開開的，臉色泛紅的程度和克爾比一樣。好，看來他太太應該是沒有在他上班前準備炸薯條。

洛蒂問道：「長官，什麼事？」

「到我辦公室來。」

克禮根轉身，步入走廊。

洛蒂把咖啡給了波伊德，心中開始盤算要怎麼回答那些免不了的問題，然後跟克禮根進入了他的辦公室。

先說話的是她，「長官，在你開口之前——」

「帕克探長，別講話！」他打斷她，雙手一攤，坐在真皮皮椅上頭，椅面因為承重而發出嘶嘶聲響。

「在妳開口解釋之前，先不要跟我提任何的藉口。我不想聽，明白嗎？」

洛蒂點頭，擔心肚子裡的話可能還是會找到出路、溜到舌尖外頭。

「要是妳想要再次激怒康納主教，最好要給我充分的理由。」

「長官，這算是提問嗎？」要她閉嘴還真是難受。

克禮根的眼鏡滑到了汗濕鼻梁的下方，雙眼暴凸，頭頂宛若一顆正等待熱湯匙敲碎的白煮蛋。

「妳得給我解釋清楚，不然我就要通報總警司、把妳停職。」

「停職？」這可不是鬧著玩的，靠。「原因呢？」

「我會想出理由。」他的音量讓這個房間突然變得好侷促。

她屏住呼吸，隨後不小心開了口，話沒經過腦袋就說了出來。「我想去羅馬。」她心想，乾脆一口氣攤牌吧。

「羅……羅馬？」克禮根結結巴巴，「妳現在是想要羞辱教宗嗎？」說完之後，他把眼鏡推回去。

洛蒂緊閉雙唇。

「坐下，拜託給我坐下啊。妳站在那裡活像隻在動物園裡迷路的長頸鹿。」

洛蒂乖乖坐下。

「妳是笨蛋嗎？」克禮根雙手一攤，甚是無奈。「妳是怎麼回事？」

「我得要去羅馬，」洛蒂再次趁機提出要求，「我認為安傑洛提神父與蘇利文、布朗兩人的命案有關聯。到底是什麼關聯？答案就在羅馬。」她希望自己的措辭有說服力，因為她根本不知道喬神父發現了什麼。趁克禮根還沒打斷她之前，她趕緊繼續說下去：「我必須要親自查看聖安琪拉之家的舊檔案。將近四十年前，曾有兩名孩童在那裡慘遭殺害，而我們的兩名受害者也曾在那段時間住過聖安琪拉之家。我相信那些檔案也許可以幫助我們釐清兇手動機。本來這資料應該要歸檔存放在都柏林總教區，但卻因為不明原因而轉送到羅馬，所以我需要過去羅馬一趟。」

「妳如果不是喝醉了就是瘋了。」克禮根說道，「我聞不到酒氣，所以妳一定是瘋了。」

「所以你的意思是不予批准了？」

「當然。」

洛蒂問道：「可否讓我解釋一下緣由？」

「妳連辦案方向該怎麼走都搞不清楚了，」克禮根聲如巨雷，「帕克探長，但我可以向妳解釋一些事，」他起身，開始在她旁邊繞圈踱步。「我們查案已經進行了一個禮拜，目前妳給我的進展是零鴨蛋。我每天都得開記者會，講一堆屁話，都是因為妳、波伊德、克爾比、林區，還有妳底下的其他小丑都在忙著瞎子摸象，完全無法給我任何答案。拉格慕林的居民嚇得挫賽。兇手在恥笑我們，那妳現在要幹嘛？腦袋壞掉要去他媽的羅馬，哈！」

他停下腳步，不再繞圈，坐了下來，又是一陣氣體逸出，洛蒂不知道這聲音到底是因為坐了下來？還是因為放屁？

「我可以給你合理解釋，而且我的直覺——」她的話才講到一半，克禮根的雙頰已經漲得發紫。

「我不要聽什麼女人直覺或感應之類的鬼話，聽懂了嗎？」

「是，長官。」

「還有，不准再去騷擾康納主教，要是我再看到我的手機來電出現他的姓名，我一定會先對妳做出停職處分再接他的電話。探長，現在我們已經取得共識了吧？」

「是，長官。」洛蒂心想，康納也許是打電話給你約打高爾夫球，但咬住下唇沒說。

「還有，也離湯姆·里卡德遠一點。」

「是，長官。」

「現在給我出去，做點建設性的工作，希望妳還懂得它的含義。」

警司克禮根摘掉眼鏡，搓揉雙眼，等到她再次戴上眼鏡的時候，洛蒂已經準備要離開。當她踏出房門的那一刻，她聽到他還丟了一句話。

「羅馬，媽你個頭啦。」

65

湯姆．里卡德大啖早餐，吃得津津有味。

梅蘭妮說道：「傑森昨晚一直沒有回家。」

「我知道。」里卡德把一塊臘腸塞入口中。

「我很擔心，」拿起酷彩牌的紅色茶壺，為他的馬克杯添茶。「他是經常外宿沒錯，但昨晚發生了那種事，你也知道……」她的聲音就像是他手中的握刀一樣尖利。

里卡德抬頭，挑掉了牙縫裡的一小塊蛋，吞了下去。

「他很快就會回來了。」

「你從來沒打過他，就連他小時候也不曾動手，更不可能甩巴掌。你到底是怎麼回事？而且，還是在他女友面前，你真是可惡透頂。」

里卡德以舌頭舔弄全部的牙齒，拿起叉子，繼續吃早餐，然後在自己的熱茶裡加了三湯匙的糖，大口喝下。

他說道：「他不該和那種女孩交往，我就是要讓他徹底斷念。」

「你知道現在外頭有殺人犯，而我們的兒子失蹤了。」

「別鬧了，」他說道，「他昨晚很可能就是跟那年輕女孩睡了一晚。」

「就和你一樣？你昨天深夜去了哪裡？」

「梅蘭妮，妳又來了。」里卡德透過叉齒之間的隙縫緊盯著她。

她冒出冷笑，「你先打了我們的兒子，然後自己上演失蹤劇碼。」

「你是不是和你的香水金髮女在一起？」她東聞西聞，彷彿覺得他身上沾染了另一個女人的氣味。

里卡德為自己添茶。他心想要是把茶壺丟向牆壁，或者，朝她的頭扔過去，不知道會裂成多少碎片？

玄關傳來電話鈴聲。里卡德起身，準備去接聽電話，他覺得這還來得真是時候，正好阻止他犯下瘋狂行徑。

✦

凱特．帕克醒來，眼睛後方的區域一陣劇痛。她從枕頭底下拿出手機，沒有未接來電，也沒有簡訊。

她按下傑森的電話號碼，為什麼他父親這麼生氣？

語音信箱傳來了他的笑語，「嘿，看來我現在是沒辦法接你的電話，不用浪費時間留言了啦，哈哈。」

凱特露出甜笑。

「嗨，親愛的，希望你沒事。等到你醒來之後再打電話給我，愛你哦。」她掛了電話，又傳了兩個幸福表情的圖案給他。

她又躺回去，開始哀號，因為昨晚回家時的記憶逐漸浮現。

她居然罵她媽媽是酒鬼。

她把頭埋入被子裡，低聲嗚咽。

✦

湯姆．里卡德盯著自己握住的那支手機，他兒子的手機。他驚覺傑森昨晚沒帶手機就出門了。電話鈴響停止，他看到螢幕上出現的名字是「凱特」，語音留言的圖示開始閃動。

他聆聽女孩的留言，發覺傑森昨晚並沒有和她在一起。他望著手中兒子的手機，傑森明明到哪裡都會帶著手機，所以他現在人呢？

里卡德繼續吃早餐，覺得昨天修理這小兔崽子的力道還不夠狠，應該要加倍才是。

✦

傑森．里卡德聽到自己頭頂上方傳來了搔抓聲響，醒了過來。他想要坐起來，但完全沒有辦法。原來手腳都被某條繩子綁住、纏住他的軀幹與脖子。他全身顫抖抽搐。幹，幹，幹死了，到底出了什麼事？他努力回想，但腦袋一片空白。

他稍微移動脖子，想要看清楚周邊狀況。完全沒辦法，幽暗，漆黑。他轉頭，繩索把他的喉嚨勒得更緊了。疼痛一陣陣發作，宛若有隻瓢蟲鑽入耳道、窩在他的腦袋裡，他這才驚覺自己遭五花大綁，活像隻聖誕節火雞。

這不是惡作劇。

事情大條了。

他癱躺在冰冷的木頭地板，想要吼叫，但發出的卻是淒厲的哭聲。

他想要找媽媽。

他想要凱特。

他想要殺死他的混帳爸爸。

66

洛蒂跟在波伊德後面，進入了茶水間，他正忙著煮熱水。

「克禮根以為自己是誰啊？」她咬牙切齒，忿忿捶了一下暫時代用的流理台。

「他是老大，老大就是他。」波伊德找到兩個乾淨的馬克杯，以湯匙放入咖啡粉。

洛蒂雙手交疊，靠在牆上，彷彿覺得這姿勢可以壓抑自己的怒火，她說道：「我甚至還說出了自己的附帶計畫，但他不買帳，根本不肯聽我說。」

「換作是我，妳的說法我也聽不下去，」他說道，「就他的立場看來，我們根本還沒有這些命案的任何具體證據。現在外頭也知道了蘇利文曾在愛心食堂工作的事，她又上了頭版。克禮根必須面對他的上級以及社會所提出的疑問，這裡的民眾覺得我們根本沒有認真辦案追兇。」

「天，你的語氣就和他一模一樣，」洛蒂回嗆他，又深呼吸兩次。「我可能會在羅馬發現有利線索，但他不想知道。」

「妳在說什麼啊？」

她把自己與喬神父的對話內容告訴了他，波伊德依然面不改色，她真希望他能夠把情緒展露出來，就算是憤怒也好。

「洛蒂，理智一點，」他說道，「靠著現代科技，我相信妳的神父應該可以找到方法把資料寄過來。」煮水壺的水開了，他把熱水倒入馬克杯。「沒牛奶。」

「我不要牛奶，我要答案。好不容易找到了一條線索，但我卻遇到重重阻礙。」她接下馬克杯，啜飲咖啡，讓沉靜重燃她的決心。「也許你說得沒錯。」

「哪一點？」

「也許我應該再次聯絡喬神父，看看他是否有辦法可以寄送資料。」

洛蒂手機響了，她立刻看了一下螢幕。

「是凱特，另一個等我解決的大麻煩。」

「這我就愛莫能助了，我怎麼可能知道答案呢？」

波伊德小心翼翼從她身旁走過去，輕輕碰到她一下。他頷首示意道歉，繼續往前走。

她假裝沒注意到他剛才的輕觸，但心中卻有一陣暖意。

「凱特，妳還好嗎？」

「……我一直沒有他的消息。」

洛蒂回她：「再說一次，我剛才不太專心。」

「天哪！媽，是傑森出事了！我不知道他在哪裡。他媽媽用他的手機打電話給我，昨晚他沒回家。」

洛蒂瞄了一下時間。

「才剛過七點而已，也許他窩在某個朋友家裡。」

「媽！他無論去哪裡都一定會帶著手機。他爸爸毆打他之後，我立刻離開，里卡德太太說，過沒多久之後他也出去了，我好擔心。」

「好，相信我，沒什麼好擔心的，他應該是在自我療傷，修補受挫的自尊。他父親打他當然不對，但是傑森必須要想辦法自己面對。等到他領悟出對策之後，一定就會回家。畢竟他是十九歲的人了，不是九歲。」

「希望是像妳說的那樣，」凱特說道，「還有，對不起。」

「什麼事？」

「罵妳是酒鬼。我沒有那個意思。真的，妳是全世界最好的媽媽。」聽得出凱特是含淚道歉。

「謝謝，」洛蒂鬆了一大口氣，連握著馬克杯的手也跟著顫抖。「好，我得掛電話了，等一下再和妳好好談一談，剛才好戰的克禮根對我發出了警告。妳快去吃早餐，傑森一有消息，立刻讓我知道。」

洛蒂回到案情偵查室。她瞄了一眼白板，發現克爾比已經把喬．博克神父的照片釘在上面。

67

麥可．歐布雷恩努力裝出認真工作的模樣。

他的私人助理，瑪麗．凱利在他的辦公室外頭、斜靠在自己的辦公桌，屁股扭來扭去，他透過敞開的房門，端詳了她的胴體好一會兒，但他沒興趣，現在腦袋裡有太多思緒。康納主教昨晚狠狠刮了他一頓，湯姆．里卡德對他不爽。周旋在他們之間，他身處邊緣顫顫巍巍。

他打算輸入數字，但是手指卻在抖晃，根本不合理的數字。空氣，他需要新鮮空氣，舒適清冷的冬日空氣。他登出電腦，穿上外套。

「瑪麗，我出去一下。要是有人找我，就請對方留話，我馬上就回來。」

他扣上了大衣鈕釦。

「要是總部問起你昨天送出去的數目，那我該怎麼對他們說？」

歐布雷恩邊走邊回她：「叫他們去吃大便。」

✦

康納主教解開車鎖，坐入米白色的真皮座椅之中。他昨晚對歐布雷恩的態度應該要這麼強硬嗎？也許他不該阻撓探長辦案，這樣可能會讓她更起疑心。天知道歐布雷恩會有什麼反應，要是他承受不住的話，什麼事都幹得出來。他心想，這傢伙是團隊中的弱牌，但總是得找人處理錢的事。

木已成舟，他並不是那種會為了確認無誤而走回頭路的人。至少安傑洛提神父已經不礙事了，很好。他這一生已經有太多人來擾事，讓他的下半生一直不得安寧。開發計畫將會順利進行，全新的飯店與高爾夫球場，終身會員，他可以盡情享受。

最後，一切都會圓滿成功。

他打開電台，隨著音樂哼唱，開車四處兜風。

✦

馬路冰滑，車流緩緩前行。

傑瑞．鄧恩想要早一點進辦公室，但現在看起來是不可能的了，他需要最後一次瀏覽檔案。手機響了，是碧亞．威爾許，他沒理她，這女人就是愛管閒事，

就在昨天，她一直告訴他聖安琪拉之家的檔案不見了。他客氣回覆，檔案正在處理中。處理中？再過一天，就不歸他處理了，他就可以徹底擺脫這個燙手山芋，而且還會拿到塞滿一大疊歐元的大紅包，他心想搞不好老婆海瑟也許想要再來個一週的陽光之旅。

當他在主街與高爾街交叉口等紅綠燈的時候，他從後照鏡發現麥可．歐布雷恩從某個停車格出來，急促倒車，發出刺耳聲響，然後直闖紅燈離去。是誰逼他這麼焦急？鄧恩真盼望這一切可

以早日落幕。

再來個一週的陽光之旅？在這種時候，這樣的念頭顯得格外誘人。

68

波伊德從洛蒂肩後的方向瞄她，「妳在幹什麼？」

「我在查飛往羅馬的班機。」她開始大罵瑞安航空，網站需要勾選的項目簡直像是點不完一樣。

「妳瘋了嗎？誰付錢？」

「我自己。」

「哦，這可新鮮了。我還從來沒聽過有哪個警察因為工作的時刻必須自己買單。」

坐在滑輪椅的他，立刻溜到她旁邊。

她忙著打鍵盤，「你不要盯著我，那麼之後你就不需要配合我而說謊。」

「我先前告訴妳的話，妳到底有沒有聽進去？這真是瘋了。」

「你早就說過了，不要一直碎碎唸。」

波伊德起身，「我才不要和這件事有任何瓜葛。」

「有誰問你了嗎？」

克爾比抬眼，看了一下他們，猛搖頭。

洛蒂咕噥：「你怎麼不去幹點正經事？」

波伊德反問：「比方說？」

「再次詢問布朗的男友德瑞克．哈特，看看是不是還能挖出些什麼，他一定有所隱瞞。還有去追主教宅邸的那個年輕神父，是叫歐恩沒錯吧？還有，去找派翠克．歐馬利，找出那個脫逃的寇神父。要不要我寫清單給你？」他們一直沒找到這個寇神父，而且她也心中有數，他們還有許多有待清查的線索。

波伊德將椅子奮力向後一衝，撞到了暖氣管，然後，他拿起外套，大力甩門出去。

一點三十分有班前往羅馬的班機。她看了一下時鐘，要是趕一點的話，時間還算充分。含稅價七十九歐元，不錯。她負擔不起吧？除非她事先取得上級許可，不然這筆費用絕對無法核銷，但她現在沒時間搞這個。最後一定是變成她自掏腰包，但她一定得過去一趟，就買了吧。

她開始嚷嚷：「我靠……」

克爾比在自己的電腦螢幕前探頭，「怎麼了？」

「沒事。」

她盯著抽屜裡面，想要找尋藥丸讓自己冷靜一下，但什麼都沒有。就在她關抽屜的時候，她注意到某個舊檔案，就塞在一堆雜物的正中央。坐在這裡，等待，就會有答案出現？經過了這麼久之後，現在羅馬的那些老舊答案是否能夠給她所有問題的解答？如果真是如此，那麼絕對值回票價。

她開口說道：「去程票價七十九歐元，回程是早上，再加五十五歐元。」克爾比假裝沒聽到。

她當然付不起。她找錢包，準備信用卡。馬上就要付帳單了。她咬住下唇思索，仔細評估一切。喬神父真的找到了有用的線索？萬一蘇利文與布朗就是死在他的手中？甚至安傑洛提神父也是？真相到底是什麼？但她已經有所體悟，她不知道自己可能會欠多少卡債，但她虧欠受害者一個公道。

她把手伸入抽屜，取出了那個失蹤男孩的陳年檔案。它宛若糾纏不放的厲鬼，一直糾結在她的心頭。她把它放在鍵盤旁邊，打開檔案，望著男孩的照片，伸出食指撫摸他的雀斑。她已經暗自做出決定，要是克禮根想要逼我停職，那不妨就給他一個正當理由吧。她輸入卡號，交易完成，印出登機證，以免等一下又後悔了。

「靠！」她雙手抓髮，捏得死緊。

克爾比問道：「現在呢？」

「我得找人幫忙顧小孩。」

克爾比搖頭，又回去繼續忙自己的事。「我的履歷上真的沒有這項專長。」

洛蒂的指甲已經陷入頭皮之中。她硬是吞下自尊，打電話給母親。

69

他一定是又睡著了，因為當他睜開眼睛的時候，已經看到了一道微光。

那個男人，正站在門口。傑森眨眼，他看不太清楚。

他聲音嘶啞，「你到底想要對我做什麼？」

「我不確定，真的還拿不定主意。我是一時動念載了你上車。我以前從來沒有做過這種事。有這樣的小鮮肉坐在我身邊，讓我感覺好興奮啊。」

「你是大變態。」

「笨蛋，你再罵我啊，之後你可能會後悔莫及。」

「你對我做了什麼？要是你碰我的話，我發誓，我爸爸一定會殺了你。」

「根據你昨晚告訴我的事，我想他不算是可靠的爸爸。」

傑森聲音顫抖，「你是不是已經……？」

「怎樣？」

傑森知道對方在訕笑他。

「我是不是碰了你？沒有，至少現在還沒有，一想到就讓我變得又長又硬。」他哈哈大笑，開始撫弄自己的下體。

傑森全身抽搐。

「你是不是對我下藥？」

「一顆讓你進入夢鄉的小藥丸。我可不能冒險讓你出手反抗，這樣一來，就會摧毀了練習的目的。」

「什麼練習？」

「我說過了，我還沒有想到。你餓了嗎？」

「我口渴，麻煩你趕快鬆綁。」

那男人悶哼一聲，宛若風動的聲響在小房間內飄蕩。

「也許我會幫你準備一些食物和水，下次吧。」

他轉身準備離去。

「拜託別把我丟在這裡，我想要回家。」在冷冽的氣溫中，傑森吐出了一團白霧。

「我說什麼，你就給我乖乖照辦。」對方拉高聲音，隨後恢復正常，留下一股不言而喻的惡毒餘味。

哐啷一聲，房門關起，接下來是鑰匙在鎖孔裡轉動的聲音。

傑森等待，聆聽。上方天花板的搔抓聲響，遠方傳來嘎嘎鳥鳴。

能聽到的就是這些而已，除此之外，一片死寂。

70

波伊德抗議了好幾次之後，終於還是答應幫她圓謊。

洛蒂說道：「我明天就回來了，」

「我不該——」

「波伊德，謝謝，我就知道你這個人很可靠。」她捏了一下他的手臂，「要是有人問起，就說我又去搜索受害者的住家、追查線索、詢問嫌犯。」

「哪些嫌犯？什麼線索？」

「這裡怎麼講話有回音啊？」洛蒂把手放在耳邊假裝傾聽，「你之後一定會想出答案。」

要是喬神父發現了什麼重要資料，她就沒事了，但要是克禮根發現她違背他的命令，很可能還是會將她停職。但話又說回來，他又沒斬釘截鐵說不行，對吧？

幹，管他那麼多。

洛蒂到家之後，清空尚恩的學校後背包，把他的書本放到乾衣機的上面，匆匆跑上樓找尋乾淨衣物。她從衣架扯下多件襯衫與毛衣，呆望著床上的那座小山。

「妳在幹什麼？」克洛伊站在門口，身上還穿著睡衣。

「我要去羅馬，處理公事。我已經打電話給你們的外婆，請她今晚待在這裡過夜。」

「什麼？啊不要啦。」

「我知道，我都知道，」洛蒂說道，「但我必須確定你們平安無事。」她拿起一件紅色緞面上衣，在胸前比劃，尋求女兒的認可。

這個十六歲的女孩皺著鼻子，搖頭。

「我幫妳看一下，」她說道，「妳需要怎樣的打扮？」

「得體、乾淨。」

克洛依從那一堆衣物裡抽出米白色絲質小釦上衣、細肩帶小可愛，還有深棕色牛仔褲。

「妳覺得怎麼樣？」克洛伊問道，「都可以搭配妳的雪靴。」

「太好了，」洛蒂說道，「幫我摺好放進包包裡可以嗎？妳也知道這不是我的強項。」

洛蒂翻遍衣物，找到海軍藍的長袖T恤，立刻換上。然後又檢查了一下牛仔褲是否能見人。最後心一橫，反正穿這件就是了。

克洛伊說道：「總有一天，我要燒光這些T恤。」

「穿起來都很舒服。不過，那件絲質上衣我不知道該不該帶去。」

克洛伊說道：「超美的啊。妳應該要認真一點打扮，也許會吸引到某個不錯的男人。」

洛蒂挑眉盯著女兒。

「怎麼會突然冒出這句話？」

「妳必須要多去有趣的場合，認識朋友。妳還這麼年輕，不該一個人過下半輩子，我知道爸爸一定也希望妳可以找人相伴。」克洛伊從梳妝台拿了一小條保濕霜，「我去找乾淨的冷凍袋把這裝進去，配合機場安檢規則。」

洛蒂看著女兒離開房間。她萬萬沒想到子女居然會希望她去認識別人，他們歷經了亞當重病的種種煎熬，出現這種念頭讓她大呼意外。

她坐在床上，凝望被她蹂躪得亂七八糟的衣櫃，發現最上層的櫃層有件厚重的針織毛衣，她立刻跳下床，把它緊擁入懷。那是亞當的漁夫毛衣。她把它湊到鼻前，拚命想要嗅聞他的殘味，但她知道先前洗滌之後一定早就消失了。他殘留在衣物上的獨特氣味，是唯一剩下的有形遺痕，但去年夏天的時候，卻被抱怨了數個月之久的羅絲・費茲派翠克全丟入洗衣機。她們之間的齟齬在那天更形惡化。洛蒂對母親大發脾氣，把她趕出家外，然後把頭埋在那一籃濕答答的衣服裡痛哭。這不是她母親的錯，她心底很清楚，但她就是覺得自己被侵犯了，只剩下無法承受的失落感。

她將這一丁點的亞當回憶緊緊摀在胸口，然後摺好放回原來的櫃層。她必須與母親修好，而且要快一點。

克洛伊帶著乾淨冷凍袋回來，將那條保濕霜丟進去，放在背包的最上側。

克洛伊問道：「妳有沒有帶換洗的內衣？」

洛蒂翻找某個抽屜，拿出了一套內衣內褲，塞入袋中。

「克洛伊・帕克，要是我沒有妳該怎麼辦？」

「媽，說真的，我也不知道。」克洛伊搖頭，還哈哈大笑。

「外婆馬上就過來了。」

「我們應該是可以忍受她一個晚上啦。」

「給我記得一件事就好，盯著凱特。她昨天晚上很難過，還有，不准吵架。」

克洛伊對她翻白眼。

「每次都是凱特，那我與尚恩呢？」

「我知道我可以靠妳嘛，拜託好不好？」

「沒問題，」女兒回她，「我保證至少在妳回來之前、絕對不會殺了凱特。遇到那些義大利種馬，妳自己小心一點。」

洛蒂緊抱克洛伊，又親了一下她的額頭，準備和另外兩個小孩道別。

她詢問凱特：「有傑森的消息嗎？」

「沒有，」她回道，「我等一下會去我們朋友家繞一下，看看能不能打聽到消息。」

「別煩心了，」洛蒂說道，「也許他呼麻呼太多就昏睡過去了。」

「媽！」

「還有，等到我回來時，我們要聊一聊園藝的事。」

「什麼啊？」

「要怎麼拔草❹。」

凱特微笑，洛蒂抱住她。

尚恩站在門口，「我什麼時候才能拿到新的PS？」

早上十一點剛過沒多久，洛蒂關上了大門。波伊德早已斜靠在自己的座車等待，他取下她肩上的背包。

他鑽入車內，「我來開車。」

洛蒂坐進副座，「我不要聽訓。」

「我不知道妳到底是怎麼了，」他開始倒車，「好，我什麼都不說。妳吃東西沒有？」

她搖搖頭。他靠過去，從置物箱拿出一條巧克力，丟到她的大腿上。

路面冰滑，波伊德專心開車，兩人一路無語，雖然天候惡劣，還是在五十分鐘內就抵達機場。他剛把車停入離境大廳外的臨停區，她就立刻把背包放到自己的面前。

「要是我犯了錯，那我也認了。但我必須竭盡一切找出真相，這是我虧欠受害者的公道。」

他回她：「這是自毀前程，妳自己也很清楚這一點，根本不該去這一趟。」

「那就等著看吧。」

洛蒂全力挺直身體，穿過了玻璃門，她的步伐隱約帶有一種決然感——也許是因為她搞不清楚自己到底在幹什麼。

❹ 戒除大麻。

波伊德開車回到拉格慕林，依然餘怒未消。他坐在洛蒂的辦公桌座位，心想她接下來到底該怎麼順利脫身？她先前的表現固然桀驁不遜，但這次真的是超越了界線。

辦公室少了她，顯得格外冷清，他的心也是。他拿起她的咖啡杯，洛蒂真是不修邊幅。他起身的時候，碰到了她桌上的那份老舊檔案。她一直死命捍護，儼然把它當成了國家機密，他以前一直懶得過問。不過，現在卻挑起了他的好奇心，他打開了封面。

照片裡的男孩淘氣抿嘴，彷彿正在盤算接下來要搞哪一齣惡作劇。波伊德迅速閱讀內容，被關在聖安琪拉之家，後來逃走，院方通知男孩母親，她立刻向警方報案，兒子就此成了失蹤人口。他再次盯著男孩的姓氏，立刻明白這份檔案與裡面的失蹤男孩為什麼對洛蒂而言如此重要。為什麼她對他信心不足？不願意說出來？難道兩人之間的友誼不算什麼？

波伊德繼續看下去，閱讀完檔案的全部內容之後，他不禁懷疑自己是否真的了解洛蒂・帕克這個人。

71

洛蒂搭乘機場快線列車在羅馬特米尼中央火車站下車，皮膚因興奮期待而刺癢。天空飄著微雨，是個舒服夜晚，她因應時差把手錶調快一小時。

她進入圓石鋪面的街道，穿越馬路。她從來沒有來過羅馬，但已經在搭乘火車時研究了地圖，默記通往飯店的方向。直走，然後左轉，然後應該就在她旁邊，果然沒錯。

她站在某個小廣場，正好面對聖母大教堂，雄偉氣勢不禁讓她為之震懾。六點鐘的鐘鈴響徹雲霄，整個廣場充滿了生氣，原本在石板路面啄食濕潤麵包屑的鴿群立刻飛向陰灰天空。

一進入飯店門廳，那美得不可思議的大理石地板與牆面立刻讓她目眩神迷，櫃檯的男接待員對她打招呼。

對方以義大利文向她打招呼，「小姐，日安。」

洛蒂喜歡他的腔調，真希望自己也能夠講義大利語。確認過她的訂房資料之後，他把鑰匙交給了她。

「小姐，」他又冒出義大利文，接下來轉為英語。「這是我們的豪華客房，請搭乘電梯到五樓。」

「謝謝。」洛蒂用義大利文向他道謝，至少她還知道這個字怎麼說。

她在白色大理石廊道的盡頭找到了自己的房間。設計精巧，乾淨又溫暖。她在心中默默感謝喬神父，她在離開都柏林機場前傳訊給他，居然就在這麼短促的時間內幫她找到了這地方。而且，他還堅持要付錢，他說，可以由教區基金支付，這一點她就不和他爭了。

她打開窗戶，羅馬外頭市聲擾攘，房內也感染了那股熱鬧，樓下咖啡店的義式咖啡香氣飄散上來。大片屋頂的景色讓她心情亢奮。她很想要好好參觀，但這一次不行。

浴室蓮蓬頭是微溫的細弱水流，但她還是堅持沖澡，出來的時候精神奕奕。她換上棕色牛仔褲和長袖米白色絲質襯衫，站在鏡子前面，她解開了最上方的兩顆釦子，讓衣領自然鬆垂。她心想，這樣比較好看，但後來又還是扣回去。她看了一下手錶，喬神父應該已經在等她了。

✦

隨著蜿蜒的窄小街道，她進入古羅馬的核心地帶。汽車喇叭聲四起，機車疾駛而過，還有警笛在尖嘯。小雨停歇，她終於離開了石板路迷宮，看到台伯河對岸的聖伯多祿大教堂，在街燈的光暈之中閃動微光。她過橋，進入了梵蒂岡，根據簡訊的街道指引，她轉彎，看到了喬神父。

「帕克探長，歡迎來到羅馬。」

「見到你真開心。」她伸手致意，很驚訝自己居然這麼快就找到了他。

他把她摟過來給了一個熊抱，她知道自己雙頰瞬間緋紅。他稍微放開了她，但依然握住她的雙手仔細端詳她。

「我們這麼久沒見，妳瘦了。一定是工作得太認真，而且瘀血看起來更嚴重。」

洛蒂大笑，「別鬧了，你明明幾天前才看過我。」

「妳來到羅馬，我真是太開心了，」他說道，「我想要帶妳好好欣賞這座城市，妳一定會愛上它。」

「我來這裡是為了公務，」她警告他，「我只有幾個小時而已。」

「既然都來了，就好好享受一下，」他說道，「在大教堂關門之前，迅速參觀一下？」

「好吧，但千萬不能耽誤要事。」

她走在他旁邊，他伸手指出外在建築的諸項特點，然後又帶引她走上階梯，穿越安檢。

她屏息驚呼，「哇！」

裡頭與外面一樣壯觀，空氣中瀰漫焚香氣味。他們穿梭在令人讚嘆不已的廊道，米開朗基羅的《聖母哀子像》最讓洛蒂目不轉睛，在聚光燈的照映下，保護玻璃後方的光潔大理石閃耀光澤。聖母抱著死去的兒子，她的容顏哀戚，但已經默默認命。洛蒂想到了亞當，還有當初自己抱著屍冷的他的情景，她盼望自己永遠不需以這種姿態抱住兒子。喬神父把手放在她肩頭，嚇得她倒抽一口氣。

她輕聲嘆道：「真美。」

他回道：「這是了不起的大師傑作。」

他們離開大教堂，走入羊腸小徑，過了十分鐘之後，站在某扇四點六公尺高的木門前面。她在路途中頻頻追問喬神父，但他都不肯回答，只說他要帶她去看他找到的線索。他按下對講機，應門者聲音沙啞，操義大利文，大門傳出吱嘎聲後開了。

迎接他們的是一道狹形門廳，坐鎮中央的是一座被活潑小天使石像所包圍的噴泉，數道階梯蜿蜒而上，通往各間公寓。這場景洛蒂聯想到電影《羅馬假期》裡的葛雷哥萊．畢克，她覺得搞不好奧黛麗．赫本會從某個台階探頭出來張望。

位於三樓的某扇門開了，一個身材圓滾滾，身著飄逸黑袍，身高不過一五三公分的男子奔下樓梯，嘴裡冒出了一連串如旋律般的義大利文。

他緊緊擁抱喬神父，「喬瑟夫！喬瑟夫！」

「翁貝托神父，這位是洛蒂．帕克探長，」喬神父掙脫了他的懷抱，「我先前提過的那位愛爾蘭探長。」

那名矮小男子踮起腳尖，與洛蒂輕觸臉頰。

「翁貝托，」他說道，「叫我翁貝托就好。」

「可以叫我洛蒂。」

翁貝托拉著喬神父的手上樓，宛若母親帶著剛放學的小孩回家一樣，而洛蒂則跟在後頭。洛蒂鑽入房間，裡面書籍四處散落，數量之多讓她大吃一驚。這位矮小神父剛才正忙著收拾，現在趕緊慌忙猛揮雙手。

他英文不太好，「真抱歉，沒時間整理。」他的眼鏡宛若黏住鼻梁，肥肉卡得死緊。洛蒂坐在堆滿文件的桃花心木櫃子上面，看著這兩位神父以義大利語嘰哩呱啦交談，她終於與喬神父四目相接。

他說道：「也許我們應該轉換成英文。」

翁貝托以義大利語回道：「好的。」

「請你告訴這位警探……洛蒂，為什麼安傑洛提神父要前往愛爾蘭？」

翁貝托突然啞口，剛才的活潑態度立刻消失無蹤。

「她死了。這……怎麼說……太可怕了，」他劃下十字聖號，低頭，等到他喃喃唸完了祝禱之後，他的目光在房間裡四處飄移。「我就知道這樣很不好，我早知道了。」

洛蒂問道：「什麼意思？」教堂鐘聲悠悠響起，她忍不住畏縮了一下，這個秘密很可能就在他們所身處的房間裡。

「我猜……他想要掩飾，掩飾錯誤。」翁貝托突然坐在地上，這裡也沒有其他地方可以坐下來。

「翁貝托神父是愛爾蘭教區檔案的管理人，」喬神父開始解釋，「也就是說，只要是從主教寄送給教宗的檔案或是信函，都由他負責整理歸檔。最近有不少愛爾蘭教區的檔案被轉送到這裡，而翁貝托的直屬上級就是安傑洛提神父。」

翁貝托摘掉眼鏡，先前的熱情轉為激動號哭。洛蒂盯著小小的窗戶，刻意避開他，面對善感男人不是她的強項。

「對不起，好難過。安傑洛提，他是我朋友。」

喬神父問道：「要不要幫你倒杯水？」

「不用，我沒事。我不敢相信好友再也回不來了，我好傷心。」他止不住抽泣，肩膀不斷起伏伏。

洛蒂以眼神詢問喬神父，他轉頭，迴避她的目光。

她懇求翁貝托神父，「可以幫我們忙嗎？」

「我會幫忙，好，」他站起來，把眼鏡壓回鼻梁。「沒有人能傷害我吧，是不是？」他擦去淚水，想要恢復些許鎮定。

「安傑洛提神父為什麼要去愛爾蘭？」洛蒂希望這位神父能夠盡快告訴他們寶貴線索。時間快速流逝，隨著一秒秒過去，她丟飯碗的可能性似乎也越來越高。

「他接到了信……所以他就過去了。」

洛蒂問道：「有沒有這封信的複本？」

「沒有，那是簡訊，傳到他手機。」

她繼續施壓，「但你一定知道什麼吧？」

翁貝托神父嘆氣，目光飄向喬神父，然後又轉回到洛蒂身上。「不記得什麼時候？夏天吧？他接到某人的來電，詹姆斯．布朗，他要求調查聖安琪拉之家，他說，那地方用少少的錢賣掉了。他說，安傑洛提神父必須要尋找領養的寶寶。妳懂我的意思嗎？我英文真的不好。」

洛蒂回道：「我懂。」

「之後，安傑洛提神父花了許多時間研究清冊。我知道這個詹姆斯後來又寫了更多的信，十二月的時候，安傑洛提神父，他告訴我，他必須過去，他說他犯了嚴重錯誤，一定要找人談一談，把事情問清楚。」

洛蒂問道：「什麼樣的錯誤？」

「他說他弄錯了數字，就只有說這麼多。他告訴我不要追問，所以我就沒繼續問下去了。」

喬神父問道：「我可以讓帕克探長看一下那些清冊嗎？」

翁貝托神父點頭。

「我的好友死了，」他停頓了一會兒，「我得要去……走一走。我沒看到的事，我就不算說謊。」他穿上外套，再也不說話，直接沒入夜色之中，留下他們兩人。

喬神父起身。

「康納主教先前下令聖安琪拉之家的老舊清冊必須從愛爾蘭移到這裡，大約是兩年前的事，我也不知道為什麼。現在都存放在地下室，跟我來吧。」他打開了洛蒂原本以為是廁所的門，裡面卻是一道螺旋梯。

洛蒂問道：「應該放在更安全的位置保存這些資料吧？」

「這裡很安全。類似這樣的辦公室，羅馬到處都有，幾乎沒什麼人知道這些地方。」

他們走下三層階梯，到達底端。

一道厚重的木門開敞，有把金屬鑰匙插在鎖孔裡。洛蒂望了一下喬神父，隨即走了進去。

72

洛蒂驚嘆：「這地方真是不可思議。」

一排排真皮裝訂的清冊，被放逐到羅馬後街的一段歷史。

喬神父打開了桌上的某本清冊，「這是聖安琪拉之家的資料。」

洛蒂深呼吸，這時才驚覺剛才一直屏住氣息。喬神父小心翼翼翻開褪色的紙頁，終於找到了他要查閱的年分：一九七五。她瞄了喬神父一眼之後，開始細讀數十年前留下的筆跡。諸多名單。有姓名、年紀、出生日期、性別，清一色女性。

「我們要看的是什麼？」她雖然這麼問，但早已猜到了答案。

「這幾頁是一九七五年住在聖安琪拉之家的女孩資料，」他說道，「我已經從頭到尾翻了一遍，但就是找不到蘇珊．蘇利文。」

洛蒂坐下來，仔細翻頁閱讀。

「她在這裡，」洛蒂說道，「莎莉．史坦斯，她後來改名換姓。」

「難怪我找不到。」

「這裡有索引編號，」她問道，「這一個，就在莎莉名字的旁邊，AA一一三，這是什麼意思？」

「放置在此的另一本清冊，」他說道，「我還沒找到那一本。不過，先看看這個。」他交給她另一本比較小的簿冊。

「我的天，」她低聲說道，「真不敢相信。出生日期，死亡日期。喬，這些都只是寶寶和小孩。」洛蒂翻閱內容，驚恐得無法言語。

他悄聲回道：「我知道。」

「死因，痲疹、腹絞痛、不明原因……」她唸完之後驚呼，「天，他們到底把屍體埋在哪裡？」

「我不知道。」

「看起來也未免太井然有序、太冷血了，」她說道，「但他們都是父母的親骨肉啊。」

「我不確定這和妳手中的案子有無關聯。妳剛才問到的索引號碼，我在這裡找不到那本清冊。」說完之後，他在她背後彎身細看。

洛蒂想要控制住自己的顫抖身軀。她想起化糞池裡出現諸多死嬰的驚悚新聞標題，這是數年前的國際大新聞，現在，她握有類似事件的證據。難道這就是資料被悄悄移轉的真正原因？她又開始研究喬神父給她看的第一本清冊。

「這一本清冊，」她說道，「只列出了女院童，但聖安琪拉之家還有男院童。」她想到了藏在自己抽屜裡的那個失蹤男孩檔案。又是另一個與聖安琪拉之家有關的謎團。她期盼這地方能夠帶給她一線曙光。

「一定是在另一本清冊，我會繼續找，那間學校多年來收了好多孩童。」他伸手指向書架上那一排排的黑色書脊清冊。

「不要把它稱之為學校！」她再也無法壓抑怒火，重捶桌面。「那就是個收容所，一直逍遙法外的機構。」

「但現在卻露出了馬腳。」他語氣淡然，無奈。

洛蒂問道：「在每一頁簽名的寇尼魯斯神父是誰？」她的目光暫時離開了以文字記錄的這場悲劇。這是不是歐麥利所指稱的寇神父？她心想，鐵定是這樣沒錯。

喬神父又從書櫃取下另一本清冊。

「妳必須先看這個，」他打開了他早已註記的某頁，「這套資料就像是追蹤器，」他開始解釋，「臚列出神父的姓名與服事過的地點。」

洛蒂以顫抖雙手接下那本小清冊，把它放在其他本的上面。在那一頁的標頭位置，以墨水寫下的整齊姓名為——寇尼魯斯．默漢神父。下方一排排是他在各個堂區與教區的正式遷移紀錄，換了這麼多地方，太不合理了。

喬神父說道：「大部分的神父一生可能會服事三個堂區，也許是四個。」

「但這裡至少有二、三十個。」她伸出食指數算，然後又翻到下一頁，更多的堂區，她繼續算下去。

她搖頭，「他在全國服事的堂區一共有四十二個。」

「顯然是有隱情吧。」這是陳述，而不是問句，他開始在狹小的空間裡來回踱步。

她問道：「是因為施暴而不斷更換服事地點？」

「裡面並沒有提到，不過，以這樣的方式將神父頻頻更換堂區，非比尋常。我想，指控他的檔案想必是厚厚一大疊，不知在哪就是了。」

「我的天，他最後的地址在巴林納可羅依，距離拉格慕林並不遠。」洛蒂問道，「妳知道他還活著嗎？」

「要是他死掉的話，我一定會知道，就算是退休了也一樣，」喬神父點頭，雙肩陡然一沉。「想必已經是八十多歲了。」

「你認識他？有沒有見過他？」

「我不認識他。發現這件事的時候，我相當震驚。」

「靠人工手動更新這些清冊？」

「這絕對不會進入電腦資料庫。誰會想要留下追蹤的證據？教廷當然不可能，他們希望完全掩蓋這種資料，讓其消聲匿跡。」

「我可以影印嗎？」

「規定是不行。」

洛蒂觀察他的反應，過了好一會兒之後，終於從他的眼神等到她想要知道的答案，她開始摸弄了口袋裡的手機。

她問道：「你剛不是說要上廁所？」

「不准偷撕。」他已經猜到她的計畫。

「謝謝。」

「我相信妳。」

她聆聽喬神父緩慢步上階梯，覺得那聲響就像是他的教會罪行一樣沉重。

她詳讀文字內容就覺得想吐，所以她乾脆以手機相機迅速逐頁拍照，想要盡量把這一大本簿冊全部翻拍完成。她在腦中計算數字，以時間先後順序逐一拍攝，之後再利用自己的電腦拼合起來。她在心中暗暗起誓，絕對要讓它曝光。那些寫在紙頁上的姓名看起來沒血沒肉，缺乏人性，她想要自己花時間一個個仔細研讀。他們是一段生命史，曾經存在的心跳，也是心碎。而她十分篤定，這些案子與拉格慕林現在的命案絕對有關。詹姆斯．布朗與蘇珊．蘇利文曾經在同一段時間住過聖安琪拉之家，而兩者之間的關鍵必定深埋在這個清冊地窖的某處。等到她拍完照片之後，她的注意力又轉向書架，仔細檢視布滿塵埃的書脊上面的日期，一九〇〇年初期到八〇年代。她回頭，抽出了某本七〇年代的清冊，索引編號是A100到AA5500。她找到了自己估計的那些頁數，根本沒看就直接拍照，然後把它塞回原處。她開始找尋男童的清冊，在最底層的那一排發現了檔案，抽出一九七五年的那一本，每一頁都拍，然後又把它放回灰髒的原處。一九七六年那一本的前半部，她也如法炮製，她現在沒有勇氣逐一細讀。她覺得好納悶，喬神父怎麼不直接拍下這些頁面的照片，用電郵傳給她就是了？

門開了，站在那裡的是雙手深插口袋的喬神父。

「你昨晚曾經暗示過我，」洛蒂開口，「這一切與康納主教有關，但我看不出證據在哪。」

「妳看一下那名神父每次搬遷紀錄尾端的簽名。」

她開始研究，字跡細瘦潦草，但絕對可以看得出是誰的署名：泰倫斯．康納。

她說道：「我得打電話給波伊德。」

「為什麼？」

「我想請他去找這位寇尼魯斯．默漢神父。他曾在拉格慕林堂區服事，而且被派到聖安琪拉之家三年之久。」她盯著手機，沒有訊號。

她說道：「我們出去呼吸一下新鮮空氣。」

剛剛看完了那些內容，簡直害她快要吐出來。她兩步併作一步，從喬神父身邊匆匆超前，彷彿有死者從滿是塵灰的紙頁裡復活，對她緊追不放。

她到了外頭，站在某盞街燈下方繞圈踱步。狀似內斜的高聳建物抓住了這些幽魂、將他們朝她的周邊拋擲而下，猶如落入沙坑的砂礫。

「可否請你繼續去幫我搜尋其他的清冊？」她問道，「看看能找出什麼線索？我相信一切都與聖安琪拉之家有關。」

「好，當然沒問題，」喬神父說道，「但妳怎麼能這麼確定？」

「一定有見不得人的醜聞，而安傑洛提神父所犯的錯誤一定與這些索引編號有所牽扯。」洛蒂不斷輕拍手機，「一切終於漸漸豁然開朗。」

她發現了訊號，立刻打電話給波伊德。

73

健身房快要關門了，節奏強烈的音樂早就消失無蹤，有人已經在頻頻開關燈光。波伊德做完緩和運動，關掉了跑步機，匆匆走向更衣室。

麥可．歐布雷恩正在扣脖子上的那顆鈕釦，轉緊袖扣，因為剛運動完而臉龐鼓脹發紅。波伊德手機響起的時候，他正好背對著波伊德，準備穿上外套。

波伊德看了一下來電者姓名，忍不住爆粗口，還是接了電話。

「我是波伊德。」他開始聆聽洛蒂說話。

「寇尼魯斯．默漢神父，」他重複洛蒂的話，開始摸索健身袋。「我找不到筆，等我一下。」

歐布雷恩從胸前口袋取出原子筆，交給了波伊德，他接下那支筆，點頭稱謝。

「繼續，好，知道了，住在巴林納可羅依。很好，對，馬上過去。」

他很想繼續詢問洛蒂，但是她已經掛了電話。

「我也愛你。」他對著自己的手機講話，酸味十足。

他把筆還給了歐布雷恩，拿起包包，沒時間閒聊，直接離開健身房。

巴林納可羅依這個村落住了將近兩百人，或是兩百個罪人——端看你以何種角度觀之——它位於拉格慕林郊外十五公里處，昔時的阿斯隆路旁邊。

寇尼魯斯．默漢神父進入院子，捲收假草皮置入籃中，嘴裡還叼著菸。這把年紀還能有此等活力，他頗是自豪，但一想到這場雪逼出了他的老殘之態，就讓他十分挫敗，他很怕摔倒造成髖骨骨折。

他轉身進屋，燈光變得黯淡。有人走進了他家大門、擋住了燈泡的光暈。這位老神父抬起白頭，直盯那雙幽暗眼眸。他突然感覺到一陣疼痛襲心，呼吸困難。

草皮籃重摔落地，嘴裡的菸也掉在雪地，嘶嘶作聲了好一會兒，紅色菸頭變黑，完全死滅。

「記得我嗎？」一陣強風吹過，扭曲了對方的飄蕩回聲。

老神父望著對方，端詳那張被黑色帽兜遮住部分的面孔。雖然對方的面孔有了年紀，但是那雙眼眸依然跟多年前一樣，散發出同樣的冷酷，眼前站的是他自己當年輔育而成的冷血分子，他早就知道自己會有今天。

他轉身，踢開籃子想要逃走，然而老弱的雙腿卻不肯快速移動。

「走開！」他大吼，「不要碰我！」

「所以你果然記得我。」

對方伸手，抓住老神父的肩頭，他硬是甩開，蹣跚退到屋子角落處，最後被排水溝的鐵柵絆倒。他拚命往後退，這名襲擊者撲到他身上、將他壓制在地。

老神父以嘶啞聲音問道：「你想要對我做什麼？」

「你偷走了我的人生。」

「你的人生本來就是垃圾，」他破口大罵，「你應該要感謝我救了你，讓你遠離邪惡。」

「你帶引我走向邪惡之路，你這個瘋子垃圾老頭。我一生就在等這一刻，現在我終於可以送你進入地獄之火。」

「去你的！」

當繩索緊緊勒住寇尼魯斯神父的時候，他早已呼吸困窘，他覺得自己聽到了鐘響，隨後周遭的世界轉為一片漆黑。

✦

波伊德拚命按門鈴。屋內有亮燈，而且後院也是。

沒有回應。

「來吧。」他交代林區，隨後自己繞到了房屋的側邊。

後院只有一個電燈泡，瓦數太低，根本照不了遠處，反而是低垂夜空的明月映照出了樹影。

林區躡手躡腳跟在他後面。他很慶幸當初有打電話找她，他需要同伴。

在屋子後方的地板上，有個人躺在那裡動也不動。波伊德伸出手臂，擋住林區繼續向前。

她撞到了他，「怎樣？」

波伊德回頭看她，伸出食指貼唇，仔細聆聽。

「在這裡等著。」他輕聲細語，慢慢接近那個人，一路小心翼翼，避免踩到任何可能成為證物的東西。

他蹲在那名白髮神父身邊，探出兩指碰觸喉嚨。不過，當他看到緊勒對方脖子的那條繩索時，他知道自己這個動作已經毫無意義可言。在昏暗燈光的映照之下，可以看到神父臉色發青，舌頭外露，已然無神的目光簡直像是可以直接穿透他一樣，死屍的脫糞臭氣往上飄散，掩蓋了其他的味道。波伊德起身，努力掃視微弱燈泡的光照範圍。

「林區？」

「什麼？」

「那邊的……樹叢，我好像看到了東西。」

「我什麼都沒看到。」

「就在那裡！有沒有看見？」波伊德衝向黑漆漆的花園。

「等等！」林區大吼，「你要去哪裡？」

他越過樹籬，按下了手機的手電筒功能。電話響了，他沒理會鈴聲，一心盯著在他前方，在小道裡狂跑的那個黑影。

「波伊德！你這個白痴！」林區大吼，「等一下！」

他向前飛奔，沿途不斷打滑，但就是不讓目標離開視線。樹枝狂鞭他的臉龐，濕答答的樹葉不斷兇猛回擊，帶刺樹枝戳傷了鼻孔，腦袋也被刮到。他需要逮到眼前的獵物，那就是兇手，他百分百確定。腎上腺素在他的大腿爆發，他暗暗感謝自己一直在健身房冒汗鍛鍊。

月光夠亮，但是在濕滑的鋪石步道上奔跑卻相當吃力，他的呼吸變得急促短淺。有個大型滾輪垃圾桶阻擋了他的去路，那道黑影加速奔跑，就在盡頭，某一道牆。波伊德一個動作就爬了過去，繼續跟追這個暗夜幽靈。

前方是一片黯淡田野，他停下腳步喘氣。他該往哪一個方向？波伊德什麼都看不到，他氣急敗壞，開始狂飆髒話。

他沒聽到任何聲響，卻發現有東西扣住了他的脖子。他使勁亂抓，但卻是白忙一場，他不禁暗罵自己的愚蠢。他體格強壯，但是被人偷襲也只能處於劣勢。他開始胡思亂想，洛蒂鐵定會數落他一頓。他以手肘攻擊後頭的男人，但那股箝制脖子的力道卻依然頑強。

他往後踢，撞到了對方的骨頭，很好。勒力越來越緊，不妙。他的眼前已經慢慢昏黑，全身也感受到陰冷寒氣。他覺得無力，但同時也歇斯底里，他的喉嚨被緊束，雙手拚命亂揮，對方死拉繩索，他只能拚死一搏，但他已經雙膝軟癱，寒雪浸透了他的骨髓。

他什麼都看不到，但他感覺到那男人正朝他靠過來。刀子劃破了他的衣服，刺入他的肉裡。他冒出一聲慘叫，手機在某個遙遠星球發出了聲響。要是他在洛蒂手下殉職，她一定會十分氣惱。對方的膝蓋壓住他的背脊。他已經窒息，月光在那一瞬間照亮了一切，隨後是一片宛若寡婦面紗的死黑撲面襲來。

幽暗世界降臨。

74

洛蒂發現喬神父挽住了她，帶引她經過波戈．皮歐路的護城牆，過河。

「希望這些清冊能幫上妳的忙，」他問道，「整個辦案進度如何？」

「不要問。」

「難道妳不想討論一下案情嗎？」

她的聲音裡潛藏著一股不安，「喬，我不會和你聊這種事，你依然是嫌犯。」

他哈哈大笑，「啊，還真是謝謝妳哦！我告訴過妳，我剛剛給妳看了那些資料，很可能會害我遭教會絕罰。」

「抱歉，多謝了。」

「不客氣。」

「我還是不明白安傑洛提神父為什麼會前往拉格慕林，」她說道，「光是因為詹姆斯．布朗與他的通訊內容就跑這一趟，難以令人置信。」

「我不知道……」他們繼續往前走，他越來越貼近她。

「不知道什麼？」

「他為什麼要前往拉格慕林。」

他們回望台伯河另一頭的聖伯多祿大教堂，喬神父搔頭。「洛蒂，我一直有心事煩擾，我不喜歡那種感覺。」

「你就繼續說吧。」

「千百年來，一直有與天主教教會息息相關的醜聞。而在最近數十年當中，也一直有不當金錢交易與可恥的性虐孩童案件的傳聞。」他閉眼停頓了一會兒，「我想，也許安傑洛提神父的任務是去掩飾某一可能爆發的秘密，我會努力找出派他過去的人到底是誰，但其實這很可能是他的自發行動。」

「先前也有多起暴虐案，圖阿姆鎮的嬰屍、瑪德蓮洗衣店。為什麼是現在？殺害他的動機又是什麼？不合情理啊。」

洛蒂揚起雙手，隨後又放了下來。他抓住她的手臂，把她扳向自己的面前。

「洛蒂，這一切都不合情理。不過，一定有可能的動機或是脈絡。等到妳仔細閱讀那些翻拍的清冊照片，我想妳一定可以發現線索。」

「這個案子千頭萬緒，」她覺得他手指的力道已經穿透她的外套，「完全看不出關聯。沒有線索，什麼都沒有，而且還把那些檔案搬到羅馬，真是非比尋常。」

「這不算非比尋常，這只是天主教教會在施展它的拿手絕活，掩蓋真相。」他繼續往前走，「我一大早會回去找翁貝托，仔細查看其他清冊。」

「你知道嗎，我非常感謝你所做的一切。」

他問道：「但我還是嫌犯對嗎？」

洛蒂沒接話，在後來的這段路程當中，兩人都保持沉默。

她站在飯店外頭的人行道，開口問道：「你現在要去哪裡？」

「老實說，我不知道。」

她發覺有雨滴落在頭頂。

「要不要進來喝杯咖啡？」她不想要一個人面對那些老舊清冊所召喚出的畫面，而她覺得喬應該可以算是她的朋友。

「也好。」他跟著洛蒂進入溫暖的門廳。

她驚呼：「靠！」

「怎麼了？」

「酒吧已經打烊了。」

他打趣說道：「也許我當初應該要幫妳預訂高檔一點的飯店。」

洛蒂沉吟了一會兒，「我的建議可能不是很妥當，但你要不要改來我的房間。那裡有煮水壺與茶杯。」

「帕克探長，這的確十分不妥，」他說道，「但我接受。」

搭乘電梯的時候，洛蒂刻意營造兩人之間的距離，她緊抓包包擋在胸前，嘆氣。接下來是怎樣？她喜歡喬神父。但這是一種姊弟之情還是其他情愫？她真的不確定。

房間與她離開時的面貌一模一樣。窗簾在微風中飄蕩，窗台累積了落雨的新鮮氣味。她一轉身，他正好站在她的正後方，突然之間，這房間變得好侷促。

「抱歉。」她和他擦身而過去拿煮水壺。

她進入浴室裝水。再回到房間的時候，看到他已經坐在書桌前的狹小木椅上面，外套丟在床尾。自從他們離開了飯店大廳之後，他一直不發一語。她按下開關，趕忙撕開分量少得可憐的咖啡包，將小小的顆粒倒入杯中。

一陣疲憊感滲入她的肌腱，她開始搓揉後頸。他離開座位，站在她的背後。

「噓……」他開始按摩她剛才搓揉過的部位。

顫動宛若閃電，一路竄流到她的腳趾頭。天啊，她心想：我好膚淺。他是神父，不要緊，他只是在按摩我的疲倦頸項。

她感受到他毛衣袖身的粗糙纖維正在摩擦她上衣的真絲質料，還聞到他的清新香皂氣味。她身體僵硬，因為他的撫觸而動彈不得，她不知道自己是否渴望這樣的肢體接觸，如此一來，也許他可以消解她過去這幾個小時、過去這幾天、這幾年，甚至是從來不曾曝光的種種恐懼。

「喬，這樣就夠了。」她緊張大笑，蠕動身體離開他的身邊，她開始忙著煮水。「我們喝咖啡吧。」

他也立刻坐下，「沒問題。」

她給了他一杯咖啡，開口說道：「我希望我先前並沒有給你錯誤暗示，我喜歡你，是朋友的那種喜歡，如此而已，我的生活已經夠複雜了。」

他哈哈大笑，房間內的緊張氣氛似乎也隨著飄蕩的窗簾一起散出窗外。

「天，我希望剛才沒失禮。我只是想要幫妳放鬆頸部壓力，畢竟妳辛苦了一整天。」

她雙頰緋紅。靠，她把自己搞得好難堪，她放下咖啡杯，立刻把頭別過去。

他起身，把雙手放在她的肩頭，逼她一定要盯著他。

「洛蒂・帕克，妳是好人。我想要讓妳知道，我會是妳的朋友，一定會竭盡全力幫妳偵破這些謀殺案。」他伸手，「朋友哦？」

「對。」洛蒂說完之後，搖頭。他抓住她的手，把它緊握在自己的手心。

後來，他什麼也沒說，直接離開房間。

她靠在房門，聆聽他的腳步聲在大理石走廊慢慢消失。她等待自己的呼吸恢復正常，靜待大教堂的鐘聲響起。

等到洛蒂終於可以移動之後，她想打電話給波伊德，她只盼望能夠聽到熟悉的聲音。

沒有回應。

她凝望市景，數算黑影尖塔、汽車喇叭與警笛的數目，等到身體終於放鬆之後，她打開筆記型電腦，她得要回家，就在今天晚上。找到了兩小時內起飛的班機，她訂了機票，匆匆忙忙把所有的東西塞入後背包，趕緊跑去搭乘通往機場列車。

她再次撥打波伊德的電話。

還是沒有回應。

75

一陣鈴鐺的清脆聲響，有光在上方搖晃，傑森睜眼，緩緩轉頭，在一片黑暗之中，目光漸漸定焦。

「小小儀式的時間到了，輔祭男孩。」

對方冒出了一段宛若魔咒的吟唱，燈光朦朧閃動。

傑森聲音沙啞，「你要幹什麼？」

「不論你對我做出什麼樣的奉獻都不為過。」

「我父親——」

「這也多少算是他的錯，所以你怪罪他自然不成問題。」

「你……你到底什麼意思？」

「這就不用你操心了。」

傑森緊閉雙眼，不想讓淚水奪眶而出。對方鬆開他的腳，硬是把他拉起來。那男人伸出一根指頭，從他的背脊一路滑摸而下。然後，又發出了一聲長嘆，把傑森推向門外、進入走廊，下樓。

他進入某間小禮拜堂。那男人拿著鈴鐺，搖晃的韻律配合著身體內的某種不明節奏。

木頭長椅讓傑森渾身不舒服，因為他被迫站直身體，看到眼前的景象，讓他宛若中邪。

那男人身穿輕盈白袍，鈕釦從衣襬一直扣到脖子，繼續唱誦他的瘋狂旋律，他的聲音起起伏伏，幾乎與溫柔徐風中的燭光完全合拍。

那吟唱的聲音說道：「今天晚上，我殺死了一個人。」

傑森開始覺得發冷，但他的皮膚卻在滲汗。被施打了不明藥物所產生的作用，再加上搖曳的燭光與不曾停歇的吟詠，他已經頭暈目眩。

「其實，搞不好本來是兩個。」對方的歇斯底里大笑聲響迴盪在石材門廳。

有隻烏鴉在椽條之間盤旋，在飛向某扇彩繪玻璃的時候，掉了一根羽毛，在空中緩緩飄落。傑森眼前起了一陣迷霧，癱倒在大理石地板，正好躺在那根黑色羽毛的旁邊。

76

洛蒂靠在橢圓狀的飛機舷窗，閉上雙眼，回憶剛才在羅馬度過的那幾個小時，心頭惦念的全是那些老舊清冊，各個數字不斷閃動。蘇珊·蘇利文是數字，她的小孩是數字。突然之間，她在座位裡挺直身體，驚醒了身旁的女乘客。

「抱歉，」洛蒂說道，「原來我們還得再飛一個小時。」

那女子低垂下巴，又沉沉睡去。

洛蒂盯著前方的座椅，她抓到了什麼？一條線索，她已經察覺但卻無法辨識面目的某個線索。一定會現身的，她胸有成竹。手機裡有她拍照留存的證據，等到上傳完成之後，她相信自己一定能夠拼湊出全貌。

她好羨慕那個發出輕微鼾聲的女子，她自己就是沒辦法輕鬆休息，她需要找人講話，她需要波伊德，她需要回去工作，她需要睡眠。

飛機越飛越高，已經到了黑色雲層的上方，她的心卻越來越沉重，難以放下自己過往鑄下的諸多過失，還有她差點就沉淪失足的錯誤。

她還能夠安心入睡嗎？

77

那男人心想，這男孩的模樣宛若未完工的雕像，就和他自己一樣。孱弱，破碎，殘缺。聖安琪拉之家——他的敗壞之地。

他在這封閉之地度過了悲慘童年，逐漸長大成人，宛若在破裂水泥牆面附生的常春藤，狂野不羈。他的內心越來越陰鬱，因為他早已封固在自己的世界裡。他的心中充滿了暴虐與欺詐，不過，多年過去，他已經學到要如何在普通日常的表象之下，隱藏邪惡的萌芽。

現在，聖安琪拉之家再次喚起了惡魔，挖掘出黑暗世界，帶引他進入最後一段旅程。

回到他的起點。

他知道一切將在此終結。

他踢了一下躺在地上的男孩，等到他發出呻吟之後，他把男孩拖起來，逼他站好，推他上樓回房間。然後，將他推倒在霉斑地板上，大力關門，鎖好。他斜靠在腐朽的木門，大口喘氣。

他放過了那男孩一馬。

惡魔難以逞威。

但能夠持續多久？

一九七六年一月三十日

他們四個人縮在一起，但這時候明明應該要趕快逃跑才是。門突然開了，布萊恩站在那裡，身穿白袍。瘦弱手臂在牆上摸索，細長手指打開了電燈開關。突如其來的亮光，逼得莎莉立刻遮眼。

她開口問道：「你還好嗎？」

「不好，」布萊恩說道，「很慘，你們也是。你們得下去小禮拜堂，寇神父命令你們下去。」

派翠克擋在莎莉前面，「你是瘋了還是怎樣？」她想要告訴他，她很勇敢，可以為自己挺身而出，但她並沒有說出口，因為她其實不夠勇敢。

派翠克說道：「靠，我在問你問題啊。」

「大家都要跟我一起下去。」布萊恩的語氣就和他的雙眼一樣死氣沉沉。

對莎莉而言，站在門口的他，看起來似乎比她年長多了。她伸手碰觸他的手臂，摸到皮膚下方的骨頭。他嚇了一跳，彷彿剛才被她掐肉一樣。他抓住她的手，把她拖向門外。費茲破口大罵，不知在講什麼瘋言瘋語，又把她拉回房內，但布萊恩依然抓著她不放。

莎莉摔倒，整個人縮成一團，窩在那三個男孩的腳邊，全身不斷顫抖抽搐。

「拜託，布萊恩，」她發出懇求，「我們回去床上睡覺，就忘了這件事吧。」

「你們最好趕快跟我來，他正在等。」布萊恩的話才一說完，就被推入屋內。原來他後方站了目光漆黑如夜的寇神父，他大手一伸把莎莉拉到腳邊，他直接把她拉出房外、從階梯一路拖下去，逼得她放聲大叫，她聽到男孩們跟隨的拖曳腳步聲。

到了祭壇，他惡狠狠盯著莎莉，她也抬頭回瞪。她很清楚他臉上的每一條皺紋、每一根眉毛、下巴的每一根鬍鬚、嘴裡的每一顆牙齒，她對他身體的每一吋部位都恨之入骨。

「小惡女！」他爆出狂吼，牙齒緊咬下唇，手指陷入她的臂肉。

莎莉嗆他，「是你害我變成了小惡女。」

她所流露的那一絲勇氣，其實是假象。至少，那幾個男孩站在那裡，宛若一群戰士，但手中並沒有任何武器。

其中一個大喊：「莎莉，說得好！」她猜是派翠克。

神父伸手抓住最靠近他的那個男孩。費茲，在燭火的映照下，那一頭紅髮閃動微光。他鼻梁上的巨大雀斑有幾顆，她現在看得一清二楚，而且，她還發現他的眼眸裡冒出熊熊怒火。

費茲挺直胸膛，「你這個大惡霸，我才不怕！」莎莉真希望他能夠乖乖閉嘴，他年紀這麼小，不該如此逞勇，或者，他根本就是傻瓜？

莎莉慌忙轉頭，他們必須離開這裡，尋求外援。但誰會出手幫忙？修女絕對不可能，當然，大家都怕寇神父，他是老大。她不知道該怎麼辦，望向派翠克，而他看起來跟她一樣無助。然後，她突然發現那個年輕的醜眼神父正躲在祭壇後方的幽暗角落，彷彿他也不知道該怎麼辦。

費茲大叫，她的目光也回到了寇神父身上，他把那男孩的手臂扭到後頭。

「現在就讓我教你要如何敬重長輩。你一進來的第一天就是眾所周知的麻煩人物，就算到離開的那一天也還是死性不改！」

「你是人渣！」費茲勇敢回嘴，他的身形看起來好渺小。

神父一手加強力道，另一手從祭壇拔了根蠟燭，燒黑了費茲的紅髮，莎莉聞到那味道快吐了。

「快道歉。你只不過是個賤胚子，你媽是婊子！」費茲扭動身軀，無法掙脫對方的勒頸束縛。

莎莉望著他無助的身體在抽搐，真希望他們可以做點什麼，無論是什麼舉動都好。他們無能為力，宛若牆上的那些愚蠢雕像。為什麼另一個神父袖手旁觀？她的眼神飄過去，他依然站在那裡，動也不動。

寇神父把蠟燭丟向地板，踢開他摺好的那一疊衣服，拿起他的長皮帶。

「布萊恩，拿出你的長袍綁帶，把這個頑劣小殺人犯的手綁在背後。」

莎莉看到布萊恩的額前冒出了一層薄汗。她望向派翠克，然後是詹姆斯。她在用眼神提問，怎麼回事？但他們只能猛搖頭。

費茲亂踢亂揮還咬人，但神父卻把他扣得死緊。等到雙手被綁定之後，寇神父把他推到祭壇前面。

「你殺死了那個寶寶，對不對？」神父大吼，「我們在蘋果樹下發現的那一個！」

費茲吐了一大口痰，「我才沒有，你是撒謊的大混蛋。」

神父把皮帶在手上纏圈，把手臂往後一伸、將皮帶朝費茲的臉揮過去。黃銅扣劃傷了他的臉頰，瞬間血流如注。神父不斷重複這個動作，莎莉以雙手摀住緊閉的雙眼，然後又瞇眼透過指縫偷看。她再也受不了了，開始大叫，鼓起勇氣衝向寇神父。他轉身，拿皮帶鞭打她，派翠克把她拉開、拖下祭壇。她想要衝回去，但也只是徒勞之舉。她抓著詹姆斯的手，三人慌忙奔上樓梯、大聲呼救。

莎莉回頭，看到布萊恩抓住費茲的雙肩，而那個瘋子則抓起皮帶對著他狠狠鞭打，一直沒有停手。她有生之年一直無法忘記皮帶撕裂皮肉的聲響，還有那男孩的無助尖叫。而那醜陋的濃密黑髮年輕神父站在角落，靜靜觀看，完全就是作壁上觀。

當他們朝走廊飛奔的時候，莎莉聽到後頭有人開口，聲音宏亮。

「給我停下來！」

他們三個人同時轉頭，與那名年輕神父面對面，底下的縫隙透出一圈亮光，宛若撒旦之火一樣包圍著他。

他朝他們走過去，莎莉縮入男孩中間，三人融為同一道陰影。

「安靜，我們不想要吵醒大家吧，是不是？」神父露出賊笑，他的面孔比冰雪更冷，眼珠比墨炭幽黑，聲音比割喉利刃還要尖銳。

「剛才看到的事，你們不用擔心，我會處理。不准把這件事告訴任何人。任何人都不行！聽到了沒有？」他的語氣緩慢又嚴厲。

三人像是被看不見的絲線所控制的木偶一樣，猛點頭。

「要是給我聽到風聲的話……好，你們也看到那男孩出了什麼事。我絕對不會好心給你們第二次警告，現在，回去床上睡覺。」

他的身影又隱入幽黑階梯，莎莉與男孩們彼此互望，睜大的雙眼盈滿淚水。

莎莉低聲問道：「費茲怎麼辦？」

派翠克回她：「妳也聽到他說的話了，我們必須忘了他。」

「他是倒楣鬼。」詹姆斯說完之後，跌坐在地，整個人靠在金屬暖氣管旁邊，雙臂環住膝頭，顫抖啜泣。

莎莉坐在詹姆斯旁邊，派翠克也是，三人因為費茲而同聲大哭。

第八天

二〇一五年一月六日

78

清晨五點鐘，洛蒂站在都柏林機場入境大廳門口，暗罵自己豬頭，因為自己根本無車可用，她打開了手機電源。

五通來自克爾比的未接來電，沒有波伊德的來電。她先撥給波伊德，沒回應，然後她打給了克爾比。

他呼吸急喘，「天，老大！我這幾個小時拚命在找妳！」

「怎麼了？我的小孩！都沒事吧？」

「他們很好。」

「感謝老天。波伊德沒有接我的電話，我得找人送我回家。」

「他在醫院。」

「什麼？出了什麼事？他還好吧？克爾比趕快說他沒事！」

「沒辦法，他真的很不好，有刀傷與勒傷，正在動手術，妳最好趕快回來。」

「靠，怎麼會這樣？」

「妳派他去尋訪的那個神父死了，遭人謀殺，波伊德追兇時差點送命。」

「哦天啊，他會康復嗎？」

「我不知道。」

「我一個小時內趕到。」

「老大，還有一件事。」

「怎樣？」

「警司克禮根在找妳。」

洛蒂掛了電話，衝到計程車排隊區，跳上了第一輛車。她癱坐在座位裡，望向從地平線逐漸升起的灰色曙光，心中只繫念著一個人。

波伊德。

✦

排放著空床與置物櫃的狹窄醫院走廊，身穿綠色手術衣、看不清面孔的醫護人員低頭檢視病患檔案不斷匆忙移動。加護病房的雙開門不斷開關，嘶嘶風動掩蓋了沉悶氣氛。洛蒂好想推開門，親眼看到波伊德的傷勢有多麼嚴重，但還是靠理性克制衝動。警探林區坐在加護病房禁區對面的椅子打盹，她身旁還有兩個空位，克爾比警探晃到她身邊。

洛蒂問道：「他的手術結束多久了？」

「半小時，」克爾比站起來，挺直身子。「還沒辦法講話。」

洛蒂來回踱步，然後又坐下來。

林區伸懶腰，「我們去喝杯咖啡吧。」

洛蒂厲聲回嗆，「不要！」

克爾比緩頰，「冷靜一下。」

「把事發經過全部告訴我。」

林區向她講出了一切。

「還有寇尼魯斯神父……我想這是與其他謀殺案一樣的犯罪模式。」

「對，勒殺。同事們正在搜尋資料庫，想要確定他是否與其他受害者有任何關聯。」

洛蒂說道：「我在羅馬發現了他們之間的關聯，所以才打電話叫波伊德去找那名神父。」

林區問道：「是什麼？」

「我們向派翠克．歐馬利問案的時候，他曾經提到了一個名叫寇神父的人。我發現蘇利文與布朗待在聖安琪拉之家時正好有個寇尼魯斯．默漢神父。他後來不斷變換機構與堂區，比旋轉木馬還誇張。」

「但犯下這些謀殺案的動機是什麼？」克爾比問道，「戀童癖神父怎麼會和那些人連在一起？」

「的確如此，原因不明就是了。」

洛蒂撫頭，想要掩飾自己的頭痛。

「波伊德最好要給我撐下來。」她說出這句話，讓大家頓時陷入沉默。

有名醫生從加護病房匆匆走出來，洛蒂立刻從椅子上彈起來，大步走向他面前。

「我是探長帕克，我得去探望警探波伊德。」

「我不管妳是誰，除非等到他病況穩定，否則不准有人進去。」

「需要多久？」

「就是得慢慢來。」

「醫生，拜託好嗎？」

「我好不容易才救回他破裂的胰臟，他真的運氣不錯，就我目前看來，沒有其他臟器受傷。今天他應該都會待在加護病房，我建議各位現在先回家，之後再進來。」

醫生又進去了，雙開門的那陣風動讓洛蒂差點站不穩。

「來吧，」她說道，「我們要抓出那個對波伊德下毒手的混蛋，這已經屬於我們的私事了。」

79

克爾比載洛蒂回家取車，她母親正忙著拖地板。

「妳有沒有聽過寇尼魯斯．默漢神父？」洛蒂謝謝母親照顧小孩之後，立刻丟出這個問題。

「我知道他啊。他住在巴林納可羅依，好久之前就退休了。」

天，她媽媽真的是認識每一個人。「還有呢？」

「他曾經是拉格慕林的堂區神父，七〇年代的事。」

洛蒂盯著她母親的臉龐，「妳還知道他的其他事嗎？」

蘿絲．費茲派翠克也盯著女兒，「我記得他曾經在聖安琪拉之家當過附屬教堂的神父。」

「真的嗎？」洛蒂看得出來她母親態度閃避。

「拜託，洛蒂，妳詢問我有關我與蘇珊．蘇利文的對話內容，我已經都回答過了，我知道妳現在迫不及待想要問我其他的事。」

「妳是不是暗示他有醜聞？尤其是在聖安琪拉之家的時候？」

蘿絲轉身，把拖把與水桶放入儲物室，拿起外套，扣好釦子，把帽子下壓覆耳，卻在門口前停頓下來。

「洛蒂．帕克，我很清楚，妳早就知道了答案。」

「妳也很清楚那就是妳在爸爸過世之後丟棄艾迪的地方。」洛蒂語氣冷酷，這是她第一次出言指控母親。

蘿絲的手本來已經握住門把，卻又放了下來，眼中淚水在打轉。

「妳和我都知道妳受人敬重的爸爸是自殺，不只是過世而已，」她哽咽了，「還有，我並沒有把任何人丟在那裡。」

「抱歉。」洛蒂雙肩前縮，伸手放在母親的肩上，她原本以為會被甩開，但並沒有。

「不，該說對不起的人是我。妳當時太小了，沒辦法了解全貌。我從來沒有談過這件事，對於他們的創傷，我一直感到很悲戚，妳明白悲戚的感受，而且妳也知道沒有丈夫相伴的日子有多麼難熬。我想盡辦法要讓妳過正常生活，所有的一切。」

洛蒂知道這是事實，但是她的時時刻刻都必須與那個巨洞並存，現在她想要答案。

「我想要知道出了什麼事、還有發生的原因，至少，這是妳欠我的。」

「我對妳、對妳的小孩做了這麼多，我不覺得我欠妳什麼。」

洛蒂緊追不放，「但爸爸為什麼要自殺？」

「我不知道。」

「好，目前我可以接受這說法。但艾迪呢？我的哥哥？妳把他送到那個地方，任由他在那裡自生自滅，這一點我不能接受。」

「妳不知道當時的狀況，自殺所帶來的那種污名。我是寡婦，一個人要帶兩個小孩，而艾迪，他……他真的是管不動，我別無選擇。」

「媽，妳一定找得到其他方法，但妳卻選擇了錯誤的那一個。」

「洛蒂，妳不要對我遽下評判。」

「那妳告訴我為什麼要把他丟到那裡。」

「那是唯一治得了他的地方。」

洛蒂冷笑，「只有他們能治得了他，是嗎？他是不是逃跑了？想也知道他有什麼感受。」她搖頭，因為眼前浮現了一九七〇年代收容機構的那些殘忍畫面。

蘿絲準備離開，「我必須被迫面對我過往所做出的決定，每一天都是如此。我要走了，我來這裡不是為了要接受妳的詰問與指控，再見。」

等到她母親離開之後，洛蒂依然全身緊繃站在原地，久久不能自已。她擰著雙手，開始數算櫃子的最上方到底有多少蜘蛛網。洛蒂深呼吸，努力平靜下來，為什麼蘿絲總是會把她每一次的提問變成控訴？也就只有母親會讓她氣到發抖。

✦

洛蒂確定了凱特、克洛伊、尚恩都平安無事，但整個人依然意興闌珊，因為母親不願給她渴求多時的答案讓她好受傷。她換了衣服，懶得洗澡，直接開車到警局。現在她腎上腺素爆發，已經取代了缺乏睡眠的睏意。

她交派克爾比與林區去工作。現在不能讓他們掛心波伊德的命危狀況，必須要找出鐵證，突破命案瓶頸。她相信寇尼魯斯與安傑洛提兩位神父喪命，一定與蘇珊．蘇利文與詹姆斯．布朗的案件息息相關，而他們之間的共通點就是聖安琪拉之家。

洛蒂把手機拍攝的那些清冊照片上傳到電腦，瞇著眼，以決然的目光盯著一張張的圖出現在螢幕，每一張都有未曾言說的故事，每一個姓名都是某人的悲痛，而這些苦難的發生位置就在聖安琪拉之家的走廊、房間，以及樓板之間。她需要過去一趟，感受真實氣氛，確定裡面是否藏有她需要的答案。

「把這些照片印出來，按照時間排序。」洛蒂交代完林區之後，走向暫時代用的流理台，煮水壺裡還有一半的水，她按下了開關。她手裡拿著馬克杯，轉身，發現克禮根就站在門口，她心想：千萬不要是現在啊。

「長官，早安。」洛蒂啜飲咖啡，盡量裝出毫不在意的模樣。

他交疊雙手，「帕克，妳氣色真是糟糕。」

無處可逃，因為他就定在那裡不動。她挺直疲倦的身體，努力抬頭挺胸，明知虛張聲勢不成，還是演了下去。

「謝謝。」她勉強擠出微笑。

「我不是笨蛋。」克禮根語氣平靜，也未免太平靜了，她已經有了挨轟的心理準備。

「我知道。」除此之外，她還能說什麼呢？

「不要跟我耍嘴皮子。」他放下雙臂，斜身繞到她背後，她嚇得躲開，但後來發現他只是按下煮水壺的開關，但身體依然擋住出口。

他暴怒狂吼：「妳跑去羅馬了！」

「是，長官。」現在也不需否認了。

「妳違背了我的直接命令，我可以把妳停職，開除，要是妳有卵蛋的話，我也會割下來。」

「是，長官。」洛蒂開始拉扯自己的袖口，她不打算與他作任何爭辯。

「妳搞出這種麻煩，最好是有那個價值，對妳自己、對大家都好。」他開始把壺裡的熱水滴入杯中。

「我想沒問題。」洛蒂把牛奶盒交給他，他聞到了即將發酸的氣味，立刻皺起鼻頭。

「好，長官，就我的觀察，七〇年代聖安琪拉之家所發生的事件，可能有一起甚或是兩起謀殺案。對，我承認我去了羅馬，我當時正在追查某條線索。」

「是什麼？」

「喬神父發現內含重要資訊的清冊，請我去羅馬一探究竟，他沒辦法寄給我。」

「繼續說下去。」

「我看到了聖安琪拉之家收容孩童的清冊，有生日、姓名、收養，以及死因等細節。我還沒有仔細分析，不知道它們的重要程度，但是某些頁面的神父簽名卻應該要追下去。」

「我在聽。」

「寇尼魯斯．默漢神父。」

「昨晚在巴林納可羅依遇害的死者？」克禮根放下雙臂，開始喝咖啡，立刻潑濺到袖子。

「沒錯，」她繼續說道，「在另一份清冊中，詳細記載了他的調動過程，他也曾經在聖安琪拉之家執事，他總共更換了四十多個不同的堂區，顯然是有隱情，你說是不是？」

「而且他就住在與拉格慕林相隔十五公里的地方，隔壁就是某所小學，天哪。」

「這一切都是康納主教的許可授意。而且正好也是他下令把所有清冊轉移到羅馬，」洛蒂望著克禮根，現在他似乎已經消化完一切線索，她繼續說下去，「我昨晚聯絡波伊德，請他到巴林納可羅依詢問寇尼魯斯·默漢，我覺得應該可以從這名神父身上挖到受害人的線索。」

克禮根的雙唇停留在馬克杯邊緣，「我不相信巧合，」他繼續說道，「所以兇手是怎麼在波伊德到達之前找到了默漢？難道他有線報？」

「不確定，但應該沒那麼單純，」洛蒂說道，「我必須要找出是誰知道我們在追查這名神父，他一定是知道什麼內情才會慘遭滅口。」

克禮根鼓起雙頰，吐氣。「我暫緩執行懲處，現在波伊德不在，我沒有辦法折損另一名警官。不過，等到一切結束之後，我就會以妳涉嫌違紀送交給總警司處理。現在給我回去工作。帕克，還有一件事。」他把臉湊到她面前。

「是，長官？」

「我會盯著妳的一舉一動。」

他的目光直透她的眼眸，宛若鑽出了無數的小洞，幾乎挖空了眼球。他搖搖頭，走了出去。

洛蒂嘆氣，腦袋裡惦念著恐遭違紀處分的事。不過，她還有要務在身。就是現在，在這一片亂局之中的唯一正面目標。

80

警探瑪莉亞・林區把那批照片丟在洛蒂桌上，她立刻拿起來逐一檢視。正當她盯著眼前那一堆名字的時候，突然心頭一驚。喬神父同意讓她拍照，而且當她打電話給波伊德的時候，他就在旁邊，她的心不禁陡然下沉。知道她交代波伊德事項的人也只有他而已。不可能，難道是他派人追殺老神父？不可能。真的不可能嗎？她怒火中燒。為什麼他要把她引到羅馬，讓她看到所有的過往資料，然後又背叛她？他是她的朋友，不是嗎？這樣太不合理了。但從另一方面來看，還有其他合理解釋嗎？一切都不對勁。她立刻跳起來，彷彿被燙傷一樣。

她大叫：「克爾比？」

「醫院裡有沒有消息？」

「還沒有。」

她努力維持正常語調，「我們有沒有查過喬・博克神父的資料？」

「在第一起兇案發生的時候，第二個抵達現場的那傢伙，喬・博克？」

「克爾比，我現在沒那個心情。」

「我把資料印給妳。」

他在自己電腦裡輸入姓名，敲打的聲響發出回音，喀噠，喀噠。

洛蒂伸手撫摸頸後，她不知道自己這個舉動是在回味喬神父的撫觸？還是要消除那股忍不住的嘔意？

就在克爾比狂敲鍵盤的時候，洛蒂聽到了人聲，雖然還沒有看到臉，但她知道是湯姆・里卡德，這個地產開發商正在走廊的另一頭咆哮痛罵。那聲音宛若被十級風吹得搖搖欲墜的棚屋波浪板，比本人更早進入辦公室，而警司克禮根緊跟在後。

洛蒂轉身，與里卡德陰沉暴怒的雙眼正面相迎，這場暴風雨很可能會增強為颶風。

他邁步走到她的辦公桌前，「探長。」

她裝出最甜美的聲調，「里卡德先生，早安。」

她把波伊德的椅子推過來，里卡德坐下，小心翼翼，屁股只敢貼住椅緣。在她向克禮根點頭示意，保證會掌控全局之後，他匆匆走出門外。

「你來這裡是要告訴我聖安琪拉之家的事？」

「聖安琪拉之家與任何事情都沒有關聯，」里卡德拿著白色手帕，擦拭額頭。「是我兒子，傑森，他失蹤了。」

洛蒂頭也沒抬，急忙抄寫重點。凱特昨天已經說了，一直聯絡不到傑森，她應該要更專心聆聽才是。她開始擔憂了，拚命把這種情緒拋諸腦後，但傑森至少會聯絡凱特吧？狀況不太對。

「失蹤？根據凱特的說法，你與傑森發生了爭吵，什麼時候的事？」

里卡德的表情狀似想要反駁，但還是說了實話。「對，前晚的事，他衝出大門，自此之後就再也沒有回家。」

「有沒有聯絡他的朋友？查看他平常出沒的地方？」

「有，我也去了市中心以及湖岸，」他繼續說道，「我們吵架，他就氣跑了。」他的雙腳緊貼地面，但是他的頭卻左右搖晃。

「我明白你一定相當憂心，但傑森已經是超過十八歲的成人。你覺得他失蹤會不會與聖安琪拉之家的交易案有關？」她還特別強調了那個機構的名稱。

里卡德突然站起來，洛蒂出於本能立刻往後縮。

「妳真的超賤。」

「坐下，里卡德先生，」她繼續寫重點，讓他有餘裕可以恢復鎮定。「有沒有勒贖電話？」

「什麼？」里卡德緊握雙拳，放在桌面。「神經病。」

「所以就是沒有勒贖電話。」她寫完之後，抬頭。「里卡德先生，我必須要詢問各種尷尬問題，你是有錢商人，綁架是其中一個可能，自殺與離家出走也是。如果你希望我們調查，就必須充分合作。」這番話是鬼扯，但她就是不肯讓步，這可能是從他口中問出線索的唯一機會。

「我的生意怎麼可能會與傑森有關？」

「很可能是沒有，不過，我目前是這麼判斷，你扁了你兒子，他氣呼呼離家出走，現在他躲在某個地方緩和情緒，等到他想清楚該怎麼面對你之後就會現身。」

「那麼他為什麼沒有和妳女兒在一起？為什麼沒有與任何人聯絡？他的手機雖然放在家裡，但他所有的朋友都有手機，也都有臉書和推特帳號什麼的。他至少該聯絡一下女友吧？她是怎麼告訴妳的？」

「凱特回家的時候十分恐懼，她告訴我，你打了自己的兒子。自此之後，她就再也沒有他的消息。里卡德先生，要是在正常狀況下，我會建議你回家、握住妻子的手，靜心等待我們訪查。」

他雙頰的血管瞬間漲紅，但依然沉默不語。

「不過，您也知道，」洛蒂繼續說道，「現在拉格慕林的狀況非比尋常，有人慘遭謀殺，所以當然會擔憂。」她是真心關切傑森的安危，但她就是忍不住耍賤，她必須挖出里卡德知曉的內情。

他依然動也不動，只看得到下唇在抽動，彷彿想要說些什麼卻講不出口。

「由於他並不是未成年人，所以報警失蹤並不符合正常程序，我們其實應該再多等一會兒，但我會以失蹤人口案件處理，通報其他單位。」

「就這樣？失蹤人口案件？」

「這種處置已經是通融了。」

「通你媽的頭。克禮根在哪裡？」里卡德已經站了起來。

洛蒂頭也沒抬，「快說出聖安琪拉之家的事。」

「聖安琪拉之家與傑森無關。」他又坐了下來。

洛蒂咬著筆、喚醒電腦，又按下了幾個按鈕。她點選蘇珊・蘇利文的驗屍報告，下拉到照片處，將死者喉嚨的部位放大，把螢幕轉向里卡德，反正她沒有任何損失。

他的手帕又出動了，「妳這是在玩什麼把戲？」

「這是我們的頭號遇害者。」

她對他使出這一招超陰險，但既然他現在情緒低落，也許願意主動提供某些有利線索。

「拜託……探長，不要這樣，」他說道，「妳真覺得我和那種……獸行有關聯？」他大嘆一口氣，搖頭。

洛蒂關閉這個檔案，又開了另一個。

「詹姆斯．布朗，」她盯著里卡德，「他死前沒多久，曾經打電話給你，好，告訴我，到底是怎麼回事？」

里卡德緊咬頰肉。

她猜他應該是正在構思答案。在他開口之前，她又繼續進逼。「想想你的兒子吧。難道你希望過幾天之後、我在這裡為尊夫人捲拉他的驗屍照？」

他大口吞嚥，傾身靠過去，她等待他的說法。

「這與聖安琪拉之家沒有任何關係，」他咬牙切齒，「我是商人，我擬定開發計畫，完工結案，賺錢，投資地產，實現獲利。有時候我會虧損，但通常我是贏家。聖安琪拉之家是非常合適的開發案地點，可以彌補我過去投資鬼城的損失。我有願景，偉大的計畫。我要把它開發為高雅飯店，建造漂亮的高爾夫球場，創造商機，為這座城鎮帶來工作機會。」他挺直背脊，「這與我兒子的失蹤案毫無關聯。」

洛蒂回道：「你給我乖乖配合就是了。」

「妳就是不肯放棄嗎？」

「絕對不會。」

她知道里卡德正在打量她，在心中醞釀她可能想聽的答案。她保持硬挺姿態，臉上看不出任何表情。他四處張望了一下，然後又回頭望著她，似乎已經做出決定。

「首先，我要妳搞清楚，我絕對沒有殺害這些人或買兇，與這些犯行完全沒有任何瓜葛。探長，我這個人可能稱不上正經，但我絕對不是殺人犯。」

洛蒂回他：「繼續說下去。」

「我是不是應該要找我的律師到場？」

「這就要看你是否曾經做出需要律師辯護的那種行為。」

里卡德吐氣，「詹姆斯．布朗當晚遇害之前曾經打電話給我。」

「繼續說下去。」洛蒂講的是同樣的話，這根本不是新線索，他們早就有了證據。「我會認識布朗與蘇珊．蘇利文，全都是因為他們經手開發申請案。他告訴我蘇珊．蘇利文死了，很可能是被謀殺，他說想見我一面，全部的對話內容就是這樣。」

洛蒂問道：「他為什麼要與你聯絡？」

「我不知道。他說有事要告訴我，十分緊急。」

「你後來有與他見面嗎？」

「沒有，我告訴他我很忙，掛了電話。幾個小時之後，他就遇害了。」

「他之後與某人見面，對方應該就是兇手。詹姆斯打電話給你之後，你又聯絡了誰？」

「沒有。」

「里卡德先生，少來這套，我們可以查你的通聯紀錄。」

「我打電話給我的合夥人，通知他們蘇利文的死訊，還有布朗的那通來電。」

「你的合夥人？」

「妳不需要知道他們是誰吧？」

她可以等一下再回頭挖這條線。她繼續問道：「有沒有哪一個合夥人有殺害蘇利文與布朗的動機？」

「我怎麼知道？」

「你一定多少知情。他們在密謀什麼？」

里卡德做了兩次深呼吸。

「布朗與蘇利文，想要搞鬼時的一對好搭檔，」他繼續說道，「他們知道我一直搞不定因應郡治更新計畫要求的變更項目，聖安琪拉之家的案子也就無法進行下去，這兩個人一直在刁難我。他們想要勒索我，說什麼要求為過去的罪行啊什麼鬼的給他們補償，我根本不知道他們在說什麼。當布朗第一次聯絡我，講出他們的……陰謀的時候，七月的事了，我回他去吃屎吧。」

洛蒂想起這兩名受害者銀行帳戶的錢，還有蘇珊．蘇利文冰箱裡的現金。

「但你還是屈服了。」

「我沒有！」他大拍桌子，「面對這種挑戰，我的立場堅定不移。探長，我並沒有屈服。」

「他們一直恐嚇勒索你，所以你怎麼處理？」

「我找合夥人們一起開會，把勒索的事告訴他們，我們決定要繼續拚下去。布朗與蘇利文對我們的計畫無法構成威脅，沒有任何具體證據顯示哪裡有失當之處。老實說，是真的沒有——反正我們就是想辦法加速審理流程。」

「怎麼辦到的？」

「在幾個議員屁股口袋塞點錢。但這不是重點吧？」

洛蒂不想理會他自爆送紅包，她有太多事得問個清楚，她決定要改變方向。「里卡德先生，你有沒有住過聖安琪拉之家？還是小孩子的時候？」

「沒有，而且我不知道這到底和什麼事有關聯？」

洛蒂不知道他是否吐實，但她必須要確認清楚。

「還有誰牽涉了這項開發案？」如果他說的是實話，她猜應該就是如此，那麼到底是誰把錢送入受害者的銀行帳戶？

「我不明白妳為什麼認為我的合夥人會與我兒子的失蹤案有關。」

「你當然不懂。我要知道他們是誰。」

「妳會找到我兒子嗎？」

洛蒂回道：「我會努力。」

「能讓他活著回來？」自從他進來之後，巨大身軀似乎萎縮了不少。

她沒有回答，雖然她認為那男孩其實只是暫時逃離霸道父親，但這是她無法許下的承諾。她想到了自己最近那一名失蹤者，安傑洛提神父，衷心盼望傑森真的只是躲起來罷了。

他把名字供了出來，傑瑞·鄧恩、麥可·歐布雷恩，還有泰倫斯·康納主教。

「你必須講出全部的內情。」她缺乏睡眠造成的疲憊，如今瞬間一掃而空。

「探長，沒有什麼內情，就只是幾個男人暗中搞把戲，迅速賺錢入袋而已。康納主教以低於行情的價格把它賣給我，是為了換取新高爾夫球場的終生球證。歐布雷恩負責美化一些數字、幫助我取得開發案的貸款，而傑瑞．鄧恩則是確保整個計畫案能夠得到核可。就這樣，我們並沒有從事任何嚴重不法行為，必須犯下殺人罪。我建議妳趕快另尋方向，不然妳只是浪費追查傑森下落的寶貴時間而已。」里卡德把手伸入口袋找東西。

「看來妳很迷戀聖安琪拉之家，好，拿去吧，」他把一串鑰匙丟在桌上，「去啊，妳自己看個仔細。那只不過是一棟等待整修的老舊建築，只有磚頭泥巴而已。去滿足妳的好奇心吧，然後拜託趕快找到我兒子。」

洛蒂伸手壓住鑰匙，趕緊拉到自己面前，以免他反悔。

「謝了，」她說道，「趕快回家陪老婆吧。要是有傑森的消息，立刻讓我知道，我有線索也會立刻通知你。」

她表明了問案已經結束。

里卡德起身，不發一語，也沒有回頭顧盼，拖著沉重步伐離開，訂做西裝的皺痕就與臉龐的深紋一樣多。

洛蒂打開了最後一格抽屜，拿出那份泛黃的牛皮紙檔案，盯著照片裡的年輕男孩。她非常清楚有人失蹤是什麼感受。她也只能衷心盼望傑森．里卡德是在撫平受傷的自尊。萬一狀況比這個更糟糕的話，那麼他們就得面臨全新挑戰。

81

尚恩．帕克聽到凱特在他隔壁臥房啜泣。讓他想起父親過世之後母親的夜半哭聲。但還是不一樣，他母親每天早上紅著眼眶起來，但完全否認自己有掉淚，若無其事繼續去工作。他很想要對她大吼，提醒她前一晚哭得讓他無法入睡。但他什麼都沒說，他的青春心靈已然破碎，因為母親、姊姊，還有他自己。

凱特的哭聲和媽媽的不一樣，他覺得她好可憐。自從傑森讓他呼了一次大麻之後，他就很喜歡這個人。他當時抽了幾口，之後整個客廳的形狀與顏色就變得千變萬化。然後，他吐了整整二十分鐘之久，但他並沒有告訴傑森這件事。

他按壓迷彩遙控器，讓某個士兵的動作暫停下來。他真希望媽媽待在家的時間可以久一點。但是她有工作，而且現在因為那些謀殺案又忙得焦頭爛額。每個人都告訴他，既然他父親過世了，他就成了這個家的男人。所以一家之主該怎麼做才好？

他想要關掉PS，但是畫面卻凍住了，進退不得。

他需要一台新機。渴望至極，就像是現在一樣。

他有一些存款。他在儲物櫃裡找銀行提款卡，卻摸到了某個冰涼的金屬物品，他握住了父親多年前買給他的瑞士刀。他喜歡翻開不同的刀刃，假裝自己是《俠盜獵車手》裡面的某個人物。在過去這些年當中，他從來不曾把它帶出家門。但今天他會帶在身上，畢竟，有殺人犯出沒。他爸爸曾經告訴他，誰知道什麼時候瑞士刀會派上用場。他看了一下手機的時間，十一點半剛過沒多久，他可以出去一趟，在午餐前趕回來。

他把銀行卡與瑞士刀塞入口袋，穿了兩件兜帽上衣出門，克洛伊正在大罵凱特小題大作，就留她們兩個去吵架吧。

82

洛蒂踢掉靴子，以單手按腳，另一手則緊抓著聖安琪拉之家的鑰匙，她發現克爾比的目光從他的螢幕上方飄了過來。

她開口問道：「怎樣？」

「沒事。」他又趕緊盯著電腦。

她問道：「克爾比，你到底什麼時候說過真心話？」

她將鑰匙放入口袋，雙腳重踩地板，把痠痛的雙腳又慢慢塞回靴內。她伸手撫抓軟塌的頭髮，把手機的靜音狀態恢復為正常。沒有簡訊，沒有未接來電，什麼都沒有。她希望波伊德一切安好。她抬頭，發現克爾比手裡拿了一張紙站在她身邊，他捏了一下她的肩膀。

「妳不是要喬・博克神父的資料嗎？」他把文件交給她之後就回座了。

洛蒂望著喬神父那張護照尺寸的相片。男孩風格的瀏海，藍色眼眸，大方誘人的微笑。她隨意瞄了一下，但最後卻定睛在來自維克斯福德的某篇地方報新聞。

她問道：「你看過了嗎？」

「有啊，」克爾比回道，「看來像是萬人迷。」

頁面上的字交疊在一起，這是因為缺乏咖啡因還是睡眠？她好想吐，她努力集中精神，但是腦袋就是塞不進眼前的那些字句。這是引述維克斯福德當地某名女子說法的短篇報導。她宣稱喬·博克神父曾經追求她，想要和她成為男女朋友。她一直對他的熱情行動置之不理，但他卻打死不退，逼得她只好向警方報案，但是他們卻沒有採取任何舉動，洛蒂不敢相信眼前的白紙黑字。然後，她又想到了那名記者卡賀爾·莫洛尼與他的秘密情報來源，她還是得要找出到底是誰偷偷洩密。

她抬頭望向克爾比。

「追求女教友，」他說道，「只有在天主教教會裡才算是犯罪，因為發誓要獨身貞潔什麼的。如果妳問我——」

洛蒂立刻打斷了他，「我沒有要問！」

喬神父俊朗的外貌與親切魅力，深深吸引了她。當她表明自己只想要當朋友之前，他是不是一直在企圖引誘他？他明明可以靠拍照與電郵將相關檔案內頁傳給她，但他卻堅持一定要她親自到羅馬一趟，難道這就是背後的真正原因？

她把椅子往後一推，抓起手機，另一隻手臂塞進外套袖身，衝向門外，不想再聽克爾比講話。

✦

她一心想要去查探聖安琪拉之家，但卻在離開辦公室的時候，在停車棚遇到了瑪莉亞·林區。

「我正打算要去巴林納可羅依，」林區問她，「妳要不要一起去？」

「好啊，我來開車。」洛蒂想要查看案發現場，聖安琪拉之家可以等一下再說，也許她可以在老神父的住所發現什麼線索。

寇尼魯斯・默漢神父住在某間小教堂左側的小屋。馬路右側有四間建於二十世紀初期的農舍，後方有一條以樹籬相隔的蜿蜒小路。在這幾間農舍與教堂的中間，有一所僅有五班的小學，油槽上噴有「湯瑪士小火車」的字樣，校舍周邊有環狀操場。而且，在過去十年當中，有個戀童癖神父就住在隔壁。而這一切都是由康納主教一手促成。洛蒂搖頭，心中滿是疑惑。

早已拉起犯罪現場封鎖線，站在大門口的警員放了她們進去。林區與後院的鑑識小組談話，洛蒂則戴上乳膠手套，打開了前門。她仔細檢查了幽暗雜亂的玄關之後，進入挑高的廚房。一切都是濁褐色，空氣裡聞得到菸氣——大麻與香菸的味道。餐桌上有個滿到快溢出來的菸灰缸，旁邊是缺角的馬克杯，裡面有一半的濁茶。爐灶的門大敞，裡面的灰燼就像神父死屍一樣冰冷。

她推開另一扇門，單薄窗簾底下透出早晨十點鐘左右的一道狹光。她拉開棉布窗簾，映亮空中揚塵的強光，讓室內擺設盡顯無遺，沒整理的單人床、置物櫃、五斗櫃，還有雙門衣櫃。

洛蒂拉開純藍色毛毯，將戴著手套的手伸到枕頭下面摸索，抽出了一個鼓脹的皮夾，裡面全都是五十歐與一百歐的大鈔。還有一張折疊的五百歐紙鈔，放在聖安東尼懷抱耶穌小童的繪卡後面。她計算總額，共有一千六百二十歐元。殺害寇尼魯斯的兇手，動機絕對不是為了行搶。

她打開抽屜，然後又檢查衣櫃，裡面衣服寥寥可數，清一色黑，散發出樟腦丸與發霉的氣味。她跪下來檢查床底，兩雙黑鞋排在一起，後頭是棕色皮質行李箱。她拖出布滿污垢的箱子，開鎖，裡面有泛黃的剪報、檔案，以及筆記本。

她拿起其中一本硬殼筆記本，開始翻閱。每一頁都有整齊簡短的鉛筆紀錄，依照欄位加總的數字。她猜是帳本。她又拿了另一本，一樣。拜託，默漢神父，給我一點線索。

她跪在積灰的木地板上面，連續翻閱六本筆記，全都是數字。她把它們擱到一旁，又拿了另一本。同樣的海軍藍硬殼，打開之後，沒有數字，而是手寫文字。她屏住呼吸，現在看起來已經十分熟悉的鉛筆筆跡，深受學院薰陶的手寫字體，某種一絲不苟，甚至可說是結構勻稱有致的風格。

她開始閱讀，字句在她眼前交疊飄蕩。這是一部施暴史，以褪色鉛筆寫在紙頁裡的完整紀錄，每個字詞都在她身邊游動，宛若一層令人費解的文句罩布。她心想，他對無辜者施加暴行還嫌不夠，甚至記錄了下來。這是一本以褪色鉛筆寫在海軍藍硬殼筆記本裡的秘密編年史，一直被禁錮在某個殺人虐童神父的褐色皮箱裡。她的靈魂遭受重擊，覺得自己的心碎了，但同時也變得堅硬。

她不忍看下去，把筆記本放入塑膠證物袋，塞入外套的內側口袋。她知道自己放在哪裡並不重要，因為她一輩子也無法抹去惡魔之手寫下的驚悚紀實。他一定沒有想到這些筆記本在自己死後會流落何處，不然的話，他一定會銷毀。除非他不計後果，就是要不斷回味自己的犯罪歷程，他到底是什麼樣的殘虐禽獸？

她打電話給林區，詢問鑑識小組可否由她們帶走這些證物，確定沒問題之後，她拿著手提箱準備走向停車處，她奔出那間小屋，無法將那些受虐兒的輕柔腳步聲拋諸腦後。

教堂鐘聲響起，整個小村落迴盪著正午的沉悶鐘鳴。

83

銀行外頭的提款機排隊人潮似乎看不到盡頭。

尚恩在雪地裡跺腳跺了幾下，決定還是進去室內一試運氣，至少那裡比較暖和。他找了一台提款機排隊，等待領錢。

他前面的那名女子忙著應付身邊的小朋友，還有推車裡的嬰兒，終於領到了她的錢。他輸入密碼，領了兩百歐元。他心想，應該是夠了，他不知道裡面還剩下多少錢，等到賣掉舊的那一台PS之後，他可以把錢補回去。

他不知道傑森在哪裡，決定要找自己的朋友打聽一下，看看是否有人見到他的蹤影。他的朋友都不會和傑森・里卡德那種人鬼混，但開口詢問之後會得到什麼答案也很難說。他把錢塞入褲子口袋，走向門口。

✦

那男人盯著男孩。

他的雙手在西裝褲上面來回摩擦，同時四處張望，確定沒有人注意到他。

他認出了那個十幾歲的小孩，是帕克探長的獨子。他躲到某個廣告手冊展示架的後面，褲內騷動難耐，他趕緊把雙手插入口袋，讓越來越硬的那話兒可以消消火。

太危險了，他已經擄了一個男孩。不過，要是他真的想要重新演出過往的那場體驗，他需要兩個男孩，不是嗎？

當男孩按下安檢內門的綠色按鈕，男人立刻排到他後面。等到門再次打開的時候，他進入那狹小空間，微笑，男孩也對他咧嘴回笑。

84

正午天空一片陰沉，更像是傍晚的天色，而且，又開始飄雪了。

洛蒂離開巴林納可羅依村，看了一下手機，想知道是否有來自醫院的簡訊，什麼都沒有。到了警局，她帶著那個手提箱與林區進去，兩人準備要一起記錄內容，洛蒂再次翻閱那本老舊筆記本。看到那些手寫的驚悚文字，她整個人為之畏縮，將它放回證物袋。

「我得出去一會兒。」

她超想洗澡，坐入自己的座車。她也想要去探望波伊德，但既然有了鑰匙，那麼她的第一站就是聖安琪拉之家。

✦

洛蒂喉嚨癢癢的，看來鐵定是生病了。她咳了幾聲，更加疼痛。她站在車子旁邊，仰望這棟老舊建物，她需要釋放一下緊箍腦袋的那股壓力。她數算窗戶數目，數了兩次。然後，小心翼翼避開初降的積雪，拾級而上。

她站在門口，手裡拿著鑰匙，心中湧起一股無以名狀的恐懼。她害怕的是自己、她的過往、她所做出的決定、她的態度、她的悲傷，還有她即將發生的改變。突然之間，她好盼望波伊德能在她身邊虧她，她好想念他。

她把乳膠手套戴入僵麻十指，轉動老舊鎖孔裡的鑰匙，推開了大門，沒想到施力其實這麼輕鬆，讓她嚇了一跳。

門廳比她想像的小了一點。一陣寒氣傳來，逼得她一時無法呼吸，裡面比外頭還冷，她覺得搞不好會看到爆裂水管的水從牆頭流下來。她站在一道巨大的階梯前面。彎扭狀的桃花心木欄杆向上延伸，圍住寬闊的水泥階面，通往了縱橫交錯的黑暗走廊。她懶得找電燈開關，可能早已損壞，而且她也不想要知道真正的答案。她安慰自己，有時候，身處於未知狀態，會比發現自己真的待在伸手不見五指的空間裡更令人自在。

她專心聆聽，裡面一片死寂，但外頭的狂風捲雪，不斷敲打玻璃，窗框晃搖震響。一陣狂風將枯葉吹掃到她的腳邊。她關上大門，踢掉靴子上的殘雪，決定到樓上一探究竟。

到了階梯的頂端之後，她順著某道門與窗互對的走廊前進。下意識作祟，她又開始數算窗戶的數目——她就是忍不住——心中默默記下了數字。她回頭，沿著另一道走廊計算窗戶數目，窗框吱嘎作響，隨後陷入沉寂。她下樓，進行同樣的練習，數算了一下，不合理。

她再次數算。只有十三扇窗戶，但從外面看來有十六扇。走廊兩端都被水泥封死。她伸手一路撫摸牆面，不時敲打，想知道是否為空心牆。看來不是，搞不好湯姆．里卡德可以給個答案。她很好奇為什麼數字會兜不起來，就算這句有什麼特殊意義，她也完全摸不著頭緒。

有隻鳥兒在她頭上發出尖嘯，雙翅撞到木椽，消失無蹤。要不是因為她喉嚨已經沙啞，不然她一定會尖叫。她貼牆而立，感受到過往的濃厚氣息，歐馬利所說的故事開始在她腦中迴響。小孩在走廊吵鬧奔跑、修女在他們後面大吼、扯髮、尖叫、被乾癟手背打得牙齒在打顫的下巴。那畫面如此逼真，要是她伸手的話，也許真的可以觸摸到那樣的情緒，被遺棄小孩的憤怒、痛苦，以及孤寂，沒有夢想與期待，盡是絕望與失落。

辦公桌底層抽屜裡的那個泛黃檔案，再次打斷她的思緒。失蹤者，死者。那個年輕的紅髮男孩——是真的慘遭謀殺？抑或是歐馬利在酒精亂神的狀況下所瞎編的故事？她想起了那本海軍藍硬殼筆記本裡的手寫字句，還有充滿真相與謊言的清冊。現在，折磨她的情緒是痛苦萬分的無力感。

那隻黑鳥安靜下來，在屋簷裡棲歇，洛蒂開始計算走廊上褪淡的褐色房門，歷經多年來小孩大人的手不斷扭轉，黃銅門把變得髒污，下方的油漆也早已剝落。自從這棟建物廢棄之後，就已經步入死亡。

必須被開啟的門，通往遺忘過往的門。也許就隱喻的概念來說，蘇珊與詹姆斯曾經想過要打開它們的門鎖，看看他們的遭遇就知道了。她的直覺正在對她低語，這棟建築物隱含了解開所有謎團的鑰匙。她打開了幾道門，都是空荒孤寂的房間，隨即又關上，她猜應該原來是小宿舍。她又扭開了下一間房門的門把，走了進去。

這裡與其他房間很類似，不過有黑色塑膠袋蓋住窗戶，讓房內變得一片漆黑。她摸索牆壁，打開了電燈開關。低瓦數電燈泡，懸吊在布滿灰塵的電線下方，散發微光，照亮了整個房間，洛蒂開始四處查看。

靠牆的鐵床，白色床被。洛蒂進去，走過凹凸不平的粗糙地板，皺起鼻頭，棉質布料散發出一股殘留的微弱洗衣粉氣味。她把枕頭翻過來，拉高床墊，什麼都沒有。

她手執床單，一陣哐啷聲響讓她突然停下動作，又恢復了寂靜。她豎起耳朵傾聽，只有狂風吹雪襲窗的聲響，還有窗台隙縫微風吹動塑膠袋的沙沙聲。一張床、角落的小暖氣、另一個角落的木椅，還有在微晃燈泡的昏黃顫抖光源下更顯幽深的陰影，除此之外，什麼都沒有。

她正打算轉身離開，瞄到床腳有一塊銀亮的金屬。她伸手在布滿灰塵的地板上亂摸，找到了那個東西。她把它拉過來捏在冰涼的指間，舉高到電燈旁邊。被她乳膠手套緊緊包裹的那個銀飾在閃閃發亮，她知道那個墜飾的主人是誰。

✦

傑森轉頭，他聽到了有人在敲牆。但是他手腳被綁，逼得他只能待在地上，而且嘴裡的口塞讓他無法喊叫。

有人在找他！他欣喜若狂，全身拚命想要掙脫繩索，但他被綁得死緊，動彈不得。

絕望襲身，他頹然倒下。要是他們在這棟建物的主要區域，會不會進一步搜查這個地方？他盼望他們不會輕易撤退。他的身體越來越虛弱，他再次仔細聆聽，就算是微弱聲響也好。

他的希望時刻碎裂了，不祥的預兆在他的腹底翻湧搖晃。聽到了鳥兒們在屋椽嘎嗚的聲響，他吐了滿身。

85

「嗨，你是尚恩·帕克吧？」

站在電玩店外頭的尚恩，立刻轉頭過去。

「怎樣？」尚恩背貼著商店櫥窗反問。

「我只是要說我認得你，」

「好，所以你要幹嘛？」尚恩問完之後，朝對街的某個朋友揮揮手。

「我跟你姊還有傑森很熟，你知道他失蹤了嗎？」

尚恩繼續往後，但現在已經無路可退。

「對，我知道。」

「這狀況很特殊，但他並沒有失蹤，其實我知道他人在哪裡。」

「那你為什麼不去報案？」

「傑森不想要與警方有牽扯，因為是家庭失和之類的事。」

「好，但那和我無關啊。」尚恩開始慢慢移向店門口。

那男人搖頭，往後退了一步。

「沒關係，抱歉打擾你了。」他說完之後就掉頭離開。

尚恩咬住嘴唇，打量眼前的這個男人，看起來很稱頭，衣冠楚楚，乾淨清爽，只不過在這種冰寒風雪天卻沒有穿外套。奇怪，他看起來好面熟，是不是最近在哪裡看過他？他想不起來。這個人應該不具威脅，只是個認識他姊姊的老傢伙罷了。

尚恩開口：「他在哪裡？」

那男人正對著他，「我不能洩露任何機密，不過，我可以把他所在位置指給你看，那你就可以說……可以說剛好遇到他。」

「沒問題。」

「跟我來吧。」

86

洛蒂猛拍方向盤，車子發不動。地面積滿深雪，車子並沒有凍住，但也是遲早的事。

她繼續轉動車鑰匙，回應她的只有空洞的噠噠聲響。她坐在車內，口袋裡放著裝有銀飾的塑膠袋，開始釐清思緒。她知道那是誰的東西，也應該猜到了是怎麼會跑到那個地方。還有，她必須找里卡德詢問窗戶的事，這個異常問題讓她渾身不自在。

手機響了，來電者姓名是珍．多爾。

「嗨，珍。」

「我剛完成默漢神父的驗屍工作。」

「妳好忙，動作迅速，」洛蒂問道，「跟其他人一樣？」

「沒有，不一樣，」法醫回道，「這次的勒殺力道沒那麼猛烈，但話說回來，畢竟死者是老人了。」

「妳覺得這是否是模仿犯殺人案件？」

「我想不是。寇尼魯斯．默漢的身上也有與蘇珊．蘇利文、詹姆斯．布朗相同的刺青。」

洛蒂屏息了好一會兒，有刺青的老神父？然後呢？

「這個刺青就和其他人的一樣，年代比較久遠，但輪廓反而比較清楚。我掃描圖片，然後放大，」珍繼續說道，「其他受害者的刺青已經褪色，看起來就像是被圓圈包住的線條，而這一個倒是可以讓我把圖像看得清清楚楚。」

「繼續說。」洛蒂衷心盼望這是確定的線索。

「狀似是聖母與聖子的圖騰，通常是教堂裡會出現的那種雕像，這是維基百科給我的說法。」

洛蒂抬望眼前這棟建物的頂端。那天她與波伊德來到聖安琪拉之家的時候，她一直無法在夜色中看清楚的那尊雕像，正是聖母瑪利亞懷抱聖子。

「妳說的應該沒錯，」洛蒂回道，「但我還是不懂，為什麼蘇珊與詹姆斯有這個。」她想起來了，派翠克．歐馬利也有。

「如果這圖案別具意義，妳最好趕快追出兇手，以免有其他人繼續被送到這裡來。」

洛蒂聽著斷線後的撥號音，知道自己必須再去找歐馬利問話。這個人似乎變得越來越重要。他是數十年前某起兇殺案的目擊者，或者，他當時也牽連其中，甚至與現在的案子有關？不管怎樣，他很可能握有重大線索。她必須去找他，趕快喚起他的記憶。她的手機響起，打斷了她的思緒。

「探長好，我是碧亞．威爾許……郡治廳的職員。」

「嗨，碧亞，最近好嗎？」

「我只是想要告訴妳，今天他們核准了聖安琪拉之家的開發計畫。」

「我想既然發生了命案，有這種結果也是意料中事，」洛蒂說道，「所以里卡德可以準備蓋他的飯店了？」

「不能這麼說，還有公眾抗告流程的等候期，但我想應該不會出現太多的反對意見，畢竟這個開發案能夠創造就業機會。」

「謝謝妳通知我。」

「還有，探長，那份檔案根本沒有遺失，在郡治長傑瑞·鄧恩手上。」

這兩通來電讓洛蒂陷入沉思。她想要把腦中的線索拼湊起來，沒辦法。盤繞心頭不去的是她發不動車子，還有繼之而來的修理費。

她現在一心只想要來根菸，懶得動腦思索任何事情。她望向一片雪白的無垠大地，目光停留在聖安琪拉之家後方那片被整道牆圍住的區域，石牆上方露出狀如新月排列的皚皚樹頭。那座果園，某幅圖像突然在她心頭放大，年輕的蘇珊、詹姆斯、歐馬利，再加上不知是誰也下落不明的布萊恩·莫提梅爾，曾經在那裡遭受寇神父施虐。

現在，至少已經有三人死亡。

87

尚恩一坐入那男人的車內，立刻開口問道：「你真的知道傑森在哪裡？」

「對，當然。」

「好巧，你說是不是？」

「什麼？」

「你認識我，也認識傑森，」尚恩說道，「可不可以開暖氣？」

「沒問題。」那男人把車駛出停車場，進入馬路車陣，打開了暖氣。「小伙子，不到一分鐘就會暖呼呼了。」

尚恩又問道：「你怎麼知道我是誰？」

「我也認識你媽媽，你長得跟她一模一樣。靠著她的長相，我在大老遠的地方就認出你了。」

「大家都說我跟我爸是同一個模子刻出來的。」

「我不認識你爸爸。」那男人停車，等待燈號轉綠。

「他死了。」

「很遺憾。」

「所以你怎麼會認識我姊姊和傑森？」

「我是傑森爸爸的朋友，也可以說我們是事業夥伴。」

那男人小心翼翼穿越市區，尚恩陷入沉默，雪花紛落，拖慢了他們的前行速度。等到傑森回家之後，凱特就會開心了，她欠他這份人情，應該是一輩子吧。尚恩竊笑，覺得自己好厲害。

那男人問道：「你在笑什麼？」

「哦，沒事啦。」話雖這麼說，尚恩依然在咧嘴大笑。

✦

克爾比含著未點燃的雪茄，詢問洛蒂：「要去哪裡？」

洛蒂扣好安全帶，「這輛車好臭。」

積累許久的菸草濁味悄悄從汽車座位鑽入她的衣物。她得把車留在原處，等別人來接電，克爾比沒有任何工具。

「我要去找湯姆．里卡德，但我得先去醫院探望波伊德。」

克爾比回她：「妳又沒辦法靠近他。」

「我才不管那麼多，」她說道，「小心路面冰滑。」克爾比驚險急轉，閃避對面來車，洛蒂立刻緊抓儀表板。「你想抽雪茄就抽吧。」

「那我就恭敬不如從命。」他立刻拿打火機點燃雪茄。

「我在聖安琪之家找到這個。」洛蒂舉起某個小型證物袋，裡面放的是那個純銀墜飾。

克爾比瞄了一會兒，「很漂亮。怎麼會出現在那種老舊的地方？」

「我現在就要去找出答案。」
「所以妳知道是誰的東西？」
「我知道。」洛蒂問他，「修好車子要多少錢？」
克爾比回道：「一大杯啤酒的價格。」
「我請你一杯不成問題，但我的預算沒辦法付兩杯。」
克爾比悶哼一聲，「妳那麼慘啊？」
洛蒂點點頭，繼續問他：「你會不會剛好知道要怎麼修PS？」

✦

那男人把歪斜車身打直回來，罵了一句「白痴！」。
他駛離幹道，進入某條鄉道，穿過聖安琪拉之家的後門。
尚恩問道：「我們要去哪裡？」
那男人咬牙切齒，「你問太多問題了。」
「只是好奇而已。」
那男人把他的漂亮座車擠進了小禮拜堂的後面，熄火。
尚恩把手伸進口袋，撫摸那把冰涼的金屬物，慶幸自己帶了這個護身符。突然之間，有個聲音告訴他應該要快跑，離得越遠越好。但他還來不及行動，那男人已經緊抓他的手肘，逼他走向那道有閃亮新掛鎖的木頭拱門。

雖然他還不到十四歲，但其實身材高大，然而，在那男人打開那道掛鎖門的時候，他卻覺得自己好渺小。他不知道這是因為那男人眉頭糾結在一起的怒容，還是因為緊抓他手臂的那股力道？但有一點他十分確定，幸好有刀子隨身。

門關上了，那男人上了門閂。

「你為什麼要那麼做？」

「安全理由。好，這邊走。」

尚恩站在原地不動。

「如果這道門是從外頭上鎖，」他開口，「傑森怎麼可能是自願待在裡面？」

那男人下巴緊繃，尚恩退後貼住大門。

「我告訴過你，我帶你來找傑森，你乖乖聽話照辦就是了。」

「他根本不在這裡！」尚恩大叫，「你是誰？」

他握住口袋裡的刀，希望那男人不會注意到這東西。他真蠢，居然被這人騙到這裡來。現在的最佳對策是什麼？期盼傑森真的在這裡，然後跟著這男人找到他？或者是趁現在抵抗逃跑？要是他亮出刀子的話，應該可以逃到門外，但萬一傑森因此被他棄之不顧呢？他母親又會怎麼面對現在的處境？他必須盡快想出方法，不然他就慘了。

「不准再發問，快進來。」

尚恩做出決定，任由對方推他進入陰暗狹廊，而他一直緊握著自己的刀子不放。

88

克爾比站在護理站外頭，開口說道：「至少他已經離開加護病房了。」

洛蒂翻白眼。她快要被他氣死了，總是不肯閉嘴，一定要講話才行。她深呼吸，想要讓自己的情緒稍微滅火。

他問道：「妳在羅馬的進展如何？」

「你剛才是不是在對我眨眼？」洛蒂走到他面前，眼神鎖定他不放。

他開始往後退。

「我不是故意的，有時候就是不受控。」克爾比開始摳拔冒出來的下巴鬍鬚。

「少學波伊德的調調，你不適合那種風格。」

某位身穿藍色制服、藍色眼眸的年輕女護士打開了門，「可以探視病患五分鐘，不能超時。他還很虛弱，但意識清楚。」

她伸手阻擋他們兩個，「但只能有一個人。」

「妳去吧。」克爾比側身讓洛蒂進入病房。

✦

波伊德坐靠病床，身上好幾處布滿了蜿蜒管線，它們所連接的那些監視儀器就好像站在他身邊的機器人一樣。護士按了某根導管，盯著裡面的液體暢通無阻之後，安了心，轉向洛蒂。

「五分鐘。」她說完之後就離開了，留下洛蒂一個人陪伴波伊德。

她拉了椅子坐下來，盡量挨近波伊德的頭部。他的雙眼眨了幾下打招呼，淡褐色眼珠色澤變得混濁，他想要擺出笑臉，卻力有未逮。

「抱歉，」她低聲說道，「我不該在羅馬閒晃，害你單獨遇險。」

看到波伊德努力擠出笑容，她露出微笑。

「我知道你不該講話，但你可記得你的攻擊者的任何細節？」

「不先寒暄一下啊？」波伊德聲音沙啞。

「當克爾比告訴我出事的時候，我嚇壞了，」洛蒂說道，「我以為你快要沒命了，但我拚命把這個念頭拋諸腦後。你也知道我的個性——反正一整個早上埋頭工作就是了。」

她緊握他的手，手心裡感受到他的纖長手指，她彎下頭，親吻他刮傷的前額。波伊德輕聲細語：「不要哭。」

「你差一點就沒命了。」

「我看到兇手的背影……很熟悉……但不確定是誰，我幫不上忙。」

「有沒有可能是歐馬利？」

「不知道。」

洛蒂在置物櫃那裡找到面紙，擦去他嘴角的唾沫。

「不要緊，我一定會抓到他。等到我把這人渣揪出來的時候，保證讓他後悔莫及。」

「要小心，」波伊德的聲音逐漸恢復元氣，「妳不需要也住進醫院，但搞不好他們有雙人病床，那就另當別論。」

「真是愛耍嘴皮，」洛蒂說道，「我覺得好奇怪，為什麼兇手會在你去找那名神父的時候發動襲擊？除了林區之外，你有告訴別人嗎？」

「沒有……完全沒有。」

洛蒂沉吟了一會兒。她相信林區與此事毫無關聯，但要是波伊德也沒有告訴別人，那麼唯一知情的人就只有喬神父。她發現波伊德疲憊異常，不該現在說出她心中的猜疑，他已經闔上眼瞼。

「趕快好起來，沒有你，我不知該怎麼辦。」當她在他額前低語的時候，護士進來了。

她回頭瞄了一下已經入睡的波伊德之後才離開病房，她下定決心，絕對不能讓這個兇手繼續逞惡下去。

89

「里卡德太太，關於您兒子的事，我目前並沒有進一步的消息，但我現在有事要找妳先生。」

洛蒂靠在里卡德宅邸的大門口。梅蘭妮走了進去，她跟在後頭，湯姆．里卡德立刻從扶手椅起身，一臉期盼。她搖搖頭，他的臉瞬間崩垮。

「我剛才已經告知你太太，你兒子的下落並沒有任何最新進度。我們發出了新聞稿，現在已經可以在社群媒體看到內容，之後還會有電視新聞報導。」

里卡德說道：「探長，我真的是憂心忡忡。」

「我們正在全力處理。」

他伸手指向自己位置對面的那張椅子，洛蒂坐了下來。里卡德身穿皺巴巴的西裝，雙眼布滿血絲。壁爐裡的柴火正旺，屋內充滿暖意。

梅蘭妮．里卡德問道：「要喝茶還是咖啡？」

「我喝茶，謝謝。」洛蒂覺得梅蘭妮與里卡德之間似乎相隔了什麼？寒冰？梅蘭妮躲進了廚房。

洛蒂開口：「關於聖安琪拉之家——」

「在這種時候，我比較擔心我兒子的安危。」

「還有誰擁有那裡的鑰匙？」

里卡德聳肩，「我的那些合夥人，我已經把名單告訴妳了。」

「為什麼要給他們鑰匙？」

「許久之前給的，萬一他們需要過去查看的話就可以派上用場。我從來沒有叫他們歸還，也不知道他們是否使用過鑰匙。」里卡德問道，「這到底是和什麼事有關係？」

「老實說，我不知道。」洛蒂拿出裝有銀飾的塑膠袋，「你認得這東西嗎？」

里卡德別開目光，「不認得，我怎麼會知道？」

「我覺得你可能知道。你確定嗎？」

「臭女人！妳到底是怎麼在找我兒子？」

她起身準備離開，爐火太舒服，不宜久待。「還有一件事，你有沒有聖安琪拉之家的原始建物圖？我必須要搞清楚它的平面配置。」

里卡德聳肩，嘆氣，巨大的身軀好不容易離開了扶手椅，宛若棕熊結束冬眠悠悠醒轉。他從角落的某張辦公桌抽出一捲文件，交給了她。

「妳留著吧，我已經對這個案子完全失去了興趣。」

「就算你拿到了建案批准也一樣？」

「此時此刻，更重要的是我兒子。等到妳結案之後，就燒了吧。找到傑森就是了，我求求妳。」

里卡德轉頭面向壁爐，盯著在熊熊燃木上方飛動的橘色火焰。

就在洛蒂打算走人的時候，梅蘭妮正好帶著托盤進來。她把盤子放在桌上，把手放在洛蒂手臂，緊閉雙唇，目光發出祈求。

洛蒂點頭，對於另一名女子的焦心，感同身受。

她離開了，留下那對夫妻面對自身的孤單淒絕。

90

「克爾比，你看看這個，」洛蒂在案情偵查室的某張桌上攤開了建物圖，「果然被我料中了。」

「什麼？」

她捲起袖子，拿了黃色螢光筆在那一頁畫了個圓圈。

「建物圖顯示三樓走廊有十六扇窗戶，但是我在裡面算是十三扇，而從外頭看是十六扇。」

克爾比在口袋裡找東西，「到底是什麼意思？」

她拿著螢光筆敲打平面圖。

「也就是說某面牆後面藏了三扇窗戶，換言之，有一間或是數個房間被封住了。」

他不怕死繼續追問：「所以呢？」

「所以怎樣？」洛蒂反問，「為什麼要這麼做？是誰搞出來的？又是什麼時候的事？我想要知道答案，還要問什麼意思嗎？」

「那與這些謀殺案有什麼關聯？」

「我不知道，但我們現在也沒有別的頭緒，我得要追查出來。我們有沒有歐馬利的地址？」

「他是街友啊。」

「快去找他。」

她瞄了一下四周，發現林區正在研究案情偵查室的白板。

林區開口：「不太對勁。」

「怎麼說？」

「德瑞克．哈特，布朗的男友。我仔細研讀他的證詞，發覺有狀況。他可能是對我們撒謊，或者隱瞞了部分真相，我根本找不到他的學校註冊教師的資料。」

「趕快去追。」

洛蒂現在沒時間搞這個，她現在有任務在身。「我想到了穆塔女士，愛心食堂的負責人，她可能知道派翠克．歐馬利在哪裡出沒。克爾比，把車鑰匙給我。」

✦

「我一直沒看到他……」穆塔女士嘆氣，她把洛蒂帶入屋內，同時忙著把狗兒趕出去。她正在煮水，一盤熱騰騰的麵包已經放在洛蒂的面前。

洛蒂問道：「他通常會去哪些地方？」

「探長，派翠克．歐馬利到處亂跑。晚上通常是睡在主街，有時候會在火車站後面遇到他，他可能會窩在火車車廂裡，或是某間廢棄屋，妳知道就是那種屋頂塌陷的老舊聯排屋。但最近這幾個晚上我不管在什麼地方都沒看到他人影。」

洛蒂嘆氣，「等一下我派人去找他。」

穆塔女士倒了茶，兩人都拿起馬克杯開始啜飲。

「桃蒂探長，今天怎麼沒看到妳那個瘦巴巴的同事？」

「我叫洛蒂，波伊德警探昨晚受傷，人在醫院。」

「太可怕了，我會為他祈禱。發生了什麼事？」

「妳不需要擔心。」洛蒂看了一下手機時間，「我必須趕快去查案，謝謝妳的茶。」

「妳倒是提醒了我上次我一直想不起來的事。」

「什麼？」

穆塔女士撥弄自己盤內的麵包屑，「手機。」

「怎麼了？」

「不是妳的手機，」這位老太太遲疑了一會兒，「我有蘇珊・蘇利文的手機。」

「什麼？」洛蒂收斂笑容，雙手緊握成拳。「在哪裡？這很可能是我們查案的關鍵，妳先前為什麼不交出來？」

「我只是忘了，現在我也不確定是不是要交給妳了。」穆塔女士雙手交疊胸前，姿態強硬。

「我可以告妳妨礙我們偵辦兇殺案，也許我們本來有機會可以避免另一起兇案，手機裡可能有重要線索。」

洛蒂知道自己變得毫無理性，其實他們早就從電訊業者那裡取得了所有資料。看到穆塔太太的不安神情，她努力緩和語氣。

「沒關係，不要擔心，只要妳現在交出來，保證不會有事。」

「可能根本沒辦法使用了。」

「這不是重點。」洛蒂的指甲狠狠陷入掌心裡，她氣得咬牙切齒。「妳怎麼會有這東西？」

「我剛剛才全部想起來。蘇珊不小心把它掉入湯裡，整鍋都毀了。我們還得再煮一鍋，真是忙得亂七八糟。」

「什麼時候的事？」

「她遇害的前一晚。我把它放在一碗米裡面，把它壓得緊實，蘇珊說這麼處理就對了。」

「她為什麼沒帶走？」

「我們很忙，等到我們完成送餐回來的時候，根本忘了這件事，後來，這可憐人就遇害了。」

「妳一直留著她的手機？」

「她第二天就遇害了。」穆塔女士的眼眶裡滿是淚水。

「妳應該要早一點交給我。」

「我就是忘了。」她拿起茶壺，示意是否需要添茶。

洛蒂伸手蓋住杯緣，婉拒了對方的好意。

「蘇珊死了，她隱藏的秘密很可能會幫助我們偵破這起命案。請妳立刻把手機交給我，拜託。」

穆塔女士緩緩起身，走向玄關，洛蒂聽到櫃門開啟又闔上的聲響。

「都泡成那樣了，也很難知道裡面有什麼資料。」老太太回來了，將手機交給了洛蒂。

洛蒂把手機放入塑膠袋、然後將它收進自己的手提袋，她心想，看來損傷不嚴重。

「還有別的事……」穆塔女士又開口，搓揉著額頭。

「快說。」

「聖安琪拉之家的事，蘇珊提到那裡有兩位神父。」

「繼續說下去。」

「她與康納主教見過面之後，整個人狀態非常不好。她原本盤算與他見面，詢問他是否可以提供資料，幫助她尋找寶寶。見完面之後，她整個人就像是撞鬼一樣。我有沒有告訴過妳？她曾經告訴我，她認得這位主教，是她兒時住在拉格慕林時的某位神父。」

「什麼？」

「我剛講的全都是她告訴過我的話。」

洛蒂好不容易才消化完剛才聽到的那段話。難怪蘇珊會一直等到兩三年前才回到拉格慕林。要不是因為她勢必得見主教一面，不然也沒有理由相見。這是否也意味了康納主教早在聖安琪拉之家時代就認識了那兩名受害者？但話說回來，也可能根本不是他。現在，克爾比又有了其他線索可以貼在偵查室的白板。

穆塔太太嘆道：「蘇珊與詹姆斯這些年來一直彼此照顧，現在他們兩個人都走了，妳要好好處理他們的案子。」

洛蒂起身，拚命壓抑滿腔怒火。

這位老太太拿錫箔紙包好褐色麵包，交給洛蒂。「很遺憾。」

「我也是，」洛蒂把麵包放在桌上，「要是妳見到派翠克．歐馬利，立刻通知我。」她心想，以免妳忘光光。「我有事要問他。」

突然之間，穆塔太太看起來比實際年齡還蒼老。她拄著拐杖，送洛蒂到門口。

洛蒂坐進克爾比那輛充滿雪茄臭味的車內，連句再見也不願多說。

91

尚恩睜開雙眼，頭痛欲裂。

他想要從冰寒地板起來，坐直身體，卻發現自己的脖子被繩索綁住，四肢也是同樣的待遇。他努力回想自己身在何處。發生了什麼事？他躺著不動，努力聆聽，什麼聲音都沒有。他拚命回想，記憶不斷閃逝，越來越模糊。他被那男人推入門內，敲昏，然後倒地……就這樣。

他扭身，想要辨識周遭狀況，無論看到什麼都好。他被黑暗重重包圍，眼睛努力對焦，但只看到前所未見的幽黑。他因為恐懼，腹部發出了怪聲，驚駭感在皮膚底層四處蔓延。

口袋裡的手機在震動，但他的手根本搆不到，他這才發現那個人渣沒有拿走手機，所以他應該也沒注意到刀子。他的淚水在眼眶打轉，不重要，現在他無計可施。突然之間，他成了小男孩，他發覺自己面對當下的處境完全無能為力，所有的假面蠻勇正在逐漸瓦解。

他開始掉淚，哭泣的模樣宛若是住在內心的那個小男孩。

92

洛蒂把蘇珊的手機交給科技小組的專家之後，開始在狹小辦公室裡來回踱步。

她已經把穆塔太太的話告訴克爾比，原來蘇珊認識康納主教。

克爾比說道：「我早就跟妳講過了，讓我去狠狠修理那個說謊的人渣。」

林區輕觸洛蒂的手肘，「耽誤一點時間可以嗎？」

「等我一下，我得打電話回家。」

她打給克洛伊，「家裡還好嗎？」

「很好啊，尚恩剛才去市區了。」

洛蒂問道：「他進市中心幹什麼？」

「他一直在抱怨他的PS，也許是想找新的吧？」

「叫他過來聽電話。」

「他還沒回來。很可能是去了奈爾家。我有傳訊問他午餐想吃什麼，他根本沒回我。」

「可能是沒儲值。」

克洛伊大笑，「他老是這樣。」

「用臉書傳訊給他。」

「媽，妳覺得我會沒想到嗎？」克洛伊語氣充滿挖苦。

「凱特呢？」

「老樣子，心情不好，有沒有傑森的消息？」

「我正在查，」洛蒂說道，「尚恩回家的時候告訴我一聲。」

「好。」

她掛了電話，面向林區。「妳是不是有事要問我？」

「我想要告訴妳有關德瑞克．哈特的事，現在方便嗎？」

林區雙手交疊胸前，懷中抱了一份檔案。「我查看了所有的文件，再次檢查他的證詞，然後查了他的背景資料。」

「快說。」

「探長，我們出包了，狀況很嚴重。」

「靠。」

洛蒂拉了兩張椅子放在嘶嘶作響的暖氣管旁邊，兩人坐了下來。

林區開始翻閱大腿上的檔案。

「哈特自稱在阿斯隆教書，我們以為他是老師。」

「但他不是？」洛蒂眼睛瞪得好大，「天吶！」

「他並沒有在任何地方正式註冊，但他偶爾會當代課老師。最後一個已知地點是阿斯隆的聖西門初中。他在申請表上填寫的是假資料，留的是都柏林的某個地址。我查了警方全國資料庫，果然找到了他。」

「有前科？」

「曾經被判刑八年，最後坐了五年的牢，罪名是綁架與性侵未成年小孩。十一個月之前才從阿伯爾丘監獄出來。」

洛蒂開始默默評估林區這條線索的嚴重性。

搞出這種紕漏是誰的錯？只能怪她自己，身為犯罪調查的資深警官，一切都是她的責任。就算不會被拖到局長面前，得面對總警司也絕對是逃不了的下場。

克禮根會氣到爆炸，而林區將可以全身而退。靠！那所學校一定沒有清查他的背景，怎麼沒要良民證？真是亂七八糟。

「我的天，」她大吼，「為什麼前幾天沒有發現？我完全沒有辦法忍受失職。虧我當初還很同情這個假哭的人渣。等到我們逮到他之後，我一定親手宰了他。」

「我查了他給我們的地址，他租的是雅房。」

林區把德瑞克．哈特剛被抓到時的照片交給了洛蒂。與那天發現詹姆斯．布朗屍體的悲慟男子對照，根本是判若兩人。照片裡的他留著濃密大鬍子與長髮，邪惡雙眼死氣沉沉。混帳，他現在躍升成為她的頭號嫌犯。

「等妳給我好消息。」洛蒂丟下那張照片，伸手拉扯自己的破損袖口，突然覺得胸口好緊，她開始咳嗽。

林區問道：「妳還好嗎？」

洛蒂想要開口回答，但卻講不出話。林區拿了紙杯，在飲水機取水。

她把水杯交給洛蒂，「怎麼回事？」

洛蒂小口喝水，心中的那股巨浪慢慢退潮。

林區說道：「妳累壞了。」

她不想要林區的憐憫。

「只是小感冒而已。去找哈特，妳和寇比趕快把他抓進來，以免克禮根警司聽到風聲，發現我們這個剛闖下的大禍。」

「馬上就去。」

「把他的前科印出來，我要搞清楚我們交手的對象。」

林區急奔出去，後頭的馬尾在肩頭來回甩動。

洛蒂的目光飄向窗外，盯著路旁的教堂，挺立在傍晚暗沉霧色之中，姿態雄偉，街燈帶來了一片暖色，這看起來像是超現實的場景。正當她覺得自己已經把一切都兜起來的時候，卻被一記曲球打中。

而且，她還得去找自己的醫生，不只是因為感冒而已。她打開抽屜，拿出她在聖安琪拉之家找到的那個銀墜，放入口袋，砰一聲把抽屜關回去。

93

安娜貝爾・歐謝一如往常，美麗出眾。完美無瑕的海軍藍套裝，白色薄料襯衫裡的紅色胸罩若隱若現。洛蒂心想，這是一種不言自明的自我表述。她在結冰的人行道走了五分鐘，到達這位醫生位於丘巔的診所，現在已經全身冒汗。

「我沒時間預約掛診。」

「妳氣色好糟糕，坐下來吧。」安娜貝爾拉了椅子給洛蒂，自己靠在真皮桌面的辦公桌。

「我沒有時間去藥房，難道妳就不能直接給我幾顆藥嗎？」

「怎麼了？」安娜貝爾朝她後方的櫃子靠過去，抽出兩個盒子，讀了標籤之後，將其中一盒交給她。

「我幫妳開處方。」

洛蒂看到裡面有苯二氮平類的成分就心安了。她把它收好，又從口袋裡拿出那個小塑膠袋，放在桌上。

「這是妳的，」洛蒂指了指袋中的純銀墜飾，「跟我解釋一下，為什麼我會在聖安琪拉之家的某個床底下發現這東西。」

安娜貝爾瞄了一下，表情莫測高深，她猜她朋友正在拚命動腦，打算編出一個也許可以令人滿意的答案。

安娜貝爾立刻推開，「這不是我的東西。」

洛蒂大笑，笑聲裡還夾雜了咳嗽。

「安娜貝爾．歐謝，其他人可能會相信妳，但我不會。」

這位醫生又把它拿起來，「想必很多人都有類似的墜飾。」

洛蒂說道：「我沒時間玩遊戲，而且我沒有那個心情。」

安娜貝爾把那一小只銀墜放到桌上，起身，走到門口，腳步急促又大聲。「妳已經拿到了妳要的東西，請離開吧。」

洛蒂依然坐著不動，只是把那個小塑膠袋握在手中。

「快告訴我，安娜貝爾，我要知道真相。」

「如果這真的是我的東西，又關妳什麼事？」

「因為我在偵辦這座城鎮的殺人案，聖安琪拉之家是我必須要清查的方向之一。」

「和我無關。」

「拜託，安娜貝爾，趕快告訴我。」

「好，冷靜一下。」

安娜貝爾坐下來，洛蒂也是。

安娜貝爾回道：「我偶爾會和我的情人一起去那裡。」

「妳的情人是誰？」洛蒂擤鼻子，在這個狹小的空間裡，聲音也未免顯得太過刺耳。

「這個妳就不需要知道了。」

「我得要知道。」

安娜貝爾停頓半晌，「湯姆．里卡德。」

「什麼？」

「他說，等到我們有足夠的錢可以好好在一起的時候，他會離開他老婆，」安娜貝爾繼續說道，「他老是興致勃勃，這種計畫想了一個又一個。」她閉上雙眼，然後又睜得好大。「老實說，我已經對他很厭煩了。」

洛蒂發出不屑哼聲，「妳還是老樣子，就是想要得不到的東西，妳就是改不了。」

「又不是每個人都能擁有妳那樣的婚姻。」

「但是基安怎麼辦……還有妳的小孩？」

「怎麼辦？洛蒂？怎樣？妳覺得都是我的錯，」她發出冷笑，「妳就是這麼想的吧？妳覺得都是我一個人搞砸了別人的婚姻？」

洛蒂靠在辦公桌，「妳好賤。」

「妳也很清楚我這個人。我想要的東西就會弄到手，而我就是要湯姆．里卡德。」

「蘇利文與布朗遇害的那一天，你是不是和他在一起？」

「應該吧。妳問這個又要幹什麼？」

「妳也很清楚我的職責，那天是十二月三十日。」

「好……我看一下，」她查閱電腦行事曆，「對，那天應該是在一起。他的某項會議取消，我休假，所以我們相約見面。」

現在，洛蒂腦中的拼圖碎塊，已經又多了幾片能夠嵌合在一起。「難怪他沒有辦法提供不在場證明，他不想背叛妳。」

「他是不想要被老婆發現。」

「當初我來問妳蘇珊·蘇利文的事，妳應該要告訴我才是。」

「妳從來沒問啊。」

洛蒂嗆她，「給我耍小聰明。」她已經受夠了安娜貝爾，她的秘密與謊言。她起身，走向門口。「有時候妳就是聰明反被聰明誤。」

安娜貝爾沉默不語。

洛蒂問道：「妳最後一次見到他是什麼時候？」

「兩天前，」她聳肩，「應該是那時候吧。」

「在聖安琪拉之家？」

「當然。」

「安娜貝爾，妳真是可憐。妳聰明又有錢，還有美滿家庭，但妳的行為舉止就跟我以前認識的妳一樣，被寵壞的小屁孩！再見。」

✦

洛蒂走出診所外頭之後，一直貼牆而立，等待呼吸恢復正常。要是湯姆·里卡德能夠在第一天誠實交代他的不在場證明，就不會害她這麼費事了。現在，她終於踏出步伐，準備走回警局。

她走過運河橋，聽到底下的火車站警笛大響。水面結凍，在微弱的燈光照映下，河面上的那一層薄雪瑩瑩透亮，藍色警示燈在老舊貨運車廂的後頭不斷閃光。她急忙下山，走過市區，完全無視那些對著根本不存在的客人招呼進門的孤單聖誕燈飾。寒氣入骨，但她的心依然麻痺，無法感受皮膚的冰冷感。

當她步上警局台階的時候，正好有隻烏鴉站立在雪地之中，灰硬的鳥喙，還有足以把眼珠挖出眼窩的長爪，牠拍了拍翅膀，但並沒有移動，洛蒂覺得這隻烏鴉一直盯著她拾級而上，一股發顫的涼意流過她的背脊。她常聽到別人說到不祥預感，現在她終於懂得那是什麼感覺了。

她一踏進案情偵查室，裡面閒聊聲的分貝立刻降了下來。

「怎麼了？」她雙臂交疊胸前，緊緊抓住自己，心想天吶。「波伊德？」

坐在椅子上的克爾比扭身，「不是。」

「好，那你告訴我是怎樣？」

「我們發現了另一具屍體。」

「傑森？」洛蒂馬上坐下。

「不是。廢棄鐵路車廂後頭發現了某具屍體，那些頹朽聯排屋的其中一間。」

「希望不是歐馬利，」她起身，繞過桌子。「現在他看起來是我們的頭號嫌犯之一。」

林區說道：「那具屍體在那裡應該有好幾天了，小蟲子啃了整張臉，有隻手臂不見，另一手的兩根手指消失無蹤，腳趾頭也是，屍袋裡就是一身破衣枯骨。」她的說法很抽象，並沒有把那具屍體當成人類，這種敘述方式可以迴避內心恐懼。

「最好不要是歐馬利，」洛蒂厲聲說道，「根據穆塔女士的說法，那一區正好是他平常活動的地方，」她滿心無奈，重重捶桌。「有沒有任何徵兆顯示為他殺？」

「很可能是低溫症，」林區說道，「法醫已經到達現場，我們要不要過去？」她已經拿起外套，警探們回去工作崗位，又出現了眾人四處活動的細微聲響。

「你先走吧，我留在這裡。」洛蒂抓住椅背，期盼不要再有謀殺案丟到他們手中。要是歐馬利死了，還有誰能夠回答她的疑問？聖安琪拉之家的惡行是否會成為永遠的秘密？她希望千萬不要。

她問道：「找到德瑞克·哈特了嗎？」

林區站在門口回道：「不在家，手機也沒開機。」

「幫我找那個記者，卡賀爾·莫洛尼。」

94

尚恩心想，外頭的天色一定是逐漸昏暗，因為他現在覺得更冷了。他希望媽媽已經在外頭找他，但她真的知道他失蹤了嗎？如今他也只能懷抱希望了。

他聽到腳步聲，立刻豎起耳朵。門開了，一道暗光照過來，出現了那個男人的剪影。

「我的小朋友好嗎？」對方的聲音低沉。

尚恩反問：「你……你想要幹什麼？傑森人呢？」

「哎呀，現在的年輕人真是沒有耐心。」那男人嘖嘖兩聲，進入房內。

尚恩發現繩子與鎖鍊開始逐漸變鬆。他慢慢站起來，顫顫巍巍，挺直身體，但又雙腳一軟。那男人伸出手臂扣住尚恩的臂膀，把他拖出房外，就讓這人渣誤以為他這麼廢吧。

那男人在另一道門的門口停下來，打開了門。尚恩發現對方推了推他的肋骨，他蹣跚入內，裡面瀰漫了嘔吐物的氣味。他瞇眼，想要在一片黑暗中看個清楚。

傑森躺在水泥地板上，宛若胎兒蜷身，雙手護頭。他赤裸上身，光著腳丫子，牛仔褲褲頭被拉敞大開。

那男人跨過了地板上的男孩，「你不是要找傑森？他就在這裡啊。」

傑森動也不動，尚恩不知道他是睡著了？甚或是死了？發生了什麼事？他是不是該趕緊逃跑？這一次他得要想辦法找到出去的方向。傑森搞不好死了。他的本能告訴他，這人渣會殺了他們兩個。

尚恩一鼓作氣，立刻跑回走廊，關上了門，又鎖上房門鑰匙。也許這樣就等於棄傑森於不顧，害他喪命。但要是他有機會逃跑，他絕對不會錯過。

他鬆了一口氣，靠在門邊，轉身，準備找尋這棟建物的出口，但是卻停下腳步。

那男人站在他面前，而且手裡還拿著一條繩子。

「怎……怎麼會……？」尚恩結結巴巴，雙腿一軟癱地。

那男人抓住尚恩的手臂，拿繩子綁扭他的手腕與雙手。尚恩拚命亂踢，中了那男人的膝蓋，他原本的目標是下體，但卻失了準頭。他扭身，使出了全身氣力，想要掙脫繩索逃跑。

「不准動！」那男人氣喘吁吁，抓住了尚恩，又把繩子繞住他的腰，立刻讓他動彈不得。現在的尚恩無計可施，頹然靠在那男人身上。

「你是從哪裡冒出來的？你怎麼——」

「你有沒有聽說過雙門房？」

他再次轉動門鎖，把尚恩推進去。

「你們好好聊一聊，」那男人說道，「我等一下再回來。」

傑森無聲無息。尚恩雖然雙臂被綁縛，還是爬了過去。

「嘿，你還好嗎？」

傑森發出哀號，宛若困獸般的慘叫。尚恩曾經聽過那樣的聲音，他爸爸帶他出去狩獵，唯一的那一次。要是獵人自己陷入陷阱之中，他會怎麼處理？他千頭萬緒，心思轉向了他的PS遊戲。也許他會在虛擬世界裡找到答案——他在那個世界一直是贏家。他閉上雙眼，被綁住的雙手輕輕放在傑森的肩頭。

他輕聲說道：「我們會逃出去的，別擔心。」但他自己其實沒把握。

95

洛蒂問道：「我們的科技小組在蘇珊的手機裡找到了什麼線索嗎？」

「他們正在處理，」克爾比回道，「不過，我猜應該跟我們從電信業者那裡取得的資料一樣，只有與辦公室的電話往來，她似乎不愛傳訊。哦，還有湯姆．里卡德每隔五分鐘就打來一次。」

「我們要讓傑森的失蹤案在六點新聞播出，有照片嗎？」

「這是從那傢伙臉書上找到的，」克爾比拿起某張照片，在洛蒂面前揮了幾下。「長得不錯，但刺青爆醜，妳的凱特在跟他交往？」

「應該是。」洛蒂懶得閒扯，波伊德至少還有化解無聊場面的本事。她好想念他，她拿起手機，撥打醫院的電話。

克禮根在門口探頭。

他伸出食指對著洛蒂，擺出責難姿態。「卡賀爾．莫洛尼在櫃檯，指名要找妳。」

洛蒂放下手機，「沒事，是我要找他，是有關湯姆．里卡德兒子的事。」

卡賀爾．莫洛尼從克禮根旁邊擠了進來。

洛蒂起身，「你是怎麼上來的？」

莫洛尼回道：「就是對櫃檯的可愛美眉笑了一下而已。」

克禮根又走出辦公室，克爾比拿了幾個檔案，也拖拖拉拉跟著離開。他沒等她開口詢問就一屁股坐在波伊德的書桌上頭。洛蒂正打算要開口阻止，但決定還是算了，她需要莫洛尼幫忙。

「是否與另一具屍體有關？」莫洛尼打開了手機的錄影功能，「可以派攝影小組到現場嗎？」

「等一下，我得先請你幫忙。」洛蒂盡量裝得客氣有禮，「還有先把它關掉。」

莫洛尼做出誇張手勢，先拿起手機，然後放入外套口袋。「哪裡需要我效勞？」

她把傑森．里卡德的照片拿給他看。

莫洛尼問道：「死了嗎？」

「希望不要，他是開發商湯姆．里卡德之子，他爸爸是里卡德建設公司負責人。他失蹤了，我們需要找到他。可以請你在晚間新聞發一篇報導嗎？」

「與這幾起謀殺案有關？」

「就目前所知是沒有。」

「有沒有發布在臉書與推特？」

「有，我們一直在監控社群媒體的回應。要是能夠有電視台的露出機會，我一定會十分感激。」必須要對這位愛放電的百萬瓦特先生示好，讓她覺得難堪。

她又給了他另一張照片，「我們在找這傢伙。」

「我認得他，」莫洛尼輕拍照片，「但想不起這張臉的名字。他以前是不是有留鬍子？」

洛蒂回道：「德瑞克．哈特。」

「六、七年前在都柏林犯下虐童案，還在坐牢吧？」

「已經出來了。」

「性侵犯和失蹤的青少年。拜託，探長，我不是笨蛋，妳就跟我直說吧，為什麼要讓他的入獄檔案照出現在電視新聞？」莫洛尼斜靠桌面，眼中散發一抹充滿興味的光彩。

洛蒂必須慎選措辭，其實，她並不能指稱此人是嫌犯，她可能會被告，最好還是讓這名記者什麼都不知道比較好。

「我們很擔心傑森・里卡德的安危，必須找到德瑞克・哈特，可以幫我們這個忙嗎？」她露出甜笑。

「沒問題，」莫洛尼說道，「探長，妳臉上的傷勢康復得很快。」

「莫洛尼先生，你好好注意這兩張照片裡的臉就夠了。」

✦

洛蒂終於趕走了莫洛尼，卻發現克洛伊與凱蒂站在她辦公室外頭。

克洛伊手裡拿著一盒披薩，還有兩公升裝的可口可樂。

她開口說道：「我們猜妳一整天沒吃東西，應該要補充一下能量。」

「妳們就像妳們的外婆一樣，」洛蒂說道，「當然，的確被妳們說中了，我沒吃東西。」

她帶引女兒們進入辦公室，開口問道：「尚恩呢？」

「沒看到他，」克洛伊回道，「一定是在待在奈爾家。」

凱特坐在波伊德的辦公桌上面，「媽，傑森到底在哪裡？」

「我們正在找他，妳別擔心。」

克洛伊坐在洛蒂辦公桌邊緣，「他可能正在玩趴呼麻，妳只是嫉妒罷了。」

「女兒啊，拜託，我累了，不要再給我吵吵鬧鬧。」洛蒂把披薩盒放在桌上，拿出溫熱的披薩切片。她的確是餓了，但沒有心情吃東西，反正還是把披薩吞下去了。

女兒們好安靜，低垂目光。洛蒂心中湧起一股罪惡感，她真希望自己待在家的時間可以多一點。她想到了把小孩丟棄在聖安琪拉之家的那些母親，她自己的媽媽也把艾迪丟在那裡。難道是有其母必有其女？她也遺傳了母親的基因？克洛伊說道：「要是尚恩在這裡就好了。」

「尚恩不會有事，」洛蒂說道，「我現在打電話給他。」

克洛伊說道：「要是他沒接電話，記得留言給他。」

「尚恩，最好趕快給我回電，要是你的手機已經沒有餘額，那就在臉書傳訊給兩個姊姊，我給你五分鐘的時間。」

克洛伊開口：「媽，妳生氣的時候好嚇人。」

洛蒂微笑，「哪有，我才沒有。」

凱特嘆道：「先是傑森，現在又是尚恩。」

「閉嘴啦。」克洛伊重重闔上披薩盒的盒蓋。

「別擔心，凱特，現在才五點鐘而已。」洛蒂的雙手抹了抹牛仔褲，打電話叫計程車送女兒回家。她是不是該擔心了？

「媽，妳覺得……尚恩沒事吧？」凱特問道，「傑森的事讓我好恐慌。」

「他們兩個不會有事的。現在回家去等消息，我打電話給外婆，請她過去照顧妳們。」

「不要！」克洛伊大吼，「沒有外婆我們也好好的。妳很快就會回家吧？」

「現在有點忙，但我保證只要一結束就會立刻回家。」

「先是傑森，現在又是尚恩。」凱特與克洛伊進入走廊的時候，她還在不斷叨唸。

洛蒂不斷搓揉手臂，想要撫平冒出的雞皮疙瘩。等到女兒們到家的時候，希望尚恩已經待在裡面了。她手機響起，來電者姓名是喬神父。

洛蒂厲聲道：「你最好是有什麼重要的事要告訴我！」

「只是想要確定妳平安返家。」

「我很忙，再見。」洛蒂掛了電話，她的這一天已經到處都是地雷，不需要再有什麼額外的瓜葛。

手機再次響起，是喬神父，她直接轉為語音信箱。

克爾比拖著身子走進辦公室，「你不接電話啊？」

洛蒂嗆他：「這不關你的事。」

「我已經拿到蘇珊．蘇利文手機的印出資料，跟系統商那裡拿到的一樣。」

「所以，就是沒線索了。」

「但我們有她拍的照片。」

「真的嗎？我猜你接下來要告訴我的是裡面乏善可陳。」

「也只有這麼一張而已。」克爾比把印出的照片交給了洛蒂。

蘇珊・蘇利文家裡沒有照片，但是手機裡卻有一張，洛蒂心想，真是謎樣女子。那是某個小嬰兒的照片，色澤陰暗，淺色頭髮，瘦弱的雙頰，閉眼。蘇珊就只有這個東西？這可憐女人所生下的小孩，她就只有這張照片？她又是從哪裡找到的。

洛蒂手握照片，不禁為這名遇害女子，還有她苦尋小孩未果的過程感到傷悲。她希望自己至少可以抓到殺死蘇珊的兇手，還其公道。

洛蒂問道：「鐵道那裡的屍體有沒有消息？」

克爾比回道：「已經移出現場。」

她手機響了。

是波伊德。

「我想起了一些線索。」他的聲音低沉脆弱。

「你應該多休息才是。」

「我躺在這張插滿了管子的病床，已經覺得很煩了，我哪都去不了。」

「很好，你最好要趕緊康復，越快越好。」洛蒂不忍回憶波伊德動彈不得的那個畫面，「你到底想起了什麼？」

「沒什麼，但我覺得攻擊者似乎有哪一點讓我覺得很熟悉，但我還說不出來就是了。他的身材很精壯。我狠狠踢了他一腳，應該有出拳打中他的下巴，所以那個人現在走路一定跛得很嚴重，或者臉上有瘀青。」

「我的臉上就有瘀青。」這是洛蒂今天第一次產生了輕鬆的感覺。

「妳的臉應該是比他好看多了。」

「謝謝，波伊德，你真是開心果。」

「我也想要提振一下心情。」

「我會注意被打到瘀青跛腳的那些人。」

波伊德笑了，笑聲慘弱。

洛蒂發現手機有未接來電顯示，是喬神父打過來的。「波伊德，你記得還有誰可能知道你去找寇神父？」

「我是在健身房的時候接聽妳的電話。」

「健身房？會不會有別人在一旁偷聽？」

「當然有可能，裡面一堆人。麥可．歐布雷恩甚至還把他的筆借我抄寫重點。」

「麥可．歐布雷恩？」

「對，洛蒂，還有許多其他人。但請妳別因為不喜歡他的頭皮屑就遽下結論。」

洛蒂的腹部一陣翻攪，也許是因為披薩，或者，只是因為喬神父洗刷了罪嫌。莫非這筆帳該算在麥可．歐布雷恩頭上？

「我必須查出歐布雷恩離開健身房之後去了哪裡。」

「真希望我可以幫妳忙。」

「我也是。」洛蒂掛了電話。

瑪莉亞・林區走到她背後。

「這是德瑞克・哈特的背景資料。」

洛蒂開始細讀，發現了他的出生日期：一九七五年，她突然靈光乍現。

「我得要查一下那些羅馬清冊的資料。」

她抿嘴，望著德瑞克・哈特的照片，還有底下的個人資訊。

林區將那些紙頁攤開。洛蒂從羅馬回來之後，還沒有時間進行分析，現在，她伸出食指，往下逐一查看各項欄位，最後停在其中一個上面，索引編號，她抬起頭來。

林區問道：「是怎樣？」

「我不確定。」洛蒂再次檢查那份檔案的出生日期。

林區在洛蒂背後張望，「是不是跟我想的一樣？」

「我不知道到底有什麼含義。」洛蒂說完之後，閉上了雙眼。

96

洛蒂抬頭，意外發現珍．多爾出現在辦公室。

「嗨，珍，出了什麼狀況嗎？」洛蒂皺眉，法醫為什麼要來警局？

「我剛在鐵道那裡驗屍，猜想妳可能想要知道結果。」

「謝謝。」但洛蒂依然不知道珍為什麼要來這裡。

「我在現場立刻做了初步驗屍，大腿內側並沒有找到任何刺青。屍體腐爛狀況嚴重，我必須要進行解剖才能夠確定。」

「什麼？」洛蒂挺直身體，絞盡腦汁回想歐馬利是否曾說過他有刺青，對，沒錯。「我本來以為是派翠克．歐馬利。」

「我不知道死者是誰，但猜測應該是死於低溫症，」珍說道，「不過，我這個人平常很少亂猜。」

洛蒂大笑，但滿是倦意。

珍微笑，把自己的手機交給洛蒂。

「那是什麼？」洛蒂瞇眼，盯著那張昏暗的圖像，是一張照片。

「這是陳屍處附近的狀況。」

「我看不清楚。」

「等等，我寄電郵給妳。」珍從手機寄發照片，「屍體所在位置是許多遊民的活躍處所，睡袋、木箱、硬紙板、塑膠瓶，妳能想得到的東西應有盡有。鑑識小組在某個睡袋裡發現這東西。我覺得很重要，應該要立刻拿給妳看。」

洛蒂點了一下郵件，打開附加檔案。手寫字條，她仔細閱讀，字字句句衝入腦門。

珍把手放在洛蒂肩上，「這與最近那幾起兇案有關嗎？」

「我不確定，也許是與某起陳年舊案有關。」洛蒂為了避免珍繼續丟出問題，同時也想甩開她的手，趕緊問道：「要不要來杯咖啡？」

「我該回死亡之家了，現在那裡的擁擠狀況比平安夜時的特易購還可怕。」

洛蒂勉強擠笑，但力不從心。

珍說道：「妳累壞了。」

「漫長的一日。」

洛蒂印出照片，抬頭一望，珍已經不見人影。

✦

克爾比與林區緊盯著她。

林區問道：「上面寫了什麼？」

洛蒂拿起從印表機輸出的那張紙，唸出內容。

「親愛的探長，遭皮帶勒殺的紅髮男孩名叫費茲，妳必須找到布萊恩……」後面的字跡沒了，彷彿筆突然折斷，或是書寫者再也無心繼續寫下去。原始紙頁又髒又皺，抖晃的鉛筆字跡。

洛蒂從抽屜裡拿出了那份老舊檔案，將那張字條放在男孩照片下方。他已經失蹤了將近四十年之久，身穿學校制服的他依然笑顏燦爛。她伸出食指輕撫那長滿雀斑的鼻子，然後闔上檔案。在聖安琪拉之家被殺害的男孩，就是費茲嗎？親愛的上帝，拜託千萬不要。

她不知道尚恩到家了沒有。她再次撥打他的電話，依然沒有接聽，她對著手機大罵：「尚恩．帕克，我一定要宰了你。」而傑森．里卡德也依然無消無息。

她必須要找到派翠克．歐馬利。

但他們先找到的是德瑞克．哈特。

97

傍晚六點那一節的新聞播出一個半小時之後，制服員警把哈特帶到了警局。莫洛尼的電視新聞報導引發大眾關切，一連串的線報電話幫助他們找到了哈特，幾乎可算是意外擒獲。

洛蒂與克爾比坐在空氣溫暖黏滯的詢問室裡面。哈特同意錄影，放棄律師在場的權利。

「哈特先生，一月六號，傍晚五點十三分，你打算闖入已故詹姆斯．布朗的宅邸，可否讓我們知道你這麼做的原因與意圖？」

洛蒂坐在哈特對面，緊盯著他，她實在很難掩飾自己心中的憎惡，因為她想起了他當年之所以入獄五年所犯下的可怖罪行，綁架凌辱未成年，那一臉賊笑更令人覺得可厭。他不斷搓揉雙手，她真想要甩他一巴掌叫他停下來。不過，她只是從牛仔褲口袋裡摸出一顆藥丸丟入口中，她需要控制自己的情緒，想辦法找到傑森．里卡德的下落，還有搞清楚兒子是怎麼了。她當初應該找林區與克爾比一起執行問案，現在已經太遲了。

哈特依然不說話，鼻孔不斷翕張，短促的呼吸，雙頰露出狡猾冷笑。

「我沒有時間陪你玩下去！」洛蒂猛然起身，椅子直接撞到牆壁。她在桌前傾身，抓住他的衣服，把他拉到她面前。克爾比跳起來，準備要出手阻止，哈特的嘴扭曲變形，發出了陰沉咆哮。

就在他褪去假面的這一刻，她才看到了他的人格真相，殘暴的性變態，真正的德瑞克．哈特。

「這是施暴，」哈特氣急敗壞，這是他被捕之後吐出的第一句話。「也許我該找一下剛才那位律師。」

洛蒂掐他脖子的力道越來越猛，真想狠狠修理他，為自己留下光榮戰績。要是波伊德在這裡的話，他早就把她拉到後頭，兩人會在事後哈哈大笑。她又猛力拉扯哈特一次之後，才把他摔回座位。要是空間足夠的話，她就可以來回踱步。但克爾比橫在中間，她別無選擇，只能把椅子扶好，再次坐下。

她咬牙切齒問道：「那男孩在哪裡？」她一心只想掐死這傢伙，但她必須要專心問案。

他發出冷笑，「男孩？我不知道妳在講什麼？」

洛蒂把傑森．里卡德的照片推到他面前，「你喜歡小男生，十幾歲的男孩。」

他的目光往下飄，然後又迅速抬頭望向洛蒂。「我不認識他。」

「為什麼我沒辦法相信你？」洛蒂抽回照片，「詹姆斯．布朗家裡的那些海報，是不是你貼上去的？」

「我拒答。」

「你是使出什麼招數進入他的生活？」

「不關妳的事。」

「這的確是我的事，我可以依謀殺罪逮捕你。」

「妳來啊，反正妳又沒有證據。」哈利的食指不斷輕拍桌面，「因為我又沒殺人。」

「布朗是你平日獵食正餐之外的點心，是不是？他又不是小鮮肉。你為什麼要挑年齡比較大的男人下手？你是不是想從他那裡得到什麼？錢？還是情報？」

哈特雙手交疊胸前，「妳在鬼扯，我根本不知道妳在講什麼。」

「為什麼要假裝自己是老師？」

「我從來沒這麼說。」

洛蒂想起先前她找他問訊的過程。也許他講得沒錯，她一開始就誤會了他最早的供詞。

她迅速轉變話題，「好，那你告訴我，你今晚為什麼想要闖入布朗的家裡？」

「我不是闖入。我是直接進去，我知道鑰匙在哪裡，但卻發現不見了。我想要從後門與後窗進去，我忘了你們早就拿走鑰匙，而且打開了保全系統。」

洛蒂仔細端詳他，他與先前佯裝哀戚的那個人根本是天壤之別。她居然會被他矇騙過關，讓她好氣自己。她原本以為他是一片真心，她對自己的直覺大失所望，她在心中暗罵自己：帕克，這一招不管用了。

她說道：「現在你有機會好好釐清一切。」

「探長，希望妳別介意，在律師到來之前，我什麼都不會說。」

「哈特先生，我最起碼可以告你妨礙公務，我說到做到，這是你的最後機會。」

洛蒂發覺哈特的面孔出現了各種情緒，宛若浮動的天氣圖等壓線。他整個人無力靠躺在椅子裡，似乎已經做出決定。

「好吧，但我有什麼好處？」

「你先供出實情，我再依狀況判斷。」

「可不可以先給我杯咖啡？」

洛蒂很想要拒絕他，但其實她也需要暫時離開一下這個自以為是的傢伙，就算只有一會兒都好。

「好吧，」她說道，「問案暫停。」她關掉錄音設備，他已經害她全身不舒服，簡直比被蚊子叮咬更癢得難受，她需要新鮮空氣。

✦

洛蒂從香菸盒裡取出手機，以凍僵的手指抽出了香菸。她整個人靠在書報攤玻璃上頭，以打火機點菸，深吸了一大口，哈特剛才講的話在她腦中盤旋不去。

攤商的頂篷中央因為積雪而凹陷，大街車流緩慢，她開始無聊數算紅車的數目。肥厚的雪花紛落，一群兜帽遮臉的男孩窩在對街的某條小巷角落喝飲料，其中一個突然大喊「呀呼」，讓洛蒂想起了尚恩，她看了一下手機：還是沒有回音，

她打電話給克洛伊。

「沒有，他還沒回家，」克洛伊回道，「凱特真是把我給氣死了。」

「不要理她，再找一下奈爾和尚恩的其他朋友。」

「他哪來的其他朋友？」

「克洛伊，照我的話做就對了。」

這根本不像是尚恩的行為。一股恐懼積累在洛蒂的腹底，但也不知道為什麼，她的心情淡漠。自己的兒子失蹤了，她怎麼能如此冷靜？是因為她剛才吞下的藥丸？抑或是她只願意相信兒子平安無恙？他當然不會有事啊。

洛蒂把思緒拋諸腦後，但她知道這座城鎮早有地方生腐：多年之前即是如此。聖安琪拉之家，還有內牆裡的秘密，正是朽敗的中心。那些刺青、檔案、寇神父、派翠克．歐馬利、蘇珊與詹姆斯，甚至是德瑞克．哈特，而聖安琪拉之家正是這些惡行的淵藪。

她拉起兜帽，對著某間商店的櫥窗瞄了一下自己的臉，回望她的是一張宛若亡靈的幽影。她全力加快腳步趕回警局，她的下一個目標是哈特，她已經準備好要面對他了。

✦

洛蒂來回踱步，一次只能一步，就得立刻旋身返行。她不得不如此，不然她一定會出手揍人。

「好，哈特先生，你要告訴我們什麼？」

「我會說，」他回道，「但千萬不要用任何理由告我，我不想回去坐牢。」

她沒吭氣，等他繼續說下去，她絕對不會給這個人渣任何承諾。

「我想我應該要把我知情的部分全說出來。」

洛蒂對克爾比點頭，確定一切都會錄影存證。

「我接到羅馬某名神父的來電，安傑洛提。」

她萬萬沒想到是這樣的答案，呆坐不動。

他的目光到處飄移，「他說有秘密要告訴我，有關我被收養的事，還有我親生母親想要見我。」

「繼續說。」

「我知道我是被領養的小孩，但我從來沒有多想什麼。所以當他聯絡我的時候，我十分好奇。」他的眼珠子一直在溜轉，就是停不下來。

「你還是嬰兒的時候就被送入了聖安琪拉之家，」洛蒂先前已經在羅馬清冊裡找到他的名字，「你覺得你是蘇珊．蘇利文的小孩？」

「很難令人置信，我懂，我自己也不敢相信。神父在電話裡似乎十分有把握。他說他會在幾個月之後帶著證據來愛爾蘭。」

「他是怎麼找到你的？」

「他說有位女子正在尋找小孩，請他幫忙。根據她給的日期，他找到了領養資料之類的線索，反正他是這麼說的。」

「我覺得這根本是瞎編的。」洛蒂雖然這麼說，但她腦中浮現的是自己書桌上的清冊複印資料，她起身，再次開始踱步。

他發出竊笑，「我已經把我知道的都告訴妳了。我在牢裡待了五年，新聞報導也看得到我的名字，所以要是有人想要在這裡找到某名罪犯，應該是輕而易舉。」

洛蒂忍不住畏縮了一下，安傑洛提神父是比她更優秀的偵探。為什麼哈特工作的那所學校沒有查核他的資料？要是真的這麼做的話，一定會讓某人深陷麻煩。

「而且他還把她的名字告訴我。當時他充滿歉疚，他說他不該透露才是。」

「你有沒有與那位神父見面？」

「沒有，沒有見過面，」哈特抬頭，那雙目光跳躍的雙眼看來好空洞，「他告訴我，他準備要來愛爾蘭，問我是否願意與我的生母見面。他想先得到我的允許之後再告訴她，我是不介意有沒有這個步驟。」

「所以你見過安傑洛提神父？」

「沒有，從來沒有。」

「但我們卻在詹姆斯·布朗的花園裡發現他的屍體。你不覺得事有蹊蹺嗎？」

「我沒有見過這位神父，從來沒有，我也沒有殺他，所以我不知該怎麼解釋。」

「怪了，你正好與詹姆斯·布朗同居。」

「純屬巧合。」

洛蒂回道：「我不相信有這種事。」

她開始端詳哈特，他似乎在評估自己的策略是否奏效。

「好吧，」他說道，「當這名神父一開始聯絡我的時候，他說他其實是受一位名叫詹姆斯·布朗的男人之託，他是好意要主動幫忙那女子。我自己研究了一下，找到了他所提到的這名女子蘇珊·蘇利文，在拉格慕林的郡治廳工作。我上網查詢她的工作地點還有同事，利用Google尋找了幾個人，在這個交友網站上正好發現了詹姆斯·布朗。這部分是真的，而且我們是打從心底喜歡彼此。當我聽到他遇害的時候，我很難過。」

「我才不相信這種鬼話，」洛蒂繼續問道：「好，那你為什麼要殺害男友？」

他哈哈大笑，「探長，我這個人一無是處，但我不會殺人。」

「你有沒有想要主動聯絡蘇珊？」

「沒有，我交由神父處理。」

洛蒂在他面前踱步，現在的步伐必須拆成兩段，疲累感已經滲入她的關節。她瞄了一下克爾比，這樣下去根本不會有任何結果。

克爾比打破沉默，「巧合，全都是巧合，我不相信你。」

「我知道我待過聖安琪拉之家，你們一定可以查到證據，我沒有理由殺害任何人。」

他證詞的第一個部分是真的，洛蒂知道。「你為什麼要在今天晚上想進入布朗家？」

哈特緊縮下巴，陷入天人交戰？洛蒂心想，你這次最好給我說實話。

「詹姆斯把錢放在家裡，蘇珊．蘇利文也把錢存放在她家。」

洛蒂坐下來，「什麼錢？」

「他們勒索某人。不要問我是誰，因為詹姆斯從來不說。某天晚上他說溜嘴，他們拿到了現金，銀行帳戶也是，他說的就這麼多，叫我不要多問。」

「鬼扯，」洛蒂問道，「所以這筆傳說中的現金在哪裡？」

「我不確定，反正就是在屋內的某個地方。」

洛蒂緊盯他不放。

「好啦，」他終於鬆口，「床鋪上方天花板的那面懸鏡……就是藏錢的地方。」

洛蒂望著克爾比，他們都遺漏了那個地方。

「那蘇珊．蘇利文的現金呢？你知道在哪裡？」

「妳不是早就知道了嗎？」

洛蒂盯著他，心想搞不好當初遇襲就是因為他，他低垂雙眸，刻意迴避她的瘀傷臉龐。

「是不是你……？」洛蒂的手直接從桌面的另一頭伸過去，哈特立即後縮貼牆，椅腳在磁磚地板上發出了尖銳摩擦聲響。

「探長放輕鬆一點。我進不去，房子前面停了警車，警察坐在裡面監控一切。我看到妳出來，我跟蹤妳，我以為妳身上可能會帶了那筆錢。」

這次洛蒂突然起身，哈特整個人嚇到撞牆，她伸出食指戳他的胸口。

洛蒂怒罵：「你這個混蛋——」克爾比趕緊抓住她的手肘。

「我沒打算要對妳下重手，但妳現在也好好的啊。」

「你怎麼知道我有小孩？」

「瞎猜的，」他說道，「我想要嚇唬妳，讓妳誤以為搶匪可能就是殺人犯。」

「你要不要猜一下我現在想什麼？」洛蒂大吼，已經開始出拳打他的胸部。

「我沒殺妳，我也沒有殺害任何人。」

洛蒂坐下來，等到哈特也坐定之後，她抓著他的手反轉，逼得他哀號連連。

她咬牙切齒，「你真是殘忍的人渣！」

「探長，隨便妳怎麼說，」他又恢復了原本的傲慢，瞄了一下天花板角落的攝影機，洛蒂放下了手。

克爾比蠢蠢欲動，她知道他也想把這傢伙打到挫賽，但萬一他說的是真話，那就表示兇手另有其人，但她為什麼應該要相信他的話？

「傑森．里卡德，」洛蒂問道，「他人在哪裡？」

他依然堅持剛才的說法，「我不認識什麼傑森．里卡德。」

洛蒂長嘆，把一臉驕傲的哈特留在裡面，關掉了錄音機，隨著克爾比一起出去。

98

洛蒂、克爾比、林區望著案情偵查室白板上的那些照片。

「闖入私宅、強盜搶劫，我們還可以送給他什麼罪名？拜託，大家幫忙一下吧。」

克爾比問道：「我們沒有哈特殺人的證據，所以，萬一不是他，那兇手又是誰？」

「還有，傑森．里卡德在哪裡？是不是被綁架？如果真是這樣，犯案原因呢？」還有尚恩呢？她覺得好奇怪，最好是已經在家了。洛蒂的背脊已經起了冰柱，但她置之不理，離開了白板，開始翻找清冊的複本，雖然在逐一掃視上頭的名字與日期，但卻心不在焉。她在努力回想歐馬利的說法，難道他是他們的頭號嫌犯？

「聖安琪拉之家多年之前曾經發生過殺人案，」她繼續說道，「我的理論是有人要殺光證人，這是我唯一能夠想出的答案。不過，傑森．里卡德與這有何關聯？還有安傑洛提神父，他又扮演了什麼角色？」

克爾比說道：「我剛剛拿到員警的報告，他們詢問了所有的計程車司機，並沒有任何人曾在平安夜送客人前往布朗的住家。」

「他走不了那麼遠，」洛蒂說道，「這種天氣不可能，所以一定是有人載他去那裡。」

「難道是兇手？」

洛蒂回道：「有可能，極有可能。」

「我們必須再次找康納主教問案，又一個撒謊畜牲。」洛蒂拿起包包，「還有，我們得找到麥可．歐布雷恩。我因為寇神父的事打電話給波伊德的時候，這傢伙也待在健身房。」

「還有，我得找人替我的車接電。」

「包在我身上。」

「首先，我必須要去看一下剛發現的那具屍體。」她把那份老舊的牛皮紙檔案放入包包裡。

林區問道：「有沒有尚恩的消息？」

洛蒂站在門口，「現在幾點鐘？」

「八點四十二左右。」

她拚命壓抑驚慌心情，「克爾比，這是尚恩的手機號碼。你可以找我們的科技小組利用衛星導航系統幫忙查出他的位置嗎？」

「探長，沒問題，我馬上處理。」

「我一直拚命告訴自己不要擔心，」洛蒂說道，「但這根本不像是尚恩會做的事，我得去找他。」

「別擔心，」林區說道，「我找交警幫忙，我們會找到他的，妳有沒有他朋友的清單？」

洛蒂回道：「克洛伊已經聯絡過了，但還是再問一次吧。克洛伊有他們的電話號碼。」她強忍焦慮淚水，「我們得想辦法盡快追查到麥可．歐布雷恩的下落。」

她的手機響了。

是喬神父。

「現在沒空！」她立刻切斷電話。「也許我應該要留在這裡，搞不好尚恩會過來找我。」

林區說道：「要是他出現在這裡，我會立刻通知你。」

「好吧，」洛蒂不再堅持，「我還是讓自己去忙公事。」

但她兒子到底在哪裡？她的胸口因恐懼而呼吸困難，她隨時可能會累癱。她在包包裡找藥丸，但想起自己沒多久之前才吃了一顆。她看到袋子裡的那個銀色墜飾，把它拿出來丟在桌面。

克爾比問道：「那是什麼？」

「湯姆．里卡德的不在場證明，」洛蒂說道，「克爾比，趕快，我們有好多事要忙。」

99

吉姆．麥克葛林與他的鑑識小組成員依然待在事發現場，也就是火車站附近某棟無屋頂的聯排屋。

洛蒂靠著臨時燈源的強光掃視整個區域。除了宛若螞蟻一樣，工作迅速又充滿效率的鑑識小組成員之外，完全看不到其他人蹤。她離開現場，進入左手邊的某個老舊車廂，打開了手電筒。

「他一定窩在某個地方。」她開始翻弄那些無人的睡袋，一拿起那些東西，一股臭氣就立刻飄升而上。

克爾比站得遠遠的，看著洛蒂在瘋狂搜尋，他回道：「他不在這裡。」

洛蒂聽到有人在吼叫。

「妳是不是在找我？」

她轉身，丟掉從某個濕答答紙箱拉出的一大坨衣服。是派翠克．歐馬利，他站在命案現場封鎖線的外面，雙手插在口袋，看起來比上次乾淨多了。

她朝他走過去，厲聲問道：「你跑去哪裡了？」她實在難以想像這個人是殺人犯，但證據卻告訴她不是這麼回事。

他回道：「想要把散亂的人生重新理出頭緒。」

洛蒂低身穿過封鎖線，抓住他的手肘，帶他走向上坡的停車處。她急著想要擺脫那些老舊木頭鐵路車廂所散發出的沉重絕命感，它一直緊扣著她的喉底不放。她眼角瞄到了一小坨黑蟲在移動，立刻加快腳步，因為她想到了對著那個只求找到避難所的無臉人，拚命啃食屍肉的那些寄生蟲。

歐馬利靠在車門不動。

洛蒂開口：「外頭這麼冷，快進來坐。」自己也跟他坐進了後座。

克爾比坐在前面，嘴裡含著雪茄，從後照鏡觀察歐馬利，他的鬍子刮得乾乾淨淨，衣裝整潔，噁心的邋遢氣味已經完全消逝。

她再次問道：「你到底去了哪裡？」

「派翠克街的青年旅館，」他說道，「他們讓我住了進去。」

她扭身，正面盯著他。「那你之前為什麼不去那裡？」

「我一直懶得過去，反正四處飄蕩就好。不過……自從蘇珊與詹姆斯……我覺得不一樣了，」他停頓了一會兒，「探長，我得要撿拾自己生命的碎片，重新開始，這是我欠他們的。」

「歐馬利先生，我得帶你去警局問案。」

「好啊，我很坦蕩。」

洛蒂仔細觀察他，那張臉龐完全看不出任何的恐懼或罪惡感。

「我們在某個睡袋裡找到的那張字條，」她問道，「是不是你寫的？」

「哦對啊，可以這麼說，」他說道，「我起了頭，但沒寫完。我決定要振作，不要再回頭過那種日子，沒什麼好留戀的了。」

「那你為什麼要現在出現在這裡？」

「今天傍晚稍早的時候，我聽說警方發現了一具屍體，我只是過來看熱鬧。我猜應該是老崔佛，活活凍死了，可憐。」

她堅持追問字條，「你到底寫了什麼，快告訴我。」

「我開始回想起的那些過往。我們在警局談過之後吧，我覺得下一個就輪到我了，我不想死，所以我努力振作，洗去全身髒污，提醒自己不能未戰而死，我就是要效法小費茲。」

洛蒂從包包裡取出那份舊檔案，把失蹤男孩的照片拿給他看。

「你說的費茲會不會是他？」

歐馬利摳抓下巴，「探長，我不確定，那是許久以前的事了。」

「但你覺得有可能嗎？」

他端詳男孩面孔好幾秒，「探長，我剛說過了，我不確定。」

「你所說的那起謀殺案，能否想起是在何時發生？是哪一年？」

「我沒辦法想起太多細節，自此之後我就開始酗酒了。不過，我以前也告訴過妳，我們把它稱之為『黑月之夜』。應該是一九七五年，也可能是一九七六年，當時剛過完聖誕節沒多久，所以也許是一月。」

洛蒂喃喃唸道：「『黑月』。」

前座的克爾比也突然插嘴：「當某個月分出現兩個新月的時候。」

歐馬利說道：「也就是惡魔悄悄潛伏世間的那一刻。」

「歐馬利先生，你讓我很困惑。是不是你殺死了蘇珊與詹姆斯？甚至還包括了寇神父？」

「妳害我嚇到了……真的是嚇壞了……妳居然覺得我會做這種事。但話說回來，我誰啊，對你們來說，我只是無名小卒。」

克爾比開口：「你根本沒回答問題。」

洛蒂聳肩，「我覺得答案很明顯，一切都與聖安琪拉之家息息相關。你認識蘇珊與詹姆斯，還有當時的寇神父。現在他們都死了，而你是唯一還活著的人。」

「別忘了布萊恩……」

「他呢？我們想要找他，但他很可能改名換姓，甚至死了。能不能告訴我們有關他的事？」

「自從那天之後，我就再也沒有見過他了。」

洛蒂想起穆塔女士最近提供的新線索，「歐馬利先生……派翠克，你有沒有見過康納主教？」

他爆出大笑，最後還笑到咳嗽。

洛蒂問道：「什麼事這麼好笑？」

「我？我！妳覺得我會認識主教？！我是淒慘落魄的流浪漢，我怎麼會和什麼主教有關係？」

「所以你的意思是不認識。」

「當然啊，」他繼續說道，「而且……」

「而且怎樣？歐馬利？」洛蒂怒聲問他，她已經被他的謎團搞得團團轉，而且他已經讓她耐心漸失。

「探長，妳好好辦案，」他說道，「去辦妳的案子就是了，不要管我。」

✦

「麥可．歐布雷恩是我名單中的下一個目標。」

洛蒂看著歐馬利懶洋洋朝上坡移動，距離火車站越來越遠。她不覺得他不像是殺人犯，但他的確是身負疤痕累累的過往、受了重傷的人，什麼狀況都有可能。

克爾比問道：「妳就這麼放走歐馬利？」

「我沒有證據可以扣留他，」洛蒂說道，「而且，我覺得他連勒死小貓咪的力氣都沒有，何況是三個人。」

克爾比發車，她趁空與林區聯絡。

「靠！」

克爾比把雨刷速開到最強，立刻問她：「怎麼了？」

「完全沒有尚恩的下落，但他們再次聯絡他的朋友們與他們的父母，我得要找到他。」

「等到他們問完他的朋友再說吧。」

「還有，林區找不到歐布雷恩，」洛蒂說道，「他不在家，也不在健身房。」

她盯著歐馬利的前行足跡，穿過了運河橋，消失在傍晚街燈的黃色光暈之下。也不知道為什麼，他的個頭看起來更顯渺小，彷彿一生牽絆他的那股飄忽不定的重量，突然之間定錨在某片沙岸裡。她懷疑他就算有順風助勢，恐怕也無法自在遠航。

她默默祝他好運，他需要祝福，她也是。

100

一片幽暗，他母親都把這種情景稱之為「黑漆漆」。尚恩聽到傑森靠在他肩頭的微弱氣息。他手腳都麻了，而且超想尿尿，他不知道那男人離開多久了，傑森的身體開始出現微動。

尚恩問道：「你醒了？」

「對，怎麼了？」

尚恩移動身體，起身，想要鬆開手腕上的綁繩。「那個變態是誰？」

「我也不清楚，但我之前看過他。天，這一切真是莫名其妙。」傑森依然癱在地上不動。

「喂，來吧，你得要動一動，不然我們什麼都不能做。」

「我們能怎麼辦？根本無計可施，就只能這樣了。」

「我才不會輕易放棄，我們得離開這裡。」

傑森回他：「別作夢了。」

尚恩不斷扭曲轉動，終於鬆開繩子，掉了下來。他慢慢在一片漆黑中摸索，碰到了把手，轉了一下，又拉又推，完全沒有任何動靜。他繼續向前，發覺都是牆壁，還有第二道門，也是關得死緊。沒有窗戶，一定有可以逃出去的方法。他摸到了褲子口袋深處的那個東西，拿出了他的刀子，至少他有武器。

「我有刀。」

「你打算拿來幹什麼？自殺嗎？」

「別耍白痴了，來啦，兩個人總比一個人靈光，我們一起想辦法。」

「我沒力氣想辦法。」

尚恩過去傑森旁邊，踢了他一腳。

「要是沒有你幫忙，我就沒辦法做這件事了。」

「要做什麼？」

尚恩想了一會兒，他們一定可以一起做些什麼。

「至少幫幫我吧，你那麼聰明。」

傑森回他：「我要是那麼厲害就不會搞得這麼狼狽。」

尚恩坐在冰涼的木地板上頭，拿出手機，沒電了。他開始摸弄刀子，他有膽子刺殺那男人嗎？他並不確定。

「拜託……想一想，」他低聲說道，「我們需要擬定計畫。」

傑森起身坐好，尚恩割開了他背後的繩子。

「好，至少我們可以和他決戰了。」

尚恩把刀子交給了傑森。

「瑞士刀？」傑森撫摸其中一片光滑的刀鋒。

「我以前從來沒機會用這東西，現在可以派上用場。」尚恩拿回刀子，翻出各種刀鋒。「我們可以靠這東西傷敵。」他留住最長的刀鋒，將其他的收回原處。

「那我們就同心協力，」傑森說道，「但還是得有個計畫。」

尚恩安靜坐在原地，把武器放回口袋，開口說道：「要想出作戰計畫。」

101

康納主教瞄了一下坐在金絲花邊椅腳座椅邊緣的麥可．歐布雷恩，他狀甚疲憊，半瞇著眼，還掛著黑眼圈，不過，康納自己卻覺得元氣滿滿。

「里卡德在哪？他應該要過來才是。」

歐布雷恩說道：「他沒接電話。」

「建築核可執照已經下來了，」主教說道，「鄧恩已經完成了他應盡的義務，接下來我們必須要確保里卡德依約行事。」

「我可是為了這件事冒了很大的風險。」

「湯姆．里卡德這個人很守信用，你一定會拿到他的錢。」

麥可．歐布雷恩抬頭，「他的帳戶亂七八糟。」

康納主教立刻挺直身子，「這句話什麼意思？」

「這幾個月來，我一直在幫忙喬數字，把造假的數據送到總部，這是與里卡德的協議內容之一。我不知道我還能隱瞞多久，之後他們就會發現我搞鬼，開始詢問各種我難以招架的問題，要求償付他的鉅額貸款。」

康納主教怒氣沖沖瞪了他一眼，「我也需要我的錢。他為什麼不在這裡？計畫進行到這個階段，難道還有什麼其他更重要的事嗎？」

歐布雷恩聳肩。

「里卡德的公司最快什麼時候可以拆除那醜陋的龐然大物？」多年來，康納主教一看到它就會想到它給自己帶來數不盡的麻煩，他迫不及待想要除之而後快。

「還有公眾抗告流程的等候期，差不多要一個月吧，最長也不過如此。」

「什麼？還要一個月？」康納主教的雙頰漲成螢光紅色，他拿起水杯，一口氣喝光。

「公務體系運作就是如此，」歐布雷恩說道，「而且那棟建築物也不能拆毀，它已經列屬於某種保護建築名單。」

「你知道我的意思，但要是能看到一切夷為平地就太好了。」

「想要埋葬秘密很困難吧？」歐布雷恩的目光從沉重的眼瞼底下飄升而起。

康納主教說道：「那裡消失之後，一切也會隨之灰飛煙滅。等到完工之後，想必會是個美不勝收的地方。」一百二十間的飯店房間，十八洞的高爾夫球場，終生會員，而且聖安琪拉之家的歷史就此埋葬，永生永世。

歐布雷恩回他：「前提是他要有興建的錢。」

「希望你這句話只是在開玩笑。」

「我剛說過了，里卡德的公司債台高築，只要有一家銀行開口要求支付欠款，那整起事件就會曝光，里卡德必定破產。」

康納主教按下了重撥鍵。

「里卡德，我們需要你一起開會，有些事情要等你講清楚。」然後，他伸長手臂，盯著手機，臉色因怒火而扭皺成一團。「他掛我電話！」

歐布雷恩起身，「我只想要拿到我的錢而已。」

康納主教問道：「你要去哪裡？我們還沒結束。」

「我想我的部分已經結束了，」歐布雷恩回他，「真的，我都講完了。」

102

湯姆．里卡德剛掛斷電話，正好梅蘭妮下樓，把行李箱放在玄關。他盯著妻子，以表情默默投射出問號。

她雙手交疊胸前，站在他們家貴得嚇人的義大利大理石地板上面，回瞪著他。

他開口問道：「妳要去哪裡？」

「我沒有要去哪裡，」梅蘭妮以氣音說話，雙唇幾乎文風不動，她的妝容與衣裝無懈可擊。

「可是，梅……」

「少給我梅來梅去。你知道嗎，我聞得到她的味道，每次你應酬回來，都有那股氣味。我們的兒子失蹤了，我受夠了，湯姆，我受夠了！」

里卡德嘆氣，扣上外套的鈕釦。

他問道：「所以要逼我走？」

「這是你自食惡果，去找你的姘頭啊。」

他張開雙臂亂揮，「但傑森……我們得找到兒子……」

「是你逼走了我的寶貝，滾。」

她從他旁邊擠過去，進入客廳，高跟鞋的回音好刺耳。他環顧自己辛勤努力的一切，卻只看到一場空，他已經一無所有。他拿起那個行李箱，輕輕關上了門。

他開車離去，告別了妻子與原有的生活，他得要找到兒子。

✦

麥可．歐布雷恩不喜歡與主教開會的那種結束方式，他在拉格慕林四處橫衝直撞，他是不是希望自己因為危險駕駛而遭到逮捕？他不知道，他連自己是誰、具有什麼性格也不知道。他不知所措，一生中從來沒有這麼茫然過，這透露出了一些重要訊息。

湯姆．里卡德毀了一切，但這不也是他自己的錯嗎？他被主教欺負，正在那樣的敵手面前，他應該要保持堅強才是。不過，他知道自己從來不是堅強的人，軟弱，被人玩弄於股掌之間——才是真正的他。根據那個他媽的洛蒂．帕克的說法，就是鑽石之下的黑炭。他心想，我們等著瞧吧。原本被拋諸腦後的決心，又回到了體內。

他把車停在那個開發商住家外面。裡面燈光大亮，讓外頭的雪色轉為泛黃。他該對里卡德怎麼說才好？為自己過去的所作所為道歉？為差點犯下的舉動道歉？

不行！他已經受夠了一直道歉。

他要站得直挺挺，講出自己真正的心聲，現在也是該走出黑暗的時刻了。

他發動引擎，揚長而去。

還是繼續戴著假面具吧。

✦

泰倫斯．康納主教伸手猛抓頭髮，這場會面證實了他早已知道的訊息，他會被里卡德搞死。

他光著腳，從房間的一頭走到另外一頭，長毛地毯上留下了足印。他已經撐了這麼久，現在萬萬輸不起，他絕對不會未戰而默默吞下失敗，太危險了，都是聖安琪拉之家欠了他。

他穿好鞋襪，套上外套。

一股深滲骨內的刺寒，告訴他接下來將是漫漫長夜。

他熱了車，穿越自動開啟的大門，迎向紛落大雪。

✦

四方的牆開始要坍落在德瑞克．哈特身上，他緊抓喉嚨不放。水，他需要水，他需要離開這裡。

他已經坐了五年的牢，完全不想在裡面多待任何一分鐘，他早已向那段人生道別。金屬碰撞的聲音，牢房的門開開關關，鑰匙在鎖孔裡哐啷作響，有哭有笑，有人大吼尖叫。一連串的可怕決定積累出他的一生，一開始是他也不知道是誰的婊子媽媽，他希望就是蘇珊．蘇利文，因為她已經死了，他不需要去尋找她的下落、親手殺死她。

「讓我出去！」他對著牆壁大吼，「讓我出去……出去……出去……」

他整個人在地上縮成一團，因為自己飽受不公的人生慘境而發出尖叫。

派翠克・歐馬利凝望運河了好一段時間。寒冰碎裂，又與其他冰層凍凝在一起。在紛飛落雪之中，街燈投射出了各式各樣的幽影與形貌。

他好想喝一杯，一杯就好，小酌——除此之外別無所求。他已經整整兩天沒有讓酒精在血管中氾流，他覺得這是他一生中最痛苦的時刻，不對，不是這樣，他生命中最可怕的是那個「黑月」之夜，絕無僅有的恐怖體驗。過往記憶開始閃動，轉趨黯淡。費茲拚命大吼，長滿雀斑的鼻子，亮色頭髮。勇敢的男孩，小英雄。現在歐馬利可以看清那張臉，腦袋後方的突現靈光刺了他一下。他想到了探長先前拿給他看的那張照片。是費茲嗎？

照片裡的那個男孩，是否就是埋在蘋果樹下的那一個？他搖搖頭，無法確定，但覺得是有這個可能。

運河的閃耀冰層又出現另一幅畫面。蘇珊、詹姆斯，還有他自己，三人眺望窗外，看著被打得殘爛的朋友小費茲被丟入土坑之中。他閉上雙眼，記憶宛若一格格跳動的影片，拿著鏟子的男人們，敲碎了硬土，騰位給這個年輕的亡魂。

他又睜開眼睛，場景還在，鮮活的影像。突然之間，那兩個男人的面孔從他的潛意識裡浮升、映照在冰面，他看得清清楚楚。那股恐懼感又回來了，比以往更兇猛暴烈。

他得要喝點酒。

不過，他決定自己應該要先去找那位女警探，把他知道的一切全說出來。

103

洛蒂正在講手機，不斷在警局的階梯上上下下。

「克洛伊，我知道，我盡全力。」她死抓頭髮，她兒子在哪裡？

「可是媽媽……媽……拜託，妳要找到他，」克洛伊大哭，「他是我唯一的弟弟。」

「他是我唯一的兒子，」洛蒂苦吞自己的驚慌，「我一定會找到他。」

洛蒂掛了電話，準備打給母親，請她幫忙照顧外孫女。

她站在第一級台階，發現湯姆．里卡德斜靠在他的車邊。

里卡德走過來，抬頭看著她。「妳兒子也失蹤了？」

「不關你的事。」洛蒂轉身打算進去警局。

他抓住她的袖子、把她拉到自己的面前。「現在妳感同身受了吧？」

洛蒂出於本能反應，立刻伸出另一隻手臂要打他，他沒有閃避，反而抓住她的手腕，自己把臉湊到她面前。

「要找到我兒子。」他放開了她。

「我會找到他。」

「妳要說到做到，探長，」他離開的步伐緩慢謹慎，聲音被風吹颾而來。「妳要說到做到。」

她望著他拖著沉重身軀進入車內，開車上路，直到車尾燈消失在遠方。

一股冷意緊揪住她的每一塊心肌，籠罩全身。亞當過世的那個早上，她也感受到同樣的寒氣，但當時明明是豔陽高照的天氣。今晚天色漆黑，地面冰寒，又一波大雪緩飄而下。

「探長？」

洛蒂站在階梯轉身，看到派翠克・歐馬利吃力走過冰凍步道。

「我有事要告訴妳。」

他把「黑月」之夜的秘密全告訴了她。

104

他再次把車子停在小禮拜堂的後面，從邊門進去，他希望那兩個男孩已經睡著了，他已經為他們準備了好幾項計畫。

他拿著一個裝有洋芋片與碳酸飲料的塑膠袋，年輕人就是靠垃圾食物過活。他拿出手電筒照射走廊，許多道黑影因為他的到來而嚇得亂竄。頭頂上的那些鳥兒瘋狂拍翅，他一直期盼這地方成為廢墟之日能夠早日到來。他希望這兩個男孩能夠滿足他的慾望，他加快腳步，享受自己越來越高漲的興奮感。

他打開門，進去了。第一拳擊中了他的太陽穴，當他倒下的時候，眼前出現一道刀光，然後，一片黑暗。

✦

他們把昏迷男子拖入屋內的時候，尚恩大叫：「我們現在要怎麼辦？」

傑森用光溜溜的腳踢了一下那個軟趴趴的男人。

「靠，很痛耶。」他一拐一拐走開。

尚恩吼他：「冷靜啊！」他真不知道凱特怎麼會和這種廢物在一起，「我們要把他綁起來。」

他整理好那一坨先前綁縛他們的繩索，就在他準備要拖過去的時候，發現腹部被突襲，整個人被拖到了牆邊，刀子掉下去了。他拚命眨眼，看到那男人站起來，旋身，傑森的下巴中拳，立刻失去意識倒地。

那男人痛扁傑森的臉，尚恩只能畏縮在牆邊，對方拿起了刀子，蹣跚朝尚恩走去，拿刀架住了他的脖子。

「自作聰明嘛，」他以刀鋒割開尚恩的皮膚，「就是你，自作聰明的小兔崽子。」

對方持刀迅速下彎，刺入尚恩的腹部，然後又朝同一個部位狠狠踹下去。

尚恩大叫，鮮血滲出上衣，流到了牛仔褲。他的手摸到了傷口，是不深，但他已經頭暈目眩。他聽到遠方的各種聲音，努力強睜雙眼，面前已有許多白星在飄浮。

「現在你和你的白痴朋友也該讓我好好開心一下了。」那男人拿著刀、劃過尚恩的牛仔褲，收好刀鋒，放在自己的口袋。「我等一下就回來。」

他起身，踢了一下傑森，然後離開了房間，平穩的腳步聲迴盪在走廊。

痛苦漸漸蔓延尚恩全身，他一陣作嘔，嘴角冒血，那股銅腥味幾乎讓他無法呼吸。他在黑暗中慢慢朝地板上的那個塑膠袋移動，臉龐掛滿淚水，他一把抓起，取出一瓶飲料，以顫抖的手指打開瓶蓋，喝下去，為不斷抽動的身軀補充能量。

他慢慢脫去上衣，每一次的動作都害他痛苦大叫，他利用衣服緊摀傷口，其實它的深度沒像他起初以為的那麼嚴重。為了要止血，他把這個臨時止血衣塞入腰間，將兩側的袖子繞住屁股打結。

他淚流不止，激動地恐懼抽泣。

不會有人找到他們。

他們死定了。

他再次癱倒在冰冷的地上。

105

洛蒂問道：「難道你就不能再開快一點嗎？」

克爾比猛踩油門，車身打滑，他趕緊回正，嘴中的雪茄被他咬得死緊。

「我們又沒辦法確定他一定在那裡。」

「根據歐馬利告訴我的線索，我想傑森被困在那裡，而且我知道是誰綁架了他。」

「這有點太天馬行空了吧？」

「如果是我搞錯了，那就是弄錯了，趕快。」

她非常確定布萊恩是誰。想必是因為聖安琪拉之家開發案的關係，讓他變得心煩意亂，而他之所以挾持傑森，完全是針對里卡德。正當她在思索的時候，電話響了。

林區說道：「我們和系統商交涉許久，終於以三角定位查出了尚恩手機的方位。」

「然後呢？」洛蒂緊抓著座椅邊緣，拜託，至少要讓尚恩平安無恙。

「好，區域遼闊，從醫院到墓園以及城鎮的後方，大約是四平方公里。」

「看看能不能請他們找出更精確的定位，謝謝。」洛蒂掛了電話，「我要罰他一輩子禁足。」

她雖然這麼說，但卻無法壓抑聲音裡的恐懼，難道布萊恩也抓了尚恩？

克爾比說道：「他沒事，別擔心，很可能是和朋友在一起喝啤酒。」

洛蒂回他：「他才十三歲，但現在這種時候我也覺得沒關係了。」

「那個衛星導航的定位區塊……」

洛蒂扭頭問他：「怎麼了，克爾比？」

「也包括了聖安琪拉之家。」

洛蒂張開嘴巴，但卻說不出話來，她兒子會不會出事了？

「克……克爾比……開快一點。」她哭了，無法抑遏的啜泣，她已經失去了亞當，不能又失去兒子。

一片漆黑之中，聖安琪拉之家森然隱現。

克爾比把車停在洛蒂故障座車的旁邊。她迅速研究那些黑漆漆的窗戶，目光飄向主建物側邊的小禮拜堂。她想起歐馬利告訴過她的那一段故事，神父與小孩、蠟燭，以及鞭打，天吶上帝。

她眨眼，某扇窗戶有光在閃動？她挺直身體，亮了一下，又一下。有人拿著手電筒在走路？

「克爾比，你看上面那裡！是不是有道光？」

他比她先下車，正準備上階梯，她立刻跳下車，路面冰滑差點跌倒，幸好在他背後及時煞車。

他回道：「似乎有人拿著手電筒。」

洛蒂衝上階梯，「趕快！」

她把手伸入口袋，焦急尋找鑰匙，插入鎖孔。當他們進入頹敗的聖安琪拉之家，她感受到一股不祥惡兆，想必多年前的小莎莉．史坦斯身處此地時就是這種感覺吧。

那男人回來了，身穿一身白長袍，要不是尚恩全身痛得抽搐，他一定會哈哈大笑。

「你在幹什麼？」尚恩發出哀號，看著對方拿繩子綁住傑森的腰，把他拖起來、逼他站好。

傑森重心不穩，但依然維持站姿，目光迷茫。尚恩也被拖拉起來，但他的雙腳拚命在地板上掙扎，那男人拿繩索纏繞他的雙手，拉得死緊，他也被綁住了，就在傑森的背後。

尚恩頭暈目眩，搖搖晃晃。突然之間，他覺得自己像是個小男孩，他想要回家，玩那台快要掛點的PS。他不需要新機了，他會告訴媽媽，舊的那一台沒問題，

奈爾會修好，他知道他朋友有這個本事。對，他會打電話給奈爾，拜託他帶著工具箱來他家，他們會通力合作，讓機器起死回生。他以後會幫忙做家事，絕對不會有任何抱怨。把洗碗機裡的乾淨碗盤拿出來擺好、拿吸塵器清理地板、維持房間整潔。他在心中暗暗起誓，只要能夠逃出去，讓他母親能夠再次伸手為他梳理頭髮、緊緊抱住他，他一定說到做到。他不會哭，不會。但他還是掉淚了，尚恩．帕克大哭，但他已經什麼都不在乎了。

「膽小鬼，給我閉嘴！」那男人發出咆哮，打開了手電筒探照牆面，拖著那兩個男孩穿越走廊。

傑森含糊低語：「啊，不要啊……」

尚恩一邊抽泣一邊低聲問道：「做什麼？」他每踏出一步，腹部就傳來一陣劇痛。

「哦不要……」傑森的聲音越來越模糊。

「不要什麼？」

「這一次……一次……他……要殺……殺……我。」

「這一次？」尚恩問道，「所以還曾經有別次？」講話好痛，但是他想要搞清楚傑森在說什麼。

尚恩推他，讓他面向自己，他看到另一個男孩的眼中出現了如困獸般的恐懼，自己的心跳也跟著掉拍。

那男人開始吟唱，某種緩慢的邪惡禱文，然後帶引他們接連走下某道石階，進入了一個小禮拜堂。一大排蠟燭向上投光，祭壇上頭的椽木之間掛了一條繩子，末端是打結的套索。

尚恩的痛苦啜泣迴盪在冷冽空氣之中。

不妙。

真的大勢不妙。

✦

「噓！」洛蒂站在門廳台階，動也不動。

克爾比回道：「我又沒說話。」

「閉嘴，專心聽就是了。」

他們豎耳傾聽。

「我覺得我聽到有人尖叫。」

克爾比回道：「我什麼都沒聽到。」一陣噪音朝他們傳來，「只是某道門發出的砰砰聲響罷了。」

洛蒂兩步併作一步，衝上樓梯。

「不是。在此之前……我聽到尖叫，這裡有人。」

「當然有人啊。剛才不是有手電筒的燈光，我們早就知道了。」

「克爾比，閉嘴！」

她站在階梯最上方，望向走廊，一片漆黑，什麼都看不見。沒有動作，沒有聲響，只有克爾比使力的喘息聲。

洛蒂壓低聲音，「唱歌。應該是有人在唱歌或吟誦什麼的。」

「探長，恕我直說，應該是妳幻聽。」克爾比已經停下腳步，調整呼吸。

洛蒂一臉嫌惡，瞪了他一眼，悄悄朝聲源方向移動。也許是她的幻想，也許不是，她會找出真相，有沒有克爾比都一樣。

「等等我啊。」他話先出口，身體卻差點跟不上。

她嘆氣，這已經是她第一百次的相同喟嘆，希望背後的人是波伊德，而不是克爾比。

✦

尚恩的手依然被綁得死緊。

那個瘋子鬆開了傑森，把他帶到前方。傑森腳步踉蹌，朝祭壇走去，不慎摔倒，頭蓋骨撞到大理石地板，害他暈了過去。

尚恩被推入前排的木頭長型座椅，他逼自己不要去想那股痛楚。他四處張望，一定有出口，可以逃逸的路線。至少他不哭了，他必須要掌握狀況，這是他媽媽傳授給他的工作心法，要掌握狀況。

這間小禮拜堂布滿了凹室與原木告解室，他看不到出口的門。他必須擊退那男人，但是他現在雙手被綁，完全沒有制伏對方的能力。想啊，趕快想啊，但他的腦袋一片空白。他的胸臆積滿了逼人窒息的恐懼，陷入急喘，他努力調整呼吸，希望可以恢復正常，甚至是更為徐緩的節奏，他想要數息，但辦不到，數字從嘴裡咕嚕咕嚕冒出來，最後雙眼一濕，涕淚縱橫。

他忍不住偷瞄了一下祭壇，立刻知道自己不該這麼做。所有虛擬世界裡的體驗都不足以讓他面對眼前演出的這個場景。膽汁湧升到喉嚨，他知道自己一定會吐出來。

那男人死盯著他，微翹的蒼白雙唇，有燭光映影的眼瞳，被條條濕漉頭髮貼住的頭皮。他拿套索的那一頭纏繞昏迷傑森的頸部，以靈巧的手指綁緊，然後，鬆開了原本綁在前排教堂長型座椅的另一頭繩索，開始使勁猛拉，準備把傑森吊起來。他又開始吟唱，不斷使力把傑森往上拉，所以歌聲低沉，氣喘吁吁。尚恩別過頭去，忍住喉嚨裡的嘔意。

出去，他一定得要逃出去。

當傑森的腳底離地之後，那瘋子將繩索繞綁教堂長型座椅，拉得死緊，吟誦聲越來越激昂。

洛蒂的雙手在走廊盡頭的牆面到處摸索，克爾比也是。
她說道：「絕對是吟唱聲，從這裡冒出來的聲音，但我看不到門。」
他氣喘吁吁，「我們進不去。」
「一定有，我在這裡看到了光，那些窗戶……」
她發覺站在這裡看不到任何東西，此地已是走廊的盡頭。她再次努力回想窗戶的數目，在走廊瘋狂來回數算，她想起了里卡德的開發計畫，還有兜不起來的窗戶總數。
她說道：「有一道門被封起來了。」
她試了一下旁邊的門，鎖住了。克爾比以肩撞門，應聲裂開。她進入房內，右邊有三扇窗戶，她拿著手機的光源四處探照，看到了第三道門。
她對克爾比輕聲說道：「就是這裡。」
她轉動把手，焚燒蠟燭的氣味飄散過來，閃爍的微光映照出一道石階。她面向克爾比，伸出她的食指貼唇，自己悄悄先行，透過欄杆張望底下的空間。
洛蒂差點尖叫出聲，克爾比把手搭住她的肩，他壓低聲音問道：「我到底看到了什麼？」
「瘋子。」她望著那個她認識的男人把套索繞著傑森．里卡德的脖子。
然後，她看到了自己的兒子。

106

尚恩聽到樓梯頂端傳來聲響。他嚇得不敢動，這裡還有別人。他很想要四處張望，但還是忍了下來，他不想做出任何動作讓這個殘暴禽獸有所警覺，不過，基於本能，他還是轉頭抬望，正好看到他母親眼白放大的恐懼。他的喉嚨發出哀號，那男人轉身，也跟著抬頭。

他母親衝下階梯，尚恩知道這可能是他唯一的機會。他不管滲血的傷口，奮力從教堂長型座椅衝出去、奔向祭壇，他雙手被綁，重心無法平衡，立刻踉蹌摔倒。

那男人不但沒有鬆開手中的繩索，反而使勁猛拉、開始勒緊傑森的脖子，他已經雙眼暴凸。尚恩蹣跚站了起來，利用肩膀猛頂那男人的上腹部，但碰到的卻是緊實肌肉，而且對方立刻伸出手臂扣住他脖子，讓他動彈不得。他聽到他媽媽急忙衝下來，尖叫，向他的方向奔來，但卻在距離一公尺的地方停下腳步。

✦

洛蒂定住不動，那個禽獸挾持了尚恩，她得要想辦法控制局勢。

要是她突然採取行動，很可能會引發致命後果。她的心臟怦怦震跳，連耳內都可以聽到那狂烈的搏動聲響。

專業，她必須要展現專業，不然天知道兒子會出什麼事。她的胸腔裡扭結再一起，宛若被老虎鉗擠壓一樣，冒出的雞皮疙瘩簡直要把她的皮膚撕成碎片。她心中突然氾湧一股強烈恐懼，她開始向自己早已不信的上帝祈禱，向亞當祈禱，然後，她開口說話。

「布萊恩，」她說道，「放開那男孩。」

她慢慢走向麥可·歐布雷恩，聽到有人提到他的原名，他嚇得往後縮。但他依然扣住尚恩，而且還緊拉繩索，撕扯著傑森的殘命餘息。那男孩的頭已經癱軟側歪，繩索死鎖不動。

洛蒂盯著兒子，心中默默起誓：兒子，再給我幾分鐘就好。

「探長，妳真厲害。我還有要事得要完成，妳想不想當觀眾？」歐布雷恩的語調起伏宛若在歌唱。

洛蒂按捺想要與他拚搏的衝動，她必須要冷靜下來，理出頭緒。她瞄向克爾比，他已經掏出了半自動手槍，但這兩個小男生還被困在裡面，用槍太危險了。她怒瞪了他一眼，他趕緊把槍放回身側的槍套。看到歐布雷恩突然用力勒緊尚恩的脖子，她好想嘔吐，但還是忍了下來，她真想衝過去，把兒子從那瘋子手中搶下來。

她發揮過往所受的所有訓練，開始評估自己與歐布雷恩之間的對峙情勢。目視所及沒有武器，但她很清楚，那身長袍裡到底藏了什麼東西?的確很難說。

她刻意讓自己的語氣流露堅定冷靜，「你知道嗎，你不需要這樣，」她說道，「你是布萊恩，我知道你在這裡經歷了什麼樣的遭遇。你這種行為是不對的，但還是有機會可以彌補，趕快放了他們。要是你繼續傷害他們也於事無補。」

她逐步逼近。

「探長，要是可以讓我為所欲為，我就心情爽快，妳不能阻止我。」歐布雷恩聲調高昂尖銳，扣住尚恩的泛白指關節清晰可見。

洛蒂提醒自己，他體格健碩，她好不容易才抑制飛撲過去，把他鐵灰色頭皮扯下來的那股衝動。

她採取哀兵策略，「這怎麼可能會讓你心情爽快？你是成年人，他們是兩個無助的小孩。」

她的眼角餘光瞄到了克爾比，他正緩緩繞向右側。

歐布雷恩狂吼：「我當初是個被拋棄的無助小孩，根本沒有人幫我！」

「我會幫你，為時未晚，趕快放走他們。」

他哈哈大笑，聽到那殘酷之聲在具有特殊傳音設計的小禮拜堂裡迴盪，不禁讓洛蒂為之顫慄。克爾比現在幾乎與站在階梯上的歐布雷恩同高。

笑聲不斷，已然失控，那魔性奸笑害她覺得好刺耳。她必須想辦法裝作充耳不聞。她的兒子臉色漲紅，淚流不止。然後，她看到了從他腹部滲出的鮮血。

洛蒂好擔心尚恩承受的劇痛，她想起派翠克·歐馬利在她面前提到的布萊恩。難道他真的殺死了一個毫無抵抗能力的嬰兒？他是不是費茲之死的幫兇？他為什麼要殺害蘇利文與布朗？他的靈魂裡到底有什麼隱藏許久，卻已被喚起的瘋狂因子？恐懼竄流全身，她無法找出答案，只能拚命把思緒拉回眼前的場景。

「放走他們？」歐布雷恩質疑的聲調高亢，歇斯底里。「也許我應該要放走一個，讓妳親眼看到我毀了另一個。洛蒂．帕克，妳會選誰？誰是鑽石誰是黑炭？妳要救妳兒子，任由另一個男孩在妳面前死去？探長女士，妳怎麼說呢？」

「我說你瘋了！」

洛蒂已經理智斷線，她節節進逼，歐布雷恩跟著退後，但依然扣住尚恩的脖子。他的長袍颼颼風動，助長了祭壇台階的那一排燭光，一小團火焰燒到了傑森牛仔褲的褲腳，開始悶燒。

「你兩個都不能殺。」傑森可能已經死了。動也不動，臉色發紫，舌頭外露。

「放走他們，我答應你，我之後會幫助你。」

她在這一刻發揮了累積多年的經驗，努力維持表面冷靜。

「妳不懂我所受的折磨，」歐布雷恩大吼，「妳根本無法想像！」

讓他繼續講話，千萬不要讓他注意到克爾比。

她又趨前一步，「為什麼要對蘇珊與詹姆斯下手？為什麼要殺死他們？」

「妳覺得是我殺死了他們？我為什麼要做這種事？」

他的尖銳聲音縈繞在她的耳邊，她偷看了一下克爾比。他距離歐布雷恩有五公尺，與他站在同一塊寬面台階。

歐布雷恩慢慢後退，從祭壇抓了某個東西，長袍敞開，露出了裡面的裸身，胸前有縱橫交錯的舊傷疤。他手裡的刀閃動金屬冷光，洛蒂瞄到他大腿的刺青，又深又黑。

「他們也都有刺青，為什麼？」她得要想辦法拖延，克爾比已經越來越近。

「全能天神寇尼魯斯．默漢告訴我們，我們被惡魔之血所玷污，他得要在我們身上留下終身印記，讓惡魔無法近身，哈！」他冒出淒厲叫喊，看到他把尚恩的脖子越勒越緊，把洛蒂嚇得後退。

「他把邪靈注入我們的心，這是他佔有我們的方式，他是惡魔的化身。」他的聲音成了某種高音頻的不自然嚎叫。

他把尚恩的脖子往上一勒，洛蒂發現兒子的眼白往上吊。

她立刻撲向前，克爾比也在同一時間展開行動。她抓住了刀子，但是歐布雷恩的手突然下彎，刀刃穿過她的外套襯裡，劃破了她的上臂。她完全不管那股劇痛，腎上腺素增強了她的毅力，繼續發動攻擊。她舉起另一隻手臂，以肘部攻擊對方的喉嚨，狠狠推壓，終於讓對方放開了她的兒子。他瞬間癱倒，克爾比舉起穿靴的大腳，正中歐布雷恩胸膛。

歐布雷恩往後倒，後頭一團火焰朝他竄來。她立刻抓住尚恩，克爾比撿起刀子，砍斷了繩子，把傑森從套索裡拉出來。

身體著火的歐布雷恩想要起身，洛蒂出腳猛踹，他倒臥在燭火之間，已經開始燃燒的長袍一發不可收拾，他張開雙臂亂舞，想要撲滅火勢，但血肉開始發出爆裂聲，他尖叫，一種慘烈如獸的聲音。歐布雷恩拚命亂拍，反而讓烈焰更加囂張。他起身轉為跪姿，站起來的時候，背後帶著一團橘黃色光，撕扯燃燒的白袍，雙手也跟著著火。他的皮膚已經焦黑，滲水，逐漸剝落，他後仰墜入煉獄。

洛蒂跪在地上，鼻腔裡瀰漫著燒焦人肉的氣味，她趕緊把尚恩拖過來，爬離那團焰光。

「我沒有殺害詹姆斯與蘇珊，也沒有殺害安傑洛提，我沒有！」歐布雷恩扭曲翻滾，想要熄滅身上的火焰，他發出了來自地獄的尖吼。「寇尼魯斯．默漢，對，是我殺了那禽獸！」他痛苦大叫，被黑煙烈火吞噬。

克爾比一手拿手機瘋狂大吼下令，另一手把已無生息的傑森扛在肩上，洛蒂把兒子抱在懷裡，鬆開了綁住他的繩索。克爾比拚命拍滅傑森牛仔褲的火焰，然後拉住他們，準備朝樓梯走去，洛蒂一直到這時候才開始有了動作。

「我們不能把他丟在那裡。」她回頭看著那個宛若烈火珠寶盒上方的發條芭蕾女伶，一直在繞圈狂舞的男人，但克爾比緊抓她的手。

她大叫：「拿槍射了他！」

「賞他一顆子彈都嫌浪費了，來吧，」他吼道，「我們快走！」

洛蒂跟在克爾比後面，傑森穩穩貼住他的寬闊肩頭，她則抱住尚恩的腰，把他拖上階梯。到了最上層的那級台階時，她回望了一下。那男人全身著火，皮膚已成融化黏液。地獄之火繼續往前吞噬木頭跪凳，他越陷越深，尖叫聲逐漸消逝，黑色濃煙完全堵塞了空氣。

她兒子安全無恙。洛蒂當下只有這個念頭，她兒子安全無恙。

她再也沒有回頭顧盼。

她抱著尚恩穿越走廊，走下樓梯，從門廳到了外頭。她跪在冰冷台階，兒子在她的懷裡。她歡喜面迎冷冽空氣，咳出了吸入肺部的煙塵，在警笛淒鳴竊奪黑夜寂靜之前，她一直宛若雕像，在原地動也不動。

一九七六年一月三十一日

莎莉一整個晚上都沒闔眼，根據派翠克的說法，這是「黑月」之夜。

她仔細聆聽暗夜的各種聲響、寢室裡其他女孩的輕柔呼吸，還有天花板與踢腳板裡的小動物在搔抓。她腦中浮現月光下怪物狂舞的情景，還有皮鞭與蠟燭在她身邊晃移，宛若某種猥褻的芭蕾舞。她聽到育兒室裡的寶寶們在哭，但是聽不到匆匆趕去安撫的腳步聲。這些小孩好寂寞，她也寂寞，漫漫長夜永無止境。

她不知道自己的寶寶怎麼了，也不明白費茲為什麼會死掉，但她立刻發誓，總有一天，不論需要等多久，真相一定會被公諸於世，她會記得一輩子，

當黎明第一道曙光透入窗內、月亮已成夜空幽影的那一刻，她依然沒有闔眼。

第九天

二〇一五年一月七日

107

黎明初升的橘光落在醫院牆外的雪白地平線上方，護士正忙著檢查尚恩的生命徵候，在剛剛的那五個小時當中，她每隔二十分鐘就會檢測一次，她的病患狀況穩定，讓她很安心，對洛蒂點了點頭。

「醫生馬上過來，不過尚恩狀況不錯。」護士說完後就離開了。

洛蒂親吻兒子的手與前額，以手指輕撫他的雙眼，不斷向他道歉。

她望著點滴傳送輸液到他的體內，開始計算落下的滴數，一、二、三……

尚恩的眼瞼動了好幾下。洛蒂內心的怒火影響了手指，害他的眼皮受到波及。她趕緊把手移開，彷彿像遭到了燙傷一樣，她引發子女痛苦，真不知道還會持續多久？

病房門開了。站在那裡的是波伊德，身穿海軍藍病袍，腰帶整齊繫綁在他細瘦的腰。他的臉依然蒼白，瘀傷未退，面容神情嚴肅，洛蒂低頭，他站到她身邊。

她開口：「你不應該過來的，他們會把你轟出去。」

「隨便他們吧，」他輕吻她的頭頂，「啊，有煙燻味。」

她低聲啜泣，「波伊德，去你的！」

他揉了揉她的肩膀，「哭一哭也好。」

「不，不好。我辜負了他。辜負了我兒子與家人，也辜負了傑森。」

「妳救了尚恩。」

「是啦，」她無法消除自己語氣中的憎惡，「但傑森呢？我應該要早一點發現才是。」

他沒回答，她把他推到一旁。

她開口：「你氣色好糟。」

「彼此彼此，」他指著她手臂的傷，「那個殺人犯，是不是有瘀青跛腳？」

「現在有了，你還是趕快離開吧。」

「反正我要出院了。」

「什麼？」

「妳的負擔太重了，我待在這裡就像個成天看電視肥皂劇的廢渣，妳需要我。」

她沒有回嘴。雖然波伊德活像是從《陰屍路》裡冒出來的人物，但她的確需要他。

波伊德關了門之後，洛蒂又以手指輕撫了兒子的臉好一會兒，但後來護士回來，這次還多了醫生，他們立刻催促她離開病房。

✦

警司克禮根在走廊來回踱步，林區與克爾比跟在他後頭，倒是沒看到波伊德。「帕克探長……」他伸手緊掐她的肩頭。

洛蒂不知該說什麼是好，所以乾脆保持沉默。

「那畜牲差點沒命，必須送去都柏林的燒燙傷專科。他必須等待暴風雪緩和下來，現在所有的救護直升機都只能在地面待命。」

洛蒂不敢置信，「他還活著？」

「預後狀況不樂觀，畢竟有百分之八十的燒傷。」

「很好，」洛蒂說道，「那聖安琪拉之家呢？」這是她明明知道自己一定得問卻一直迴避的問題。

「火勢控制住了，只有小禮拜堂遭殃。等到消防隊完成工作之後，我們會視之為犯罪現場進行封鎖。」

「傑森？」她終於問出口。

「妳也知道你們晚了一步，」克禮根搖頭，「他真倒楣。」

洛蒂站不穩，她早就知道傑森已死，只是要確定消息罷了。

「至少我們找到了兇手。」

「我倒是沒這麼篤定。」她的語氣很遲疑。歐布雷恩不是講出他並沒有殺害蘇珊或詹姆斯，也真的沒有殺害安傑洛提？他沒有理由說謊，尤其他還承認自己殺害了寇尼魯斯．默漢神父。

里卡德一家人出現在走廊的另一頭，克爾比趕緊攙扶她。克禮根走到他們面前，握手表示哀悼，湯姆．里卡德握完手之後，目光立刻朝她直射而來，洛蒂也就任由克爾比帶引她朝另一個方向走去。

他開口：「我知道現在時機不恰當，但我必須要告訴妳……」

「克爾比，快講啊。」

「莫洛尼，那個記者……」

「繼續說下去。」也不知道為什麼，她已經猜到了他接下來要說的話。

「啊天吶，克爾比，你到底說了什麼？」

「莫洛尼無意聽到我們在布朗家中找出的證據，他打電話向我求證。我們當時忙得焦頭爛額，所以我為了想要早點結束通話，就隨口認了他說的話。」

洛蒂搖頭，至少她現在知道了莫洛尼的消息來源。她一直懷疑是林區，現在看來是克爾比的無心之過，至少她希望是如此。她決定不追究，「不要再犯就是了。」

克爾比鬆了一大口氣，摸口袋找雪茄。「老大謝謝了。」

「還有，你面對歐布雷恩的表現很優異。」在這種狀況下，這已經是她能想出最接近讚美的話語。她望著克爾比緩步離開走廊，就在這個時候，林區湊到她身邊。

兩人一起往前走，「尚恩呢？他還好吧？」

洛蒂回道：「他會康復的，很快就會好起來。」

她暫時不想再看到湯姆．里卡德的那雙眼眸。她找到了他的兒子，一如她先前所提出的保證，但卻是以最悲慘的方式收場，辜負了他的期望。

林區說道：「小孩最後總是平安無事。」

洛蒂低聲回她：「真的是這樣嗎？到底有誰知道答案？」

她繼續往前走。

108

她在角落轉彎，遇到了站在護理站的喬神父。

「看到妳真是莫大的撫慰。」他撥開額前一綹瀏海，露出了苦笑，但洛蒂看得出他目光裡的悲戚。她心想，歡迎來到我的世界。

「喬，」洛蒂注意到他拿了個厚重的A4尺寸信封，充滿疲倦紋痕的臉龐宛若皺巴巴的床單。「你回來做什麼？」

他刻意忽略她的問題，「尚恩還好嗎？」

「還好，」她回道，「不對，很不好，天吶我不知道。」

「洛蒂，很遺憾。」

「大家都說很遺憾，說遺憾到底有什麼用？」

「我等一下再過來。」

「不需要了，」她大叫，「我不想再看到你。我兒子差點沒命，都是我的錯！」

他低頭，「在目前這個階段，我不論說什麼都無濟於事。」

「那你在這裡幹什麼？」

他把信封交給了她。

「我去了安傑洛提神父的辦公室，找到了這個。」

「這是什麼？」她翻弄信封，依然怒氣沖沖。

「妳看一下寄件人地址。」

「詹姆斯・布朗。他把這寄給了安傑洛提神父？」她看到郵戳，「十二月三日，他身亡的那一天。」她的目光滿是疑惑，「但安傑洛提神父那時候已經死了。」

「布朗當時一定不知道。」

「我不懂。」

「我只知道安傑洛提神父的部屬正打算要寄回來，所以我自告奮勇親送，立即搭機回家。」

他又從外套的內側口袋拿出一疊文件，全部交給了她。

洛蒂挑眉，「這些是什麼？」

「我回到翁貝托神父那裡，再次仔細搜尋檔案，找到了某些妳可能會有興趣的新線索。」

她斜靠牆面，「我現在沒時間搞這個。」

「我知道。」他的雙肩陡然一沉。

他把手插入口袋，轉身，步向嘈雜的走廊，留她一個人站在那裡。

她一路望著他，到了電梯門關上的那一刻，她的怒氣已然消散，取而代之的是全然孤寂。

109

「信封裡是什麼？」

波伊德靠在尚恩病房門外的牆邊，已經換好了衣服，活像是一具死屍。

「波伊德你搞什麼？你是認真的嗎？」

「妳需要幫忙，我義不容辭。」

「你只剩下半口氣，」洛蒂說道，「快回去你的病房，我還有其他手下。」

他繼續追問：「信封？」

「我還沒有打開，」她在手中玩弄那個信封，「詹姆斯．布朗把它寄給了安傑洛提神父，喬把它從羅馬帶了回來。」

「喬？好親暱的叫法。」

「波伊德？」

「怎樣？」

「你又來了。」

波伊德說道：「洛蒂，我好想念妳啊。」

「蠢蛋，我也很想念你，可我得要去看一下尚恩。」

走廊出現電梯那一頭人聲的回音。凱特與克洛伊伸出雙臂飛奔向前，臉頰掛滿淚水，蘿絲．

費茲派翠克則在後頭拚命追趕。洛蒂對母親露出了疲倦的微笑，表達謝意。

她的一家人，傷痕累累，但總算能夠團聚在一起。

✦

尚恩終於悠悠醒轉，兩個姊姊各據病床兩側，握住他的手。現在洛蒂再也忍不住了，立刻撕開信封，閱讀詹姆斯·布朗寫下的字句。它們在她腦海中狂亂飛跳，宛若《愛麗絲夢遊仙境》瘋狂下午茶派對的場景，然後，又融合成一幅少了瘋帽客的和諧畫面。現在她已經搞懂了全部的真相，它化為泰晤士新羅馬體的文字，清晰植入了她的腦海前端。

她必須再找派翠克·歐馬利，事不宜遲。

110

她其實應該要好好陪伴兒子與兩個女兒，但她媽媽卻告訴她，去忙妳該做的事就對了，所以她又回到警局。

洛蒂坐在辦公桌前，內心激動難平，但至少兒子很安全，有外婆在他病房內堅守，一如往常掌控一切。話雖這麼說，她這次總算是真心感謝母親相助。洛蒂雖然思緒紛擾，但知道她必須終結這個案子。之後，她必須營造與子女好好相處的空間。尚恩需要她，凱特也是，就連一向執拗的克洛伊也一樣。至於媽媽呢，洛蒂知道她母親不論有沒有她、都能堅強活下去。洛蒂終於能夠對於母親所承受的悲痛與創傷感同身受，對她來說想必艱難，但她還是一路奮力拚戰，現在洛蒂必須向她看齊。

克爾比把快樂兒童餐放在她桌上，「午餐時間到了。」

洛蒂瞄了一下時鐘，沒錯。她打了一個大哈欠，她已經不記得上次吃東西或睡覺是什麼時候的事了。某股硬撐出來的幹勁讓她可以保持不眠不休的狀態，所以她根本沒想到這個問題。

她開始仔細閱讀喬神父給她的文件複本。

「波伊德，詹姆斯．布朗的男友德瑞克．哈特為什麼會牽扯進這個案子，我想我已經知道答案了。」

他坐在她辦公桌的邊緣。看到他輕鬆熟悉的姿態，她當然歡喜，但她也不想看到他不支倒地。

「好吧，福爾摩斯大偵探，」他說道，「解釋給我聽。」

「因為他的編號錯了。」

「是啦是啦。」

「波伊德，我沒在開玩笑，你看看這個。」她指向清冊某一頁的其中一個欄目，「蘇珊・蘇利文的索引編號是AA一一三，」她拿起了另一份複本，「所以，我們現在檢查嬰兒檔案，找索引編號AA一一三。」

波伊德看了一下，找到了那個號碼。「上面寫的是德瑞克・哈特。」

「但號碼經過變造。」

「妳怎麼知道？」

「你看清楚了。可以看出有墨水被塗擦的痕跡，原本寫的是五，卻被改成了三。我認為這是刻意變造的結果，有人不想讓蘇珊・蘇利文小孩的真實身分曝光。」

波伊德說道，「好，哈特根本不是蘇珊・蘇利文的小孩，」波伊德說道，「看了這個之後我可以了解安傑洛提神父當初怎麼犯下了這個錯誤。但她的小孩是誰？」

洛蒂指著那個正確的索引編號，波伊德眼睛爆凸，他的下巴都快要掉下來了。

「真的假的？」

「除非有人以別的號碼竄改，不然就一定是真的。」洛蒂若有所思，搖搖頭。「真令人悲痛。」

「他知道嗎？」

「我想是不知情。」

波伊德伸手撫摸結痂的脖子，「所以這些人被殺，只是為了要掩藏真相？」

「這只是其中一部分。」

「其他原因是？」

洛蒂從自己的包包裡取出那份老舊檔案，拿出那張有著雀斑鼻、衣領歪斜的賊笑小男孩照片。「這就是另一個理由。」

波伊德問道：「那個失蹤男孩？」

「我想應該沒錯。」

「妳是不是在等我向妳跪求說出這一切的答案？」

洛蒂微笑，她真的好想念波伊德。

「他母親是在一九七六年初向警方報案兒子失蹤，而她是在案發的幾個月前將兒子送入聖安琪拉之家。天主教當局堅稱他是逃走，但他卻從此下落不明。」她心想，講了這麼多線索，對波伊德來說應該已經足夠。

「所以詹姆斯．布朗的資料又證明了什麼？」

「詹姆斯．布朗與其他人目睹了聖安琪拉之家的兇案，下手的是寇尼魯斯．默漢神父，布萊恩則是從犯。當詹姆斯與蘇珊威脅要讓醜聞曝光的時候，兩人雙雙遇害，真相也遭到湮沒。」

「好，讓我弄清楚，麥可．歐布雷恩，也就是本名為布萊恩的這個人，將近在四十年前時，在寇神父的脅迫下，不得不參與導致某名男孩身亡的變態儀式。」

洛蒂回道：「對。」

波伊德問她：「所以照片裡的那小孩是誰？」

「波伊德，現在不是討論的時候。」

「洛蒂，我已經看過了那份檔案。」

「那幹嘛還要問蠢問題？」

「他只承認殺害了寇神父。」

「對，差點也殺了我。這一點他還沒承認吧？」

「沒有，不過我相信殺害安傑洛提神父、蘇珊・蘇利文，以及詹姆斯・布朗的兇手另有其人。」

「洛蒂，我搞迷糊了。」

林區披頭散髮，衝入辦公室。

「我們找遍了每一個地方，完全沒有歐馬利的蹤影。」

「他不可能就這樣人間蒸發，」洛蒂說道，「一定在某個地方。」她面向波伊德問道：「快想想，歐馬利去了哪裡？他的過往一直糾纏他不放，飽受折磨的人會到哪裡去？」

波伊德反問：「當初折磨他的起源地？」

洛蒂從椅子上跳起來，緊摟著他，親吻他的臉頰。「答對了，快來吧。」

「妳開口，當然沒問題。」他露出苦笑，「下一次妳抱我的時候，注意一下我的傷口。」

「還有下一次啊？」她對他眨眼，「我來開車。」

她打電話詢問依然待在醫院的母親，尚恩狀況良好。洛蒂把快樂兒童餐丟入垃圾桶，跟著手下走了出去。

111

到了白天，聖安琪拉的陰森氛圍就消失無蹤，只是一棟有許多門窗的老舊雜亂建築。不過，洛蒂知道在這些水泥與石材的背後隱藏了許多駭人暴行的秘密。

她已經看過寇尼魯斯．默漢褪色筆記本裡所記載的瘋狂惡行，而且也在詹姆斯．布朗信封的內容中明白了來龍去脈。她發現了羅馬清冊裡的陰謀，也在昨晚親眼目睹了它的遺毒再現。殘害生靈，為了什麼？死屍被掩埋，而生者背負著永遠的包袱。這就是數天前她在亞當墳前的感喟，現在她終於完全領悟當初的那些懸念，一股沉重難耐的悲戚落在心頭。

她深呼吸，走向斜靠在某棵布滿結瘤、光禿無葉樹幹的那個人。

喬神父的下巴朝事發建物的方向指了一下，「他們很厲害，其他部分都救回來了。」

現場幾乎已成一片荒蕪，救火隊先前出動了水帶與雲梯車，現在已經撤離。封鎖帶不斷飄飛，有兩名制服員警負責看守犯罪現場。空氣中瀰漫著難聞的焦味，但煙塵已經消失，依然四處可見悶燒的餘燼。小禮拜堂的牆壁已經被燻黑，窗戶碎裂，天花板凹陷，但聖安琪拉之家的主結構依然挺立，毫無損傷。

他繼續說道：「可惜了，這整個地方並沒有被夷為平地。」

「你來這裡做什麼？」洛蒂脫掉兜帽，想要仔細端詳他。

「目睹這一切的謊言，我覺得十分好奇。」

「喬……」

「洛蒂，不要，什麼都不要說。」

他離開樹幹起身，她伸手抓住他的手臂。

「你有沒有看到某個流浪漢？派翠克．歐馬利，我們正在找他。」

「這的確是閒晃的好地方，」他說道，「康納主教正在這裡探頭探腦。」

洛蒂的目光投向波伊德，林區與克爾比也跟在後頭。

「康納主教在此，」她說道，「歐馬利一定也是。大家散開找人。」她說道，

「波伊德，你除外，你看起來馬上就要昏倒了。」

「我沒事。」洛蒂拉著那名神父的袖身，他裝作眼不見為淨。

她放開他的手，抖肩，進入位於封鎖區之外、那座蓋有圍牆的覆雪果園。波伊德在他後面艱難前行，喬神父陪在他身邊。而林區與克爾比則穿越了冰封的草地，匆匆朝左，前往聖安琪拉之家的後頭查看狀況。

這是洛蒂第一次進入這座封閉的小果園。在毫無生氣的冬大，一片荒涼，樹木光禿，整片潔白披裹地面。她認為這個地方完全找不到任何一絲純淨，邪靈潛伏在牆面裡的每一處縫隙，無名塚裡的死屍難以安息。她抬頭瞄向窗戶，也就是當初那三雙驚恐的眼睛目睹惡行之地——那全是不該給小孩看到，也不該讓他們牽涉其中的暴虐行徑。

陰影在樹根處蔓延，在灰濛濛的午後天空之中，太陽已經很難找到低地容身之處。就在果園最遠的角落，她看到了他們。兩個人，宛若剪影狀的木偶扭打在一起，留下了條狀雪痕。

她把食指壓在唇間，緩步向前。

木偶們停止狂舞，樹梢鳥群驚飛而去。

歐馬利突然旋身，定睛死盯著她。臉上冒出鮮血，有條藍色尼龍繩鬆垮垮繞住他的頸脖。

泰倫斯．康納主教緩緩轉過來，丟下繩子的另一頭。

洛蒂說道：「康納主教，一切都結束了。」短短數十公尺之外就有警察在看守，他居然有膽想要在此犯案，讓她甚是不解，想必這人已經瘋了。

「結束了？」康納主教大吼，「結束了嗎？還沒有。」他舉起雙臂朝天，「只有我的上帝開口才算數。」

喬神父向前，走到洛蒂旁邊。「你完蛋了。」

「都是你！」主教開始咆哮，伸出食指對著喬神父叫罵。「一切都是因你而起！」

「我？你瘋了，」喬神父說出了洛蒂的心聲，「這些人都死了，為什麼？就是要為了掩蓋聖安琪拉之家的過去？」他雙手一攤，「你的上帝怎麼容許這種事？」

「我的上帝？祂也是你的上帝。」

「這你就搞錯了。」喬神父扯掉自己的羅馬領，將它拋入雪地，融入了那一片白茫之中。

康納咆哮，「放肆！我做出這一切都是為了你！」

歐馬利盯著她，洛蒂悄悄對他示意，趕緊離開康納。她依然站在喬神父身邊，波伊德慢慢向前，逐漸靠近歐馬利。這個流浪漢膝頭深陷雪地，流血不止，完全動彈不得。

「你知道嗎？她是你母親，」康納主教緩緩展露微笑，起皺的臉龐成了邪惡面具。「蘇珊．

蘇利文。」

喬神父向前撲過去，雙手扣住他的喉嚨，發出尖叫。「你真是卑鄙至極！」

洛蒂雖然抓住了他的外套衣角，卻還是無法阻止他攻擊康納。

「蘇珊．蘇利文，」康納主教又繼續重複，往後退一步。「對，喬，你是她兒子，她一直找不到你的下落。我把更動過的資料寄到了羅馬，留下了錯誤的線索。那裡的安傑洛提神父幫了他們，對了，真是傻乎乎。等到蘇珊．蘇利文開始查訪，我知道她最後一定是一無所獲，我只是想要保護你。」

喬神父大吼，「你在說謊！」

洛蒂為他心碎。他與親生母親唯一接觸的時刻就是他的誕生日，以及她斷氣的那一天，他剛主持完彌撒，而她癱死在他的腳邊。

「你是戀童癖神父與小女童生下的雜種。」

「你撒謊……」喬神父的音量微弱得幾乎聽不見，他猛搖頭，彷彿想讓那個畫面消逝無蹤，但洛蒂知道它將跟隨他一輩子之久。

「如果我是被領養的，我早就可以從自己的出生證明知道真相。」他聲音崩潰，成了無數的玻璃碎片。

「那個時候呢，」康納冷笑，「修女們、寇神父，還有我，我們懶得弄領養證明。只要是我們經手的小孩，假造的出生證明看起來就像真正的文件一樣，但真正的原始出生資料都存放在清冊裡。」他想要向前，但雙腳反而在雪地裡陷得更深。

「你竄改了索引編號，」洛蒂問道，「為什麼？」

「因為我有這個能耐，因為蘇珊．蘇利文想要知道她的小雜種是誰，流落到哪裡，我必須要保護他。」

洛蒂使出拖延戰術，「為什麼要殺死安傑洛提神父？」

「因為當他發現自己搞錯之後，打算要揭露真相。安傑洛提發覺檔案資料被更動，所以他與布朗相約見面，請他代為告知蘇珊。我當然樂意載他過去，想要知道後續發展，但布朗一直沒出現，所以我就趁機動手。我本來希望布朗可以當代罪羔羊，很可惜，這種天氣沒幫上忙。」

喬神父再次搖頭，「我不敢置信。」

「這是事實。我窮盡一生在保護你，讓你不需待在聖安琪拉之家受罪，還為你安排了好人家，我一直在幫忙教會掩蓋這個秘密。」

洛蒂說道：「而你也掩蓋了某個男孩的命案。」

康納主教雙肩陡然一沉，「我只是盡職而已。」

洛蒂知道他已經敗陣了。

她問道：「為什麼要殺死蘇珊與詹姆斯？」

「他們勒索我，想要把我一生拚命保守的秘密公諸於世，我必須要阻止他們，但我已經付不出來了。」他發出冷笑，「要是我知道蘇珊．蘇利文已經因癌症病入膏肓，那麼也不必這麼費事了。」

洛蒂知道自己正盯著惡魔之眼，「你隱匿了兒童遭虐的真相，你安排寇尼魯斯．默漢神父不斷轉換地點，讓他得以在新的堂區犯下更多惡行。沒有辦法離開這地方大門的那些嬰兒們，全被扔進了無名塚。某個小男孩在這裡被活活打死，而且隨便埋屍於此，」她伸手朝果園一揮，「就在這裡的某處。」

他目光挑釁，「妳根本拿不出任何證據。」

洛蒂緊盯他不放，心中默數到十九下，終於逼他別開目光。

雖然沒有必要，但林區與克爾比已經拿出武器，而且已經在主教與歐馬利後面的那堵牆各就定位。

「帕克探長，為什麼某個男孩之死對妳來說這麼重要？」

「對每一個人來說都很重要，」喬神父說道，「尤其對那些被你殺害滅證的死者來說，更是無比重要。」

洛蒂拉了拉他的袖子，示意他閉嘴。

康納主教破口大罵，「你對不起你的羅馬領！」

「不，我沒有，」喬神父回道，「你才是！」他慢慢向前，洛蒂硬是拉住他。

歐馬利掙脫波伊德的手，往康納雙肩撲過去，把他壓入雪地。洛蒂趕緊拉出康納，而波伊德則忙著抓住歐馬利。

「我親眼看到你的惡形惡狀！」歐馬利口中噴出鮮血，「我們就站在上面的窗戶，我、蘇珊，還有詹姆斯。我們看到你把可憐的費茲丟進某棵樹下方的大洞。」他伸手狂揮，指著果園。「還有，你一直站在小禮拜堂，當他哭喊的時候，我們看到你袖手旁觀。布萊恩與寇神父把他打到全身脫皮，你做了什麼？完全無動於衷，你明明可以出手阻止！」

波伊德拖開歐馬利，遠離這個折磨他多年的惡徒。

「你這個殺人惡魔，」歐馬利對著康納大吼，「但是你動不了我！」

洛蒂立刻銬住康納，他的倨傲瞬間消失無蹤，雙眼只剩下一片死黑。

「我哥哥，」她在他耳邊低語，「艾迪．費茲派翠克，你對他做了什麼事？」

「埋了他啊，不然我是要怎麼處理他的殘屍？」他的頭朝果園扭了一下，「這裡，這裡的某個地方。」

洛蒂狠狠甩了他一巴掌，他沒有畏縮，但目光似乎轉趨幽暗，滿布邪惡黑影。

「你們家自己拋棄了那個男孩，」他冷笑道，「你爸爸飲彈自盡，你媽媽把一個傷心的十歲小孩丟到這裡，而妳……妳……」

洛蒂喃喃說道：「我那時候四歲。」

「妳媽媽為什麼做出那種事？可愛又受人敬重的天主教徒蘿絲．費茲派翠克？我來告訴妳，因為妳哥哥是愛偷東西、個性頑劣的廢物。這個寡婦已經無法承受兒子帶來的額外辱名，正逐漸摧毀她的人生，所以乾脆把他送到其他地方關起來。」

洛蒂掉淚，「閉嘴！」

「去問她，妳自己去問她啊。」

洛蒂雙頰淚濕，天空降下輕飄飄的雪花。他的那些話正好是她家中從來不曾說出口的主題，是她母親應該要告訴她的事，而她依然不確定自己是否已經找到多年來喪失的一切。

波伊德悄悄握住她的手。

終曲

二〇一五年一月三十日

「夏綠蒂．勃朗特，我們就是因為這位女作家為妳取了這個名字。」

「媽，我知道，」洛蒂說道，「妳已經跟我講過好幾次了。」

以前她使出千方百計，就是無法讓母親說出她哥哥或是父親的事，而她現在卻完全沒有辦法讓母親住嘴。蘿絲向洛蒂解釋，在他們的父親自殺之後，艾迪成了難搞的小鬼，她絕望至極，不知該如何是好，後來在堂區神父的建議下，她把他送到聖安琪拉之家六個月，之後就消失了。

「可憐的艾迪，我們取這個名字是因為——」

「愛德華．羅徹斯特，《簡愛》的男主角。」洛蒂回她，「我知道。」

但除此之外，她就什麼都不知道了。

挖土機操作員舉手，關掉了機器。天色逐漸昏暗，洛蒂不知道他是找到了什麼，或是打算天黑收工。

她離開了母親住處，讓她陪伴克洛伊，凱特在家照顧尚恩。他們狀況也不好，三個都一樣。傑森死後的第五天，里卡德夫婦為他舉辦了私人喪禮，下葬了兒子，洛蒂一家無人出席，里卡德夫婦不想見到凱特，她不明白為什麼，但洛蒂懂得他們的心情。波伊德為尚恩買了一台新的PS4，但他到現在都還沒打開，她也為他買了一套全新的曲棍球球具，被他直接扔到床底下。

她拚命想讓自己的家保持完整，除了小孩們安葬他們父親之後的那個階段之外，現在，是他們最需要她的時刻。他們是兒女，姊姊們與弟弟，洛蒂知道母親的輕率行為很可能會對那樣的互動關係造成永久變化，關於小孩的事，她沒有任何容錯的空間。

至於工作，她依然不知道自己飛到羅馬那一趟，還有處理謀殺案的方式是否會遭到違紀處分。警司克禮根一直不願為自己袒護主教的行為道歉，而且老是迴避她。不過，現在她帶薪休假，反正工作之後再說吧。

天空中的灰色已經全部滲濾消失，轉為一片淨黑，白日功成身退，黑幕降臨，宛若洛蒂的心情。

聚光燈大亮，對著那個一公尺深的土洞直射出一道強光，她知道時候到了。

新月在夜色中散發微光。

「黑月」。

也許他們後頭出現了惡兆，也許不是。

她站在某處深淵的邊緣，不知道自己能否找出內心的力量離開，但洛蒂．帕克從來就不是一走了之的人。

她看到喬神父站在拱道旁的牆邊，牛仔褲搭配黑色高領毛衣，這是他的安息年打扮。他的一生，在渾然不知的狀態下，一直在謊言中度日，現在，他為了自己從來沒有見過面的死去生母而傷懷。他看起來好失落，眼眸流露出深沉的悲痛。洛蒂揮手，但隨後又放了下來，他走開了。那些他者的秘密，讓他痛苦難耐。

這也再次讓她想起了因這起案件而浮出水面的家族秘密。失蹤哥哥的泛黃檔案一直放在她的抽屜裡，她再也無法否認了。而他的英勇行為也讓她深以為傲。歐馬利生動描繪了費茲的過往——她的親哥哥——在聖安琪拉孤兒院的時光，她的母親哭了好幾天。

洛蒂知道波伊德走到了她的背後，發覺他的手扶住了她的後腰，柔軟又貼心的撫觸。

「只剩下骨頭而已，洛蒂，不要看了。」

她抬頭望向黑漆漆的窗戶，然後，走向了光禿蘋果樹下的無名塚，弦月清光更加凸顯了樹廓。

「嗯，可我就是想看，」洛蒂望著那坨土丘，「一定要。」

致謝

寫小說是一趟私密之旅，這一路上要是沒有諸多人士的支持與鼓勵，我一定無法完成目標。首先，我要感謝的是讀者，願意花時間閱讀《有人非死不可》。要是沒有各位，我的寫作冒險終究只是一場空。

感謝Bookouture出版團隊，尤其是我的編輯莉蒂亞，一開始就告訴我很愛我的作品，然後又接受了我的投稿，感謝妳這麼相信我。

感謝我的經紀人，Book Bureau的姬爾・尼克與我簽約，也要感謝姬爾寄給我的第一封信，她提到自己才看到一半已經忍不住想要一口氣看下去，讓我瞬間盈滿自信，耶，我可以成為賣書的作家！

愛爾蘭作家中心是珍貴無比的資源。裡面的課程與師資俱優，我在裡面結交了許多一生好友。透過阿爾琳・杭特、寇納・可斯迪克、露易絲・菲利普斯的教學，幫助我培養潛能與鍛鍊寫作技巧。還要感謝「旋轉木馬新銳作家聯誼會」的卡洛蘭・寇普蘭德，愛爾蘭犯罪小說協會的所有人，Writing.ie的凡妮莎・歐洛弗林，謝謝各位。

感謝妮爾芙・布列南在我寫作時所提出的建議與觀點，還有她的銳利鷹眼。當然，一定要感謝我在低潮時所收到的所有簡訊與電郵，謝謝大家的寶貴意見。感謝傑克・威爾許陪我參加犯罪小說營隊與寫作營。妮爾芙與傑克成了我的好友兼文友、我的故事構想顧問團，也幫助我建立寫作自信。

謝謝特瑞莎・多蘭、連恩・曼寧、帕得列格・麥克葛文，願意在我們每週一次的寫作小組聽我朗讀第一次的草稿。

謝謝塔拉・史帕林閱讀我的初稿。

感謝艾倫・穆瑞與約翰・昆恩對於警務提出建議，文中如有任何疏失，完全是我個人問題。為了讓小說更加流暢，我更動了部分警察的辦案程序。

感謝安托內特與喬，永遠在我身旁的摯友。

謝謝我的姊妹瑪麗，在我的生活遭受重擊時一直陪伴我。

謝謝我的姊妹凱西與兄弟吉拉德，家人是一切的支柱。

感謝我父母，凱瑟琳・華德與威廉・華德，他們一直相信我，幫助我，尤其是在我最艱難的時刻。

感謝我的婆婆，莉莉・吉布尼與她的家人。

感謝我的子女，艾斯琳、奧拉，還有卡荷。你們讓我的生命有了意義，我好愛你們。還有，我們家庭的新成員，我的外孫女黛西，更是生命中處處驚喜的明證。

感謝艾登，讓我思念不已的親愛老公，鼓勵我要實踐夢想。要是他能夠活到今天，一定會深深以我為傲，真希望他能夠與我共享這一刻。我的摯愛，永存我心。

寫給讀者的信

嗨，親愛的讀者：

衷心感謝各位閱讀我的第一本小說《有人非死不可》。各位願意抽出寶貴時間、進入洛蒂．帕克及其夥伴的世界，我十分感恩，真心期盼各位喜歡，日後可以享受這一系列的續作。

當初我丈夫艾登突然罹病過世，為了要熬過我生命中最可怕的那一段歲月，我開始動手寫這個故事。我寫下了好多字句，塞滿了一本又一本的筆記本，當時我覺得這等同於我的心理治療。不過，當我歷盡艱辛、越寫越多之後，我發現可以把這些字句集結成為一本書，我也辦到了。這段過程並不輕鬆，但我覺得自己已經快要達標！

書中的所有角色純屬虛構，拉格慕林亦然，不過，我的生活體驗的確深深影響了我的寫作內容。

希望這部《有人非死不可》讓大家看得過癮。接下來的請求，讓我有些不好意思啟齒，要是各位喜歡的話，可否貼出你們的感想，這對我來說將是意義非凡。

大家也可以利用我的部落格與我聯繫，我會努力更新，或者透過臉書也沒問題。再次謝謝大家，希望可以在第二本書與諸位相會。

派翠西亞　敬上

www.patriciagibney.com　FB: patricia.gibney1

Storytella 111

有人非死不可

The Missing Ones

有人非死不可 / 派翠西亞 · 吉布妮作 ; 吳宗璘譯. -- 初版. -- 臺北市 : 春天出版國際文化有限公司, 2021.05
面 ; 公分. -- (Storytella ; 111)
譯自 : The Missing Ones
ISBN 978-957-741-335-2(平裝)

873.857　　110005432

ISBN 978-957-741-335-2
Printed in Taiwan

作　者	派翠西亞 · 吉布妮
譯　者	吳宗璘
總編輯	莊宜勳
主　編	鍾靈
出版者	春天出版國際文化有限公司
地　址	台北市大安區忠孝東路四段303號4樓之1
電　話	02-7733-4070
傳　眞	02-7733-4069
E－mail	frank.spring@msa.hinet.net
網　址	http://www.bookspring.com.tw
部落格	http://blog.pixnet.net/bookspring
郵政帳號	19705538
戶　名	春天出版國際文化有限公司
法律顧問	蕭顯忠律師事務所
出版日期	二〇二一年五月初版
定　價	580元
總經銷	楨德圖書事業有限公司
地　址	新北市新店區中興路二段196號8樓
電　話	02-8919-3186
傳　眞	02-8914-5524
香港總代理	一代匯集
地　址	九龍旺角塘尾道64號 龍駒企業大廈10 B&D室
電　話	852-2783-8102
傳　眞	852-2396-0050